suhrkamp taschenbuch 4415

Schmidt hat alles: Nach seiner vorzeitigen Pensionierung ist der frühere Anwalt Direktor einer Stiftung; eine Aufgabe, die ihn auf Reisen um die Welt schickt. Seine Hoffnung auf ein Enkelkind scheint sich zu erfüllen, die Frauen liegen ihm nach wie vor zu Füßen. Doch andererseits hat ihn Carrie, seine jugendliche Freundin, wegen eines anderen, jüngeren verlassen. Jetzt erwartet sie ein Kind und weiß nicht, wer von beiden der Vater ist. Auch Schmidts Tochter Charlotte zieht sich immer mehr zurück, in ihre eigene Welt aus Teilnahmslosigkeit und Haß. Einziger Lichtblick ist Alice, eine Frau, die er vor Jahren bewundert hat und die plötzlich wieder in sein Leben tritt. Doch haben die beiden eine Vergangenheit, die eine gemeinsame Zukunft nicht ganz leichtmacht ...

Louis Begley, 1933 in Polen geboren, studierte Literaturwissenschaften und Jura in Harvard und arbeitete bis 2004 als Anwalt in New York, wo er noch heute lebt. Seine Werke wurden in 15 Sprachen übersetzt und vielfach ausgezeichnet. Im suhrkamp taschenbuch erschienen zuletzt *Der Fall Dreyfus* (st 4304), *Ehrensachen* (st 3998) und *Schiffbruch* (st 3708).

www.louisbegley.com

Louis Begley
Schmidts Einsicht

Roman

Aus dem Amerikanischen
von Christa Krüger

Suhrkamp

Die Originalausgabe erschien 2012 unter dem Titel
Schmidt Steps Back
im Verlag Alfred A. Knopf, New York

Umschlagfoto:
Christopher Campbell/the food passionates/Corbis

Erste Auflage 2013
suhrkamp taschenbuch 4415
© Suhrkamp Verlag Berlin 2011
© 2011 Louis Begley
Suhrkamp Taschenbuch Verlag
Alle Rechte vorbehalten, insbesondere das der Übersetzung,
des öffentlichen Vortrags sowie der Übertragung
durch Rundfunk und Fernsehen, auch einzelner Teile.
Kein Teil des Werkes darf in irgendeiner Form
(durch Fotografie, Mikrofilm oder andere Verfahren)
ohne schriftliche Genehmigung des Verlages reproduziert
oder unter Verwendung elektronischer Systeme
verarbeitet, vervielfältigt oder verbreitet werden.
Druck: CPI – Ebner & Spiegel, Ulm
Umschlag: cornelia niere, München
Printed in Germany
ISBN 978-3-518-46415-1

Für Anka, immer

»Nothing can be sole or whole
that has not been rent.«

W. B. Yeats, *Crazy Jane Talks with the Bishop*

I

Silvester, acht Uhr morgens. Noch sechzehn Stunden, dann war wieder ein beschissenes Jahr vorbei, beschissen wie das ganze letzte Jahrzehnt. Was würde das neue Jahr bringen? Für die Nation, die – unglaublich und wundersam – ihre Geschichte überwunden hatte und Barack Obama ins Weiße Haus entsandte, erhoffte sich Schmidt Erlösung und Reinigung. Dieses Hochgefühl trieb ihm Tränen in die Augen, darauf war er nicht gefaßt, und er konnte sie nur mit dem Ärmel seines Parkas abwischen. Er fragte sich, ob irgendwer, abgesehen von Obamas eigener Familie, eine derart ungetrübte Zuneigung für den Mann empfand wie er, Schmidt? Wohl kaum, wagte er zu vermuten: Seine Sympathie für diesen außergewöhnlichen jungen Menschen ging weit über die Treue zu einer Partei hinaus. Sie hatte wenig oder nichts damit zu tun, daß er die Demokraten schon seit Adlai Stevensons zweiter Kandidatur für die Präsidentschaft unterstützte. Als Stevenson zum erstenmal zur Wahl gestanden hatte, war Schmidt noch zu jung gewesen, aber 1956 stimmte er gegen den sicheren Sieger Ike, aus Prinzip und auch, weil es ihm Spaß machte, seinen Vater zu ärgern, der sich die reaktionäre Einstellung der griechischen Reeder, seiner wichtigsten Mandanten, zu eigen gemacht hatte, genauso wie deren Vorliebe für maßgefertigte Schuhe und Anzüge. Nein, seine Liebe für Obama – was sprach gegen dieses Wort – war auf einer ganz anderen Ebene angesiedelt, war Teil der Liebe zu seinem Land. Und er hatte noch einen zweiten, eher privaten Grund zur Freude: die Hoffnung, daß der Fluch, mit dem er sich dreizehn Jahre zuvor selbst gestraft hatte –

ein Gemisch aus all seinen schlechten Eigenschaften, Eifersucht und Neid, blindem Stolz und jähem unversöhnlichem Zorn –, endlich gebannt war. Vielleicht hatte auch er bessere Zeiten vor sich.

Er sammelte die *New York Times* in der Einfahrt auf, ging zurück zum Haus und las das Thermometer an der Veranda ab. Frostige vier Grad unter Null. Mit etwas Glück würde es am späten Vormittag deutlich wärmer werden, so daß Alice sich nicht zu plötzlich auf die Kapricen des Ostküstenwetters einstellen mußte. Noch vor vier Tagen war das Thermometer auf erstaunliche vierzehn Grad gestiegen – eine Rekordtemperatur, wie Schmidt in der *Times* gelesen hatte. Zu Weihnachten war es kühler gewesen, aber immer noch lächerlich mild: zwölf Grad. Die Wettervorhersage kündigte einen Umschwung an: Für den Neujahrstag 2009 wurden Tiefstwerte bis zu zwölf und Höchstwerte von vier Grad unter Null erwartet. Schmidt legte die Zeitung auf den Küchentisch und verließ das Haus wieder, um wie jeden Morgen sein Grundstück zu inspizieren. Seine Haushälterin Sonja würde in ein paar Minuten kommen und ihm das Frühstück auf den Tisch stellen. Im Haus hatte sie zur Zeit so wenig zu tun, daß er sich gedrängt sah, Beschäftigungen für sie zu erfinden, denn nichts demoralisiert das Personal so schnell wie Müßiggang. Der hohe Schnee – gut fünfzehn Zentimeter –, der Bridgehampton in der Woche vor Weihnachten innerhalb weniger Stunden zugedeckt hatte, war im warmen Wetter geschmolzen und hatte das Gras wachsen lassen. Es grünte wie Anfang Juni. Auch alles andere sah gut aus, besonders die Azaleen und Rhododendren am Außenrand des Rasens hinter dem Haus. Die knospenfressenden Rehe hatten sie verschont, obwohl Gus Parrish auf Schmidts Anweisung hin die Büsche nicht, wie sonst, zum Schutz mit schwarzen Nylonnetzen umwickelt hatte. Der Gärtner hatte verblüfft nach dem Grund gefragt, und Schmidt hörte sich die peinliche Wahrheit aussprechen: Für ihn sähen die Büsche in den Netzhüllen wie prähistorische Monster auf dem Sprung zum Angriff gegen das Haus aus. Der Anblick sei ihm nicht geheuer. Daraufhin hatte sich Gus gefügt, ohne auf irgendeine Weise anzudeuten, daß er seinen Kunden für übergeschnappt hielt, und das fand wiederum Schmidt überraschend – und erfreulich. Ein Grund mehr, sich glücklich zu schätzen, daß er Gus' Leute als Nachfolger für Jim Bogards Neffen angeheuert hatte, der sich endlich auch, wie sein Onkel lange zuvor, zur Ruhe gesetzt hatte. Genaugenommen waren die Bogards schon für die Pflege des Grundstücks zuständig gewesen, bevor es nach dem Tod seiner Frau Mary an Schmidt übergegangen war, damals, als es noch Marys Tante Martha gehörte und er, seine Frau und ihre Tochter Charlotte als Marthas nächste Angehörige an Wochenenden und in den Sommerferien bei ihr zu Gast waren. Vertrauen lohnt sich eher als Mißtrauen. Er hatte Gus erklärt, daß er das Anwesen zu Silvester aus einem besonderen Grund tipptopp haben wollte, und Gus hatte sich daran gehalten. Schmidts Erfahrungen mit Gus waren in der Tat so gut, daß er glaubte, in puncto Zuverlässigkeit und Ausführung – optimalen Personaleinsatz nannte man das umständlich in Schmidts alter Kanzlei – seien Gus' Leute anderen Gärtnern in den Hamptons ähnlich überlegen wie Wood & King den minderen Varianten der New Yorker Anwälte in den auf Schadensrecht spezialisierten Kanzleien rund um die City Hall oder Borough Hall, die, seitdem der Werbung keine Grenzen mehr gesetzt waren, ihre Dienste mit spanischen Werbeslogans auf Reklameschildern in U-Bahn-Wagen anboten. Gus' Rechnungen waren hoch, so daß einem die Augen übergingen, aber das gehörte dazu und erinnerte ebenfalls an W & K. Die Namen all der freundlichen Kolumbianer, die Schmidts Rasen hegten und pflegten, die Ränder der Blumenbeete säuberten und Laubbläser betätigten, deren infernalischer Lärm Schmidts alte Siamkatze Sy und das junge Abessinierkätzchen Pi in Panik versetzte, waren in den Rechnungen einzeln aufgeführt und mit Angaben über Stundenlohn, einer Beschreibung der geleisteten Arbeiten und des Zeitaufwands versehen. Die Stundenzahlen in Gus' Rechnungen wurden diskret aufgerundet, wie Schmidt annahm, ein Verfahren, das auch bei den Mitarbeitern von W & K üblich war: Telefonat mit Mr. Schmidt, so und so viele Zehntelstunden; Überarbeitung eines Memorandums nach seinen Randbemerkungen, zwei ganze und sieben Zehntelstunden, eine von Schmidt gewünschte Überprüfung der Punkte X, Y und Z zur Absicherung des Memorandums, elf Stunden und eine Zehntelstunde. Elf Stunden und eine Zehntelstunde an einem einzigen Tag? fragte sich Schmidt. Diesen Einträgen folgte bei W & K wie auch bei Gus eine Liste der zu erstattenden Auslagen. Bei W & K waren es Gebühren für Ferngespräche, Briefmarken, Botendienste, Kopien, Abendessen und Taxikosten für eine Heimfahrt nach Überstunden im Büro; bei Gus acht Sorten Dünger, Unkrautvertilger und Mittel gegen Insektenbefall; wenn die zwitschernden kolumbianischen Damen mitarbeiteten, kamen dazu noch säckeweise Pflanzerde, Blumenzwiebeln und Setzlinge.

Er hörte Sonjas Auto in der Einfahrt, sie fuhr einen weißen Mercedes, ein ziemlich neues Modell sogar, an dessen Herkunft Schmidt immer wieder herumrätselte, seit sie im Sommer damit aufgetaucht war. Gehörte der Wagen einem Freund? Hatte sie ihn bei einer Tombola ihrer Kirche gewonnen oder mit ihrem Ersparten gekauft? In dem Fall zahlte er ihr einen zu hohen Lohn. Wie konnte er das Rätsel lösen, wenn er beharrlich weiter vermied, sie zu fragen? Zeit fürs Frühstück. Er begrüßte Sonja und setzte sich. Der Kaffee war siedend heiß und stark; der Joghurt gar nicht so übel, die Trauben hervorragend. Was fehlte, waren die Croissants und Scones, die er früher jeden Morgen bei Sesame gekauft hatte, dem wunderbaren Delikatessenladen, noch immer seine Einkaufsquelle für Geflügelsalat, Käse und Ravioli *in brodo*. Das Wasser lief ihm im Mund zusammen, als er sich an dieses Gebäck erinnerte, das auf Anweisung der chinesisch-amerikanischen Dame Dr. Tang, der Nachfolgerin seines alten Hausarztes und Freundes David Kendall, von seinem Frühstückstisch verbannt war. Kendall war im Ruhestand. Schmidt fragte sich, ob er überhaupt noch irgend jemanden kannte, der sich nicht zur Ruhe gesetzt hatte. Ja, natürlich: Gil Blackman, sein alter Freund und Zimmergenosse im College, drehte immer noch Filme; Mike Mansour war wie immer damit beschäftigt, seine Milliarden zu verwalten, und die fabelhafte Caroline Canning und ihr scheußlicher Ehemann Joe kritzelten nach wie vor ihre Bücher.

Albern und überflüssig, daß Frau Dr. Tang so auf seine Diät achtete, dachte er. So überflüssig wie in gewisser Weise auch die Dienste von Gus und seinen Vorgängern, die Schmidt Jahr für Jahr weiter beschäftigte, seit Tante Martha gestorben war und Mary das Haus geerbt hatte. Wie viele Jahre waren das inzwischen? Er zuckte die Achseln: fast vierzig. Wie lang würde es noch so weitergehen? Nach seiner Einschätzung nicht mehr als zehn Jahre. Er hatte Dr. Tang gefragt, ob sie vorhersehen könne, in welcher Form der Tod ihn treffen werde. Angst würden Sie mir damit nicht machen, hatte er gesagt, auf uns alle wartet eine Begegnung in Samarra, und ich besitze eine Grabstelle mit Blick auf die Peconic Bay, die mir sehr gefällt. Sie antwortete mit einem fröhlichen Lachen und erklärte ihm, bei einem Patienten, der so gesund sei wie er, könne man nichts vorhersagen. Schmidts Simultanübersetzung: Stellen Sie keine dummen Fragen, überlassen Sie es dem Tod und Co., die werden es schon richten. Höflich wie immer, hatte er in das Lachen eingestimmt. In Wahrheit hegte er seine eigenen Vorahnungen: ein Hirnschlag oder Krebs, teuflische Krankheiten, die nicht immer auf schnelle Beute aus sind. Aber ganz gleich, was ihn am Ende traf, niemand, absolut niemand würde ihn in ein Altersheim zwingen. Falls er dann noch bei Verstand und nicht gelähmt war, würde er seinen Weg zum Exitus selbst finden. Andernfalls würden die Instruktionen, die er bei Gil hinterlegt hatte und die dem Freund die Entscheidung über Schmidts Leben und Tod überließen, die Sache regeln – zur Not müßte Gil etwas nachhelfen. Das war nicht mehr verlangt, als er für seinen Freund tun würde, der seinerseits Regelungen getroffen hatte, die Schmidt Entscheidungsvollmacht gaben. Demenz, die Krankheit, die mit der größten Wahrscheinlichkeit sämtliche Fluchtwege abschnitt, fürchtete er mehr als alles andere. Aber über drei Generationen war, soviel er wußte, keiner seiner Vorfahren dement geworden. Die Kehrseite der Medaille, die ansehnliche Seite, war eben seine Gesundheit. War er morgens erst einmal in Gang gekommen, bewegte er sich noch ganz geschmeidig. Wenn er zum Beispiel darüber nachdachte – und das tat er oft –, ob sein Zustand vor dreizehn Jahren in Paris, als er Alice zum ersten Mal besucht hatte, sehr viel anders gewesen war als jetzt, hielt er den Unterschied ehrlich gesagt für nicht nennenswert. Es sei denn, man konzentrierte sich auf die tiefen Furchen, die sich von den Nasenflügeln zu den Mundwinkeln zogen und sich inzwischen noch tiefer eingegraben hatten, auf die eingefallenen Wangen oder die schlaffe, in Falten hängende Haut am Hals. Alles in allem ließen sie ihn dermaßen schwermütig aussehen, daß er der Fratze eines Wasserspeiers glich, wenn er versuchte zu lächeln. Die Lage war noch weniger hervorragend, wenn es um seine Libido und seine sexuelle Leistungsfähigkeit ging. Nach ihrer jüngsten Prüfung konnte er sich nur ein »ausreichend« attestieren, allerdings hatte er, wie er Alice versicherte, auch noch nie eine der Wunderpillen probiert, die der tonangebende Tattergreis Bob Dole im Fernsehen anpries. Außerdem war der besagte Test unfair gewesen: Die Dame, die er womöglich enttäuscht hatte, konnte der unvergleichlichen Alice nicht das Wasser reichen. Er war alt, und die Zeit hatte ihm übel mitgespielt, aber war es deshalb verwerflich, wenn er die überteuerten Forderungen der Hampton-Mafia, der Gärtner, Hilfsarbeiter, Zimmerleute und Klempner in Kauf nahm, nur weil es ihm Vergnügen machte, sein Haus in bester Ordnung zu halten? Oder daß er Schecks ausstellte für die ungeheuerlichen Grundsteuern zur Finanzierung der städtischen Dienstleistungen, die säuberlich auf der Steuerrechnung aufgelistet waren, wie zum Hohn, um ihm zu beweisen, daß er keinen persönlichen Vorteil aus seinen Zahlungen zog? Wer weiß wie viele Männer kriegten keinen mehr hoch, und viele Frauen hatten ihre Orgasmen immer nur vorgetäuscht, bis sie endlich verkünden konnten, in ihrem Alter hätten sie die ganze Sache aufgegeben, und diese Leute lebten in Häusern, die viel grandioser waren als seines. Und gaben mehr Geld aus als er! Warum sollte er es nicht genauso machen? Irgendwo mußte er wohnen, dies war der Ort, der ihm am liebsten war. Wer wollte sich beschweren? Es war sein Geld, also konnte er es ausgeben oder verschenken. Er hatte keine gesetzlichen Erben mehr, und die von ihm ausgesetzten Vermächtnisse waren durch die Erbmasse mehrfach gedeckt, so daß für die Universität Harvard eine hübsche Summe übrigblieb. Es sei denn, er entschied sich, Alice den größten Teil dieses Geldes zu vermachen; in dem Fall würde Harvard immer noch eine elegante Schenkung erhalten; extravagant wäre sie allerdings nicht mehr.

Noch vier Stunden, dann war Alice in Bridgehampton! In seinem Haus. Unter seinem Dach würde sie schlafen. Hätte er sie lieber anderswo empfangen? Vielleicht in einem herzigen Häuschen in Sag Harbor mit welligen Fußböden und ewigem Schimmelgeruch? Die Antwort war ein lautes, deutliches Nein: Koste es, was es wolle!

Er sagte Sonja Bescheid, daß er einkaufen gehe, und, nein, sie brauche nicht dazubleiben und beim Mittagessen zu helfen, auch nicht beim Aufräumen und Abwaschen, und wenn sein Gast Mrs. Verplanck anrufe, solange er unterwegs war, solle sie sagen, daß er in spätestens einer Stunde wieder zu Hause sei und zurückrufen werde. Zwar glaubte er nicht, daß ihr Handy in den USA funktionierte, aber andererseits konnte es sein, daß sie das Telefon des Taxifahrers benutzte. Beschwingt und besorgt zugleich holte er seinen Audi Kombi aus der Garage – den Nachfolger des Volvo, den er mit Bedauern abgegeben hatte, als die 200 000-Kilometer-Marke überschritten war –, fuhr zuerst nach Wainscott, um Fischsuppe einzukaufen, dann auf der Fernstraße 27 zurück zu Sesame, wo er Brot und Käse und Ravioli *in brodo* zum Mittagessen am Neujahrstag und Croissants für Alice zum Frühstück besorgte, und schließlich holte er in Bridgehampton die vorbestellten Blumen für den Küchentisch und Alices Zimmer ab. Damit war alles im Haus, was sie am Neujahrstag brauchen würden, wenn in den Hamptons nur noch die Minimärkte geöffnet waren. Auch die Restaurants waren dann geschlossen, aber um die Abendessen brauchte er sich nicht zu kümmern. Sie würden zu Mike Mansours Silvesterparty gehen, und Gil und Elaine Blackman hatten Alice und ihn zum Dinner am Neujahrsabend eingeladen, eine fürsorgliche Geste, für die Schmidt geradezu kindlich dankbar war.

Alice hatte am Freitag, dem Tag nach Weihnachten, angerufen und gesagt, sie werde Silvester mit einem Flugzeug aus Paris kommen, das um zehn Uhr dreißig am Kennedy Airport landen sollte. Sie müsse dann zwar im Morgengrauen aufstehen, aber das nehme sie lieber in Kauf als den Verkehrsstau auf der Autobahn und die Menschenmassen im Flughafen, denen sie begegnen würde, wenn sie einen späteren Flug nähme. Sie wollte sich nicht darauf einlassen, daß er sie abholte, sie verbot es sogar ausdrücklich. Aber sie nahm sein Angebot an, ein Auto zu schicken, das sie nach Bridgehampton bringen würde. Nach dem Telefonat ging er auf die hintere Veranda, stand dort reglos und ließ in sich einsinken, was sie gesagt hatte. Alice kam wirklich! Er hatte sich wieder und wieder selbst versichert, daß sie ihm nicht absagen, daß sie nicht erklären werde, sie habe beschlossen, ihn doch nicht zu besuchen, so etwas würde sie nicht tun, dazu war sie viel zu ernsthaft. Trotzdem war es wie ein Wunder, als er sie tatsächlich am Telefon sagen hörte: Ich werde den und den Flug nehmen und dann und dann am Flughafen in New York ankommen, und du kannst jemanden schicken, der mich dort abholt und zu dir nach Hause bringt. Er hatte kurz erwogen, Bryan zu schicken – seinen Heimwerker, Hausbewacher und Katzenversorger in Personalunion –, der alle Seiten- und Nebenstraßen kannte, war dann aber zu dem Schluß gekommen, daß das Geschwätz dieses redseligen Aussteigers und bekehrten Dealers Alice nach acht Stunden im Flugzeug nicht zuzumuten sei. Wenn Bryan unabkömmlich war oder wenn Schmidt einen Vorwand fand, sich seiner Gesellschaft zu entziehen, ohne ihn zu kränken, beschäftigte er einen runzligen Iren mit dem Hol- und Bring-Dienst vom und zum Flughafen. Dieser Mann sollte Alice abholen; Schmidt schärfte ihm ein, bereits weit vor der erwarteten Landezeit des Flugzeugs in der Ankunftshalle hinter der Zoll- und Paßkontrolle zu warten und ein Schild mit Alices Namen gut sichtbar hochzuhalten.

Er sah auf die Uhr. Halb zwölf. Sie mußte inzwischen auf dem Long Island Expressway sein. Da er auf der Webseite der Air France nachgesehen hatte, wußte er, daß das Flugzeug fünfzehn Minuten vor der Zeit gelandet war. So früh am Vormittag waren die Warteschlangen vor dem Einreiseschalter sicher nicht lang, auch vor einem Feiertag nicht. Deshalb war sie wohl, falls sich keine Probleme mit der Gepäckausgabe ergeben hatten, gegen elf Uhr fünfzehn ins Auto gestiegen und müßte anderthalb bis zwei Stunden später vor seinem Haus ankommen. Das war eine vorsichtige Schätzung. Sie kalkulierte ein, daß der Verkehr womöglich zähflüssig war und daß Murphy die Neigung hatte, alle Geschwindigkeitsbegrenzungen einzuhalten, was ihm nicht wirklich vorzuwerfen war. In einem vorübergehenden Rückfall in seine Zeiten als schwerer Trinker gönnte sich Schmidt einen doppelten Bourbon, warf einen Eiswürfel ins Glas und setzte sich in seinen Schaukelstuhl. Der Küchentisch war mit dem guten Porzellan und Silberbesteck gedeckt. Der rote Blumenschmuck rundete das Bild hübsch ab. Am Zustand seines Haushalts war nichts auszusetzen. Er konnte beruhigt in seinem Stuhl schaukeln und an seinem Whiskey nippen. Um ein Uhr klingelte das Telefon. Es war Murphy, der meldete, daß sie in der Nähe von Water Mill waren. Der Mann war gescheiter, als er aussah! Sie kamen zügig voran. Also würden sie in fünfzehn Minuten dasein.

Sein sechster Sinn meldete ihm, daß der Wagen sich der Einfahrt näherte. Er trank seinen Whiskey schleunigst aus und hastete zum Vordereingang. Jemand hatte Murphy eingeschärft, er müsse respektvoll mit dem Kies in den Einfahrten seiner Kunden umgehen. Der Wagen rollte im Schneckentempo auf das Haus zu. Endlich hielt er. Schmidt öffnete die Tür. Die Hand, die seine fest umschloß, steckte in einem langen Handschuh aus dunkelrotem Veloursleder, den er wiedererkannte. Er gehörte zu jenem Paar, das Alice getragen hatte, als sie sich vor zweieinhalb Monaten, am vierzehnten Oktober im Restaurant an der Rue de Bourgogne mit ihm zum Abendessen traf.

Zum ersten Mal hatte Schmidt Alice gesehen, als sie Tim Verplanck heiratete, einen jungen Mitarbeiter bei W & K, den er besonders schätzte. Die Hochzeit fand in einer Kirche in Washington statt. Damals war Alices Vater französischer Botschafter in den Vereinigten Staaten. Am Nachmittag beim Empfang in der Botschaft tanzte Schmidt mit ihr. Weiße Freesien steckten in ihren Locken, die die Farbe von altem Gold hatten, und sie trug einen wallenden Schleier aus elfenbeinweißer Spitze, der nach Marys Meinung ihrer Großmutter gehört haben mußte. In den Monaten und Jahren danach hatte es einige Essen in der Wohnung der Schmidts gegeben – Mary hätte gewußt, wie viele, sie merkte sich solche Dinge –, bei denen sie, wie bei W & K üblich, Nachwuchsanwälte, die für ihn arbeiteten, samt Ehefrauen oder Verlobten zu Gast hatten; außerdem die Essen mit anschließendem Tanz, zu denen die Kanzlei einmal im Jahr alle Anwälte und Ehefrauen einlud, und später, als Tim Vollmitglied der Kanzlei geworden war, Dinner in kleinerem Kreis für die Sozii und ihre Frauen. Alices Schönheit, ihr Schick und ihre vollkommen aufrechte Haltung, die Art, wie sie den Kopf mit dem schweren, zum Knoten geschlungenen oder im Nacken mit einer Spange zusammengehaltenen Haar hoch trug, machte Schmidt jedesmal sprachlos, verschlug ihm buchstäblich den Atem. Sie hatte die unerschütterlich guten Manieren einer Diplomatentochter. Die Erinnerung an ihre schwindelerregend langen, vollkommenen Beine war ihm besonders teuer. Die Gelegenheit, diese Beine zu bewundern, ergab sich für die gesamte Kanzlei, als Alice zu einem Firmenfest in feuerrotem Minirock und schwarzen Netzstrümpfen erschien, so aufregend gekleidet, daß keine der anderen Ehefrauen sich auch nur annähernd mit ihr messen konnte. Aber weder damals noch zu einem anderen Zeitpunkt hatte Schmidt sie begehrt, nicht, solange Tim lebte, das konnte er beschwören. Affären innerhalb der Kanzlei, ehebrecherische erst recht, waren für ihn tabu, so wie seiner Meinung nach für alle anderen anständigen Männer seiner Klasse und Generation auch. Noch ein anderer, weniger rechtschaffener Grund hatte ihn zurückgehalten: Als Mary noch lebte, hatten alle Frauen, die seine Lust weckten, etwas Zwielichtiges an sich. Das waren Frauen, die er in Hotelbars aufsammelte, oder eine Jurastudentin, mit der er – was unverzeihlich war – Pot geraucht hatte, als er an der Westküste Nachwuchs für die Kanzlei anwerben sollte. Die einzige Ausnahme war das halb asiatische Au-pair-Mädchen gewesen, das sich damals um Charlotte kümmerte. Dieses schüchterne, höfliche Mädchen hatte sich ihm angeboten, ganz unschuldig und zugleich so unmißverständlich und drängend, daß Klugheit und Prinzipien sich in Luft auflösten. Selbst wenn er sich erlaubt hätte, Alice zu begehren, hätte er sich die Vorstellung verboten, daß sie sich zu einem Abenteuer am Nachmittag auf ihrem Wohnzimmersofa oder in einem Touristenhotel in der Stadt bereit finden würde. Einen solchen Vorschlag hätte sie mit Verachtung zurückgewiesen. Sie liebte Tim, und selbst wenn in ihrer Ehe etwas nicht zum besten stand, wofür er allerdings keinen Anhaltspunkt hatte, war sie für eine schmutzige Affäre mit Schmidt oder einem anderen verheirateten Kollegen ihres Manns zu nobel, zu stolz – ein *chevalier sans peur et sans reproche*, hätte Schmidt vielleicht gesagt, wäre sie ein

Mann gewesen. Dann verschwand sie aus Schmidts Blickfeld. Er verlor die ganze Familie aus den Augen, als Tim die Leitung des Pariser Büros der Kanzlei übernahm und Alice ihm natürlich mit den Kindern dorthin folgte. Tim zeigte sich kaum noch im New Yorker Büro, viel seltener als seine Vorgänger, die alle eifrig darauf geachtet hatten, in Kontakt zu bleiben, und deshalb regelmäßig an Kanzleibesprechungen in New York teilnahmen und in den Fluren nach offenstehenden Türen suchten, die anzeigten, daß ein Besuch nicht unwillkommen wäre. Es war keine schlechte Idee, den Finger am Puls der Kanzlei zu haben und sicherzugehen, daß sich nichts zusammenbraute, dessen Folgen für das Pariser Büro womöglich ungünstig waren.

So kam es, daß er Alice seit mindestens vierzehn Jahren nicht mehr gesehen hatte, als er sie im April 1995 in Paris aufsuchte, um ihr nach Tims erschreckendem, vollkommen unerwartetem Tod persönlich sein Beileid auszusprechen. Er fand sie noch schöner als damals: Sie sah fraulicher aus, weicher und weniger unnahbar. Sie war nicht mehr knabenhaft, sondern erwachsen. Ganz überraschend – unsinnig, wie er in späteren Augenblicken der Bitterkeit fand – hatte er sich sofort in sie verliebt, ohne eine einzige Umarmung, ohne daß seine Lippen die ihren berührt hätten. Eine späte Jugendliebe, könnte man sagen; er glaubte, daß er sich selbst mit verbundenen Augen rettungslos in sie verliebt hätte, nur auf ihr Lachen hin. Und jetzt, nach dreizehn verlorenen Jahren seit jener Begegnung im April schien ihm seine Liebe ungebrochen. Wenn Glück für ihn zu haben war, dann in Gestalt einer Zukunft mit Alice.

Sie reiste mit leichtem Gepäck wie ein junges Mädchen, mit einem einzigen kleineren Koffer, darauf rote Aufkleber, damit er auf den Gepäckbändern der Flughäfen leicht zu erkennen war, und mit einer wurstförmigen Tasche, deren Reißverschluß sie nicht zugezogen hatte, so daß allerhand französische Illustrierte, Zeitungen und Papiere, die aussahen wie Manuskripte, herausschauten. Er brachte die Gepäckstücke hinauf und zeigte Alice das Zimmer, in dem sie wohnen sollte. Es war Charlottes Zimmer gewesen, hatte viel Sonne und Erkerfenster mit Blick auf den Rasen, den Garten an der Rückseite des Hauses und den hinter dem Grundstück liegenden großen Salzwasserteich mit den Wildgänsen, die keine Zugvögel mehr waren. Überrascht von dieser Schönheit, bat Alice um eine ausgiebige Führung durch Haus und Garten. Aber zuerst wäre ihr ein Lunch lieb, sagte sie, dann ein Bad und ein ausgiebiger Mittagsschlaf. Nach dem Essen änderte sie ihre Meinung und fand, es sei besser, den Rundgang zu machen, bevor es dunkel werde. Als sie damit fertig waren und in der Tür zu ihrem Zimmer standen, sagte er: Dieser Ort gefällt dir. Vielleicht möchtest du hier leben.

Sie gab keine Antwort, sondern blieb reglos stehen. Unsicher, ob er richtig geraten hatte, was sie sich wünschte, umarmte er sie. Ihr Mund schmeckte noch nach dem Essen, Haar und Kleider rochen ganz leicht nach Schweiß und trugen Geruchsspuren der Stunden, die sie an Flughäfen und im Flugzeug verbracht hatte. Die unvermittelte Intimität erregte ihn wie etwas Verbotenes. Er küßte sie lange, aber in dem Moment, als er fühlte, daß er hart wurde, trat sie zurück.

Zeit für mein Bad, sagte sie sehr leise. Wo wirst du sein?

Hier, sagte er und zeigte auf sein Zimmer genau gegenüber. Ich werde so tun, als würde ich lesen und Musik hören.

Darf ich dann zu dir kommen?

Schmidt stellte den Thermostaten für das obere Stockwerk etwas höher und setzte sich in den roten Sessel in seinem Zimmer. Er hielt das Haus gern kühl, manche würden sagen kalt, aber Alice war das Leben in der Kälte eines Holzhauses an der Nordatlantikküste, an dem Windböen rüttelten, noch nicht gewohnt. Auch nicht das Zusammensein mit einem alten Kerl, der sein Leben lang am Heizöl gespart hatte. Auf seinem Nachttisch lagen der unsäglich traurige Roman eines russischen Juden, der in der Zeit der Schlacht bei Stalingrad spielte, und ein Stapel ungelesener Exemplare des *New Yorker* und der *New York Review of Books*, die sich seit November angesammelt hatten, als er gleich nach dem Tag der Präsidentenwahl seine Rundreise zu den Life Centers angetreten hatte, die in Mittel- und Osteuropa und in verschiedenen ehemals sowjetrussischen Staaten von Michael Mansours Stiftung, noch immer unter Schmidts Leitung, betrieben wurden. Der Roman war so überwältigend, daß er die Lektüre immer wieder unterbrechen mußte, weil er nur eine begrenzte Menge der geschilderten Greuel aufnehmen konnte; er glaubte, gerade jetzt nicht noch eine Szene der Demütigung ertragen zu können. Kannten die adretten, freundlichen Ukrainer, die ihn im Life Center von Kiew begrüßten, diese grauenvolle Geschichte – was sie erzählte, mußte doch auch von ihren Großvätern oder sogar ihren Vätern handeln? Am Abend zuvor hatte er vor dem Einschlafen gelesen und das Buch nach der Szene weggelegt, in der ein alter Bolschewik, ein hochrangiger Kommissar, aus Gründen verhaftet wird, die er nicht versteht. Ein viel jüngerer Kommissar schlägt ihn wieder und wieder, nur um den Willen des Alten zu brechen. Jetzt konnte Schmidt allenfalls seine Gedanken schweifen lassen, während er dem Klassikprogramm des Musiksenders in Connecticut lauschte, auf den sein Radio immer eingestellt war. Alice zog ihn heftig an, ja, aber was er für sie empfand, ging weit über sexuelles Verlangen hinaus. Es war Liebe, die eines alten Mannes freilich. Er wollte sie immer an seiner Seite haben. Er hatte ihr die Ehe angetragen, und heiraten wollte er sie wirklich, da er sich von einer Ehe Stabilität versprach, obwohl die Erfahrung das Gegenteil lehrte, das wußte er wohl. Dennoch hatte er ihr erklärt, er sei bereit, mit ihr zusammenzuleben, wo immer sie wolle und zu jeder Bedingung, die sie stellen mochte. Er hatte sich ihr auf der Basis einer Probezeit mit Zufriedenheitsgarantie angeboten, mit der Versicherung, bei Nichtgenügen werde er sich ohne Widerrede davonschleichen. War es fair, war es vernünftig, einer Frau, die dreiundsechzig war, die Ehe oder eine andere Form des Zusammenlebens mit einem Mann anzutragen, der gerade achtundsiebzig geworden war? Es gab keine andere Antwort als ein Nein auf diese Frage, aber nein wollte er nicht als Antwort gelten lassen, er war sogar ernsthaft der Meinung, daß die Argumente gegen seinen Heiratsantrag womöglich überschätzt würden. Er hatte sie in aller Deutlichkeit auf die Risiken hingewiesen, die ohnehin auf der Hand lagen, und er war noch weiter gegangen: Er hatte ihr sogar gesagt, daß er ihr abraten würde, wäre er ihr Vater oder ihr Bruder. Trotzdem lag die Entscheidung bei ihr. Was seinen eigenen Standpunkt betraf, gab er sich keinen Illusionen hin. Auch wenn eine Heirat das war, was er sich sehnlichst wünschte, wußte er trotzdem genau, welche Strafe eine scheiternde Ehe bedeutet. Im schlimmsten Fall lebt man mit einer Mitgefangenen, die langsam zum Feind wird, und noch im Normalfall mit einem mehr oder weniger unersprießlichen Menschen. Überdies heißt Zusammenleben, daß ein gewisser Grad an körperlicher Intimität vom Partner erwartet wird. Schlimm genug für eine Frau, wenn sie sich den Liebesdiensten eines unattraktiven alten Knackers unterziehen muß – Schmidt hielt alle alten Kerle, sich selbst nicht ausgenommen, für grundsätzlich unattraktiv –, und noch schlimmer für den Mann, von dem erwartet wird, daß er die Initiative ergreift und ab und an sogar das Wunder der Penetration noch einmal vollbringt. Eine innere Stimme erinnerte Schmidt daran, daß Scheidungsgesetze diese Probleme im Griff hatten. Man konnte sich im voraus darauf einigen, daß der unglückliche Ehepartner Fersengeld geben durfte. Vielleicht waren diese Fragen endgültig erst post factum zu beantworten; hier paßte die Warnung: Weitergehen auf eigene Gefahr.

Schmidt machte abrupt Schluß mit diesen Grübeleien. Sie war schön, wohlriechend und begehrenswerter als alle anderen Frauen, die er kannte, mit einer Ausnahme: Carrie, Hekate persönlich, die in Gestalt einer zwanzigjährigen puertoricanischen Kellnerin zu ihm gekommen war. Zwei lange Jahre, die sich unauslöschlich jedem Nerv in seinem Körper eingeprägt hatten, war sie seine Geliebte gewesen. Und dann endete die Idylle, wie nicht anders zu erwarten. Carrie fand einen blonden Riesen, sanft wie ein Lamm, und ging zu ihm, mit Schmidts Segen, schwanger mit einem Kind, über dessen Vater Ungewißheit herrschen würde. Und Alice: Vielleicht kein Zaubergeschöpf der Nacht, aber sein Typ! Und wer wollte sagen, daß das Spiel den Einsatz nicht lohnt? Die Strafe für Feigheit kannte er nur zu gut: grämliche Einsamkeit und Verzweiflung. Seine Befürchtungen, er sei unfair Alice gegenüber, waren dummes Zeug. Sie war erwachsen. Vor einem Augenblick hatte sie noch gefragt, ob sie nach ihrem Bad zu ihm kommen könne. Das war kaum mißzuverstehen.

Beim Frühstück hatte er die ersten Seiten der *Times* kaum überflogen. Jetzt holte er sich die Zeitung aus der Küche, begann zu lesen und fand bald die einzige halbwegs passable Nachricht: Die Neuauszählung in Minnesota hatte wieder einen Vorsprung von Al Franken vor dem jammervollen Norm Coleman ergeben; aber es handelte sich nur um fünfzig Wählerstimmen. Neuauszählung! Schmidt hatte gehofft, das Wort nie wieder hören zu müssen, nachdem die Hinterhältigkeit, die bis zum Obersten Gerichtshof hinaufreichte, W. ins Weiße Haus gebracht hatte. Sonst nur Geschichten voller Horror und Verwirrung. Am Tag zuvor hatte die Hamas aus dem Gazastreifen eine Rakete abgeschossen, die fast 30 Kilometer weit in israelisches Gebiet flog und eine Mutter von vier Kindern tötete. Nach UN-Berichten hatten die Israelis bei ihrem Angriff auf diesen unseligen Streifen Land bereits dreihundertsiebzig Palästinenser getötet, darunter zweiundsechzig Frauen und Kinder. Was bewiesen diese Zahlen, wenn nicht, daß es vergeblich war, Palästinenser in großer Zahl zu töten? Ihren Kampfwillen hatte man damit kaum gebrochen. Aber versuchte die Hamas, israelische Frauen und Kinder zu schonen? Dazu äußerte sich die *Times* nicht. Würden Hamas und Hisbollah Ruhe geben, bevor sie die Israelis aus Israel vertrieben und ins Meer gejagt hätten? Wahrscheinlich nicht, aber wenn sie die Israelis stark genug bedrängten, würden diese die Bombe werfen. Wo sie abgeworfen würde, war eine gute Frage, auf die mit Sicherheit nicht einmal Mike Mansour eine Antwort wußte. Und wenn die Iraner die Bombe ebenfalls besäßen, dann würden sie sicherlich versuchen, sie auf Tel Aviv zu werfen, für die Juden eine Katastrophe im Ausmaß von Auschwitz, worauf die Israelis Teheran und die Insel Kharg auslöschen und damit eine Kettenreaktion auslösen würden, die alle von iranischem Öl abhängigen Länder ins Chaos stürzen mußte. Würde nicht jemand – die Russen, die Pakistanis, die Chinesen oder sogar die Nordkoreaner – den iranischen und arabischen Freunden zu Hilfe kommen? Womit? Schmidt gab auf. Er wußte es nicht, und er war kein Leitartikler der *Times*, mußte also auch nicht so tun, als ob. Er konnte nur hoffen, daß er tot war, bevor die Antwort sich zeigte. Ein anderer Artikel berührte ein Thema, das seinem alten Fachgebiet näher war. Er handelte davon, daß die Börsenaufsichtsbehörde an ihrer Verteidigung der *mark-to-market*-Vorschrift festhielt, die verlangte, daß Finanzinstitute täglich die Aktiva in ihren Bilanzen nach dem Marktwert notierten, also nach dem, was ein Käufer an dem Tag für sie zu bezahlen bereit war. Schmidt war felsenfest überzeugt, daß die Banken das Volk bis aufs Hemd ausplündern würden, sollte diese Regel ausgesetzt oder abgeschafft werden. Jeder, der je mit ihnen zu tun gehabt hatte, war zu diesem Schluß gekommen. Es gab jedoch ein vernünftiges Gegenargument, das der Journalist nicht erwähnt hatte. Es besagte, daß Wertpapiere nicht zwangsläufig wertlos waren, nur weil zur fraglichen Zeit kein Kaufinteresse an ihnen bestand. Sollten sie in den Bankbilanzen wirklich mit dem Wert null geführt werden? Das wäre so, als sagte man, ein Haus in einer schattigen Straße in Scarsdale, das jemand erst vor drei Jahren für zwei Millionen Dollar gekauft hatte, sei plötzlich keinen Cent mehr wert, nur weil der Dow abgestürzt war und sich momentan keine Käufer finden ließen. Wieder ein Rätsel, das Kopfschmerzen bereitete. Womöglich konnte Mike Mansour es lösen. Vielleicht bot sich eine Gelegenheit, ihn am Abend beim Essen zu fragen. Dieser großartige Financier war nie um eine Überzeugung verlegen, und nie hielt er damit hinter dem Berg. Man konnte sich mokieren über Mansour und die Art, wie er sein Geld machte und austeilte, aber wenn er Einschätzungen zu Finanzfragen abgab, war es geraten, gut aufzupassen. Diese Lektion hatte Schmidt im Oktober 2007 gelernt, als Mike ihm riet, Aktien zu verkaufen und statt dessen Schatzbriefe und Gold zu erwerben.

War er eingenickt? Wie lange war sie schon in seinem Zimmer? Erst als sie sagte, Hallo, hier ist die Dame aus Paris, nahm er sie bewußt wahr. Alice konnte sich so lautlos bewegen wie seine Katzen, wie seine verlorene Carrie, und stand nun vor ihm, lächelnd, barfuß, die Fußnägel mit einem Rot lackiert, das er herzergreifend kühn fand, in einem sandfarbenen Trainingsanzug, dessen Material, feinstes Kaschmir, sich so weich anfühlte, daß er glaubte, ihre nackte Haut zu spüren, als er sie in die Arme nahm. Er versuchte sie zu küssen, aber sie wandte den Kopf ab und sagte, Schmidtie, ich möchte ein ernstes Gespräch mit dir führen. (Schmidtie nannten ihn seine Freunde, das war ihr aufgefallen; sein Vorname Albert und dessen scheußliche Diminutive mißfielen ihm.)

Natürlich können wir ein ernsthaftes Gespräch führen, Alice, sagte er, aber erlaubst du mir ein Eröffnungsplädoyer?

Sie nickte.

Es ist ganz einfach: Ich liebe dich. Ich habe über alles nachgedacht, was ich dir sagte, als ich dich im Oktober besucht habe. Es war mir damals ernst, und es ist mir jetzt ernst. Bitte gib mir eine zweite Chance, und lebe mit mir, in einer Ehe oder in Sünde, hier in diesem Haus oder in New York oder in Paris oder wo immer du willst – solange wir zusammensein können und solange ich vollständig zu deiner Zufriedenheit bin.

Er wußte nicht genau, welche Reaktion er erwartet hatte, aber als er ihr Lächeln sah, fühlte er sich erleichtert. Schmidtie, war das ein Eröffnungs- oder ein Schlußplädoyer? Wie nennen Anwälte das? Ein Klagebegehren?

Ein wenig von beidem, antwortete er. Aber bitte denk daran, daß ich meine Beweisführung noch nicht abgeschlossen habe.

Dann beeil dich und schließ sie ab, Schmidtie, sagte sie lachend. Laß mich nicht warten.

Mit einem großen Schritt war er bei ihrem Sessel. Er sank auf die Knie und lehnte den Kopf an ihre Beine.

Warte, warte, flüsterte sie, ich muß dir auch etwas sagen. Ich wäre nicht hier, wenn ich dich nicht gern hätte, wenn ich nicht mit dir zusammensein wollte. Aber dreizehn Jahre sind vergangen. In unserem Alter ist das so lange wie ein ganzes Leben. Weißt du noch, wie du mir gesagt hast, ich solle mich nicht an einen alten Mann binden? Jetzt bist du sogar noch älter, aber Schmidtie, davor hab ich keine Angst. Sorgen macht mir mein eigener Zustand. Ich weiß nicht, was du von mir halten wirst. Ich bin jetzt auch alt, und ich habe den Körper einer alten Frau.

Er protestierte, denn er meinte, das gebiete der Anlaß. Er versicherte ihr, sie habe sich nicht verändert, sie sei immer noch die herrliche blonde Schönheit, in die er sich vor Jahren verliebt habe, nie sei sie begehrenswerter gewesen. Und beim Reden merkte er das Wunderbare: Was er ihr sagte, war die Wahrheit.

Schsch, Schmidtie, antwortete sie, du bist ritterlich, ich weiß. Mußt du auch töricht sein? Hast du dich gefragt, was du vorfindest, wenn ich meine Kleider ausziehe?

Sie nahm seine Hand, führte sie unter ihr Top und preßte sie gegen ihre Brust. Kannst du die Veränderung fühlen? Schlaff. Alles schlaff geworden, mein ganzer Körper. Schlaff und lasch.

Er widersprach aufs neue, aber sie sagte: Schsch! Heute nachmittag wird alles in Ordnung sein, wie neu, als wäre es das erste Mal. Aber heute nacht und morgen dann? Du bist ein so höflicher Mensch, daß du wahrscheinlich versuchen wirst, mich jeden Tag zu lieben, solange ich hier bin. Aber es wird dir wie eine Pflichtübung vorkommen, nicht weil du mich nicht liebst oder mir keine Lust verschaffen möchtest, sondern weil wir alt sind. Was wirst du dann machen? Diese Pillen nehmen? Heimlich natürlich. Du bist sehr korrekt.

O Alice, flüsterte er, sag nichts mehr.

Aber ich hab dir gesagt, daß wir reden müssen. Wie könnten wir diese grauenvolle Party in Water Mill einfach vergessen? Und dann hast du mich nach London kommen lassen. Warum? Um mich zu maßregeln und zu demütigen. Um sicherzugehen, daß ich wußte, wie wütend du warst. Und danach dann dieser schreckliche lieblose Sex. Wie eine Notzucht. Und dann all die Jahre des Schweigens, bis du aus dem Nichts wieder aufgetaucht bist. Warum? Weil du dir ausgerechnet hattest, daß ich verfügbar bin. Stimmt's?

Alice, wir wissen beide, was passiert ist. Ich war ein Narr. Ein Idiot. Das habe ich zugegeben. Ich habe dich um Verzeihung gebeten.

Und ich habe dir gesagt, daß ich nicht wütend bin, nicht mehr. Und daß ich mit schuld war. Aber wir dürfen nicht wieder stolpern. Das könnte ich nicht aushalten.

Sie hatte nicht versucht, seine Hand, die auf ihrer Brust lag, wegzuschieben, und er hatte weiter gestreichelt, die eine und dann auch die andere Brust. Gleichbehandlung. Alice begann zu stöhnen.

Warte, warte, sagte sie. Hör zu. Bitte sprich nicht mehr vom Heiraten. Nicht jetzt. Ich will dich nicht für töricht halten müssen. Überlaß mir, dir die Ehe anzutragen. Wenn ich meine, daß wir soweit sind.

Das verspreche ich, antwortete er. Ich verspreche es.

II

Alice schlief so tief und fest, daß er die Lampe auf der Kommode anschalten und seine Kleider einsammeln konnte, ohne sie zu stören. Das leise Geräusch, das sie hören ließ, war ein zufriedenes Murmeln, meinte er. Dann vergrub sie ihren Kopf unter den Kissen. Daß sie gut schlief nach einer Nacht im Flugzeug und anschließendem Sex, der mit einer überschwenglichen Klimax geendet hatte, war nicht überraschend, erfüllte ihn aber trotzdem mit Stolz. Er sah es als Beweis dafür, daß er seine Sache gut gemacht hatte, daß er ein aufmerksamer Gastgeber war. Auch er war eingenickt, aber nur kurz. Beim Aufwachen merkte er, daß sie einen Arm um ihn geschlungen und sich eng an ihn geschmiegt hatte. Ihre Glut, ihre unverhohlene Konzentration, als warte sie auf einen unglaublich hohen Ton aus der Ferne, der die Explosion von Freude auslösen würde! So war in seiner Erinnerung auch das erste Mal mit ihr gewesen. Mit geschlossenen Augen, den Körper ihm entgegengehoben, hatte sie sich der Lust auf ihre eigene Art so offen und vollständig hingegeben wie Carrie. Gewisse Gesten, die er von Carrie gelernt hatte, wurden jetzt ohne Kommentar und ohne Ärger abgewehrt. Wie unwichtig sie waren, ob willkommen oder unwillkommen! Seine Liebesakte mit Alice hielten sich eigentlich an die Regeln, die er und Mary in ihrer mehr als dreißigjährigen, schicklichen und von großer Zuneigung geprägten Ehe befolgt hatten, aber das Ergebnis war vollkommen anders. Mary war fast nie zum Orgasmus gekommen. Was sie daran hinderte, war ihre tief im Inneren verborgene Angst, daß er Macht über sie gewinnen würde, wenn sie es soweit kommen ließe; davon war er überzeugt. Lieber gab sie sich mit der unreifen Lust zufrieden, die ihr das Petting auf dem Wohnzimmersofa verschaffte, ein unsinnig langes Vorspiel und nach dem Akt eine klebrig kalte Enttäuschung. Wahrscheinlich meinte sie, er habe die Folgen – seine Schuldgefühle, die Demütigung – verdient. Vergleiche anzustellen war schäbig, das wußte er, aber wie sollte er sie vermeiden? Die erschreckende Wildheit, die er mit Carrie erfahren hatte, würde er mit Alice nie erleben, aber Carrie hatte ihn auch an die äußersten Grenzen seiner Ausdauer getrieben. Lange hätte er wohl nicht mehr mit ihr mithalten können.

Er stieg in die Küche hinunter, fütterte die Katzen, brühte sich eine Tasse Tee auf und trank ihn, während er das Feuilleton der *Times* zu Ende las, die er im Erdgeschoß hatte liegenlassen. Dann wusch er sich im Gästebad, um Alice nicht zu stören, und zog sich zum Dinner um. Er sah auf die Uhr. Kein Grund zur Eile. Alice konnte noch eine halbe Stunde schlafen, ohne daß die Zeit bis zum Aufbruch knapp wurde. Wieder in der Küche, goß er sich einen Bourbon ein und schnitt sich ein Stück von dem Manchego ab, den er für das Mittagessen gekauft hatte. So gestärkt, ging er hinaus auf die Veranda an der Gartenseite. Ein feingezeichneter, schmaler Mond hing über dem Teich. Es war windstill, man hörte nur das ferne Rauschen der Brandung. Die Luft war deutlich kälter geworden; das Außenthermometer zeigte gut sechs Grad minus. Es dauerte nicht lange, bis er die Kälte spürte, und er zog sich in die Küche zurück.

Der Sender in Connecticut spielte Beethovens Neunte. Die Musik, eindringlich, fragend und warnend, nahm ihn gefangen. Eine unerträgliche Pause lang blieb das Schicksal aller Menschen in der Schwebe, ungesichert. Dann plötzlich der Jubel, der Aufruf zur Freude. Er stimmte zu: ja, Freude und Dankbarkeit. Wie herbeigerufen von dem triumphalen Crescendo, trat Alice ein, schlank und hoheitsvoll in einem bodenlangen, schulterfreien Futteralkleid aus schwarzem Samt. Schmidts Bewunderung mischte sich mit einer leichten Ratlosigkeit. War es ein Fehler, dieses Kleid zu tragen, das sie bestimmt schon vor vielen Jahren gekauft hatte, zu einer Zeit, da ihre Haut noch die einer jungen Frau gewesen war? Würde er den Mut aufbringen, es ihr zu sagen? Ob sie überhaupt ein anderes Kleid in ihrem Gepäck hatte, das sie statt dessen anziehen konnte? Er ging ihr entgegen und öffnete die Arme. Große Erleichterung. Alices Schultern waren glatt und weich. Er küßte sie und holte tief Luft, um seine Lunge mit ihrem Duft zu füllen. Welch unverhofftes und unverdientes Glück, daß sie so schön war, seine Lippen ihr so willkommen, daß sie ihn anlächelte!

Schmidtie, schau mich an, sagte sie, du sollst nicht einfach hier herumstehen und schnuppern. Findest du mein Kleid in Ordnung? Versuch nicht zu schwindeln. Ich will die Wahrheit hören: Kann ich mich in diesem Kleid zeigen, wenn ich mir etwas um die Schultern schlinge?

Das Etwas war ein aus zwei Seidenbahnen, einer smaragdgrünen und einer weinroten, zusammengenähter Schal, den sie am ausgestreckten Arm hielt.

Bist du sicher, daß es geht? fragte sie. Ich möchte dich nicht in Verlegenheit bringen.

Er lächelte und schüttelte den Kopf.

Du bist vollkommen, mit oder ohne Schal.

Er hatte den Motor des Audi zehn Minuten lang bei eingeschalteter Heizung laufen lassen. Jetzt war der Wagen sicher mollig warm. Nur schade, daß die Vordersitze nicht mehr eine einzige Bank waren, so wie damals in dem Nash, den er sich im College für romantische Fahrten ausgeliehen hatte, sonst könnte sich Alice eng an ihn schmiegen, vielleicht an seinem Ohr knabbern. Statt dessen lag ihre Hand auf seinem Knie und teilte ihm durch wechselnden Druck Augenblicke von Panik mit, wenn sie fürchtete, die Scheinwerfer entgegenkommender Fahrzeuge würden ihn blenden, wenn massige SUVs und Kleinlaster zu dicht auffuhren und wenn an Kreuzungen übersehene Wagen plötzlich aus der Nacht auftauchten, um sich in den Verkehr einzuordnen.

Wir sind fast da, sagte er beruhigend.

Alles gut, wirklich. Entschuldige. Wie wird diese Party?

Wie solche Partys meistens, nicht schlecht. Hervorragendes Essen und sehr guter Wein. Mike spart weder an Quantität noch an Qualität.

Er erinnerte sich, daß sie nichts vergaß, keine einzige Telefonnummer und kein Datum. Sie wußte bestimmt noch, was er ihr in Paris von Mike Mansour und seinen Milliarden erzählt hatte, wie sie sich Jahr für Jahr vermehrten, selbst wenn alle anderen nur Geld verloren; von Mikes Anfängen als ägyptischer Jude, dessen Familie vor Nasser geflohen war; und von der Arbeit der Stiftung, an deren Spitze er Schmidt gesetzt hatte. Wie um zu beweisen, daß Schmidt richtig vermutet hatte, erinnerte Alice ihn daran, daß seine Geschichten von Mikes Scherzen damals von Bitterkeit durchsetzt gewesen seien. Sie fragte, ob sich das geändert habe. Ja, erwiderte er. Ich habe mich verändert, und er hat sich verändert. Er ist ein außerordentlich loyaler, enger Freund geworden. Dazu kommt, daß ich ihm unendlich viel Dank schulde. Du mußt bedenken: Ohne die Arbeit für die Stiftung, ohne die Inspektionsreise zu ihren Geschäftsstellen wäre ich 1995 nicht nach Paris gekommen, und ich hätte dich nicht wiedergesehen!

Mike war zweimal verheiratet und ist zweimal geschieden, erzählte er weiter, aber er hatte in all den Jahren, seit ich ihn kenne, keine ständige Begleiterin. Jetzt gibt es eine

Dame in seinem Leben, aber das ist ein streng gehütetes Geheimnis: Caroline Canning, eine Biographin, die mit einem Romancier verheiratet ist. Sie und ihr Mann kommen zu allen Partys, die Mike gibt, und auch zu den Essen in kleinstem Kreis. Heute abend wirst du sie bestimmt sehen.

Ist dieser Ehemann der Romancier Joe Canning? fragte Alice zögernd. Er ist einer unserer Autoren.

Ja, es ist Joe Canning, erwiderte Schmidt. Mir war nicht klar, daß seine Romane in Frankreich veröffentlicht werden. Weiter im Text: Wer kommt noch? Ganz sicher Gil und Elaine.

Und bei ihnen sind wir morgen abend zum Essen eingeladen?

Er nickte. Als er sie von der Seite ansah, merkte er, daß sie sich auf die Lippen biß.

Nach einer Pause, die ihm sehr lang vorkam, fand sie wieder Worte. Schmidtie, ich mache mir solche Sorgen, sagte sie. Wir werden eine Wunde aufreißen, die kaum geheilt ist.

Nein, das werden wir nicht, beruhigte er sie. Mach dir keine Sorgen. Die Blackmans meinen es gut mit mir. Sie wollen, daß ich glücklich bin. Sie werden dich sehr herzlich aufnehmen. Du wirst sehen.

Er nahm ihre Hand, küßte sie und legte sie wieder zurück auf sein Knie.

Daß Gil, dem er so gut wie nichts verschwieg, ihm dringend geraten hatte, sich nicht von dem widerlichen Popov, der bizarren Szene in Water Mill und dem Fiasko in London abschrecken zu lassen, sondern mit aller Kraft an Alice festzuhalten, das hatte Schmidt ihr nicht erzählt, und er wußte auch nicht, ob er es ihr je verraten würde. Sie sei seine einzige Chance, glücklich zu werden, hatte Gil gesagt. Hätte er auf den Rat gehört, wäre die Wunde längst verheilt. Aber so wie es jetzt stand, empfand sie Gils

Einmischung in ihr Privatleben womöglich als Kränkung. Das durfte nicht geschehen, darauf mußte er achten.

Er fuhr langsamer und bog in die Cobb Road ein. Wer sonst noch da sein wird, ist schwer vorherzusagen, ergänzte er. Mike behauptet, es sei ein kleines Dinner. Zwei Tische mit je zwölf Personen. Aber Mike hält immer Ausschau nach neuen besten Freunden. So hat er auch mich aufgelesen. Und wer weiß, wen noch. Er hat einen sonderbaren Humor und kümmert sich wenig um die Meinung anderer, aber die Leute können seinen Milliarden nicht widerstehen. Ihr Geruch zieht sie an. Wie Katzenminze. Aber mach dir selbst ein Bild davon. Und jetzt sind wir wirklich da.

Er bog an der Flying Point Road links ab, fuhr dann rechts in eine Einfahrt und kurbelte das Fenster an seiner Seite herunter. Ein Wachmann trat aus der Dunkelheit und rief: Guten Abend und ein gutes neues Jahr für Sie und die Dame, Mr. Schmidt. Bitte fahren Sie zum Eingang.

Ihnen auch ein gutes neues Jahr, Carter, rief Schmidt zurück. Carter war ein guter Mann. Er würde den Wagen so parken, daß er in der richtigen Richtung für den Rückweg stand, damit Schmidt nicht rückwärts aus der langen Einfahrt herauszufahren brauchte, eine Kunst, die er früher exzellent beherrscht hatte – meinte er jedenfalls. Jetzt vermied er es möglichst, weil er fürchtete, die üblen Schmerzen, die ihm die dafür notwendige Drehung des Kopfes bereitete, würden die Koordination zwischen seinen Augen und seinen Händen unmöglich machen.

Eine große Ruhe war über Schmidt gekommen. Alice saß an Mikes Tisch zu seiner Rechten, und Gil war an ihrer anderen Seite. Daß Mike sie zum Ehrengast gemacht hatte, war eine elegante Geste. Mansour wußte weniger als Gil von der Geschichte mit Alice, aber er war von Anfang an für die reizende Dame in Paris gewesen. Noch wichtiger für Schmidt war der Anblick von Alice und Gil, die sehr angeregt miteinander plauderten und lachten. Schmidt fand, daß auch er bei der Sitzordnung gut weggekommen war. Er hatte den Platz zwischen Elaine und Caroline, mit der er sich inzwischen ebenso verbunden fühlte wie mit Mike, er saß in sicherem Abstand zu den drei tiefgebräunten Frauen mit den großen weißen Zähnen und der gelackten blonden Haarpracht. Er kannte weder sie noch die beiden massigen Männer, noch den dritten, der kreidebleich und ausgezehrt war. Die drei Paare – Paare waren sie ganz eindeutig, auch wenn er nicht wußte, welche Frau zu welchem Mann gehörte – schienen einander gut zu kennen. Irgend etwas an ihnen – die langen Kleider in Pastelltönen? Die bunten Fliegen und Kummerbunde? Die Floridabräune? – kam Schmidt gespenstisch bekannt vor, wie der Refrain eines Liedes, an den man sich noch erinnert, wenn die übrigen Worte vergessen sind. Heureka! Der Meadow Club mußte der gemeinsame Nenner sein. Öffnete diese letzte Bastion dessen, was die Hamptons einmal gewesen waren, jetzt selbst dem einen oder anderen superreichen Juden ihre Tore? Das gehört sich doch nicht! Wenn es stimmte, ließ Mike seinen neuen Brummkreisel tanzen, indem er eine Handvoll seiner Clubgenossen einlud. Tatsächlich hatte Schmidt, als die Drinks serviert wurden, mehr arische Musterexemplare als Vertreter des Auserwählten Volks gezählt. Sicher wußte er nur, daß der Hausherr, Gil und Elaine und Joe Canning, wenn der überhaupt da war, dazu gehörten. Bruce Holbein und seine Ehefrau, diese Plaudertasche, und fünfzig Prozent von Alice als Gegengewicht zu den Club-Goyim! Caroline war eine Schickse, davon war Schmidt überzeugt. Das und nichts sonst erklärte, warum sie Joe ertrug. Sie büßte für die Sünden der Judenhetzer, ihrer Mutter, ihres Vaters, ihrer Brüder und Schwestern. Aber wo war Joe? Als Schmidt im Wohnzimmer seine zwei Martinis trank und sich vergewisserte, daß Alice nicht im Aus gelandet war, hatte er ihn nicht gesehen, aber er hatte auch nicht wirklich nach ihm gesucht, und Joe, hinterlistig wie er war, konnte gut hinter einem Fikus gelauert haben. Aber jetzt hätte er aus seinem Versteck herauskommen müssen. Fehlte sonst noch jemand? Der andere Stuhl neben Caroline war leer. Er warf ihr einen fragenden Blick zu.

Das ist Joes Platz, sagte sie, wie um einer Frage vorzubeugen. Es fällt ihm immer schwerer, mit Gruppen umzugehen, die er nicht kennt, deshalb habe ich Mike gebeten, ihn in einem freien Zimmer mit seinem Wodka allein zu lassen. Mike ist so verständnisvoll! Er hat Joe in das Studio abseits der Eingangshalle geführt und ihn eigenhändig mit einer Karaffe Wodka und einer Schale Kaviar versorgt!

Mike hat allen Grund, Joe Kaviar zu bringen, dachte Schmidt bei sich, als er Caroline musterte. Er steht bei ihm tief in der Kreide!

Ich konnte merken, daß Joe sich gefreut hat, fuhr Caroline fort. Er wird gleich kommen. Ja, und ihn beim Dinner neben mir zu plazieren ist auch eine von Mikes freundlichen Gesten. In Joes Familie und bei den Freunden seiner Eltern saßen Eheleute immer zusammen. Er möchte es genauso haben! Dann fühlt er sich wohler.

Aha, sagte Schmidt.

Ach komm, Schmidtie, findest du das nicht rührend? In der Gesellschaft macht man die Sachen so oder so. Ehe du dich versiehst, wird daraus eine Regel, an der niemand mehr rütteln möchte; man schließt sich einfach an. Joe findet es unnötig, sich anzupassen. Wie auch immer, wir werden älter und haben alle mehr und mehr sonderbare Eigenarten. Vielleicht sogar du, Schmidtie!

Sicher, antwortete er.

Aber ich wette, du weißt nicht immer, welche Eigenarten. Das Besondere an Joe ist, daß er es weiß. Er weiß es wirklich! Wahrscheinlich ist er deshalb ein so guter Autor. Übrigens, der neue Roman, an dem er schreibt, ist wunderbar.

Das ist eine gute Nachricht. Wir hatten schon mindestens zwei Jahre lang keinen neuen Canning mehr.

Genaugenommen drei Jahre, korrigierte sie ihn. Er sagt, er genießt es, langsamer zu schreiben. Und sein Eis langsam zu essen. Früher hat er immer versucht, damit fertig zu werden, bevor es schmolz. Jetzt hat er gemerkt, daß es ihm schmeckt, wenn es flüssig ist. Er hat zur Zeit wirklich viel zu tun. Gil und er arbeiten an einem Treatment für die Verfilmung von Joes erstem Roman, der vom Leben seiner Großmutter handelt. Das Thema geht Joe so nahe, daß er sehr empfindlich ist. Ich halte die Daumen.

Schmidt kannte den Plan, Gil hatte ihm davon erzählt, und er hätte sie gern gefragt, ob Joe auf irgend etwas nicht empfindlich reagiere. Aber bevor er den Mund aufmachen konnte, klopfte sie ihm auf die Hand und sagte: Schau, da ist er endlich.

Tatsächlich, Canning kam auf den Tisch zu. Man hätte behaupten können, er schlendere durch den Raum, wenn er nicht beim Gehen den linken Fuß nachgezogen hätte, womöglich, weil er einen leichten Schlaganfall erlitten oder Rückenprobleme hatte, oder aber – und das hielt Schmidt für wahrscheinlicher – weil er seinen Widerwillen, näher zu kommen, demonstrieren wollte. Endlich drückte er einen Kuß auf Carolines Kopf und setzte sich sofort an seinen Platz, ohne Schmidt eines Blickes zu würdigen und ohne dessen ausgestreckte Hand zu beachten. Das paßte zu Joe. Was für ein grotesker Mensch: ein Anwalt, der irgendwas mit dem Management einer Versicherungsgesellschaft zu tun hat, sich zum Schriftsteller

ummodelt, von einer Frau scheiden läßt, die genauso unangenehm ist wie er, und dann prompt diese wunderbare
blonde Frau heiratet, die auch noch eine bekannte und ge-
achtete Biographin ist! Diesen Coup landet er sogar noch
vor der Veröffentlichung seines ersten Romans, mit dem
er berühmt wird, und er bleibt so widerwärtig wie eh und
je! Warum muß er mich jedesmal, wenn wir uns begegnen,
auf die eine oder andere Weise vor den Kopf stoßen? Er
zog seine Hand zurück.

Joe, sagte Caroline, Schmidtie ist hier, er hat versucht,
dich zu begrüßen. Und an seiner anderen Seite sitzt Elaine.

Ja, ja, antwortete Canning verdrossen, sogar in meinem
geschwächten Zustand – *non sum qualis eram* – hi! hi! erkenne ich meinen alten Bekannten aus dem College und
von der Law School noch wieder, und auch die Frau meines gelegentlichen Mitarbeiters, der ebenfalls ein Kommi-
litone war. Ich sehe sie oft genug hier. Sozusagen jedesmal,
wenn ich einen Fuß in dieses Haus setze? Heißt das, zweimal pro Tag? Oder gilt Gil jetzt als Freund? Was weiß ich.

Das hätte ein Stichwort für Elaine sein können, beiden
Cannings zu versichern, wie sehr Gil und sie ihnen zuge-
tan seien, oder für Schmidt, Canning sein Glas Rotwein
ins Gesicht zu schütten, was er liebend gern getan hätte, wenn es möglich gewesen wäre, ohne Caroline zu be-
spritzen. Aber Elaine nahm das Stichwort nicht auf, und
Schmidt ließ sich nicht provozieren, sondern sagte sich
nur: Dieser gottverdammte Canning hat Elaine verärgert,
eine Leistung, die bisher niemand für möglich gehalten
hätte. Aus Mitgefühl mit der höflichen, klugen Caroline
richtete er das Wort an Canning: Ich freue mich sehr, Sie
zu sehen, Joe. Ich bin gerade aus Europa zurück. Wir sind
uns schon eine ganze Weile nicht mehr begegnet.

Das ist doch ganz unwichtig, Schmidtie. Auf solche Tri-
vialitäten achtet man nicht.

Seine Stimme wurde unhörbar, aber er starrte Schmidt immer noch an. Wartete Canning womöglich auf eine Antwort, weil er sich einbildete, er hätte etwas gefragt? Schmidt hatte mehr als genug von ihm, und da offensichtlich weder Elaine noch Caroline Anstalten machten, das Gesprächsthema zu wechseln, beschloß er, einzuspringen, auch wenn Caroline sich dann nur noch mit ihrem Mann unterhalten konnte. Aber das war ihr Problem. Mike und sie hatten gute Gründe, Cannings Launen nachzugeben, ihn zum Beispiel am Tisch an den gewünschten Platz zu setzen und die etwas unangenehmen Folgen zu tragen, aber Schmidt hatte solche Gründe durchaus nicht. Canning setzte Freundschaftspflichten außer Kraft, darauf konnte man sich verlassen.

Also nutzte er eine Pause in Elaines Unterhaltung mit der ausgemergelten Stütze des Southamptoner Clubs zu ihrer Linken und sagte: Liebe Elaine, ich bin so froh und dankbar, daß du Alice und mich morgen zum Abendessen eingeladen hast. Sie war etwas angespannt, aber ich glaube, ich habe sie beruhigt, und daß sie sich heute abend mit Gil unterhalten kann, müßte ihr zeigen, daß alles gut wird. Ich wünsche mir nichts mehr, als daß ihr, du und Gil, sie richtig kennenlernt – und gern habt.

Natürlich wird alles gut, Schmidtie, Lieber. Elaine nahm seine Hand und drückte sie.

Er hatte mit ihr über Alice sprechen müssen, und das war jetzt geschafft.

Danke, danke, sagte Schmidt, das kann ich dir heute abend wieder und wieder sagen, und es wäre doch nicht genug. Ich möchte dich nach den Mädchen fragen. Morgen haben wir vielleicht kaum Gelegenheit, von ihnen zu reden. Wie geht es ihnen?

Die Mädchen waren drei an der Zahl, Lily, Elaines Tochter aus erster Ehe, und ihre beiden Kinder mit Gil.

Mädchen! So hatten sie die drei vor zwanzig Jahren immer genannt, obwohl sie schon damals junge Frauen waren. Schmidt mochte sie, sein Interesse war nicht vorgetäuscht, und Elaine auf dieses Thema zu bringen hatte einen unschätzbaren Vorteil: Solange er ab und zu ein »wirklich« oder »außergewöhnlich« oder »ich hatte keine Ahnung« einflocht, würde Elaine den Rest beisteuern. Sie würde erzählen, bis etwas oder jemand sie zum Aufhören nötigte. Er mußte nur vermeiden, irgend etwas zu sagen, das ihr das Gefühl gab, sie müsse im Gegenzug über seine Tochter Charlotte sprechen. Offenbar gelang ihm das ganz gut, denn Elaine plauderte munter weiter, während er Alices perlendem Lachen lauschte. Kurz vor Mitternacht erhob sich Gil zu einem Toast auf Mike, auf ihren zukünftigen Präsidenten und auf das neue Jahr, das mit Sicherheit besser werde als das alte. Die Dienstboten bliesen in ihre Papptrompeten, den Gästen hatte man keine gegeben. Dann übernahm Mike Mansour. Er hielt eine Rede, seine Stimme wurde dröhnender, während er eine Theorie ausführte, deren frühere Versionen er Schmidt bereits zu anderen Gelegenheiten dargelegt hatte: Obamas Präsidentschaft sei zum Scheitern verurteilt, sosehr er, Mike, persönlich auch wünsche, daß sie erfolgreich würde.

Die Frage ist, betonte er, die Frage ist, ob er den amerikanischen Politikern seinen Willen aufzwingen kann. Der letzte Demokrat, der das geschafft hat, war LBJ. Er packte sie an den Eiern – ich bitte um Entschuldigung, Alice –, und bevor er zudrücken konnte, sagten sie: Jawohl, Herr Präsident. *Pas de problème!* Aber Obama ist schwarz. Schwarz in dem Land mit dem schlimmsten Rassismus auf der Welt.

Langsam, langsam, unterbrach ihn Gil, dieses rassistische Land hat ihn gerade zum Präsidenten gewählt! Mit einer gewaltigen Zahl an Stimmen!

Die Frage ist, fuhr der Finanzmagnat fort, ob das Land wußte, was es tat. Ich sag's euch: Zu viele, die ihn gewählt haben, hatten keine klare Vorstellung. Jetzt sagen sie, das Weiße Haus wird zum Schwarzen Haus, und so hätten sie nicht gewettet. Daß das ganze Bild sich ändert, wollten sie nicht! Na gut, Barack, Michelle – Chapeau sage ich, eine tolle Frau ist das – und die süßen kleinen Mädchen, das kann man vielleicht durchgehen lassen, aber die Schwiegermutter und wer sonst noch, die obdachlose Halbschwester, die Halbbrüder, die ganze *smaila*! Wie sagt man hier: die ganze *Mischpoke*? Das geht dem Klempner Wurzelbacher zu weit. Obama muß ein solcher Gutmensch sein, daß ihm Hände und Füße gebunden sind. Habt ihr ihn mit McCain debattieren sehen? McCain ist ein Schmock, total verrückt, das gebe ich euch schriftlich, der war zu lange im Hanoi Hilton, zu lange in der Sonne, was auch immer. Habt ihr gesehen, wie er immer grinste, wenn Obama redete? Nicht einmal, nicht zweimal, sondern jedesmal! LBJ hätte gesagt: Schmink dir das Feixen ab, oder ich mach dich einen Kopf kürzer. Barack kann das nicht. Ein schwarzer Mann darf *The Man*, den Mächtigen, nicht schuriegeln, das geht nicht. Bloß keine bösen schwarzen Männer, bitte nicht! Obama hat höflich zu sein und nett zu allen, und ihr wißt ja, *nice guys finish last*, die Netten haben das Nachsehen.

Dann redeten alle durcheinander, Gil brüllte Mike an, Mike und der Southamptoner Club brüllten Gil an, Alice lachte und lachte, und Schmidt fragte sich, wie Michelles Lachen klingen mochte.

Was hältst du von Mikes Vorhersagen? fragte Schmidt Caroline.

Du und ich, wir hören sie nicht zum erstenmal. Ich fürchte, mit dem amerikanischen Rassismus hat er recht. Mir macht etwas anderes noch mehr Sorgen: Kann Obama führen? Er und sein Stab haben einen brillanten Wahlkampf gemacht. Aber werden sie genauso gut regieren können? Ehrlich gesagt, hoffe ich es, aber ich habe Angst.

Natürlich hast du Angst, sagte Schmidt. Wir stehen am Rand eines Abgrunds.

Die Gäste standen Schlange, um Mr. Mansour zu danken. Caroline war weitergegangen, und Schmidt fand sich neben Elaine. Sie sagte, sie könne ihm erklären, warum Joe sich noch unerträglicher aufführe als gewöhnlich.

Es ist schrecklich, erzählte sie. Gil freut sich so auf die Adaption von Joes erstem Roman, aber er macht sich auch furchtbare Sorgen. Erst in diesem Monat, als du verreist warst, ging Caroline mit Joe zu einem Neurologen in New York – dem besten, er war Mrs. Astors Arzt. Wie auch immer, dieser Mann meint, daß Joe unter Alzheimer im Frühstadium leidet.

Sonderbar ist er immer schon gewesen, nicht nur widerwärtig, antwortete Schmidt. Was sie auf die Idee bringe, daß noch etwas dazugekommen sei?

Er hatte auf einmal Mühe, Schecks auszufüllen. Offenbar nimmt er es mit seinem Scheckheft sehr genau. Weder seine Sekretärin noch Caroline durften es auch nur anfassen. Das muß er selbst machen, er muß die Kontoauszüge prüfen, Soll und Haben ins Gleichgewicht bringen – alles. Und auf einmal konnte er es nicht. Er blieb stecken. Konnte nicht mehr zusammenrechnen. Das hat er selbst gemerkt. Und nicht lange danach wollte er sein Auto in die Werkstatt in Springs bringen, die sie immer benutzen – er ist tausendmal da gewesen –, und er fand den Weg nicht mehr. Wußte überhaupt nicht mehr, wo er war. Fuhr immer im Kreis herum. Schließlich hielt er an einer Kreuzung und rief Caroline an. Sie kam zu ihm. In alltäglichen Dingen war er schon immer vergeßlich, aber nie so wie jetzt, sagt Caroline. Ich mache mir schreckliche Sorgen wegen

Gils Projekt mit Joe. Wird er die Handlungsstränge im Kopf behalten können? Das macht Gil wahnsinnig.

Das ist wirklich schlimm.

Die Aussichten für Mike und Caroline als Paar waren plötzlich viel günstiger, das konnte dem Finanzmagnaten nicht entgangen sein. Aber er mußte darauf achten, seine Zufriedenheit nicht zu zeigen. Caroline war eine gütige Frau, sie würde bis zum Ende loyal zu Joe stehen. Sie würde ihn pflegen, solange sie konnte, und jedes Zeichen für Mikes Ungeduld schwernehmen.

Richtet Mike aus, daß Gil und ich ihm gute Nacht und alles Gute wünschen. Gil kommt gerade aus der Toilette. Ich bringe ihn nach Hause. Er ist todmüde und wird nicht länger bleiben wollen. Wir sehen euch morgen abend, ihr Lieben. Um acht.

Schmidt drückte Alice die Hand. Wir sind als nächste an der Reihe, flüsterte er, Kuß hier und Kuß da und danke, danke, und dann gehen wir auch nach Hause.

Endlich wandte sich der große Herr ihnen zu, küßte Alice die Hand in seinem feinsten Ägypter-im-Exil-Stil, klopfte Schmidt auf die Schulter und drückte ihm den Oberarm und wünschte ihnen *félicitations*. Er ist einer der Besten, versicherte er Alice. Wahrscheinlich mein engster Freund, *pas de problème*. Solange er meinen Rat annimmt, wird er gut damit fahren. Mein Rat in diesem Moment: Er soll sich an Sie halten!

Sie waren schon fast an der Tür, da kam Caroline und zwei Schritte hinter ihr Joe.

Frohes neues Jahr und gute Nacht, Schmidtie, rief Caroline. Wir müssen uns bald mal wieder sehen. Zum Mittagessen, hier? Mike wird sicher etwas organisieren. Bis dann, aber willst du uns nicht deiner Pariser Freundin vorstellen? Sie wandte sich zu Alice. Ich bin Caroline Canning.

Alice streckte ihre Hand aus, und Schmidt sagte: Entschuldigung, ich bin verwirrt und durcheinander, noch mehr als sonst. Das ist Alice Verplanck. Sie ist Lektorin bei Éditions du Midi, Joes französischem Verlag, wie sie mir sagt.

Ja, die haben alle meine Bücher veröffentlicht, meldete sich Joe. Alice Verplanck, Alice Verplanck, ja richtig, die Freundin meines Lektors Serge Popov. Und zu Caroline gewendet: Was macht sie denn hier mit dem pensionierten Anwalt Schmidt?

Sie besucht mich, Joe, erwiderte Schmidt. Und zu Ihrer Information; Serge ist tot, in diesem Jahr gestorben.

Sie gingen schweigend zum Auto, aber sobald sie aus der Einfahrt heraus waren, hörte Schmidt, daß Alice schluchzte. Was für ein grauenvoller Mann. Wie konnte er nur!

Es ist in Ordnung, beruhigte Schmidt sie, alles in Ordnung, wirklich. Canning ist ein gräßlicher Mensch. Aber sein Theater heute abend hat womöglich etwas damit zu tun, daß er krank ist. Elaine hat mir erzählt, daß er Alzheimer hat. Ich habe ihn nie ausstehen können, egal ob er krank oder gesund ist.

So wenig wie ich deinen Popov ausstehen konnte, wollte er gerade sagen, da erklärte sie: Weißt du, Serge konnte ihn auch nicht leiden. Er fand nur seine Bücher gut.

Spricht für Popov, dachte Schmidt, und gut für Alice. Die Wunde heilt, vielleicht ist es schon soweit.

Als sie nach Hause kamen, war es schon kurz vor ein Uhr morgens. Komm, Alice, Süße, sagte er zu ihr, es ist gut. Wir haben sogar Canning überstanden. Laß uns was trinken.

Dann erinnerte er sich. Solltest du nicht deinen Sohn anrufen? fragte er.

Um diese Zeit? Sie schien überrascht zu sein.

In Melbourne ist es Nachmittag.

Danke! Du hast recht. Mich hätte er nicht anrufen können, sagte sie mit einem Kichern. Er weiß nicht, daß ich bei einem alleinstehenden Herrn wohne. Danke dafür! Er ist sicher am Strand, aber ich spreche ihm eine Nachricht aufs Band.

Dann war Tommy doch am Telefon. Schmidt ging in die Küche, holte eine Flasche Champagner aus dem Kühlschrank, stellte sie auf ein Tablett, zwei Gläser dazu, und wartete, bis Alice fertig war. Dies war ein erster Schritt gewesen. Von jetzt an wollte er sich jede Stunde und jeden Tag um sie kümmern, wenn sie es nur zuließe. Sie tranken auf das neue Jahr und fummelten – anders konnte man es kaum nennen – dann im Dunkeln auf dem Sofa in der Bibliothek, während im Kamin ein Feuer knisterte und der Connecticut-Sender Glenn Goulds Aufnahme der Goldbergvariationen spielte. Irgendwann, er achtete schon nicht mehr auf die Digitaluhr im Bose-Lautsprecher, erinnerte sie ihn daran, daß es schon spät war und daß sie beide müde seien. Zeit, schlafen zu gehen.

In mein Bett, flüsterte er.

Ja, aber nur zum Kuscheln.

Und dann fügte sie hinzu: Ich bin recht zufrieden mit dir. Ich glaube, ich behalte dich. Und werde dich wohl nicht umtauschen. Aber wir müssen weiter nachdenken, überlegen, wo wir gewesen sind und wie es weitergehen soll. Abgemacht?

Unverhofftes Glück und anschließend ein paar Stunden traumloser Schlaf. Hellwach und erfrischt, zog Schmidt leise Pyjama und Bademantel an und ging hinunter in die Küche. Er trank den Rest Champagner und streckte sich dann auf dem Sofa in der Bibliothek aus. Sie hatte ihn gebeten, ihrer beider Geschichte noch einmal zu überdenken. Ja, das würde er tun, obwohl er schon unzählige

Male darüber gegrübelt hatte und nie intensiver als in den letzten Monaten, seit er von dem grotesken Unfall erfahren hatte, Popovs Todessturz von einem dieser Fahrräder, die jeder Dummkopf fast überall in Paris leihen konnte. Gil, der in den Jahrgangsnotizen des Harvard-Monatsheftes gelesen hatte, daß Popov gestorben war, hatte ihm die Nachricht weitergegeben. So hatte sich der Tod noch einmal eingemischt, um Alices Leben mit dem seinen zu verknüpfen. Zuerst hatte er Alices Ehemann Tim Verplanck hinweggerafft und dann in einem bizarren Ausfall Popov. Und beim Nachdenken über Alices und seine Geschichte würde Schmidt sich auch andere, damit verflochtene Begebenheiten über die Jahre der Leere hinweg wieder in Erinnerung rufen.

III

Als W & K damals im Februar 1995 allen aktiven und pensionierten Partnern die Anzeige vom Tod Tim Verplancks zuschickte, war Schmidt erschüttert. Tim konnte nicht älter als vierundfünfzig sein, dachte er, so jung und so gesegnet mit allem, was einen Mann glücklich machen sollte! Dazu noch – allem Anschein nach – mit ausgezeichneter Gesundheit. Schmidt wußte, daß es Krankheiten gibt, gegen die auch die moderne Medizin immer noch machtlos ist. Sie schleichen sich ein und töten. In der Anzeige stand nichts über die Todesursache, und sie enthielt auch nicht die sonst üblichen Adressen, an die man Spenden statt Blumen schicken konnte. Und sie sagte nichts über ein Begräbnis oder eine Gedenkveranstaltung. Damals war der Tod eines Partners von W & K noch gut für einen Nachruf in der *Times*, oft mit Foto. Man mußte noch kein an Demenz leidender Quarterback oder ein einhundertzwei Jahre alter Jazzmusiker sein. Ein Anruf von einem Familienmitglied oder dem leitenden Partner der Firma genügte, und vielleicht bot man noch an, die im *Who's Who* verzeichneten Informationen mit einer Anekdote zu ergänzen. Aber in der Zeitung erschien nichts über Verplanck, nicht einmal eine der Todesanzeigen, die W & K normalerweise formulierte und bezahlte, ganz gleich ob es einen Nachruf gab oder nicht. War diese Aufgabe womöglich zwischen zwei Stühle gefallen, weil Tim in den letzten zehn Jahren in Paris gelebt hatte und auch seine Witwe dort wohnte und weil dieser Rohling Jack DeForrest, der leitende Sozius, neidisch auf Tims befremdlich frühen Ruhestand gewesen war?

Schmidt meinte, zum letzten Mal habe er Tim auf dem Empfang des Union Clubs gesehen, im Anschluß an den Trauergottesdienst für Dexter Wood in der St.-James-Kirche, zu deren Gemeindevertretern dieser Titan des Rechts gehört hatte. Er hatte Tim mit seiner schlanken hochgewachsenen Gestalt, dem rotbraunen Haarschopf, dem sonnengebräunten Gesicht und dem ständigen spöttischen Ausdruck gleich entdeckt; er fiel in der Phalanx der Wichtigtuer in marineblauen Anzügen, weißen Hemden und schwarzen Krawatten, der Uniform, die männliche W & K-Partner bei solchen Gelegenheiten trugen, sofort auf. Tim und er unterhielten sich kurz. Nein, Alice habe nicht nach New York mitkommen können, ihre Mutter sei krank. Aber ihm und Alice gehe es gut. Hervorragend, hatte er sogar gesagt. Ob Schmidt und Mary nicht mal nach Paris kommen wollten? Dann verabreden wir uns zu einem schönen Dinner *à quatre*. Nachdem er die Frage gestellt hatte, lachte Tim, ha, ha, ha, die verblüffende, überschäumende Koda, mit der er seine Äußerungen meistens abschloß. Freut mich wirklich, dich zu sehen, ha, ha, ha! Habe die ganze Nacht gebraucht, um diesen Schriftsatz zu verfassen, aber hier ist er, ha, ha, ha! Joe Jones hat angerufen, er schustert uns eine neue Transaktion zu, ha, ha, ha! Nein, zu eurem Dinner können Alice und ich nicht kommen, wir essen mit dem Präsidenten von Yale, ha, ha, ha! Weiter als »kommt nach Paris, ha, ha ha!« war ihre Unterhaltung nicht gediehen, denn Lew Brunner, der New Yorker Seniorpartner, mit dem Tim in den letzten Jahren am engsten zusammengearbeitet hatte, schob sich zwischen sie und fing an, mit Tim Klatsch über Mandanten und Abschlüsse auszutauschen, der Schmidt nicht interessierte. Wie bald danach war Tim ausgeschieden? Ein Jahr später, vielleicht anderthalb? Kurz vor Marys erster Operation war es wohl gewesen. Schmidt war sechzig geworden und hatte in aller Eile seinen Ruhestand in die Wege geleitet. Er wollte in der Zeit, die ihr noch blieb, bei ihr sein, eine kurze Spanne, das wurde ihnen schnell klar.

Aber nichts, absolut nichts hatte auf Tims Entscheidung hingedeutet. Das Mindestalter von sechzig Jahren, den Zeitpunkt, zu dem die Partner nach Firmenplan in den Ruhstand gehen durften, hatte er noch längst nicht erreicht. Er war ein beliebter und hart arbeitender Sozius. Niemand hatte gewollt, daß er geht. Als Jack DeForrest, früher im selben Jahr leitender Partner geworden, beim Firmenessen die Modalitäten für Tims Abfindung erläuterte, gab er als Erklärung nur an, der junge Verplanck wolle ein Buch schreiben. Daraufhin hob einer der neuernannten Partner die Hand und fragte, warum es überhaupt angemessen sei, einem Sozius ohne Gesundheitsprobleme, der sich mit fünfzig entschließe, in den Ruhestand zu gehen, eine Abfindung zu zahlen. DeForrest fuhr ihm so über den Mund, daß er keinen Ton mehr sagte. Er habe den Deal abgeschlossen und sei nicht bereit, sich vor einem Grünschnabel dafür zu rechtfertigen. Unterdessen mokierte sich gut die Hälfte der am Tisch Sitzenden: Verplanck habe immer mehr Geld gehabt, als ihm guttat. Warum in aller Welt sollte der arbeiten wollen? Prompt eintretende selektive Amnesie: Als der Nachtisch serviert wurde, hatten alle vollkommen vergessen, daß Tim als Mitarbeiter regelmäßig eine Rekordzahl anrechenbarer Stunden zusammengetragen und als Sozius Transaktionen von erstaunlichem Umfang bewältigt hatte. Nur an sein Geld und seinen Schick erinnerte sich dieses Wolfsrudel noch. Schmidt ging höchst verstimmt in sein Büro zurück und wollte schon DeForrests Nummer wählen und den Potentaten auffordern, ihm reinen Wein einzuschenken, merkte dann aber, daß er es nicht konnte. Der Groll gegen seinen einstmals besten Freund in der Firma saß zu tief;

den Triumph, daß Schmidts hochgeschätzter Schützling beschlossen hatte, ihn im unklaren zu lassen, wollte er De-Forrest nicht gönnen. Er legte den Hörer auf. Aus dem gleichen Grund: weil es ihn wurmte, keine Informationen zu haben, keine Andeutung, daß es ein Gesundheitsproblem gegeben habe, fragte er DeForrest fünf Jahre später nicht, woran Tim gestorben war, und er erkundigte sich auch nicht bei Lew Brenner, wofür es allerdings keinen Grund gab, außer daß es ihm nicht in den Sinn kam, weil er gerade Chef von Mike Mansours Life Centers geworden war und zuviel Arbeit hatte. Statt nachzufragen, schrieb er einen Brief an Alice Verplanck, in dem er seiner Traurigkeit und dem Gefühl freundschaftlicher Verbundenheit freien Lauf ließ. Ohne Zweifel wisse sie, daß Tim ihm von allen seinen Assistenten am liebsten gewesen sei, ein junger Anwalt, den er mehr bewundert habe als jeden anderen Mitarbeiter in seiner langen Karriere. Zufällig sei er im Aufbruch zu einer Geschäftsreise nach Ost- und Mitteleuropa und werde den Rückweg über Paris nehmen. Ob er sie besuchen dürfe? Ihre mit einem europäischen Expreßdienst versandte Antwort traf unmittelbar vor seiner Abreise ein. Darin stand ihre Telefonnummer, eine andere als die im Telefonbuch, und die Versicherung, daß sie ihn gern erwarte.

Der alte Dexter Wood persönlich, seit dem Tod des anderen Firmengründers Alleinherrscher in der Kanzlei, hatte Tim angeworben. Bei mehr als einem Arbeitsessen hatte er die versammelten Partner daran erinnert, welch Musterexemplar der junge Mann sei und welch Glücksfall, daß man ihn für die Kanzlei habe gewinnen können – dank der diskreten Unterstützung seines alten Freundes Justice John Harlan, mit dem er vor Jahren Tennis gespielt und als Anwalt praktiziert hatte und für den Tim als Assistent ar-

beitete. Daß Verplanck sich für die Firma interessiere und
der Justice ihn darin bestärke, sei ein deutliches Vertrau-
ensvotum für W & K, sagte er dann mit erhobener Stimme. Niemand widersprach ihm. Offenkundig besaß Tim
alles, alle Fähigkeiten, die ihn, wie die jüngeren Partner
es nannten, zum Komplettpaket machten. Gutaussehend,
herrlich schlank, trug er diskret maßgeschneiderte Anzüge
und Hemden, die nicht laut herausschrieen, daß sie aus
der Savile Row stammten, und war umgeben von einer
Aura alten New Yorker Geldes. Als Collegestudent in Yale
war er ein Star gewesen, und in der Harvard Law School
hatte er ebenso geleuchtet, und ganz selbstverständlich
folgten dann die besten Praktika, zuerst am Second Cir-
cuit in New York und dann bei dem Richter am Supreme
Court, der wohl das Beste darstellte, was das juristische
Establishment der Ostküste zu bieten hatte.

Schmidt war damals gerade Sozius geworden. Die frohe
Botschaft, daß er zum Partner ernannt worden sei, hatte ihm Dexter Wood am Tag vor Thanksgiving 1967 gebracht, knapp ein Jahr vor Tims Ankunft. Der alte Herr
war in Schmidts Büro gekommen, hatte die Tür hinter sich
geschlossen und dem jungen Mann, der sich eilends erhe-
ben wollte, bedeutet, er solle sitzen bleiben und weitermachen, das hieß, weiter die Dokumente in seine Aktentasche
stopfen, die er nach Bridgehampton mitnehmen wollte,
um sie am langen Wochenende zu bearbeiten. Unter diesen Papieren war ein Schriftsatz, den er entworfen hatte
und am Montag Mr. Wood hatte unterbreiten wollen. Er
machte sich Sorgen, denn er hatte noch nie unter unmittel-
barer Aufsicht des alten Herrn gearbeitet oder ein Gutach-
ten über komplexe, ihm nicht vertraute Kartellrechtspro-
bleme geschrieben, und in diesem Fall handelte es sich um
die Legalität von Tarifabsprachen im Bahn-Güterverkehr,
die Mr. Woods Lieblingsmandant – eine Produktionsfir-

ma, deren CEO und Hauptaktionär sein Schwager war –
über den Transport seiner Produkte zu den über das ganze
Land verstreuten Käufern und Kaufhäusern getroffen hatte. Schmidt hatte schon mehrere vorläufige Memoranden
über verschiedene Aspekte des Problems verfaßt und war
in seinem Büro von Mr. Wood mit Fragen dazu traktiert
worden, die zeigten, daß der Alte seine Arbeit gründlich
geprüft hatte. Er hatte nichts kritisiert, aber auch nichts
gelobt. Hieß das, daß der Alte zufrieden war? Die Tatsache, daß er keines dieser Memoranden zur Überarbeitung
an Schmidt zurückgegeben und auch keinen anderen Mitarbeiter mit Erfahrungen im Kartellrecht beauftragt hatte,
ihm zur Seite zu stehen, deutete darauf hin. Aber möglich
war auch, daß Mr. Wood ihm den entscheidenden Schlag
erst versetzen würde, nachdem er das lange Memoran-
dum gesehen hatte, das ganz unten in der Aktentasche lag.
(Eine Hypothese zwischen diesen beiden Extremen: Vielleicht hatte man seine Recherchen und Schlußfolgerungen
soweit ganz akzeptabel, aber auch mittelmäßig und ein-
fallslos gefunden. Womöglich hatte er nicht weit genug
gedacht. Er konnte nur Gesellenstücke liefern.)

Sorgen und Selbstzweifel hatten Schmidt geplagt, seit er
mit der Arbeit für W & K begonnen hatte. Abgesehen von
drei oder vier Spezialisten für Treuhand- und Nachlaßfragen, die vielleicht anfangs ordentliche Arbeit geleistet, sich
dann aber nach allgemeiner Meinung hatten gehenlassen,
waren alle Partner und die meisten angestellten Anwälte
so fähig und die Maßstäbe für die Arbeit dermaßen hoch,
daß nur ein vernebelter Dummkopf frei von Schmidts Äng-
sten gewesen wäre. Bei W & K war es üblich, sieben Jahre
nach dem Eintritt junger angestellter Anwälte zu entscheiden, ob man sie zu Partnern machte oder ihnen das Ausscheiden aus der Kanzlei nahelegte. Dieser Zeitpunkt war
nun für Schmidt und andere Mitarbeiter gekommen. Na-

türlich müßten sie nicht sofort oder im nächsten Monat kündigen, eine Gnadenfrist wurde ihnen gewährt, aber die Strategie des Auf- oder Aussteigens wurde strikt angewendet, und mit jeder Woche, die verstrich, verschlimmerte sich die Lage eines übergangenen Mitarbeiters, der nicht befördert worden war. Bis er am Ende ging. Ging, um was zu tun? Was wurde aus ihm? Vermutlich fand er eine Anstellung bei einer anderen Kanzlei, oder vielleicht verhalfen W & K ihm zu einer Position bei einem Mandanten. In beiden Fällen war man sich stillschweigend darüber einig, daß es sich um einen Abstieg handelte. Die Aussicht, zu diesem Fegefeuer und der damit verbundenen Demütigung verdammt zu sein, machte Schmidt angst. Wie sollte er Mary oder, noch schlimmer, ihrer Tante Martha, die anscheinend eine unvernünftig hohe Meinung von den Fähigkeiten des Ehemanns ihrer Lieblingsnichte hatte, wie sollte er erklären, was geschehen war? Seinen Vater sah er zum Glück nicht oft. Aber früher oder später würde er es auch ihm gestehen müssen, und zwar am besten, bevor W & K die Namen der neuen Partner bekanntgaben und er selbst sehen würde, daß sein Sohn nicht zu den Auserwählten gehörte. Den mitleidigen Blick konnte man sich leicht vorstellen: So, so, das ist also mein Sohn, der feine Pinkel, der sich zu gut war für die Arbeit in meiner Seerechtskanzlei, und dabei hätte er diese Firma erben können! Schadenfreude würde sein Vater sich nicht gestatten, aber Schmidt würde sich auch so vor Scham winden. Wer weiß? Vielleicht bliebe ihm nichts anderes übrig, als demütig zum Vater zurückzugehen und zu fragen, ob in der Kanzlei, die er praktisch verschmäht hatte, doch noch Platz für ihn sei. Schmidt kannte sich gut mit Finanzierungen aus, und die Hälfte der Aufträge einer Kanzlei für Schiffsrecht hatte mit Hypotheken und Frachtverträgen zu tun. Die anderen Aufgaben – zum Beispiel, wie man die

SS Boolah Boolah oder ein anderes glückloses Schiff, dessen Eigner einem Mandanten Geld schuldeten, in Singapore oder Panama City beschlagnahmen und versteigern ließ – konnte er lernen. Das Gespräch mit Mary würde auch kein Honigschlecken, nicht wegen der Dinge, die sie sagen oder tun mochte, sondern weil er dann der erfolglose Ehemann einer erfolgreichen Frau wäre. So hatte er sich seine Rolle nicht vorgestellt. In ihren ersten vier Ehejahren war sie Lektoratsassistentin gewesen. In einem wichtigen Verlag, sicher, aber trotzdem nur eine bessere Sekretärin. Jedoch weder ihre Schwangerschaft noch die Ankunft von Charlotte hatte ihr Weiterkommen verlangsamt. Sie brauchte zwei Jahre, bis sie Lektorin war, und Schmidt hatte den Eindruck, daß alle im Verlagsgeschäft meinten ihm ausdrücklich erklären zu müssen, sie sei ein Energiebündel. Das bezweifelte er nicht; außerdem profitierte sie von der Flutwelle der Frauenbefreiung.

Und wie schätzte Schmidt selbst seine Meriten ein? Wenn er sich erlaubte, sachlich zu beurteilen, wie die Partner seine Arbeit wahrnahmen, mußte er zugeben, daß ihr Eindruck nur günstig sein konnte. Aber daraus zu schließen, daß er besser dastand als die fünf anderen angestellten Anwälte, drei aus Harvard und zwei aus Yale, die im selben Jahr wie er bei W & K angefangen hatten, das wäre reine Hybris gewesen. Allenfalls konnte er sich zu dem Eingeständnis überwinden, daß einer von ihnen, an der Law School im selben Jahrgang wie er, kein großes Licht und daß einer der beiden Yalies ein schleimiger Duckmäuser war. Aber wie sollte man wissen, ob den Partnern die Charakterfehler klar waren, die dem Mann die Verachtung seiner Kommilitonen eingebracht hatten? Selbst wenn sie es wußten, blieben immer noch Schmidt und drei seiner Mitbewerber im Rennen, und um wie viele offene Stellen sie konkurrierten, wußte man nicht. Bei Firmenfesten schwafelte Mr. Wood unweigerlich davon, daß man die angestellten Anwälte, die gezeigt hätten, daß sie es verdienten, Partner zu sein, »die das Tor sprengten«, immer zu Sozii machen würde. Aber das nahm niemand ernst. Man mußte gebraucht werden. Wurde Schmidt gebraucht? Nichts war weniger sicher. Gut möglich, daß er Finanzgeschäfte besser im Griff hatte als alle anderen Mitarbeiter seines Dienstalters, aber unter den jüngeren gab es hervorragende Kandidaten, und vielleicht entschied sich die Firma zu warten, bis einer von ihnen soweit war. Dazu kam noch, daß jetzt, da er in diesem katastrophalen Kartellrechtsauftrag für den alten Wood feststeckte, alles möglich war.

Als er nun den Alten in seinem winzigen Büro auf dem Besucherstuhl sitzen sah, wortlos, die dünnen Lippen zu einem unbestimmten Lächeln verzogen, fürchtete Schmidt beinahe, zum erstenmal in seinem Leben in Ohnmacht zu fallen. Dann bewegten sich die Lippen des mächtigen Mannes ein wenig. Er sprach tatsächlich, redete monoton vor sich hin, daß die Partner beschlossen hätten, einstimmig beschlossen – sogar ohne jede Diskussion –, Schmidt zur Partnerschaft einzuladen, und wenn er annehme, würden sie große Dinge von ihm erwarten. Ob er geneigt sei, anzunehmen? Schmidt war vollkommen überwältigt vor Zuneigung. Konnte Dexter, wie Mr. Wood fortan genannt werden wollte, ihm irgendeine Aufgabe zumuten, die er nicht bereitwillig erfüllen würde? Wenn der Mann nur jetzt einen Moment den Mund halten und ihn allein lassen würde! Schmidt hatte für den Augenblick nur einen einzigen Wunsch: Er wollte Mary anrufen. Alles würde seine Ordnung haben, sie könnten sich die besten Privatschulen für Charlotte leisten, eine Garage in der Nähe der Wohnung, so daß sie nie mehr lange, angstvolle Fußwege nach Hause auf sich nehmen müßten, wenn er an Sonntagaben-

57

den spät noch das Wochenendgepäck ausgeladen und das Auto auf dem Parkplatz in East Harlem abgestellt hatte. Ein neuer Kombi anstelle des alten Buick, den sein Vater ihm überlassen hatte, war vielleicht auch möglich. Zu Hause könnten sie sich mehr Hilfskräfte leisten, vielleicht eine richtige Haushälterin. Und vielleicht würde Mary sogar nachgeben und einverstanden sein, noch ein Kind zu bekommen.

Von den sechs Kandidaten schafften es nur er und Jack DeForrest. Zum Feiern trafen sich Schmidt und Mary im Club 21 mit Jack und Dorothy. Martinis, Krabbencocktails und Filet Mignon. Schmidt und DeForrest diskutierten ausgiebig und bestellten schließlich einen Pommard zum Fleisch. Nach dem Essen gingen sie in Le Club, zu dem man nur schwer Einlaß bekam, aber Jack kannte jemanden, dessen Name ihnen die Tür öffnete, und sie versuchten nach Kräften, wild zu tanzen. Als Schmidt und Mary wieder zu Hause und im Bett waren, flüsterte sie: Leg dich hin und halt still. Sie nahm ihn in den Mund, und als er kam, schluckte sie und schluckte und schluckte. Er wußte, sie glaubte, besser könne sie ihm nicht zeigen, daß sie ihn liebte.

Dann kippte das Jahr 1968 in eine Katastrophe. Ende Januar hatte der Vietcong die Tet-Offensive begonnen. Walter Cronkite, der das Blutbad offenbar nicht mehr mit ansehen konnte, sagte im Fernsehen, der Krieg sei in einer Pattsituation und müsse durch Verhandlungen beendet werden, ein Rat, den er tauben Ohren predigte. In der Heimat türmte sich ein Entsetzen auf das andere. Am 4. April wurde Martin Luther King ermordet, und in Harlem und überall im Land folgten Rassentumulte, Brandstiftungen und Plünderungen. Fast auf den Tag genau zwei Monate später wurde Bobby Kennedy in der Küche des Hotels Ambassador in Los Angeles von Schüssen getroffen; er starb am nächsten Tag. Proteste gegen den Vietnamkrieg und der Verlust der öffentlichen Unterstützung zwangen LBJ, auf die Kandidatur für eine zweite Amtszeit zu verzichten; daraufhin wurde Hubert Humphrey auf einem Parteikonvent nominiert; wie chaotisch diese Veranstaltung war – es gab heftigen Streit in der Convention Hall und Prügeleien außerhalb, wo Demonstranten sich mit der Polizei von Chicago schlugen –, konnte man im Fernsehen verfolgen. Sechshundertfünfzig Demonstranten wurden verhaftet, eine unglaubliche Zahl, und die Krankenhäuser der Stadt wurden überschwemmt von Hunderten, die von der Polizei zusammengeschlagen worden waren. In New York versammelten sich Studenten der Columbia University zu einem Sit-in; daraufhin rief Grayson Kirk, der Präsident der Universität, die Polizei, um die Gebäude auf dem Campus räumen zu lassen; das löste eine Serie blutiger Krawalle aus. In dem Durcheinander, das dann folgte, wurden die Studenten des Jahrgangs 68 am Columbia College und den Professional Schools einschließlich der Law School zum Examen zugelassen, ohne daß sie die notwendigen Semesterwochenstunden absolviert hatten. Die älteren W & K-Partner waren ausschließlich Absolventen der Harvard und Yale Law Schools, und nur ein paar der jungen Mitarbeiter kamen von der Columbia Law School, denn die älteren Sozii hielten sich viel auf die Harvard- und Yale-Einfärbung der Kanzlei zugute. Aber im Herbst 1968 sollten ausgerechnet fünf Columbia-Absolventen Mitarbeiter werden, und schon im Sommer hatten Columbia-Studenten in der Kanzlei gearbeitet. Jetzt sah es für viele so aus, als hätte die Nachsicht der Columbia University, die Studenten zum Examen zuließ, ohne daß sie alle dafür nötigen Semesterwochenstunden absolviert hatten, ihre Abschlußergebnisse und akademischen Auszeichnungen entwertet. Das gesamte Benotungssystem dieser Universität war verdächtig. Wenn man beim Firmenessen von W & K über das Thema diskutierte, wiederholte der Vorsitzende des Aufnahmeausschusses, was er im *Wall Street Journal* gelesen hatte: Der Lehrkörper der Law School habe nur eins gewollt – den Jahrgang 1968 loswerden. Auch für Studenten im ersten und zweiten Jahr galt: Alles ist erlaubt. Wer zum Examen kam, bestand. Wer tatsächlich etwas in sein Examensbuch eintrug, wurde mit »sehr gut« benotet. Dies werden wir sorgfältig beobachten müssen, kündete Dexter Wood an, begleitet vom Hört! Hört! und einem kräftigen Tischklopfen seiner Zuhörer. Das Goldene Zeitalter der Universitäten war vorbei und mit ihm die Unantastbarkeit der Benotungen an der Law School und der Wahlen in die Redaktion ihrer Fachzeitschriften; eine ansteckende Krankheit, das sagten die Anwälte voraus, die durch das Periskop der Pariser Niederlassung von W & K verfolgt hatten, was im Mai in Paris geschehen war.

Ein Mitarbeiter von Verplancks Qualität hätte immer als Zierde der Firma gegolten. In diesen Zeiten begrüßten die älteren Partner seine Ankunft mit ungewöhnlich überschwenglicher Freude. Er verkörperte das Beste, was das vertraute, geliebte Ausbildungs- und Auswahlsystem hervorbringen konnte. So ergab sich wie von selbst, ohne ein Wort von Mr. Wood oder einem der älteren Partner, ein stillschweigendes Einverständnis aller: Bis zu dem glücklichen Tag, da Tim – vorausgesetzt, er strauchelte nicht – zum Partner ernannt würde, sollte er nur an den anspruchsvollen Projekten arbeiten; alle geisttötenden Arbeiten sollten ihm erspart bleiben, das Aktualisieren der Bestandsaufnahmen von einzelstaatlichen Gesetzen gegen Emissionsbetrug ebenso wie das Durchforsten der Akten eines Mandanten, der mit dem Kartellrecht in Konflikt geraten war, und erst recht jegliche Arbeit für die Mitglieder der *Racquet Club Patrouille*. Unter diesem Namen firmierten die vier für Treuhand- und Vermögensfragen zuständigen Partner bei den Witzbolden von W & K, eine Anspielung auf die Mittagsstunden, die sie mit ihren täglichen Gin-Martinis in diesem Club verweilten, aus dem sie erst ins Büro zurückkamen, wenn nur noch zweieinhalb Stunden Zeit blieben, bevor sie wieder aufbrechen mußten, um am Grand-Central-Bahnhof den 17:55-Zug nach Greenwich und New Canaan zu erwischen.

Schmidt, ein Partner im ersten Jahr, hätte kaum hoffen dürfen, daß Tim, diese Leuchte der Kanzlei, ihm als Assistent zugeteilt würde. Aber Schmidts Renommee und sein Status in der Firma waren beträchtlich. Die großen Versicherungsgesellschaften, für die er damals arbeitete, waren die Kronjuwelen, und ihre private Effektenplazierung – hart verhandelte langfristige Darlehensvergaben mit raffinierten Dividenden-, Investitions- und Kreditbeschränkungen – waren Finanzsonette, auf deren Komposition Schmidt sich hervorragend verstand. Kein Wunder, daß die peniblen Herren, die in den Wolkenkratzern von Boston, Hartford, Newark und New York für diese Mandanten arbeiteten, bei Telefonaten mit einem der beiden Seniorpartner, Mr. Jowett oder Mr. Rheinlander, ihre Ankündigung neuer Aufträge häufig mit dem ausdrücklichen Wunsch verbanden, Schmidt solle an ihren Geschäftsabschlüssen arbeiten, und dies schon, bevor er Partner der Firma wurde. Mit Schmidts Partnerstatus wurde sein Rang als ihr bevorzugter Anwalt offiziell, und als er im Herbst und Winter eine ganze Reihe Vorhaben für sehr große und neuartige Darlehensvergaben zu bearbeiten hatte, erhielt er den ersten Zugriff auf Tims Dienste.

Von Anfang an merkten sie, daß sie zueinander paßten. Das lag nicht nur an Tims Denkvermögen und seiner hervorragenden juristischen Ausbildung, die ihn befähigten, Probleme klar und schnell zu durchschauen. Er besaß außerdem den Sinn für Realität, ohne den ein Mitarbeiter von seiner Brillanz sich womöglich von Problemen ablenken ließe, die für sich genommen interessant, aber ohne praktische Auswirkung auf die Ziele der Mandanten sind. Und er schrieb gut, in Schmidts Einschätzung eine entscheidende Fähigkeit, eine Garantie für jene Präzision, ohne die ein Anwalt die Ziele seiner Mandanten nicht mit zureichender Gewißheit erreichen könnte. Außerdem handelte es sich dabei um die Freude am Formulieren als Kunst. Oh, Schmidt hatte nie daran gezweifelt, daß manche Anwälte in der Firma sich hinter seinem Rücken über ihn lustig machten, weil ihm der ästhetische Aspekt so am Herzen lag, aber Tim und er waren sich darin einig, daß ihr Einsatz für die Kunst des Formulierens nicht nur zu rechtfertigen, sondern entscheidend war. Er verwandelte eine schwierige, aber dem Anschein nach glanzlose Aufgabe – darauf zu achten, daß die Klauen der Dividenden-, Kredit- und Investitionsbeschränkungen fest zuschlugen und den Darlehensnehmer der Versicherungsgesellschaft daran hinderten, Bargeld vom sakrosankten Ziel der Zinszahlung und Rückerstattung des Kapitals bei Fälligkeit wegzulenken – in eine Arbeit gleich der Kunst, mit der ein Elfenbeinschneider im Mittelalter Passionsszenen aus seinem Material schnitzte. Also hatte Schmidt auch dann wohlwollend zugesehen, wenn er fand, ein wenig übertreibe Tim vielleicht doch mit seiner Manie für *Eagle*-Bleistifte Nummer 2, die er immer selbst spitzte, statt sie wie alle seine Kollegen in den Postausgangskorb zu werfen und ins Postzimmer zu schicken, wo man sich um die Stifte kümmerte und sie ein paar Stunden später gespitzt wieder ablieferte; oder seiner Manie für das besondere Florpapier, das er brauchte, um sprachliche Veränderungen in die Entwürfe von Dokumenten einzufügen. Oder mit seinen sonderbaren kleinen Aphorismen. Wenn er zum Beispiel das unterschriftsreife Exemplar eines Dokuments erhielt, in dem er Reste eines überholten Entwurfs entdeckte, sagte er, Pentimenti haben in einer abgeschlossenen Arbeit nichts zu suchen! Oder wenn in einem Entwurf viel durchgestrichen und überschrieben war: Haben wir hier nicht zuviel impasto? Oder nach einer Konferenz mit einem unerfahrenen Verhandlungspartner: Dieser Samurai ist nicht bereit, das lange Schwert zu schwingen. All diese Sprüche waren amüsant und hübsche Beispiele für Tims breitgefächerte Bildung, aber hier und da fürchtete Schmidt, man könnte seinen Schützling deshalb für einen Geck halten.

Weder seine Vorliebe für den jungen Kollegen noch die Dankbarkeit für dessen Arbeit wurde dadurch geringer, und als Tim 1974, ein Jahr vor seinen Altersgenossen, Sozius wurde, bezweifelte niemand, auch Schmidt und Tim nicht, daß er die Beförderung seinen Verdiensten verdankte, den Zeitpunkt aber Schmidts Einfluß. Dieses Wissen bewahrte Schmidt jedoch nicht davor, bestürzt zu sein, als Tim begann, andere Götter anzubeten, wie er es nannte. Damit Schmidt ihn auch richtig verstand, machte er es noch deutlicher: Ha, ha, ha! Du sollst keinen anderen Gott anbeten. Denn der Herr heißt ein Eiferer; ein eifersüchtiger Gott ist er. Stimmt's, Schmidtie? Das hieß, Tim zog weiter. Als der Vorzugszinssatz im letzten Jahr der Regierung Carters fast 21,5 % betrug, hätten nur Dummköpfe zu diesen Konditionen langfristige Kredite bei Versicherungsgesellschaften aufgenommen, und nur Dummköpfe hätten Industrieunternehmen langfristig Geld gegen niedrigere Zinsen zur Verfügung gestellt. Schmidts Versicherungsgesellschaften waren lahm, aber nicht dumm: Sie verlegten sich auf die Vergabe von kurz- oder mittelfristigen Darlehen an Banken und ernteten Zinsen in ungeahnter Höhe. Industrieunternehmen hungerten nach Bargeld. Es sollte nicht mehr lange dauern, bis Mike Milken und sein *Club der Diebe* bei der Drexel Burnham Bank als Retter in der Not die Schrottanleihen erfanden. Schmidts Ressort, die Privatplazierungen, erholte sich nie mehr von diesem Schlag und verkümmerte schließlich. Vorläufig zeichnete sich jedoch nur ein so deutlicher Rückgang ab, daß Tim sich einem anderen Gott in Gestalt von Lew Brenner zuwenden konnte (oder war es Voraussicht, wäre er auch dann abgeirrt, wenn er noch wie zuvor genug Arbeit bei Schmidt gehabt hätte?). Brenner, ein paar Jahre jünger als Schmidt, erkannte, daß sein Fachgebiet – Öl- und Erdgasgeschäfte in Nordafrika und dem Nahen Osten – im Aufschwung war. Sehr bald wurde zu Schmidts verhaltenem Kummer offensichtlich, daß Tim internationale Transaktionen ebenso lagen wie die Privatplazierungen in ihrer besten Zeit, daß er sich mit Lew gut verstand und daß Lew eine Chance beim Schopf packen konnte, wenn sie sich ihm bot. Schmidt war zu der Überzeugung gekommen, daß Lew sorgfältig vorausgeplant hatte, Tim in seinen Einflußbereich zu ziehen. Der Mann wußte, was er wollte, der ließ sich, anders als Schmidt, nicht auf dies oder das ein, wie es gerade kam. Auch wenn er sich eingestehen mußte, daß Tim immer fröhlich bereit war, ihm weiterhin in Notlagen und bei besonders verdrießlichen Problemen zu helfen, tat Schmidt der Verlust so weh, daß er, als Dexter Wood ein paar Jahre danach ankündigte, der junge Mann werde die Leitung des Pariser Büros übernehmen – eine von Lew Brenner unterstützte Beförderung – nur die Achseln zuckte und mehrere Tage verstreichen ließ, bevor er Tim gratulierte oder Mary berichtete. Daß Tim nach Paris geschickt wurde, war ganz natürlich. Man sagte, daß sein Französisch nahezu perfekt sei; abgesehen von gelegentlicher Mitwirkung an Schmidts Finanzierungsverträgen, die der Alte beim Firmenessen als Zeichen dafür wertete, daß man mit Tim Pferde stehlen könne, war seine gesamte Arbeit international, und in Paris warteten einige Gelegenheiten zu potentiell interessanten Transaktionen auf ihn; Alice war Französin, hatte aber am Radcliffe College studiert, die Rolle als Ehefrau des Leiters der Pariser Filiale von W & K würde ihr leichtfallen; und angesichts der Mühe, die Mandantenakquisition und Öffentlichkeitsarbeit kosten würden, war vor allem wichtig, daß Tim die Aufgabe wirklich übernehmen wollte.

Daß er eingeladen war, auf dem Rückweg Alice in Paris zu besuchen, geriet Schmidt nie ganz aus dem Bewußtsein, während er die Life Centers in Mittel- und Osteuropa besichtigte und in den neuen Republiken, die sich von der Sowjetunion gelöst hatten. Sein letzter Aufenthalt war Prag. Auf dem Weg zum Abendessen mit seinen tschechischen Kollegen stolperte er auf einer der mit Kopfstein gepflasterten Straßen der Malá Strana und verstauchte sich seinen Knöchel so übel, daß er wie auch der Arzt in der Notaufnahme fürchteten, er sei gebrochen. Röntgenaufnahmen zeigten, daß es sich nicht um einen Bruch, sondern nur um eine schlimme Zerrung handelte, und sobald der Knöchel geschient war, konnte Schmidt nach Paris aufbrechen. Aber nicht, bevor der Direktor des tschechischen Büros ihm einen geschnitzten Krückstock seines Vaters geschenkt hatte, damit Schmidt nicht ohne Stütze herumhumpeln mußte. So kam es, daß er an einem sonnigen Aprilmorgen auf einem der grünen Metallstühle am *Bassin* in den Tuilerien saß, mit seinem Stock Linien und Kreise in den Sand zeichnete, den Kindern und ein paar älteren Amateuren beim Fernsteuern ihrer Segelboote zusah und auf seine einzige Tochter Charlotte wartete. Eltern und Großeltern! Sein Umgang mit Charlotte und ihrem Ehemann war scheußlich gewesen: Er war auf ein unangenehmes Zwiegespräch vorbereitet. Sie war in Paris, zusammen mit ihrem Mann, dem Anwalt Jon Riker, der als junger Angestellter für Schmidt gearbeitet hatte. Auch er ein favorisierter Mitarbeiter, der sich des Verrats schuldig gemacht hatte; das dachte sich Schmidt, wagte es aber nicht laut zu sagen. Tim war einem anderen Gott nachgelaufen. Jon hatte es gewagt, erst Charlottes Lebensgefährte und dann ihr Ehemann zu werden.

Das waren nicht seine einzigen Sünden, andere kamen noch hinzu: daß er Jude war (allerdings bereute Schmidt allmählich, Jons Zugehörigkeit zum auserwählten Volk für einen Mangel gehalten zu haben); daß er Charlotte betrogen hatte und skrupellos mit ihrem Geld umging, belastete ihn am schwersten, zusammen mit der Verfehlung, die dazu geführt hatte, daß W & K ihn vor die Tür setzten. Eine Versöhnung mit ihm war für Schmidt nicht abzusehen. Endlich erschien Charlotte, schön und schick. Zu seinem Erstaunen schlug sie ihm einen Waffenstillstand vor, dessen Bedingungen er akzeptierte. Was hätte er sonst machen sollen? Ich nehme dich, wie du bist, sagte sie, und du nimmst mich, wie ich bin. Wohin uns das führt, werden wir dann sehen. Sie gaben sich die Hand darauf, und sie ging zu dem Treffen mit ihrem Mann. Keine Umarmung, nur dieser Handschlag. Er sah ihr nach, wie sie auf die Pyramide des Louvre zusteuerte, und blieb noch eine ganze Weile auf seinem Stuhl sitzen. Dann machte er sich auf den Weg zur Rue St. Florentin und versuchte dabei, sein ganzes Gewicht auf das gesunde Bein zu verlagern. Am Taxistand war kein Wagen, und es sah nicht so aus, als würde je einer kommen. Wenn er Alice besuchen wollte, ging er am besten zu Fuß in die Rue St. Honoré; die genaue Adresse hatte er in das Notizbuch geschrieben, das in seiner Manteltasche steckte. Er lief dann auch, vorsichtig humpelnd, bis er die Tür ihres Hauses erreichte. Er drückte den Klingelknopf neben der Messingplatte mit den Anfangsbuchstaben der Verplanckschen Vornamen T. und A. Jemand rief mit kratziger Stimme: Oui? Er sagte seinen Namen, und dieselbe Stimme wies ihn auf englisch an, den Aufzug zum dritten Stock zu nehmen.

Die Wohnung – geräumig, luxuriös und ruhig – hatte Fenster mit Ausblick auf die Gärten hinter dem Gebäude. Alice führte ihn in die Bibliothek, und sobald er sich in einem gepolsterten Sessel niedergelassen hatte, den er überraschend bequem fand, bot sie ihm einen Kaffee an. Oder wäre ihm ein Drink lieber? Es sei bereits nach Mittag, erklärte er ihr, also wage er, um einen Whiskey zu bitten. Sie lachte, verschwand einen Augenblick und kam wieder mit einer älteren Frau – Alice stellte sie vor: Madame Laure –, die ein großes Tablett mit einer Karaffe, Perrier, Eis und einem Glas Tomatensaft, offenbar für Alice, vor sich her trug. Nachdem er ihr sein Beileid wegen Tim ausgedrückt und nachdem sie ihn gefragt hatte, warum er hinke, ging ihm der Gesprächsstoff aus, und er hatte das Gefühl, sie sei womöglich in der gleichen Verlegenheit, in dem Falle müsse er den Besuch vielleicht beenden. Andererseits fand er, seinen Whiskey auszutrinken und sich nach weniger als einer halben Stunde wieder zu verabschieden sprenge den Rahmen des guten Benehmens. Dazu kam, daß er gar nicht gehen wollte: Er fühlte sich viel zu wohl in diesem ruhigen Raum in der Gesellschaft einer liebenswürdigen und sehr eleganten Frau. Einer Frau, die ihn einschüchterte, das muß gesagt sein, obwohl er gewiß war, daß dies nicht in ihrer Absicht lag. Eines war ihm klar: Wenn er bleiben wollte, mußte er mehr bieten als den Austausch von Banalitäten, von Formalitäten, die Emily Post in ihren Benimmbüchern wahrscheinlich als passend empfahl für eine Konversation zwischen einem Seniorpartner und der

Witwe eines jüngeren Kollegen, der er seine Aufwartung macht.

Alice, stieß er hervor, Tim hat den Kontakt auf eine Art abgebrochen, die mich sehr bekümmert: Er hat mich weder wissen lassen, daß, noch warum er vorhatte, in den Ruhestand zu gehen; er hat mir überhaupt nichts gesagt. Dann kam die schreckliche Nachricht von seinem Tod, aber zwischen seiner Pensionierung und diesem furchtbaren Tag gab es keinerlei Verbindung. Irgendwas muß wirklich zerbrochen sein. Wir haben sehr eng zusammengearbeitet, gleich von Anfang an, als er nur angestellter Mitarbeiter war, und mehr oder weniger auch noch in der ersten Zeit, als er Partner geworden war, bis ein paar Jahre vor eurem Umzug nach Paris.

Er wußte natürlich, daß du unglücklich warst, als er anfing, soviel mit Lew zusammenzuarbeiten, antwortete Alice.

Alice, Liebe, ich habe in ihm den Sohn gesehen, den ich gern gehabt hätte. Seine Arbeit für Lew hat daran nichts geändert. Ich hoffe, er hat das nicht gedacht. Das wäre ein zusätzlicher Kummer.

Plötzlich, ohne Vorwarnung, fing sie an zu weinen, die Tränen liefen ihr über die Wangen, aber sie sagte kein Wort.

Ungeschickt wegen seines Humpelns bewegte er sich zu ihr, setzte sich neben sie auf das Sofa und legte ihr ganz spontan den Arm um die Schultern. Alice, sagte er, es tut mir so schrecklich leid, bitte hör auf, es tut mir leid, daß ich dich mit diesen Fragen bedrängt habe. Wenn du willst, gehe ich jetzt sofort, wenn du dich dann leichter wieder beruhigen kannst.

Schluchzend schüttelte sie den Kopf und stürzte aus dem Zimmer. Schmidt ging zu seinem Sessel zurück und wartete beunruhigt.

Als sie wiederkam, klang ihre Stimme zittrig, aber sie weinte nicht mehr. Das ist eine lange, traurige Geschichte, sagte sie. Willst du sie wirklich hören?

Er nickte.

Sie sah auf die Uhr und sagte: Wenn das so ist, mußt du zum Essen bleiben. Bitte entschuldige mich noch einmal, ich muß Madame Laure Bescheid geben.

Sie kam wieder, bot ihm noch einen Whiskey an, zögerte einen Moment und goß sich dann auch einen, viel kleineren, ein. Das Essen wird in einer Viertelstunde fertig sein: etwas ganz Einfaches, kaltes Huhn und Salat. Ich hoffe, das ist dir recht. Dann fügte sie hinzu: Kann das, was ich dir erzähle, *entre nous* bleiben? Wirst du nicht das Gefühl haben, du müßtest es in der Firma besprechen?

Er versicherte ihr, daß er als trauernder Freund gefragt habe. Es werde ihm nicht einfallen, in der Firma über ihre Unterhaltung zu reden – er sei ohnehin im Ruhestand –, es sei denn, sie erlaube es ihm ausdrücklich, worauf sie sich mit den Worten entschuldigte, sie könne ihre Bitte selbst nicht verstehen, vielleicht liege es daran, daß sie zum erstenmal mit jemandem, der nicht ohnehin Bescheid wisse, über gewisse Dinge rede. Er könne sich nicht vorstellen, wie sehr sie sich über seinen Besuch freue. Ihr sei klargeworden, wie dringend nötig es für sie sei, die Geschichte von Anfang bis Ende zu erzählen, und sie habe wirklich niemanden gefunden, der Tim vor Paris gut gekannt habe und an den sie sich habe wenden können. Und so redete sie ununterbrochen, beim Whiskey und dann beim Essen und danach, als sie in der Bibliothek Kaffee tranken. Zuerst dachte er, daß er von einem zählebigen Ehestreit hören werde, Klagen über Tims selbstsüchtiges und herablassendes Benehmen, die sie dringend loswerden mußte. Aber als er mehr erfuhr, sank ihm das Herz. Die Geschichte von Tims Verfall war entsetzlich – unvorstellbar.

Sie habe sich gewundert, sagte sie, als Tim 1981 beschloß, zu Dexter Wood zu gehen und sich als Nachfolger von Billy Higgs anzubieten, der damals Leiter des Pariser Büros war und dem Plan nach erst zwölf Monate später nach New York zurückkehren sollte. Sich so vorzudrängen, sei nicht Tims Stil gewesen. Und was die Sache noch befremdlicher machte: Ein paar Jahre vorher hatte er Dexter kalt abblitzen lassen, als der ihn fragte, ob er Higgs' Vorgänger Sam Warren in Paris ablösen wolle. Er lehnte gegen ihren Wunsch ab. Sie wäre damals aus vielen Gründen wirklich gern nach Paris gezogen, und er habe ganz genau gewußt, warum: Wenn das französische Erbe für die Kinder Bedeutung haben sollte, dann mußten sie irgendwann einige Jahre in Frankreich verbringen, und damals war der Zeitpunkt für die beiden perfekt. Sophie war fünf und Tommy drei; sie waren noch in der Vorschule und konnten sich in Paris bruchlos auf das französische Schulsystem umstellen. Die Sprache war kein Problem, sie sprach immer Französisch mit ihnen. Die Kinder verstanden alles und waren kurz davor, die Sprache wirklich gut zu beherrschen. Sie hatte Tim gesagt, wenn er sich Sorgen mache, ob sie auch lernen würden, Englisch zu lesen und zu schreiben, so könne man immer dafür sorgen, daß sie diese Fähigkeiten übten: mit Tutoren vielleicht, oder sie könnten in eine zweisprachige Privatschule gehen mit Unterricht in beiden Sprachen. Sie hatte noch einen anderen persönlichen und schwerwiegenden Grund gehabt, nach Frankreich zu gehen, den Tim ebenfalls genau kannte. Bei ihrer Mutter war kurz zuvor eine amyotrophe Lateralsklerose diagnostiziert worden, eine unheilbare Krankheit. Die Ärzte meinten, ihre Mutter leide an einer aggressiven Form. Ein paar Monate zuvor hatte sich ihr Vater endlich aus dem diplomatischen Dienst zurückgezogen, und sie hatten beschlossen, das Appartement in der Rue du

Bac zu verkaufen und in das Haus in Antibes zu ziehen, das die Mutter geerbt hatte und das sie liebte, da sie bis zum Krieg jeden Sommer in den Ferien dort gewesen war. Beide Eltern waren überzeugt, daß das Klima in Antibes ihr guttun würde. Alice hatte sogar daran gedacht, daß sie und Tim das Appartement in der Rue du Bac kaufen könnten. Es bot reichlich Platz für die Kinder und eignete sich hervorragend für größere Empfänge. Auch die Lage war wunderbar, die Eltern wollten nur verkaufen, weil die Wohnung viel zu groß für sie war, seit sie keine großen Empfänge mehr gaben.

Weißt du überhaupt etwas von meiner Familiengeschichte? fragte sie abrupt.

Schmidt erwiderte, natürlich wisse er, daß ihr Vater französischer Botschafter in Washington gewesen sei. Er sei ihm und Alices Mutter auf dem Empfang anläßlich ihrer Hochzeit vorgestellt worden. Aber das sei auch alles.

Ich bin ein Kind des Sieges in Europa, sagte sie. Mein Vater war während des gesamten Krieges bei den Freien Franzosen. Er konnte sich, als Pétain kapitulierte, gerade noch von Bordeaux nach London durchschlagen und gehörte danach zu den Leuten, die mit Fallschirmen über Frankreich absprangen, um besondere Aufträge zu erfüllen, und anschließend wieder nach London gebracht wurden. Während einer dieser Missionen lernten meine Mutter und er sich in der Normandie kennen. Sie war in der gaullistischen Résistance. Seltsam: So überlebte sie. Sie trug den gelben Stern nicht mehr und ging in den Untergrund. Als mein Vater im August 1944 mit der Division Leclerc nach Paris kam, war sie schon dort, und ich wurde zwölf Monate später geboren, drei Monate nachdem sie geheiratet hatten. Es hätte eine Mußehe sein können, aber von der Verwandtschaft meiner Mutter war niemand mehr da, der meinen Vater unter moralischen Druck hätte setzen können. Ihre gesamte Familie endete in Auschwitz und Bergen-Belsen, und keiner überlebte. Sie gehörten zu den Juden, die glaubten, ihnen würden die Deutschen nie antun, was sie anderen antaten.

Sie sah die Ratlosigkeit in Schmidts Gesicht und fügte hinzu: Ja, meine Mutter war Jüdin. Aber das hat meinen zu hundert Prozent arischen Vater nicht gestört; er war einer dieser brillanten französischen Protestanten, die in allen *concours* den ersten Platz belegen – in diesen Wettbewerben um die besten Examensergebnisse, an denen man teilnehmen mußte, um zu den besten Hochschulen zugelassen zu werden und in eine Spitzenposition am Quai d'Orsay aufzusteigen, was ihm gelang. Wie auch immer, bei meiner Geburt waren sie älter als die meisten Eltern, und sie versuchten nicht, noch mehr Kinder zu bekommen. Meine Mutter starb 1986, kurz vor ihrem fünfundsiebzigsten Geburtstag.

Und dein Vater?

Zum ersten Mal an diesem Morgen lachte sie, ein Lachen, dessen Klang Schmidt zu lieben beschloß. Mein Vater ist sehr lebendig, mit neunzig noch bei bester Gesundheit, vollkommen klar im Kopf, und lebt in Antibes zusammen mit der besten Freundin meiner Mutter. Unverheiratet natürlich, sie sind ganz modern.

Schmidt verwünschte sich, weil er sie hatte merken lassen, wie bestürzt er war, daß sie eine jüdische Mutter hatte. Das war ein Tick; er hatte reagiert wie ein blödes Aufziehspielzeug, das einfach losschnurrt, in Gang gesetzt durch eine Einstellung aus einer Zeit, als solche Dinge für viele Leute, auch ihn, eine Rolle spielten. Für Menschen, die es jetzt besser wußten, die keine Witze mehr über Juden, Schwarze oder Tunten machten. Daß es ihn heute noch irritierte, glaubte sie bestimmt nicht. Andererseits war es unfair, das, was vor dreißig Jahren üblich war, an den

Sensibilitäten und Regeln von heute zu messen. Ein politischer Anachronismus! Und so unterbrach er sie – wenig überzeugend: Du weißt doch, Alice, daß deine – sehr vornehme – Herkunft weder mir zu schaffen machte, noch für die Firma ins Gewicht fiel. Ich glaube nicht, daß irgend jemand davon wußte oder danach fragte! Sieh dir doch Lew Brenner an, fügte er hinzu. Sozius wurde er in dem Jahr, als ihr geheiratet habt, oder vielleicht im Jahr davor.

Alice zog die Brauen hoch und seufzte. Ach, das wunderbare, unveränderliche antisemitische Amerika, sagte sie leise. Ich erinnere mich genau. Aber laß nur. Um auf Tim zurückzukommen: Als er damals Dexters Angebot ablehnte, wußte er, wie mir zumute war, er wußte, wie es um meine Eltern stand. Er erklärte mir einfach: Du kannst jederzeit nach Frankreich fahren, wann du willst und sooft du willst –, als ob damit alles wieder in Ordnung wäre. Aber er sei nicht bereit, sich ins Exil einer abgelegenen juristischen Provinz zu begeben. Sam Warren und dem Partner, der vor ihm in Paris gewesen sei, mache das nichts aus, denn beide seien Anwälte ohne Mandanten und ohne jede Hoffnung auf Mandanten und dazu noch von Grund auf faul. Wenn die Klienten anderer Partner zufällig durch Paris kämen, seien diese beiden gern bereit, sie zu eleganten Essen auszuführen, ebenso gern machten sie sich im Umkreis der American Cathedral nützlich, und aus Sicht der Kanzlei sei das wahrscheinlich die beste Verwendung, die man für diese Partner finden konnte.

Schmidt nickte. Tim hatte in beiden Fällen recht.

Das weiß ich, und ich bin mir auch sicher, daß er mich nicht verletzen wollte. Er hat einfach gehofft, ich könne verstehen, daß es nicht vernünftig war, von ihm zu verlangen, sich nach meinen Wünschen zu richten. Nicht vernünftig, weil meine Mutter ohnehin bald sterben würde, ganz gleich, was ich tat, er dagegen seine Zukunft, das heißt seine glänzende Karriere, langfristig planen müsse. So einfach war das. Er hatte nichts gegen Frankreich. Sein Französisch war sehr gut, und er besaß die kultivierte Höflichkeit, die Franzosen so schätzen. Aber seine Mandanten, seine Tätigkeit und seine Firma standen an erster Stelle. Dazu kam noch eine nie erwähnte andere Obsession, der Grund, warum wir nur einmal, in unseren Flitterwochen, zusammen nach Frankreich gefahren sind: das Haus seiner Familie auf Mount Desert. Er hatte eine große Slup im Yachtclub von Bar Harbor liegen, und in den Gewässern dort zu segeln, war für ihn das Paradies. Also mußte jeder August oder zumindest soviel Zeit des Monats, wie er vor den Mandanten und Partnern retten konnte, in Maine zugebracht werden. Ich konnte dann immer mal ein paar Tage lang in Paris bei meinen Eltern sein, allein oder, wenn meine Eltern dem gewachsen waren, mit den Kindern. Natürlich wollte ich, daß meine Eltern sie kennenlernten. Davon abgesehen, war mir Paris nicht so wichtig: Den Kontakt zu den meisten französischen Freunden hatte ich sowieso verloren. Radcliffe hatte das bewirkt und davor das Leben in Bonn, als mein Vater dort Botschafter war. Also fragte ich mich, was zu Tims Meinungsumschwung geführt hatte, warum er 1981 plötzlich entschied, er wolle so schnell wie möglich nach Paris ziehen. Es war seltsam, das mußt du zugeben. Für die Kinder war der Zeitpunkt schrecklich. Sophie war in der Brearley School und Tommy in St. Bernard's. Beide fühlten sich wohl und wollten ihre Schulen und ihre Freunde nicht verlassen. Nur eine einzige große Veränderung hatte sich inzwischen ergeben: Mitterrand war 1981 Staatspräsident Frankreichs geworden, es gab eine sozialistische Mehrheit in der Nationalversammlung und ein sozialistisches Programm für Verstaatlichungen und Steuerreformen. Innerhalb kurzer Zeit beschlossen viele reiche französische *bourgeois*, Paris zu

verlassen und in New York oder London als *émigrés* auf-
zutreten – wie die Aristokraten, die vor der Französischen
Revolution davongelaufen waren. Plötzlich trafen wir in
New York auf viele interessante Franzosen. Manche waren alte Freunde meiner Eltern, die uns selbstverständlich
besuchten. Manche waren Leute, die mein Vater eigens zu
Tim schickte, wenn sie fragten, ob er einen Rechtsanwalt
in New York empfehlen könne, manche waren Freunde
von Freunden. So trat Bruno Chardon, Partner in einer
sehr eleganten französischen Privatbank, in unser Leben.
Er war ungefähr so alt wie Tim, sehr attraktiv, sehr elegant,
und verfügte über sehr gute Verbindungen. Er war wie ein
anderer Tim, nur mit schwarzen Haaren und dunklen Augen und dem Olivton mediterraner Haut. Sie verstanden
sich auf Anhieb. Es stellte sich heraus, daß auch Bruno ein
leidenschaftlicher Segler war, und so ließ Tim sein Boot in
jenem Herbst nach New York bringen. Er legte es bei City
Island vor Anker, und die beiden gingen an den meisten
Wochenenden segeln, mit den Kindern, wenn es nicht zu
kalt war oder Sophie und Tommy zu Geburtstagspartys
eingeladen waren oder etwas anderes in der Stadt vorhatten. Ab und an kam ich auch mit. Wenn das Wetter
paßte und Tim Zeit hatte, waren sie auch mal ein ganzes Wochenende mit dem Boot unterwegs. Ich beschwerte
mich nicht, weil mir klar wurde, daß ich Tim jetzt zum
erstenmal mit einem wirklichen Freund erlebte. Mit Sicherheit das erste Mal, daß ich ihn in vertrautem Umgang
mit jemand anderem als mir und den Kindern sah. Bruno
hatte eine Mauer durchbrochen. Du weißt wahrscheinlich
nicht, daß Tim und seine einzige Schwester nicht miteinander redeten, sie kam nicht einmal zu unserer Hochzeit.
Und die Eltern, diese Höhlenmenschen, sind eiskalt. Das
Haus in Maine nutzten wir so, daß wir einander nicht
über den Weg liefen: Die Schwester ging im Juli, wir im

August. Ob die Eltern da waren oder nicht, machte keinen Unterschied. Selbst wenn sie auftauchten, waren sie wie leblose Gegenstände. Wie Tim mit den anderen Anwälten in der Kanzlei umging, kannst du besser beurteilen als ich. Mir kam es so vor, als sei er immer heiter gewesen und voller Begeisterung für Leute, mit denen er gut arbeiten konnte – für dich und Lew Brenner zum Beispiel –, aber Freunde wurden sie deshalb nicht.

Schmidt gab ihr recht, und er merkte, daß ihn das Eingeständnis schmerzte. Ich hatte immer gehofft, es sei mehr, sagte er dann noch.

Du hast dich von dieser Heiterkeit blenden lassen – und von seinen unschlagbar guten Manieren. Den Kollegen, mit denen er in New York und DC als Assistent am Gericht arbeitete, ging es genauso und seinen Klassenkameraden in Yale und St. Paul's auch. Lauter gute Laune und immer dieses Lachen. Und dahinter? Nichts. Ein Eisblock wie sein Vater und seine Mutter. Bruno taute ihn auf, er wurde ein richtiger Mensch, und dafür war ich dankbar. Auch mit den Kindern und mir ging Bruno wunderbar um. Ganz und gar aufmerksam, immer interessiert an dem, was wir dachten, was wir machten, und jederzeit bereit, auf all unsere Vorschläge einzugehen. Er war zum Rekognoszieren nach New York gekommen – so nannte er es – und erklärte uns beiden, es gebe fantastische Möglichkeiten, als Anlageberater für französisches Fluchtkapital tätig zu werden. Etliche Leute hatten Teile ihres Vermögens aus Frankreich herausgebracht oder große Geldsummen außerhalb Frankreichs versteckt, all dieses »Schattengeld« mußte investiert werden, und die USA waren der attraktivste Ort für Investitionen. Damit war nicht nur ein Bankier wie Bruno sehr gefragt, sondern auch – behauptete er – ein amerikanischer Anwalt, etwa Tim, vorausgesetzt, er operiere von Paris aus. Er müsse in Paris sein, um mit

Leuten zu verhandeln, die dort waren und ihre Geschäfte nicht telefonisch abwickelten, und um lokale Gegebenheiten und Beschränkungen kennenzulernen. Im Grunde sagte er zu Tim: Laß dich in euer Pariser Büro versetzen, und ich öffne dir alle wichtigen Türen in Frankreich und der Schweiz, wo der größte Teil des Geldes geparkt wird. Ich glaube Bruno, sagte Tim. Dies ist eine Chance, die weder die Firma noch ich verpassen dürfen. Seine Einschätzung von Brunos Möglichkeiten war übrigens ganz richtig. Er vermittelte Tim ein paar fantastische Mandanten.

Schmidt nickte. Wie es zu Tims europäischen Transaktionen kam, hatte er zwar nicht gewußt, aber sie waren in ihrer Quantität und Qualität eindrucksvoll gewesen und bei Firmenessen regelmäßig kommentiert worden.

Du weißt, wie Tim war, fuhr Alice fort. Wenn er sich einmal entschlossen hatte, etwas zu tun, konnte ihn nichts aufhalten. Er brachte die Kanzlei dazu, Billy Higgs vorzeitig zurückzurufen. Kaum hatte ihm Dexter die Position zugesichert, ging er nach Paris, um unseren Umzug in die Wege zu leiten. Bruno zeigte ihm diese Wohnung, die seiner ein paar Monate zuvor verstorbenen Tante gehört hatte. Seine beiden Cousinen wollten verkaufen, und Tim kaufte die Wohnung, ohne mich vorher zu fragen, ob ich kommen und sie erst einmal anschauen wolle. Sie ist komfortabel und gut für Einladungen geeignet, aber die Umgebung gefällt mir gar nicht. Die Wohnung meiner Eltern, die genau das gewesen wäre, was ich mir wünschte, war schon verkauft, aber Tim hätte sie vielleicht ohnehin nicht ernsthaft in Betracht gezogen, selbst wenn wir sie hätten haben können. Sie war ja nicht von Bruno empfohlen! Als es um die Schulen für die Kinder ging, habe ich mich durchgesetzt. Bruno hatte die Idee, die Kinder sollten in Privatschulen gehen, Sophie in eine Nonnenschule in der Nähe des Trocadéro, und Tommy zu den Jesuiten, weit entfernt am linken Seineufer. In diesem Punkt stimmte Tim mir zu: Katholische Schulen waren nichts für uns und außerdem zu weit weg von unserer Wohnung. Also schickten wir sie statt dessen auf eine staatliche Schule in unserer Nähe, und das hat sich bewährt.

Schmidt hatte schon ein Wort zugunsten der jesuitischen Erziehung auf der Zunge, da sein Vater, der seinen gallebitteren Antikatholizismus hinuntergeschluckt hatte, um den Vorteil einer erstklassigen Erziehung zum Schnäppchenpreis nutzen zu können, ihn in eine Jesuitenschule an der Upper East Side von Manhattan geschickt hatte, aber er hielt die Zunge im Zaum.

Unser Leben spielte sich ein. Tim machte Überstunden, blieb sogar noch länger im Büro als davor in New York. Oft kamen mehr Aufträge, als das Büro bewältigen konnte. Ich kümmerte mich darum, daß die Kinder sich an das französische System anpaßten und ihre Hausaufgaben machten, und ich versuchte, einen Pariser Haushalt zu führen. Meine Eltern hatten ein kleines, aber sehr hübsches Haus – einen *pavillon de chasse* – bei Chantilly, nördlich von Paris, das sie uns überließen. Wenn das Wetter angenehm war, fuhren wir Samstag nachmittag hinaus und blieben bis Sonntag abend. Man kann dort sehr schöne Spaziergänge im Wald machen, den der französische Staat in Ordnung hält; abgestorbene Bäume und heruntergefallene Äste werden weggeräumt und die Wege freigehalten. Alle waren gern dort, auch Bruno, der regelmäßig mitkam. Es stellte sich heraus, daß er gern auf die Jagd ging, wie Tim, also schossen sie während der Jagdsaison gemeinsam Vögel. Wenn die Kinder sich erkältet hatten oder zu Geburtstagen eingeladen waren, blieb ich mit ihnen in Paris, und Tim und Bruno fuhren allein nach Chantilly. So blieb alles heiter und gelassen bis zu dem furchtbaren Sommer 1985.

Sie fing wieder an zu weinen. Sie waren schon lange vom Tisch aufgestanden und in die Bibliothek zurückgegangen, und wieder humpelte Schmidt zum Sofa, legte ihr den Arm um die Schultern und versuchte sie zu trösten.

Danke, sagte sie, du weißt vielleicht nicht, was passiert ist.

Er schüttelte den Kopf.

Sophie fuhr in diesem Sommer ins Ferienlager. Camp Horned Owl in Maine, ein Ferienlager für Mädchen, das schon seit hundert Jahren beliebt und berühmt ist. Für Sophie war es das dritte Mal, und sie freute sich wirklich darauf. Ihre beiden besten Freundinnen aus der Brearley-Schule wollten auch kommen. Meine Mutter war in sehr schlechter Verfassung, also war klar, daß ich Bar Harbor ausfallen lassen mußte. Aber Tim sagte, er würde Sophie im Juli nach Horned Owl bringen, so daß sie da wäre, wenn das Ferienlager anfing, dann nach Paris zurückgehen, bis Anfang August arbeiten und anschließend zum Segeln mit Bruno nach Bar Harbor fahren; Sophie sollte nach dem Ferienlager bei ihnen sein, und sie würden sie dann nach Paris bringen. Ich bin gleich nach Schulferienbeginn Anfang Juli mit Tommy und unserem Au-pair-Mädchen nach Antibes gefahren. Ich wollte bei meinem Vater sein, abwechselnd mit ihm meine Mutter unterhalten, ihr vorlesen, CDs auflegen – sie hörte sehr viel Musik – und gelegentlich mit ihr Fernsehprogramme anschauen. Das war mehr als eine Ganztagsarbeit, weil sie nachts kaum schlief und Gesellschaft brauchte. Um ihre Körperpflege kümmerten sich Krankenschwestern. Zu dieser Zeit war sie vollkommen gelähmt, konnte aber noch atmen, kauen und schlucken, und sie sprach noch, aber nur sehr leise. Man konnte sie kaum verstehen. Wir warteten auf das Ende, den Zeitpunkt, da sie eine Tracheotomie oder ein Atemgerät brauchen würde. Sie hatte entschieden – wir hatten alle drei entschieden –, daß wir sie dieser Quälerei nicht aussetzen würden, sie sagte, sie würde nichts mehr essen und trinken und den Kopf zur Wand drehen, nur daß sie das dann gar nicht mehr konnte, sie war bewegungsunfähig. Schmidtie, du kannst dir nicht vorstellen, wie schwer Sterben ist, wie schwer es fällt, einen Menschen zu töten, auch wenn es eine noch so kranke, schwache, gelähmte alte Dame ist. Oder weißt du es? Mußtest du das mit deinen Eltern durchmachen?

Nein, erwiderte Schmidt. Mein Vater ist ganz plötzlich an einem Schlaganfall gestorben und meine Mutter im Krankenhaus nach einer unglaublich schweren Operation. Danach war fast nichts mehr in ihrem Bauch.

Das tut mir leid, sagte Alice. Nein, eigentlich nicht, jedenfalls nicht für deinen Vater. Ein schnelles Ende ist soviel leichter. Ich las meiner Mutter gerade aus *Emma* vor, einem ihrer Lieblingsromane, da klingelte das Telefon. Es war drei Uhr früh: Tim. Er sagte: Ich bin im Ferienlager, Sophie ist krank, sie hat hohes Fieber und Krampfanfälle. Ich bringe sie nach Portland in die Klinik. Du solltest kommen, denke ich. Das Au-pair war ein liebes Mädchen, aber ich konnte sie und Tommy nicht bei meinem Vater lassen. Wir flogen alle drei am nächsten Morgen von Nizza ab, und spät am Abend war ich in der Klinik. Sophie hat mich nicht mehr erkannt. Sie starb nach zwei furchtbaren Tagen. An einer Meningitis nach einer Staphylokokkeninfektion. Noch drei andere Mädchen waren krank geworden, und eines davon schaffte es auch nicht. Die Leiterin des Ferienlagers hatte zu langsam reagiert, sie rief die Eltern an, statt den Rettungswagen und den Notarzt zu alarmieren. Den Zorn und die Anschuldigungen kannst du dir vorstellen, aber wahrscheinlich nicht, wie entsetzlich es ist, das kleine Gesicht eines zwölfjährigen Kindes schmerzverzerrt und leer zu sehen. Ganz leer, irgendwie nach innen gerichtet.

Sie brach ab und sagte: Jetzt kann ich nicht mehr. Hättest du Zeit, wiederzukommen?

Der nächste Tag war ein Sonntag. Wohin konnte er sie einladen? In den Brasserien würde es voll und laut sein. Alle guten und halbwegs ordentlichen Restaurants, die er kannte, waren sonntags geschlossen; blieben nur die Hotelrestaurants. Das in seinem Hotel war bekannt für seine gute Küche. Sie war einverstanden, ihn dort um ein Uhr zu treffen, und als er sich verabschiedete, bot sie ihm die Wange zum Kuß.

IV

Du bist schockiert, sagte sie, ich sehe es dir an. Ich komme in langen Hosen und ohne Make-up hierher.

Sie sah wirklich furchtbar aus, blaß und abgehärmt, und der dunkle Lippenstift machte ihr Gesicht noch bleicher.

Du bist wunderschön, erwiderte er, und was spricht gegen lange Hosen zum Lunch an einem Sonntag, es sei denn, du warst vorher in der Kirche?

Sie lächelte. In Frankreich gehen wir nicht oft in die Kirche, allenfalls zu Taufen, Hochzeiten und Trauerfeiern. Sie biß sich auf die Lippe und sagte dann: Es gab in einer Episkopalkirche einen Gottesdienst für Sophie, bevor sie im Familiengrab in Verplanck Point beigesetzt wurde. Tim ist auch dort begraben. Die Messe las derselbe Priester. Ich will mich einäschern lassen. Meine Mutter hat das nicht gewollt, wegen Auschwitz, aber das ist kein guter Grund, finde ich. Daß die Deutschen die Juden einäscherten, die sie umgebracht hatten, war das geringste Übel, das sie ihnen angetan haben.

Schmidt suchte nach einem zustimmenden Wort, aber sie bemerkte sein Zögern und kam ihm zuvor. Verzeih, sagte sie, nicht darüber wollte ich mit dir reden. Das Gespräch von gestern geht mir nicht aus dem Kopf, aber ich will nicht mehr daran denken. Und ich weiß nicht, ob ich mehr von meiner Geschichte erzählen kann oder soll. Dann blickte sie um sich und sagte ganz ohne Zusammenhang zum Vorangegangenen: Was für ein herrlicher Raum.

Zuviel Marmor für meinen Geschmack, aber die Küche ist gut, sagte Schmidt. Komm, wir bestellen unser Essen.

Ich muß aber zugeben, daß ich enttäuscht wäre, wenn du nicht zu Ende erzählst, was du angefangen hast. Sie nickte und sagte: Ich versuche es. Ich werde ja sehen.

Sie aß und trank mit unverhohlenem Genuß, und Schmidt, der sie nicht drängen wollte, merkte, daß er die Unterhaltung weitgehend allein bestritt. Er erklärte, daß der Gründer der Stiftung, für die er arbeitete, sein Landhausnachbar und inzwischen auch Freund Mike Mansour war, ein milliardenschwerer ägyptischer Jude, der als kleiner Junge mit seinen Eltern in die Vereinigten Staaten gekommen war. Die Eltern produzierten und verkauften mit Erfolg Vorhänge. Mike vermehrte den bescheidenen Wohlstand zu einem Riesenvermögen und stieg mühelos in die höchsten Ränge der Forbesliste der Milliardäre auf, Ronald Perelman hatte er schon überholt. Seine Stiftung gründete er, um in Mittel- und Osteuropa und den ehemaligen Mitgliedsstaaten der Sowjetunion Demokratie, Humanwissenschaften und Kapitalismus zu fördern.

Bis jetzt predige ich das Evangelium der Demokratie und der Humanwissenschaften ganz gern, fuhr Schmidt fort. Ayn Rand und ihr fröhlicher Marktkapitalismus stehen auf einem anderen Blatt. Alles in allem bin ich Mike aber wirklich dankbar. Er hat mich aus meinem Schnekkenhaus geholt, ich arbeite wieder, und ich reise geschäftlich an Orte, die ich von selbst nie aufsuchen würde. Du weißt wahrscheinlich, daß ich früh in den Ruhestand gegangen bin, als Mary an einem Krebs erkrankt war, der beinahe überall Metastasen bildete. Ich wollte bei ihr sein, und es war die richtige Entscheidung. Trotzdem, als ich sie und die Arbeit meines ganzen Lebens verlor, war ich in einer Ödnis – richtungslos.

Das tut mir so leid, sagte Alice, ich wußte nicht, daß Mary tot ist. Ich habe eben gar keinen Kontakt mehr zur Kanzlei. Aber mir ist aufgefallen, daß sie in deinem Brief nicht vorkam, und ich habe mich gefragt, warum. Sie war so liebenswürdig. Von allen Partnerfrauen war sie am freundlichsten zu mir, und sie war die lustigste. Ich weiß noch, wie sie große Kulleraugen machte, als wir einander gegenübersaßen und Mrs. Wood zuhörten, die auf einem dieser Feste für Ehefrauen eine kleine Rede hielt. Ich konnte nur mit Mühe ernst bleiben.

Schmidt nickte. Kulleraugen machen war eine von Marys besonderen Fähigkeiten. Dafür war sie am Radcliffe College und im Verlag berühmt.

Ungefähr eine Minute lang herrschte Schweigen; dann sagte er, Alice, bitte erzähl deine Geschichte weiter. Ich möchte sie unbedingt hören, auch wenn sie sehr quälend ist.

Also gut, sagte sie, aber quälend ist sie. Noch schlimmer, sie ist katastrophal. Es war so: Am Morgen nach Sophies Tod kümmerte sich Tim um die Beerdigung in Verplanck Point. Sie konnte ohne Schwierigkeiten schon am nächsten Tag stattfinden, also fuhren wir alle hinter dem Leichenwagen her an den Ort. Zu fünft in einer Limousine, Tim, Bruno, das Au-pair-Mädchen, Tommy und ich. Die Fahrt war ein Alptraum, und als wir ankamen, wurde es noch schlimmer. Wir mußten im großen Haus bei Tims Eltern, seiner Schwester und ihrem Mann wohnen, sonst hätte es einen Aufstand gegeben, also mußten wir zusätzlich zu unserem ganzen Kummer und Leid auch noch die steinerne Bösartigkeit und den Haß und die entsetzlichen Unterstellungen der Verplancks aushalten. Mrs. Verplanck sagte tatsächlich, Tim und ich seien schuld. Wir hätten daran denken müssen, daß die Ansteckungsgefahr im Ferienlager hoch sei, und sie nicht nach Horned Owl schicken dürfen. Ich sagte nichts, aber Tim war wütend und brüllte. Hast du ihn je brüllen hören? Angenehm klang das nicht. Nach der Beerdigung blieben

84

wir nicht zum Mittagessen – das brachte keiner von uns über sich –, aßen eine Kleinigkeit an einer Ladenstraße und stiegen wieder in die Limousine. Wir übernachteten in irgendeinem Motel und fuhren am Morgen ohne Pause nach Bar Harbor zurück, hielten nur an, damit Tommy und Bruno, ja, Bruno auch, am Straßenrand pinkeln konnten. Wir waren kaputt, als wir ankamen, und am nächsten Tag erlaubte ich mir, lange zu schlafen und mich nach dem Mittagessen wieder ins Schlazimmer zurückzuziehen. Tommy und das Au-pair-Mädchen hielten Mittagsschlaf. Ich versuchte einzuschlafen, vielleicht eine halbe Stunde lang, schaffte es aber nicht, und schließlich stand ich auf und ging ans Fenster. Es war ein wunderschöner, grausam schöner Nachmittag. Das Meer war so gleißend, daß ich die Augen nach einem Moment abwenden mußte, ich schaute statt dessen in den Garten hinab, und da, gleich neben der Laube, direkt in meinem Blickfeld, standen Tim und Bruno, ins Gespräch vertieft; was sie sagten, wurde vom Wellenrauschen verschluckt. Ich wollte ihnen schon etwas zurufen, aber plötzlich wurde mir klar, was ich da sah. Sie standen Hand in Hand, schon das überraschte mich, denn es war nicht Tims Stil. Ich hatte ihn noch nie so mit einem anderen Mann gesehen. Aber dann schlang Tim die Arme um Bruno und küßte ihn auf den Mund. Küßte ihn wirklich, will ich damit sagen. Tims Zunge war tief in Brunos Mund, unübersehbar, da sie so dicht unter meinem Fenster standen. Einen Moment danach kam eine Geste: Bruno schob seine Hand vorn in Tims Hose und streichelte ihn, bis Tim sich ihm entzog und sie, immer noch Hand in Hand, ins Haus liefen. Ich dachte, ich würde aufheulen, aber ich brachte keinen Ton heraus. Ich habe mich gefragt, ob ich die Sprache jemals wiederfinden würde. Die Luft wurde mir knapp, ich lief immer im Kreis herum und kämpfte gegen den Drang, mich im Zimmer auf dem Boden zu wälzen. Plötzlich begriff ich, was ich tun mußte. Ich ging auf den Flur hinaus. Dort liegt ein dicker dunkelroter Teppich, der das Geräusch von Schritten schluckt. Aber ich wollte sichergehen und schlich auf Zehenspitzen zu dem großen Gästezimmer, in dem wir Bruno untergebracht hatten. Die Tür war zu. Ich werde immer noch rot vor Scham, wenn ich daran denke, was ich dann tat: Ich habe das Ohr ans Schlüsselloch gehalten und die beiden gehört. Wie sie fickten und stöhnten, Schmidtie, ich wußte, daß der eine den anderen bumste. Was hätte es denn sonst sein sollen? Ich wollte unbedingt wissen, wer gebumst wurde – als ob es darauf ankäme –, aber ich habe nicht durchs Schlüsselloch geschaut. Das habe ich nicht gewagt, ich konnte einfach nicht.

Sie fing an zu weinen, leise und traurig. Ihre Handtasche stand auf einem Schemel neben ihrem Stuhl. Sie fand ein Taschentuch und tupfte sich die Augen ab. Ich benehme mich unmöglich, flüsterte sie, es tut mir so leid.

Ihre andere Hand lag flach auf dem Tisch. Schmidt streichelte sie. Was sollte er sagen? Ihm fiel nur ein: Das tut mir schrecklich leid. Dann sagte er: Komm, wir trinken einen Kaffee und vielleicht einen Brandy. Der wird dir guttun.

Keinen Brandy für mich, erwiderte sie. Wenn du einen trinkst, nehme ich einen Schluck aus deinem Glas.

Während sie Kaffee tranken, leerte sich das Speisezimmer, bis sie die letzten Gäste waren.

Es ist ein wunderschöner, warmer Nachmittag. Wenn mein Knöchel mir nicht so zu schaffen machte, würde ich vorschlagen, daß wir zu den Tuilerien hinübergehen und uns zwei Stühle in der Sonne suchen. Aber ich fürchte, das kann ich nicht, mein Knöchel tut mehr weh als gestern. Ich habe zwei Ideen. Die eine: Wir könnten in die Lobby oder die hintere Bar gehen. Die andere – eher revolutionär: Wir gehen in meine Suite hinauf. Mike Mansour hat sie das ganze Jahr über gemietet. Sie hat eine Terrasse – die Aussicht von dort kannst du dir vorstellen – und ein großes Wohnzimmer, falls du die Luft auf der Terrasse zu kühl findest. Aber das wirst du bestimmt nicht. Die Nachmittagssonne ist so angenehm.

Sie mußte lachen. In deine Suite zu gehen wird mich nicht kompromittieren. Versuchen wir's mit der Terrasse.

Er hatte den Zimmerservice angerufen und Kaffee bestellt, außerdem diesmal auch einen Brandy. Während der Kellner auf der Terrasse mit dem Tablett beschäftigt war, kam ihm der Gedanke, daß sie auch eine Alternative hätte vorschlagen können, die weniger gewagt war als seine Suite, nämlich ihre Wohnung. Die möglichen Folgerungen schob er beiseite. Sie war verstört, er war kein Mike Tyson, und um seinen Knöchel zu schonen, hätten sie ein Taxi nehmen müssen, und später wäre es kompliziert geworden, ihn ins Hotel zurückzutransportieren. Nein, sie hatte die richtige Entscheidung getroffen: Es wäre zu dumm gewesen, auf das Sonnenbad mit dem grandiosen Blick über den Platz, den Fluß und das linke Seineufer zu verzichten. Er hob den Schwenker und probierte. Der ist gut, sagte er, und hielt ihr das Glas hin, einen besseren habe ich vielleicht nie getrunken.

Sie nahm einen großen Schluck und dann noch einen. Ich sage mir immer, was geschehen ist, läßt sich nicht wiedergutmachen, also kann ich ruhig gut zu mir sein. Du hattest recht mit dem Kognak, und du hattest recht, mich hierher einzuladen. Fragst du dich, warum ich dir soviel erzählt habe und warum ich dir sogar noch mehr erzählen will?

Er sagte die Wahrheit: Nein, er habe angenommen, jemand, der Tim gekannt und sehr geschätzt habe, würde solche Fragen ganz selbstverständlich stellen. Und er hoffe, sie werde noch mehr erzählen. Was er bis jetzt erfahren habe, sei schrecklich, erkläre aber nicht, warum Tim in so jungen Jahren in den Ruhestand gegangen und so kurz danach gestorben war.

O Schmidtie, du bist so herrlich altmodisch und bieder. Gib mir noch einen Schluck aus deinem Glas, dann erzähle ich alles. Auch, warum ich dir schon soviel erzählt habe, obwohl du darauf nicht neugierig bist. Ich glaube, du bist nett und freundlich. In Harvard mußt du einer von den netten, sehr biederen Jungen gewesen sein, die ich mochte, als ich auf dem Radcliffe College war.

Wenn ich fünfzehn Jahre jünger wäre, könnte ich zu deiner Zeit dort gewesen sein, sagte Schmidt. Bieder war ich bestimmt und womöglich sogar nett. Da er sah, daß sie keine Anstalten machte, den Schwenker aus der Hand zu geben, rief er wieder den Zimmerservice an und bestellte noch zwei Gläser. Nur für alle Fälle, erklärte er Alice.

Gute Planung, erwiderte sie. Mir schwirrt der Kopf, aber ich will versuchen, zusammenhängend zu erzählen. Wie du dir vorstellen kannst – nein, das kannst du nicht, ich konnte es ja auch nicht –, widerstand ich dem Impuls, in dieses Zimmer hineinzuplatzen, die beiden zu verfluchen und dann Tommy aus seinem Mittagsschlaf zu wecken, mit ihm und dem Au-pair-Mädchen ins Auto zu steigen und zu fliehen. Irgendwohin, wo wir sicher wären. Zu meinem Vater, um bei ihm und meiner sterbenden Mutter zu sein. Statt dessen duschte ich lange, zog mich normal an und legte einen Zettel vor diese Schlafzimmertür, auf dem stand: Ich erwarte euch beide in der Bibliothek. Dann sagte ich dem Au-pair-Mädchen, wenn Tommy wach geworden sei, solle sie ihn beschäftigen, und wenn es Zeit für sein Abendbrot würde, mit ihm einen Imbiß nehmen und danach ins Kino gehen. Auf der Fahrt durch die Stadt hatte ich gesehen, daß *Star Wars* auf dem Programm war. Danach setzte ich mich in die Bibliothek und versuchte, Zeitung zu lesen und die Bilder von Tim und Bruno zu verdrängen. Die Stunden zogen sich hin. Gegen sechs Uhr hörte ich ein Auto in der Einfahrt. Das war das Au-pair-Mädchen mit Tommy. Vielleicht eine halbe Stunde später kam die Köchin herein und meldete, sie habe eine kalte Mahlzeit vorbereitet, so daß sie jederzeit servieren könne. Ich sagte ihr, sie solle alles in der Küche aufbauen und sich den Abend frei nehmen; ich würde das Essen auf den Tisch stellen und später abdecken. Ja, ich räumte das Haus von Zeugen. Nicht meines Verbrechens – daß die Rollen vertauscht waren, konnte ich merken –, sondern meiner Beschämung. Endlich – es muß nach sieben gewesen sein – hörte ich sie auf der Treppe und dann in der Diele, und dann kamen sie ins Zimmer. Auch sie hatten geduscht. Jedenfalls hatten sie nasse Haare. Sie setzten sich, und Tim redete. Sie hätten geschlafen; es sei nicht so, daß sie die Konfrontation mit mir hätten vermeiden wollen. Aber beide flehten demütig um Verzeihung. Sie seien so vorsichtig gewesen, hätten so sehr versucht, diskret zu sein und unser Zusammenleben zu erhalten. Sie wüßten, es sei schrecklich für mich, daß ich sie ausgerechnet an diesem, dem denkbar schlimmsten Tag ertappt hatte, aber sie hofften, ich könne verstehen, daß sie nur vor Kummer und Verzweiflung den Kopf verloren hätten und einander in die Arme gesunken seien. An diesem Punkt schaltete Bruno sich ein und wiederholte alles Wort für Wort. Es war grotesk: die Zwillinge Tweedle Dum und Tweedle Dee. Willst du etwas Seltsames hören? Ich habe ihnen geglaubt, daß sie vor Kummer außer sich waren und daß ich es sonst nie herausgefunden hätte. Ich war so naiv, ich wußte so wenig von dieser Seite des Lebens, aber sie hatten sogar meinen Vater hinters Licht geführt, der alles andere als naiv ist. Dann sagte Tim, der Zeitpunkt sei zwar entsetzlich, aber im ganzen sei es vielleicht doch gut, daß ich alles erführe. Sie waren fast von Anfang an ein Liebespaar gewesen, und sie liebten einander wirklich. Ich fragte Tim, ob dies immer so gewesen sei, ob er schon gewußt habe, daß er homosexuell sei – ich benutzte diese Wort, weil ich mich nicht überwinden konnte, schwul zu sagen –, als er mit mir ausging und als er anfing, mit mir zu schlafen, und mir einen Heiratsantrag machte, und er sagte: Nein, damals nicht, es sei zwar bereits in seinem letzten Schuljahr ein Teil von ihm gewesen, aber er habe sich auch mit Mädchen verabredet, und als er zu W & K kam, habe er fest geglaubt, daß er sich genug geändert habe, um es mit mir ernst zu meinen. An der Stelle unterbrach ich ihn und fragte, ob er auch, als wir uns einig geworden seien, noch etwas mit Männern gehabt habe. Er zögerte und antwortete ganz langsam und vorsichtig, so als ginge er auf Eiern, gelegentlich sei es vorgekommen, im Büro habe es einen Burschen gegeben, mit dem er in Bars und Bäder gegangen sei, und nach Tommys Geburt sei es häufiger geworden, warum, wisse er wirklich nicht. Er wolle und könne nicht anders. So sei es eben. Ich hätte mich von ihm entfernt und sei so ganz und gar zur Mutter geworden. Das könne dazu beigetragen haben.

Ich fühlte mich vollkommen ausgelaugt, leblos, aber weinen konnte ich nicht. Vielleicht lag es an Bruno. Daß er da war, erschien mir grauenhaft, obszön, und ich sagte zu Tim: Muß er hier sitzen? Schick ihn raus.

Sie fingen beide gleichzeitig an zu reden, als hätten sie sich abgesprochen: Wir seien doch alle drei betroffen, Bruno habe Sophie geliebt und er liebe Tommy und mich auch und Tim und er hätten keine Geheimnisse voreinander. Ich war zu niedergeschlagen, ich konnte nicht protestieren. Und so fragte ich, im Wissen, daß ich mich wiederholte und daß die Frage dumm war, weil die Antwort auf der Hand lag, ich fragte, Verstehe ich richtig, daß du die ganze Zeit, als du Sex mit mir hattest, auch Sex mit Männern hattest? Wie konntest du? Tim erwiderte, er habe gern Sex und er habe mich gern, aber das andere brauche er wirklich. So wie er Bruno brauche und ohne ihn nicht leben könne. Hast du nie von Ehemännern gehört, die Affären haben, oder von Frauen mit Affären? Meinst du, diese Eheleute hätten keinen Sex miteinander? Ich schüttelte den Kopf. Aber natürlich wußte ich es. Doch, du weißt es, erwiderte Tim, denk nur an einige von unseren Freunden. Es ist immer dasselbe. Und was ist mit Bruno, fragte ich, habt ihr, du und er, jetzt, wo ihr zusammen seid, auch noch Sex mit anderen Männern? Wieder redeten und redeten sie alle beide. Alles in allem behaupteten sie, sie hätten gleich erkannt, daß sie ineinander verliebt waren – so drückte Bruno es aus –, und das sei ihnen am wichtigsten, deshalb seien sie jetzt monogam, einander treu. Viel später, als ich nicht mehr so naiv war, fragte ich sie, ob sie mich belögen. Nach allem, was ich gehört habe, ist Promiskuität die Regel. Zu diesem Thema sollte ich von beiden noch viel hören, alle möglichen Erklärungen, daß Schwulenliebe nicht ausschließlich sein müsse, weil sie den Körper feiere, und immer so weiter. Aber für eine Beziehung, wie sie sie hätten, gelte das nicht. Wie gesagt, all das kam später. Bei diesem ersten Gespräch hatte ich das Gefühl, ich sei krank oder vielleicht tot, jedenfalls war mir mehr und mehr so, als sei ich gar nicht da, als sei der Schauplatz anderswo, nicht am gleichen Ort wie ich, auch wenn ich noch zusehen und zuhören konnte. Nach einer ganzen Weile unterbrach ich die beiden und fragte Tim, was wir jetzt machen sollten, nachdem all das passiert war. Würden er und Bruno zuerst weggehen und mir, Tommy und dem Au-pair-Mädchen Zeit lassen, uns auf den Weg nach Paris oder vielleicht zu meinem Vater oder wohin auch immer zu machen? Oder würden sie uns zuerst gehen lassen? Und wieder hatten Tim und Bruno eine Antwort parat – sie waren schon wie diese Ehepaare, die alle Fragen zusammen beantworten, als wären sie beide gefragt worden, und immer »wir« statt »ich« sagen. In der Hauptsache erklärten sie, wir dürften Tommy nicht zumuten, noch jemanden zu verlieren, und seinetwegen müßten wir alle vier zusammenbleiben. Das können wir, versicherte mir Tim. Daß sie schwul waren, sollte nicht bekannt werden, das wollten sie nicht, aus allen möglichen Gründen wollten sie sich nicht dazu bekennen, sie würden es weiter geheimhalten, bitte, keine Scheidung, nicht einmal eine Trennung. Was ist mit ihm, fragte ich und zeigte auf Bruno. Hat er auch was dazu zu sagen? Er ist einverstanden, sagte Tim. Du weißt, daß er Tommy liebt. Aber soll er bei uns sein? hakte ich nach. Die Antwort war ja, wir könnten doch weitermachen wie bisher, so, als gehöre Bruno zur Familie. Tommy würde Bruno vermissen. Er und Bruno hätten einander sehr gern. An diesem Punkt kam Bruno mit seiner samtenen Baritonstimme zu Wort: Tommy bedeute ihm so viel, ich sei für ihn wie eine geliebte, bewunderte Schwester und uns sei ein kostbares Gleichgewicht gelungen. Er konnte sich so elegant ausdrücken, daß mir dabei zuerst gar nicht übel wurde. Das kam erst später. Aber ich sagte deutlich, daß ich Tim nicht mehr in meinem Schlafzimmer haben wollte. Mein Ehemann ließ sich dermaßen bereitwillig darauf ein, daß ich, so niedergeschlagen und elend ich auch war, trotzdem begriff, wie lächerlich ich mich damit gemacht hatte. Ich weiß nicht, wie die beiden sich das Lachen verbeißen konnten. Also packten wir unsere Sachen zusammen, mit Brunos Hilfe, als ob nichts geschehen wäre, und fuhren gemeinsam nach Paris. Im Rückblick erkenne ich, daß Sophie zu verlieren ein Schlag für mich war, der mich betäubt hatte. Wäre ich nicht so benommen gewesen, hätte ich unmöglich dermaßen gespenstisch ruhig bleiben können, nachdem ich eines sonnigen Nachmittags einfach so herausgefunden hatte, daß Tim ein mieser Schwuler war, der Bruno und Gott weiß wie viele Männer noch – und welche Sorte Männer! – zuvor und seither gefickt hatte und dann in mein Bett gestiegen war. Wahrscheinlich trieb er es mit ihnen sogar, als er mich schwängerte.

Sie weinte und zitterte, vor Kälte, wie Schmidt meinte. Komm, wir gehen hinein, sagte er, es hat sich abgekühlt. Drinnen wirst du dich wohler fühlen. Er nahm sie bei der Hand und führte sie zum Sofa, schloß die Glastür zur Terrasse und bestellte Kaffee, Petits Fours und zwei Gläser Kognak, etwas verlegen, weil er den Zimmerservice schon wieder bemühte.

Du machst mich betrunken, sagte sie verdrossen. Nein, ich betrinke mich, und ja, es macht mir nichts aus, und nein, dir macht es nichts aus. Ich rede einfach weiter. Was, meinst du, ist schlimmer: zu entdecken, daß dein Mann mit allen möglichen Frauen schläft, deinen Freundinnen, seiner Sekretärin, dem Au-pair – Schmidt zuckte zusammen, als sie vom Schlafen mit dem Au-pair-Mädchen sprach, denn genau das hatte er getan und war von seiner Frau und seiner Tochter ertappt worden –, mit Callgirls und so weiter, oder zu entdecken, daß er eine Schwuchtel ist? Knaben in Schwulenbädern bumst! Sich von ihnen fikken läßt! Was meinst du?

Ich weiß nicht, antwortete er. Man sagt, es sei weniger verletzend, von Partnern verlassen zu werden, die entdekken, daß sie schwul oder lesbisch sind, weil das keine Konkurrenzsituation ist. Es ist mehr wie ein Fehler, den beide gemacht haben. Aber ich weiß es wirklich nicht. Vielleicht ist es von Fall zu Fall verschieden.

Ich weiß es auch nicht, aber es war schrecklich. Liest du Balzac?

Er schüttelte den Kopf, korrigierte sich dann und sagte, im letzten Jahr Französischunterricht in der High School habe er *Eugénie Grandet* gelesen.

Das muß eine gute Schule gewesen sein. Ich weiß nicht, ob das heute noch gemacht wird. Ich denke, *Cousine Bette* ist wahrscheinlich sein bester Roman. Die Geschichte dreht sich um Baron Hulot, einen unverbesserlichen *trousseur des jupons*; einen, der Frauen immer an die Wäsche geht. Seine Frau ist sehr schön und *très sage* – ein Muster an Tugend und Güte. Als Hulot völlig behext ist von einer entsetzlichen kleinen Frau, die mit einem besseren Angestellten seines Ministeriums verheiratet ist, und als sie ihn so viel Geld kostet, daß er damit die Familie ruiniert, fragt Madame Hulot, die ihren Mann immer noch liebt und unbedingt ihre Familie retten will, verzweifelt und ratlos: Was tun sie denn für die Männer, diese *filles*? – diese Huren, würde man wohl sagen. Warum kann ich es nicht lernen, ganz gleich, was es ist? Ich will es für ihn tun, wenn ich ihn nur damit glücklich machen kann, wenn ich ihn nur halten kann! Es gelingt ihr nicht, sowenig wie es mir gelang. Was hätte ich für Tim tun müssen? Analsex? Das habe ich gemacht, obwohl ich es hasse. Aber jetzt bin ich überzeugt, daß er etwas anderes suchte, nicht den Weg in irgendeinen Anus, und daß weder ich noch eine andere Frau ihm geben konnte, was er brauchte. Er brauchte einen Mann. Das ist irgendwie anders, auch wenn die Mechanik die gleiche zu sein scheint. Mein Vater, der sehr weltläufig und weise ist und mich während dieser schrecklichen Zeit nie im Stich ließ, hat mir die Augen geöffnet. Er sagte, ich solle aufhören, mir Vorwürfe zu machen. Männer, die meinen, ihre Frau sei frigide, oder die aus einem anderen Grund den Sex mit ihr nicht mögen, würden sich nicht von anderen Männern besseren Sex erhoffen. Nicht, wenn sie nicht homosexuell sind. Wenn heterosexuelle Männer unbefriedigt sind, treiben sie es mit anderen Frauen, wenn nötig, auch mit Callgirls.

Tim schwul! dachte Schmidt. Wie ganz und gar unwahrscheinlich. Er hatte nichts Weichliches, Geziertes an sich, nichts, das man mit dem Stereotyp in Verbindung brachte. Gab es damals noch andere Schwule in der Kanzlei? Dieser »Bursche«, den sie erwähnt hatte, den Tim in Schwulenbäder mitnahm, war der buchstäblich ein Laufbursche, oder war er ein anderer Anwalt? Ein Nachwuchsanwalt, denn zu der Zeit konnte doch wohl nicht von einem Partner die Rede sein! Überrascht und schockiert zu sein, daß es solche Dinge vor fünfundzwanzig Jahren gegeben hatte, dachte er, habe nichts mit der Firma W & K von heute zu tun: Er wußte von einem homosexuellen Partner (aber wußten es auch alle anderen in der Kanzlei?) und zwei oder drei angestellten Anwälten. Aber womöglich waren es noch viel mehr. Seit seiner Pensionierung war er nicht mehr auf dem laufenden. Klatschgeschichten hörte er nur auf den gelegentlichen Firmenfeiern, an denen er aus unangebrachtem Pflichtgefühl teilnahm, und manchmal von Lew Brenner und, ja, eine Informationsquelle war auch sein Schwiegersohn Jon Riker gewesen, bevor diese Zierde der Anwaltschaft sich gezwungenermaßen von der Kanzlei verabschiedet hatte und sein juristisches Talent anderswo einsetzen mußte. Aber damals, als Tim Mitarbeiter war? Im College hatte Schmidt verschwommen wahrgenommen, daß man sich über eine kleine Gruppe, nur eine Handvoll der Studenten aus seinem Jahrgang und andere Gleichaltrige, mokierte, weil sie schlaffe Weichlinge seien. Sie waren Trabanten einiger überhaupt nicht weichlicher Tutoren. Er hatte eigentlich nichts gegen sie gehabt, war sich aber in ihrer Gegenwart immer plump und ungehobelt vorgekommen. Einige von ihnen, denen er später hier und da wieder begegnet war, hatten sich geoutet, so wie die homosexuellen Autoren, deren Bücher Mary betreut hatte, die beiden Kollegen in ihrem Verlag, die als Schwule bekannt waren, und das wechselnde, immer wieder aufgefüllte Kontingent der Schwulen vom Dienst bei Mike Mansours Essenseinladungen und Partys, häufig Akolythen irgendeines genialen Musikers, den der Finanzmagnat gerade unter seine Fittiche genommen hatte. Aber Tim! Der alte Dexter Wood würde sich im Grab umdrehen.

Der Kellner brachte die Bestellung. Schmidt fand eine Hundert-Franc-Note in seiner Brieftasche und gab sie ihm mit einer Entschuldigung dafür, daß er ihn ganz verrückt mache.

Sie tranken den Kaffee schweigend, bis Alice den Faden wiederaufnahm. Mein Vater meinte, ich solle zu einem Psychiater gehen, um jemandem zum Reden zu haben, und eine der wenigen Freundinnen, die ich noch in Paris habe, riet es mir ebenfalls. Wir waren zusammen im *lycée*, und auch sie hatte ein Kind verloren. Leukämie. Sie empfahl mir eine sehr nette Frau, die ihre Praxis am Boulevard Saint Germain hatte. Bei gutem Wetter ist der Weg dorthin ein schöner Spaziergang von hier durch die Tuilerien. Sie verschrieb mir ein Beruhigungsmittel und Schlaftabletten, und daß ich mit ihr sprechen konnte, half wahrscheinlich, aber das Gefühl, daß er mich besudelt hatte, als er mit mir die Dinge tat, die er entweder gerade vorher mit anderen Männern, mit Bruno getan hatte oder gleich wieder tun würde, dieses Gefühl konnte sie mir nicht ausreden, auch wenn ich mich noch so sehr bemühte, vernünftig zu sein. Ich lag nachts wach in meinem Schlafzimmer, wußte, daß Tim wach oder schlafend in unserem ehemaligen Gästezimmer lag – ich konnte mich nicht überwinden, ihm So-

96

phies Zimmer anzubieten –, und dachte darüber nach. Er und Bruno gingen an Wochenenden immer noch in unser Haus in Chantilly und hätten Tommy gern mitgenommen. Sie meinten es gut, aber ich haßte die Vorstellung, daß Tommy mit ihnen dort wäre. Ich brauchte seine Gegenwart. Außerdem war ich mir zwar gewiß, daß Tim und Bruno vollkommen diskret sein und sich genausogut wie ich oder besser um Tommy kümmern würden, aber ich war beunruhigt wegen der anderen Männer, die, wie ich mir dachte, an den Abenden zu ihnen kamen. Was für eine Sorte von Männern? Zum Glück hatte Tommy an den meisten Wochenenden so viele Hausaufgaben, daß er nicht nach Chantilly mitfahren konnte oder wollte. Wenn er mitfuhr, tat ich es normalerweise auch. Kannst du dir diese Wochenenden vorstellen? Tim, Bruno, Tommy und ich, jeder in einem Zimmer für sich. In der Rue Saint-Honoré hatten Tim und ich auch kein gemeinsames Schlafzimmer, aber wenigstens war Bruno nicht in der Wohnung, und sie schlichen nicht von einem Raum in den anderen. In den Schulferien und zu Weihnachten und Ostern gingen Tommy und ich allein zum Skilaufen oder nach Antibes, um bei meinem Vater zu sein; das hatte ich zur Regel gemacht und erreicht, daß Tim damit einverstanden war. Am Ende kam heraus, daß all die Vorsichtsmaßnahmen umsonst gewesen waren. Man kann einem Dreizehnjährigen nicht viel verheimlichen. Schon bevor sein Vater krank wurde, verstand Tommy, was los war. Wie er es für sich in Worte faßte, weiß ich nicht, wir haben nie darüber gesprochen. Er machte keinen Versuch. Wahrscheinlich hätte ich den Anstoß geben müssen, aber ich wußte nicht wie, und aus verschiedenen Gründen hatte ich die Sitzungen mit der Therapeutin aufgegeben und konnte niemanden um Rat fragen. Mein Vater war anfangs eine große Hilfe gewesen, aber als er nach dem Tod meiner Mutter ganz ermessen konnte, was er verloren hatte, überwältigte ihn der Kummer. Später war er so ausgefüllt von der neuen Beziehung, die sich anbahnte, daß er sich nicht auf mich und Tommy konzentrieren und mich zur Vernunft bringen konnte. Apropos verstehen: Ich begriff endlich, warum meine Freunde von Anfang an so zurückhaltend reagiert hatten, wenn wir Bruno dauernd zu ihren Partys mitnahmen und ihn jedesmal einluden, wenn wir ein Essen gaben. Paris ist eine kleine Stadt, und sie kannten ihn oder wußten über ihn Bescheid. Er hielt sich vollkommen bedeckt, aber Leute, die nicht so töricht waren wie ich, durchschauten, was in meiner *ménage* vor sich ging. Wenn meine Eltern in Paris gewohnt hätten, als wir dorthin zogen, hätten sie mich warnen können.

Sie hatte ihren Kognak ausgetrunken und fragte, ob sie den Rest aus seinem Glas haben könne.

Alice, fragte Schmidt, warum bist du in dieser *ménage à trois* geblieben? Warum hast du dich nicht scheiden lassen?

Als sie antwortete, sprach sie so klar und deutlich wie zuvor, aber langsamer. Darüber haben wir ausführlich debattiert, ich und mein Vater und die Therapeutin, als ich noch zu ihr ging, und natürlich Tim und Bruno. Von Anfang an habe ich gedacht, wir könnten nicht zusammenbleiben und sollten es auch nicht versuchen und Tim und ich sollten uns scheiden lassen. Tim war dagegen. Es war immer das gleiche Lied: Eine Trennung könne Tommy nach dem Verlust von Sophie nicht ertragen. Die beiden Kinder hätten sich so nahegestanden. Wir sollten ihm nicht auch noch zumuten, seinen Vater und sein Zuhause zu verlieren. Bruno war der gleichen Meinung. Ich weiß, daß es ihnen damit vollkommen ernst war. Beide liebten das Kind. Daß sie beide nicht vorhatten, sich zu ihrer Beziehung zu bekennen, machte es ihnen leichter, diesen

Standpunkt zu vertreten. Privat und heimelig sei es, im verborgenen zu bleiben, sagte Bruno. Er hätte bereitwillig eine Demonstration von hunderttausend Schwulen auf dem schnellsten Weg zurück in die Verborgenheit geführt. Also störte das Festhalten am Status quo keinen ihrer Pläne. Sie hatten nicht die Absicht, zusammenzuleben. Die Psychiaterin sagte mir, das sei ganz falsch, Tommy wisse im Inneren, daß die Ehe zerbrochen sei, auch wenn er den Grund dafür nicht recht beim Namen nennen könne, und dieses Wissen erkläre einige Aspekte seines Verhaltens. Sie meinte, er werde sich schnell mit dem Weggang seines Vaters abfinden. Natürlich hätte ich auf sie hören sollen. Ehrlich gesagt, weiß ich nicht, wie ich mich entschieden hätte, wenn mein Vater sich nicht so stark dafür eingesetzt hätte, daß wir vorläufig zusammenblieben. Es war zu schwer für mich, gegen seinen Rat zu handeln. Danach war es mir allmählich auch lieber, die Fassade unserer Ehe aufrechtzuerhalten.

Sie hielt inne und sagte dann: Das ist wieder eine andere Geschichte, von der ich gar nicht erst anfangen möchte. Tims Geschichte wird noch quälender, aber wenn ich genug Kraft fürs Weitererzählen habe, wirst du die Antworten auf deine Fragen hören. Alles, was ich über Aids wußte, fuhr sie fort, hatte ich aus der Zeitung, und viel war das nicht. Sicher, ich habe bemerkt, daß Tim, der in all unseren gemeinsamen Jahren nie krank gewesen war, nicht einmal eine Grippe oder eine Erkältung gehabt hatte, jetzt anfing, über Halsschmerzen, Schlaflosigkeit, Kopfweh und Durchfall zu klagen, und daß ihn offenbar eine Endlosreihe von Krankheiten plagte. Ich sagte, ich habe diese Krankheiten bemerkt, das klingt kalt, aber ich kann nicht ernsthaft behaupten, daß sie mir Sorgen machten. Die Stelle als Ehefrau hatte ich gekündigt. Ich liebte ihn nicht mehr. Ich war gleichgültig und verärgert. Etwas feindselig.

Es ist möglich, daß ich, ahnungslos wie ich war, trotzdem das Muster im Teppich erkannt hätte, wenn ich ihn noch geliebt und mir Sorgen um seine Gesundheit gemacht hätte. Sicher bin ich mir nicht. Zum einen hat mich irregeführt, daß Bruno damals wie heute vollkommen gesund war und ist. Es ist primitiv zu denken: warum der eine und nicht der andere? Irgendwie habe ich wahrscheinlich das Wissen unterdrückt, das ich schon besaß oder sammelte, weil ich nichts mit der Sache zu tun haben und nicht zum Mitleid mit Tim gezwungen sein wollte. Lassen wir es dabei, daß ich lange Zeit nichts wußte und nichts ahnte. Als Tommy und ich dann Anfang 1989 nach Paris zurückkamen – wir waren in den Weihnachtsferien zum Skilaufen in St. Moritz gewesen –, erfuhr ich von der Haushälterin, Madame Laure, die du kennengelernt hast, daß Tim mit einer schweren Lungenentzündung im American Hospital lag. Bruno hatte ihn dort eingeliefert und sich um ihn gekümmert. Ungefähr eine Woche danach wurde Tim entlassen, und Bruno brachte ihn nach Hause. Die Lungenentzündung heilte aus, aber er hatte keine Energie, nahm ab und behauptete, er habe fast ständig Durchfall. Er sah grauenvoll aus, aber trotzdem fuhr er im August mit Bruno nach Bar Harbor. Ich weigerte mich mitzukommen, wie schon im Sommer davor, und Tommy und ich waren fast den ganzen Sommer in Antibes, diesmal mit meinem Vater und der Freundin meiner Mutter, die inzwischen bei ihm eingezogen war. Sie ist eine wunderbare Frau, und wir vier vertrugen uns sehr gut. Vater erreichte, daß Tommy in einen Segelclub in Cap d'Antibes aufgenommen wurde, und Tommy war selig. Er fühlte sich wie ein richtiger Einheimischer.

Als wir wieder nach Paris kamen, fanden wir Tim schon vor, er hatte seine Zeit in Bar Harbor verkürzt, und ein paar Tage danach baten er und Bruno mich sehr förmlich um eine Unterredung und erklärten mir zum ersten Mal, daß er ein paar Jahre zuvor HIV positiv getestet worden war. Die Ärzte hätten ihm alle möglichen Medikamente verordnet, die angeblich seine Krankheit in Schach halten würden, aber wie wir alle gemerkt hätten, wirkten sie nicht. Er müsse sich den Tatsachen stellen: Die Zeit für seinen Abschied von der Firma sei gekommen. Er sei nicht mehr in der Lage, das Pariser Büro zu leiten. Er könne sich auch nicht denken, daß ihm noch irgendeine Anwaltsarbeit möglich sei. Jetzt weißt du, warum er sich so früh aus der Kanzlei zurückzog. Ich machte mir natürlich schreckliche Sorgen, weil ich nicht wußte, ob er mich angesteckt hatte – es gab keinen Grund, der das ausschloß. Ich ließ einen Virustest machen, der negativ war, und dann noch zwei, um ganz sicherzugehen, und schließlich überzeugte mich der Arzt, daß ich nicht fürchten müsse, das Virus stecke verborgen in mir, weil ich schon im Juli 1985, kurz bevor Sophie starb, zum letztenmal Sex mit Tim gehabt hatte. Tommy habe ich nichts von meinen Sorgen gesagt. Aber er hat einen extrem klaren Kopf und sah von allein, wie es um seinen Vater stand. Auch er las Zeitung. Eines Tages fragte er mich nach der Schule, ob ich dächte, daß ich auch Aids bekommen würde. Kannst du dir seine Angst vorstellen? In dieser Zeit machten wir den zweiten großen Fehler mit Tommy, fürchte ich. Er war in St. Paul's angemeldet und sollte im Herbst dort anfangen, aber wir ließen ihn im *lycée* in Paris. Ich dachte – und Tim wohl auch –, es sei besser für ihn hierzubleiben, als sich auf diese sehr konkurrenzbetonte, fremde Umgebung einstellen zu müssen. Ich hatte Angst, das sei mehr, als er aushalten könne.

Wo ist er jetzt? fragte Schmidt.

Auf dem Yale College, erklärte sie ihm, mit Hauptfach Mathematik. Im *lycée* war er brillant, bestand das Bakkalaureat mit Auszeichnung und gewann im nationalen Wettbewerb eine Goldmedaille in Mathematik. Jetzt schlägt er sich in Yale genauso brillant. Leider hatte er sich, schon bevor er aus dem Haus ging, ganz und gar von uns distanziert. Eine Mauer stand zwischen ihm und uns. Wer kann es ihm verdenken? Tim, mein Vater und ich, wir hatten alle nicht damit gerechnet, wie verstörend für ihn das Leben mit Tim und mir sein würde. Als Tim im Sterben lag, kam Tommy in seinem zweiten Collegejahr in den Winterferien aus Yale, um ihn zu sehen, und blieb bis zum Ende, aber das war sein erster Besuch in Paris, seit er in New Haven lebte. Jetzt ist er in den Ferien immer bei Tims Eltern, in Cold Spring, der Wohnung in New York oder dem Haus in Bar Harbor. Mein Vater hat versucht, ihn nach Antibes zu locken. Er wurde kalt abgewiesen. Monster sind diese Verplancks, aber er ist lieber bei ihnen! Sie haben sich nicht um Tim gekümmert, als er krank war, und sind nicht zu seiner Beerdigung gekommen, obwohl sie praktisch nebenan stattfand. Lew Brenner hatte Kontakt zu ihnen, und er erzählte mir später, daß sie jede Vermutung, Tim sei schwul gewesen und an Aids gestorben, weit von sich wiesen. In ihrer Version starb er an einem rapide metastasierenden Krebs, und ich hätte mich geweigert, mich um ihn zu kümmern. Das Traurige ist, daß Tommy auf einer Linie mit ihnen war und auch glaubte, ich hätte mich geweigert, für seinen Vater zu sorgen. Aber ich weiß nicht, wie ich mich hätte kümmern können, selbst wenn ich ihn noch geliebt hätte. Für mich war kein Platz mehr. Bruno und Tim entschieden, daß er in Chantilly wohnen und von Pflegern versorgt werden solle – von lauter Männern, alle homosexuell –, die Bruno ausgesucht hatte. Bruno bot sogar an, mir das Haus abzukaufen! Ich konnte nicht mehr tun, als Tim zu besuchen, und das tat ich. Es zog sich quälend lange hin, Schmidtie, mit Wunden oder kleinen Krebsgeschwüren auf der Haut, Lungenentzündungen, dann Lungenkrebs, der in die Leber und das Gehirn streute. Dieses Haus war voller Schußwaffen, ich werde nie verstehen, warum weder Tim noch Bruno eine Flinte aus dem Gewehrschrank nahmen und ein Ende machten. Die Art, wie er dann starb, war ein solcher Betrug. In der Zeit, die ihm nach dem Ausscheiden aus der Firma noch blieb, hätte er so gern gelesen und geschrieben, und er konnte weder das eine noch das andere. Es gab nicht viele Tage, an denen er fähig war, sich zu konzentrieren.

Also wußte Lew Bescheid, sagte Schmidt nachdenklich.

Ja. Niemand sonst in der Kanzlei. Tim bat ihn, es keinem zu sagen.

Den letzten Teil ihrer Geschichte hatte sie mit großer Fassung und, so schien es Schmidt, mit übernatürlicher Klarheit erzählt. Jetzt verlor sie die Selbstbeherrschung. Sie rollte sich auf dem Sofa zusammen und weinte leise, wie ein Kind. Schmidt setzte sich neben sie und strich ihr übers Haar. Er wußte nicht, wie er sie trösten sollte. Endlich hörte sie auf zu weinen und fragte, wo das Badezimmer sei. Als sie wiederkam, sagte sie: Du mußt mir verzeihen, ich habe deine Zahnbürste benutzt. Aber ich habe sie hinterher sorgfältig ausgewaschen. Das findest du nicht schlimm, oder?

Er sah sie an und fragte sich, ob er jemals eine so schöne Frau gesehen hatte. Ihre Blässe und die vom Weinen verschwollenen Augen gaben ihrem Gesicht einen Zug von Verletzlichkeit und tragischer Vornehmheit. Alice, sagte er, du hältst mich vielleicht für verrückt, aber das bin ich nicht: Ich verliebe mich gerade in dich, ich möchte, daß du das weißt, und was noch kommen wird, ist mir egal, Hauptsache, ich kann mit dir zusammensein. Immer. Großes Ehrenwort, fiel ihm dann noch ein, und er kam sich ziemlich albern vor.

O Schmidtie, sagte sie und breitete die Arme aus, du willst mich nicht im Ernst immer um dich haben. Du kennst mich kaum! Aber du kannst mich küssen, wenn du dir vorher die Zähne putzt. Als er zurückkam, breitete sie wieder die Arme aus. Ich bin betrunken, erklärte sie ihm, ich habe den ganzen Kognak ausgetrunken, ich schmecke nach Kognak. Stört dich das?

Er sank neben sie auf das Sofa. Sie küßte fordernd, ihre Zunge strich über seine, ihre Arme umschlangen ihn mit der Kraft von Glyzinien. Ein heiliger Schrecken durchfuhr ihn, so wie der Sage nach ein Neuling auf der Schwelle zum Tempel erschauernd die Einweihung in Mysterien erwartet, die nur die Hohepriesterin im Tempelinneren kennt. Die immer gleichen Gesten, das alte Lied, aber jetzt klang es in seinen Ohren dunkel, drohend. Alice war unwiderstehlich wie eine reife Frucht. Aber wußte diese schöne und gequälte Frau, was sie tat? Mit welchem Recht würde er in sie eindringen, sich eindrängen? Seine eigene Rolle erschien ihm vorbestimmt. Er legte den Arm um sie und führte sie ins Schlafzimmer.

V

Er war wohl noch in ihr gewesen, als der Schlaf ihn überkommen hatte. Konnte es sein, daß sie die Nacht durchgeschlafen hatten? Er sah auf seinen Wecker. Viertel nach sieben. Morgens oder abends? Ihm würde es nichts ausmachen, aber was würde Alice sagen, wenn es schon Tag war? Würde Madame Laure wohl Alarm schlagen, wenn sie merkte, daß Alice nicht in ihrem eigenen Bett geschlafen hatte? Aber nein, keine Sorge. Der Streifen Himmel, den man durchs Schlafzimmerfenster sah, war taubengrau und rosa. Ein Abendhimmel. Er lag auf dem Rücken, jeder Muskel entspannt, Alices Kopf ruhte an seiner Schulter, ihr Arm quer über seiner Brust. Ihre Beine hielten seine Beine gefangen. Ihre feuchten Schamlippen spürte er an seinem Schenkel. Kein Grund, sie zu wecken. Von Zeit zu Zeit murmelte und seufzte sie, und ihre Umarmung wurde enger. Einmal kicherte sie leise. Lächelnd strich er ihr übers Haar und über den Arm und schlief wieder ein.

Das war so schön, Lieber, ich fühle mich rundum wohl, danke, flüsterte sie. Hatten ihn die geflüsterten Worte geweckt oder die Feder, mit der sie ihn an der Nase kitzelte? Wo konnte sie die Feder gefunden haben? Natürlich: Manchmal quollen sie aus der Daunendecke, und sie hatte eine herausgezupft.

Sie schob die Decke weg, setzte sich auf und knipste die Lampe an ihrer Bettseite an, und zum erstenmal – den Augenblick, als er sie mit wilder Hast entkleidet hatte, könne man nicht mitrechnen, meinte er – sah er sie ganz nackt. Schimmernd weiße Haut, die sich glatt und samtig anfühlte, Brüste, so klein, daß ihnen weder das Stillen noch die Zeit geschadet hatten, und vollkommen geformte Beine mit Füßen, die dringend eine Pediküre brauchten. Das Haardreieck: Das war der einzige Teil von ihr, den er erforscht hatte, so glaubte er. Das Aroma haftete noch an seinen Händen und seinem Gesicht. Er setzte sich auch auf, sah sie an, ließ die Hände über ihren Rücken gleiten und kehrte dann zu ihren Brüsten zurück. Stumm schlang sie die Arme um ihn und erwartete seinen Kuß, während ihre rechte Hand nach unten wanderte, um seine Reaktion zu ertasten. Unverhofftes Glück! Als sie danach Seite an Seite lagen, erschöpft und einander bei der Hand haltend, sagte sie, sie habe Hunger.

Gehst du mit mir essen in dem schönen Restaurant im Parterre? Oder findest du, ich bin nicht gut genug angezogen?

Im Augenblick bist du das nicht, antwortete er, aber wenn du dich wieder anziehst, wirst du die bestgekleidete Frau dort sein. Alice, wie ist es zu diesem Wunder gekommen?

Du hast mir zuviel Kognak gegeben. Ich war benebelt.

Sein Glück verwandelte sich abrupt in Angst.

Das ist es gewesen? Ich alter Bock habe die Gelegenheit ausgenutzt?

Du bist kein alter Bock, erwiderte sie. Du bist sehr nett, und ich mag dich. Aber ich war sehr beschwipst. Wäre ich nüchtern gewesen, wäre es nicht passiert. Darum finde ich es so falsch. Ich wünschte, es wäre nichts passiert. Wärst du doch nicht hierhergekommen.

Er machte sie nicht darauf aufmerksam, daß sie sich gerade wieder geliebt hatten, nachdem die Wirkung des Kognaks, der ihr so zugesagt hatte, mit Sicherheit verflogen war. Statt dessen rief er, kaum seiner Stimme mächtig, im Restaurant an und bat um eine Reservierung, wartete dann, solange sie hinter verschlossener Tür im Bad war und bis sie sich im Schlafzimmer angekleidet hatte.

Als sie fertig war, fragte sie, ob er sich nicht anziehen wolle. Den Ton ihrer Stimme fand er sonderbar kühl, an der Grenze zur Kälte. Ja, sagte er, ich ziehe mich sofort an. Das Duschen kann warten. Als er wieder aus dem Badezimmer herauskam – er hatte uriniert und sich Gesicht und Hände mit kaltem Wasser gewaschen –, fand er sie im Wohnzimmer; sie blätterte in dem *New Yorker*, den er am Tag zuvor bei W.H. Smith gekauft hatte. Sollen wir gehen? fragte er mit rauher Stimme. Er trank einen Schluck Wasser aus einem der Gläser, die der Kellner auf dem Sofatisch abgestellt hatte, und versuchte, möglichst so zu klingen wie bei ihrer Begegnung vor nicht allzu vielen Stunden – liebenswürdig und zuvorkommend –, merkte aber, daß sein Versuch wenig überzeugend war.

Wirst du dich jetzt über mich ärgern? antwortete sie mit einer Gegenfrage. Hier ist es so gemütlich und so ruhig. Könnten wir nicht hier essen? Etwas, das man leicht servieren kann und das nicht lang dauert? Ich hatte wirklich nichts von alldem hier beabsichtigt.

Aber sicher, erklärte er. Um die Fassung zu wahren, schob er eine CD mit Klaviersonaten von Beethoven in das Gerät des Hotels, machte die Reservierung rückgängig, rief dann den Zimmerservice an und bestellte ein kaltes Abendessen mit einer Flasche gutem Burgunder, den das Hotel nach seiner Einschätzung reichlich überteuert verkaufte. Er war voller Verdruß – über sie und über sich. Warum hatte sie sich entschieden, ihm Verplancks schreckliche Geschichte bis in alle grausigen Einzelheiten zu erzählen? Warum die scheußliche Wahrheit überhaupt erzählen? Sie hätte ihn beruhigen können, etwa mit Notlügen von einem langen Kampf gegen den Krebs, der ihn erst arbeitsunfähig gemacht und dann getötet habe. Viele

Leute wollten nicht, daß ihre Krankheit bekannt wurde. Eine Geschichte von der Sorte hätte Tims Wunsch entsprochen: Hatte sie nicht irgendwann gesagt, es sei ihm besonders wichtig gewesen, niemanden wissen zu lassen, daß er Aids hatte? Und danach, warum hatte sie ihn irregeführt? Sie mußte wissen, wieviel Kognak sie vertrug; alt genug war sie, und sie war Französin, kein Dussel aus Dubuque! Natürlich war er erst recht dämlich gewesen: Er hatte diesen Bekenntnisstrom nicht abgebremst, ihr seinen Brandy überlassen und ihren Köder geschluckt. Auch er war alt genug, es besser zu wissen und sich nicht dem Unmut, ja den Vorwürfen einer Frau auszusetzen, die eher ihn in die Irre geführt hatte als umgekehrt. Das letzte Mal hatte er sich als frischgebackener Sozius auf diese Weise zum Narren gemacht, damals hatte er draußen an der Westküste Jurastudenten befragt, die sich um eine Stelle in seiner Firma bewarben, und sich von einer Kandidatin zum Haschrauchen überreden lassen und halb nackt auf einem Futon einen Ringkampf mit ihr veranstaltet! Aber, großer Gott, das war gut fünfundzwanzig Jahre her, und die Frau war nicht die Witwe eines Juniorpartners gewesen!

Jetzt blieb ihnen nur noch, an den Fingernägeln zu kauen, solange sie auf den Zimmerservice warteten. Wann das Bestellte kam, war nicht vorauszusehen. Unverschämt, wieviel Zeit diese blöden Araber oder Portugiesen in der Speisekammer brauchten, um vier – oder vielleicht sechs – Scheiben kaltes Roastbeef zu schneiden, auf den Teller zu legen, ein paar Salatblätter und Cornichons dazuzupacken und die Weinflasche aus dem klimatisierten Schrank zu holen. Oder hatten sie den Wein unten im Keller gelagert? Wenn es so war, hatte er einen fatalen Fehler gemacht, als er einen guten Wein bestellte. Die Zeit, die der Kellner brauchte, um von der Speisekammer bis zum Zimmer zu watscheln, kam noch hinzu. Mist! Sein Ärger drohte in kalte Wut umzuschlagen. Wie kam sie dazu, ihre Meinung zu ändern und auf einmal anderswo essen zu wollen? In der Minibar waren Gin und Wermut und Pikkoloflaschen Champagner. Er überließ ihr die Wahl und hörte aus ihrer Ablehnung die affektierte Wohlerzogenheit, mit der eine Schülerin in der Abschlußklasse von Miss Porter's Pensionat auf einen unsittlichen Antrag reagiert. *Tant pis*, dein Pech, Kleine! Er mischte sich einen Martini, der so gediegen war wie das Crillon, reichte ihr den Perrier, den sie sich nachträglich erbat, stellte ein Glas Macadamianüsse mitten auf den Sofatisch und ließ sich in den zu stark gepolsterten Sessel sinken. Die Beine gekreuzt, mit einem Gesichtsausdruck, den seine reizende Tochter als den des »Hunnen Schmidt« bezeichnete – meine Güte, woher hatte sie wohl die entzückende Idee, womöglich von ihrer wunderbaren Schwiegermutter? –, widmete er sich seinem Martini und den Nüssen.

Sein Sinnieren wurde von einem Klopfen an der Tür unterbrochen, dann kam der Kellner und rollte den Tisch ins Zimmer. Endlich konnten sie essen. Er probierte den Wein. Überteuert, aber besser, als er ihn in Erinnerung hatte. Mit grimmiger Befriedigung stellte er fest, daß Alice den Kellner nicht daran gehindert hatte, ihr Glas zu füllen. Danke, sagte er dem Kellner, Sie brauchen nicht zu warten. Wir bedienen uns selbst, und ich rufe an, wenn es Zeit ist, den Tisch wegzuräumen. Zu Alice gewendet, durch die Martinis und den Wein in besserer Stimmung, sagte er: Endlich allein!

Ich bin froh, daß es dir wieder bessergeht, erwiderte sie.

Besser? Nein. Ich bin verwirrt und wütend auf mich, erklärte er ihr. Denken zu müssen, ich hätte dich ausgenutzt, mißfällt mir. Wahr ist, daß du mich überwältigt hast. Als ich dir sagte, ich würde mich gerade in dich verlieben, war ich vollkommen ehrlich. Ich bin verliebt, wirklich. Senile Schwärmerei! Du kannst mich albern nennen, hitzköpfig, unrealistisch, was du willst, aber passiert ist es. Wirklich und wahrhaftig. Ich habe mir deine Geschichte angehört, die trauriger ist als alles, was ich mir hätte vorstellen können. War es falsch, daß ich sie hören wollte? Ich habe dich meinen Kognak trinken lassen – die Betonung liegt auf lassen, aufgedrängt habe ich ihn dir sicher nicht –, und ich habe dir meine Zuneigung und Bewunderung dargeboten, vielleicht im falschen Moment, da du verwundbar warst. War das unfair? Was soll ich nun machen? Ich wünsche mir jedenfalls nicht, daß nichts passiert wäre. Dich zu lieben war ein Wunder. Der Gipfel des Glücks für mich.

Ich fand es auch schön, sagte sie. Sehr schön.

Dann gib mir nicht das Gefühl, ich hätte dir unrecht getan. Sag nie wieder solche Sachen wie vor ein paar Minuten. So etwas nehme ich sehr schwer, ich kann nicht anders. Es tut mir weh. Du magst tausend Gründe haben, dich nicht von mir lieben zu lassen. Mein Alter steht sicherlich ganz oben auf der Liste, aber ich bin sehr gesund, und ich würde alles tun, was in der Macht eines Mannes steht, um dir ein gutes Leben zu bieten, falls noch einmal ein Wunder geschieht und du damit einverstanden bist.

Schmidtie, sagte sie, dein Alter macht mir keine Angst, und ich glaube, ich wäre auch in nüchternem Zustand mit dir ins Bett gegangen, nur wahrscheinlich nicht so schnell. Aber sprich nicht von Ehe, Dauer, Zukunft. Nicht jetzt, noch nicht. Das ist einfach töricht. Wir sollten die Dinge auf uns zukommen lassen, eins nach dem anderen.

Offenbar stimmt irgendwas nicht mit mir, sagte sich Schmidt. Alles in allem hörte Alice sich jetzt an wie seine wunderbare, einundzwanzigjährige Carrie, die ihm nach einem seiner wiederholten Heiratsanträge gesagt hatte: Vergiß es! Da war natürlich der Altersunterschied gewaltig gewesen: mehr als vierzig Jahre, dazu kam, nach seiner Überzeugung noch wichtiger für Carrie, der Klassenunterschied. Dieses Kind des American Dream konnte den Abstand zwischen einer puertoricanischen Kellnerin und einem angejahrten millionenschweren WASP nicht vergessen. Carrie mit ihrem erstaunlichen Gespür für Kastenzugehörigkeit, ihrer schwanengleichen Schönheit, ihren angeborenen exquisiten Manieren und der Sensibilität einer Prinzessin! Aber damals, als er solche Reden geführt hatte, lebten Carrie und er zusammen. Alice und er kannten einander kaum!

Leite mich an, Alice, sagte er. Nimm hin, daß ich mich in dich verliebt habe. Erklär mir, wie ich der Deine werden und dich für mich gewinnen kann.

Eine Möglichkeit ist, daß du nicht protestierst, wenn ich nach Hause gehe, sobald ich den Kaffee getrunken habe, sagte sie und fügte hinzu, nein, du mußt mich nicht nach Hause bringen. Der Portier in der Lobby wird mir ein Taxi rufen. Oder vielleicht gehe ich auch zu Fuß – um wieder einen kühlen Kopf zu bekommen.

Und morgen? fragte er. Können wir mittags oder abends oder beide Male zusammen essen? Ich weiß nicht, ob ich dir erzählt habe, daß ich übermorgen nach New York fliegen muß. Mr. Mansour ruft. Ich muß an der Aufsichtsratssitzung der Stiftung teilnehmen, die für den Tag danach geplant ist.

Schmidtie, lachte sie, ich habe auch einen Job, wußtest du das nicht? Ich muß morgen im Büro sein.

Er hatte es nicht gewußt.

Das konntest du auch nicht.

Am Mittag habe sie ein Arbeitsessen mit einem deutschen Autor. Sie arbeite als Lektorin in einem der berühmtesten französischen Verlage, erklärte ihm Alice kurz, der zeitgenössische deutsche Roman sei ihr Spezialgebiet. Da sie in Bonn zur Schule gegangen sei, fühle sie sich in dieser Sprache ganz zu Hause, und das habe ihr den Einstieg in das französische Verlagswesen erleichtert. Das Interesse an deutschen Romanciers sei groß, und nur wenige Lektoren beherrschten Deutsch so gut wie sie oder seien zweisprachig mit Französisch und Englisch aufgewachsen. Vielleicht zur Zeit kein einziger. Aber am Abend könne sie mit ihm essen, in ihrer Wohnung.

Dann stand sie auf und erwartete heiter lächelnd seinen Kuß. *A demain*, sagte sie – um acht!

VI

Es war Madame Laures freier Tag, wie er erfuhr. Sie verbrachte die Sonntage vom Nachmittag an und die Montage bei ihrer verheirateten Tochter in Courbevoie in der Nähe von Paris und kam am Dienstag früh wieder zur Arbeit.

Ich habe der Versuchung widerstanden, dir kaltes Roastbeef oder kaltes Huhn zu servieren, sagte Alice noch und bot ihm einen Drink an. Magst du Käsesoufflé? Sag lieber ja, denn das gibt es heute abend.

Er glaubte eine andere, eine entspannte, heitere Alice zu sehen, so heiter, wie sie ihm vorgekommen war, als sie ihn in seiner Hotelsuite geküßt hatte, bevor sie ging – und sie war offenbar stolz auf ihre Kochkünste. Der Wein, den sie einschenkte, war so gut wie der, den er ausgewählt hatte, als sie beim Zimmerservice bestellt hatten, vielleicht sogar besser, aber es war ein Bordeaux, deshalb hinkte der Vergleich. Der Keller des armen Tim, dachte er sich, aber sie erklärte ihm, daß diese besondere Flasche von ihrem Vater kam. Er hatte sehr viel Wein gelagert, und als er die Wohnung in der Rue du Bac verkaufte, überließ er ihr die Hälfte seiner Bestände. Tim scheute sich, den Wein meines Vaters zu trinken, sagte sie, man mußte ihn dazu zwingen, daß er mich Jahrgänge auftischen ließ, die nicht warten konnten. Er verlangte sogar, daß ich meinen Wein abstoße. Er kaufe und lagere mehr als genug. Das fing an, als wir nach Paris zogen, schon bevor mein Vater herausfand, daß Tim schwul war, aber trotzdem vermute ich, daß es an seinen Schuldgefühlen lag. Er hatte noch mehr Ideen, die ich mir nicht anders erklären kann, denn sie liefen alle darauf hinaus, daß er nichts von mir annehmen wollte. Zum Beispiel paßte es ihm nicht, wenn ich ihm ein Geschenk machte, das mehr kostete als ein Buch oder eine Krawatte. Seine Geschenke für mich waren extravagant. Und sehr schön. Schau dir zum Beispiel dieses Armband an!

Das Armband an ihrem Handgelenk sah aus wie schwarze Spitze.

Es ist Eisen, sagte sie, Berliner Eisenschmuck vom Anfang des neunzehnten Jahrhunderts. Diese Stücke sind selten, aber Tim schenkte mir mehrere davon, immer wenn er eins fand. Es war keine Lüge, daß er mich liebte; er sagte die Wahrheit. Wenn ich mich nur in einen Mann hätte verwandeln können – was sage ich –, wenn ich nur als Mann auf die Welt gekommen wäre!

So gefällst du mir besser, sagte Schmidt, aber kaum waren ihm die Worte entschlüpft, entsetzte ihn seine eigene Dummheit.

Nach dem Essen zogen sie in die Bibliothek um, da Alice sein Angebot, ihr beim Abwaschen zu helfen, abgelehnt hatte. Wir überlassen das Aufräumen Madame Laure, sagte sie. Schau nicht so schockiert. Es wäre anders, wenn ich einen Hund oder eine Katze hätte, hab ich aber nicht, und ihr macht die Arbeit nichts aus. Sie kommt so früh von ihrer Tochter zurück, daß sie reichlich Zeit dafür hat. Aber ich wollte dir von meiner Arbeit erzählen.

Sie setzte sich auf das Sofa und dirigierte ihn auf den Sessel schräg gegenüber.

Alice, unterbrach er sie, ich wünschte, du würdest mir erst erklären, wie ihr, du und Tim, oder du, Tim und Bruno, zusammengelebt habt, als du Bescheid wußtest. Kam Tim zum Abendessen nach Hause? Habt ihr miteinander gesprochen? Habt ihr Gäste eingeladen, zum Beispiel zum Essen? Angenommen, ich wäre in Paris aufgetaucht. Was wäre geschehen?

Schmidtie, sei nicht albern. Alles ging weiter wie zuvor, nur daß ich nicht mit Tim schlief und daß sich nichts abspielte als Küßchen auf die Wangen, wenn es sein mußte. Wenn du nach Paris gekommen wärst, hätte Tim dich zum Dinner eingeladen, und wenn du nicht ausdrücklich gesagt hättest, du wollest mit uns allein sein, hätten wir auch andere Leute dazugebeten – aus dem Büro oder vielleicht aus der Botschaft. Er hätte seinen besten Wein dekantiert und darauf geachtet, daß ich den besten Räucherlachs von Petrossian bestelle. Wirklich, unser Arrangement war zwar zersetzend, aber im Alltag nicht allzu ungewöhnlich oder unangenehm. Vergiß nicht Tims wundervolle Manieren. Für Bruno galt das auch, und er war charmanter als alle Männer, die ich kenne – bis auf meinen Vater. Aber er ist fast so charmant wie Vater. Es gibt viele Ehepaare, deren Zusammenleben ganz *comme il faut* wirkt und die sich stillschweigend einig sind, daß der Mann oder die Frau oder beide ihr Sexleben anderswo führen. Nur daß Tim schwul war, gab der Sache einen Hauch von Originalität. Nein, ich mache die Katastrophe nicht zum Witz, fügte sie hinzu, als sie seinen gepeinigten Gesichtsausdruck sah, ich versuche nur, dir ein klares Bild zu geben.

Danke, sage Schmidt, vielen Dank, mir ist klar, daß es solche Ehen gibt.

Aber sie passen dir nicht, und das Wissen, daß es sie gibt, macht dich unglücklich, sagte sie. Vielleicht kann ich dich aufheitern. Ich erzähle dir von meiner Arbeit, die mir über die schlimmste Zeit hinweggeholfen hat. Ohne sie hätte ich den Verstand verloren. Ich hatte großes Glück, überhaupt eine Stelle zu finden, und das so kurz nach jenem Sommer. Sie lieferte mir einen Grund, aus dem Haus zu kommen und ins Büro zu gehen. Mit anderen Leuten zusammenzusein. Wie viel sie mir damals bedeutete, ist kaum zu beschreiben. In den ersten sechs Monaten war es nur eine Teilzeitstelle, aber danach habe ich ganztags gearbeitet, so wie jetzt. Und Tommy fand es in Ordnung, er drängte mich sogar dazu. Sonst hätte ich den Job nicht angenommen. Er kam nicht lange vor mir von der Schule nach Hause, so konnte ich ihm an den meisten Abenden bei den Hausaufgaben helfen – und einfach dasein. Bei der Mathematik war ich natürlich keine Hilfe, konnte nicht einmal kontrollieren, was er gemacht hatte, und Tim genausowenig, aber Tommy brauchte keine Unterstützung.

Das verstehe ich, Alice, wirklich, versicherte er. Apropos Arbeit: Ich weiß nicht mehr, ob ich dir gesagt habe, daß mein Flug morgen erst später am Nachmittag geht, so daß wir zusammen Mittag essen könnten. Möchtest du das? Ich fand es schade, daß wir uns heute mittag nicht gesehen haben.

Ich möchte gern, erwiderte sie, aber ich kann nicht. Morgen esse ich mit dem Kollegen zu Mittag, der für die amerikanische und englische Gegenwartsliteratur zuständig ist. Er ist mehr als ein Kollege; er hat mir die Stelle verschafft! Wenn er nicht gewesen wäre, hätten sie mich nie genommen! Ich hatte keine Berufserfahrung im Verlagswesen, genaugenommen hatte ich nie einen richtigen Job! Aber er hat mir vertraut. Übrigens war er auch am Harvard College, und er sagt, er kennt dich. Ich habe heute deinen Namen erwähnt. Es ist Serge Popov, sagte sie lächelnd.

Serge Popov! Der Name tauchte aus den Tiefen der Zeit auf wie das Ungeheuer aus dem Loch Ness. Ja, an Popov erinnerte er sich, und er erinnerte sich, daß er den Mann nicht leiden konnte. Ach wirklich, antwortete er.

Sein Gesicht hatte sich offenbar verfinstert, denn sie lächelte wieder, diesmal seinetwegen, und sagte: Sei nicht so, Schmidtie, ich kann meine Essensverabredung nicht rückgängig machen, Serge und ich essen nicht allein, sondern mit unserem Chef. Es ist wichtig. Jetzt hör auf zu schmollen, komm her – sie klopfte neben sich auf das Sofa – und verführ mich.

Er humpelte durch verlassene Straßen zu seinem Hotel zurück, lehnte an der Ecke der Rue Cambon die Dienste einer Professionellen mit grüngefärbtem Igelhaar ab, die wegen der späten Stunde nur den halben Preis verlangte. Verführung, wohl wahr! Aber wer war der Verführer gewesen? Er, der schwerfällige, ungehobelte Fremdling mit dem sprießenden weißen Stoppelbart, oder sie, die ihn in ihr Bett geholt und mit Zärtlichkeit überschüttet hatte? Aus welcher Quelle schöpfte sie? Gab es noch Worte und Gesten, die sie zurückgehalten hatte und nur einem Mann schenken würde, den sie liebte, Schätze, die vielleicht – nein bestimmt – allein Tim gekannt hatte? Hatte sie ihn in all den Zärtlichkeiten und Bewegungen gesucht, Tim, so, wie er dem Anschein nach gewesen war, als er sie mit Schmidt bekannt gemacht hatte? Er nahm nicht an, daß er je eine Antwort auf diese Fragen hören würde, selbst wenn es eine gäbe. Sie hatte ihn zur Tür gebracht, zum Abschied die bloßen Arme um seinen Hals gelegt, sich an ihn gepreßt, daß er die Glut ihres nackten Körpers heiß durch seine Kleider hindurch spürte, und Ja gemurmelt, ja, das wäre sehr schön, als er sagte, er werde bald wiederkommen. Er würde das Versprechen halten. Und wenn es noch so außergewöhnlich scheinen mochte: Er war sich sicher, daß er sie wirklich liebte, »in echt« – dieses Wort aus der Kindersprache drängte sich ihm auf.

VII

In der Frühe war ein Bombenattentat auf das Federal Office Building von Oklahoma City verübt worden. Laut CBS gab es mindestens einunddreißig Tote, zwölf davon Kinder aus dem Kindergarten im zweiten Geschoß, viele Vermißte, wahrscheinlich unter den Trümmern verschüttet. Chaos herrschte, und niemand wagte Vermutungen über die Zahl der Toten oder Lebenden anzustellen. Aber die Erde dreht sich, und Vorstandssitzungen in Gebäuden, die nicht beschädigt waren, mußten weitergehen, also war niemand überrascht, daß Mr. Mansour die Sitzung seiner Gründungsdirektoren um Punkt zwölf Uhr eröffnete. Auf seinen Vorschlag wurden die Verhandlungen jedoch, nach dem Sandwich-Lunch und vor Mr. Albert Schmidts Bericht, für dreißig Minuten unterbrochen, und in dieser Pause sah die Gruppe die Einuhrnachrichten auf CNN, starr vor Entsetzen über die Bilder und stumm. Dann meldete sich ein rotgesichtiger Mann, den Schmidt nicht kannte, mit dem Kommentar, daß er die Handschrift muslimischer Terroristen in dem Anschlag erkennen könne, und zog sich damit Mr. Mansours Tadel zu. Der Finanzmagnat, der in Ägypten geboren und anfangs dort und in Marokko aufgewachsen war, betrachtete sich selbstverständlich als Fachmann in allen den Nahen Osten betreffenden Angelegenheiten. Die Frage ist, erklärte er dem unseligen Sprecher, während in seiner rechten Hand wie durch Zauberei Betperlen aus Elfenbein auftauchten und sofort im Stakkato gegeneinanderklickten, die Frage ist, was Sie sagen würden, wenn *Al Ahram* morgen eine Geschichte druckt, in der behauptet wird, daß dieses Attentat die Handschrift von Juden trägt, Sie verstehen, Juden, die versuchen, Arabern das Attentat anzuhängen. Das ist Unsinn, würden Sie sagen. Genau solcher Unsinn ist das, was Sie gerade behauptet haben. Sie sollten sich schämen, dermaßen voreilige Schlüsse zu ziehen und den Mund aufzumachen, wenn Sie nicht wissen, wovon Sie reden. Schmidt war schon aufgestanden, um seinen Vortrag zu halten, setzte sich aber wieder, in der Erwartung, daß der abgestrafte Direktor den Raum verlassen oder vielleicht sogar von seinem Amt zurücktreten werde. Nichts dergleichen geschah. Statt dessen hörte er, daß Mr. Mansour ihn aufrief, mit dem Bericht zu beginnen, auf den sie schon alle gewartet hätten.

Als er zum Ende gekommen war, hatte Schmidt das Gefühl, viel länger als angemessen geredet und seine Zuhörer verloren zu haben. Offenbar war es aber nicht so. Das Beste, was dir je passiert ist, sagte ihm Mr. Mansour, als die Sitzung vorbei war, das Allerbeste, was dir je passiert ist, war deine Chance, mit mir herumzuhängen. Gescheit bist du geworden. Fast schon wie ein Jude.

Danke für das Kompliment, Mike, erwiderte Schmidt. Womit habe ich es verdient?

Dumme Frage, Schmidtie! Versuchst du zu beweisen, daß ich mich irre? Du willst wissen, womit? Das kann ich dir sagen. Was du diesen Direktoren vorgeführt hast, war große Klasse. *Pas de problème.* Sie waren sprachlos. Die Frage ist: Spielt es eine Rolle, was diese Kerle denken? Die sind nur WASPs in Anzügen, die ich in den Vorstand gesetzt habe, damit die Stiftung gut aussieht. Mit Holbein ist es was anderes. Er ist gescheit, und laß dir sagen: Er war beeindruckt.

Holbein war der Sekretär der Stiftung und, soweit Schmidt wußte, Sekretär oder Vizepräsident aller Unternehmen, die Mike Mansour besaß, ein so ausgefuchstes und machiavellistisches Faktotum, daß Schmidt sich ab und zu die Frage gestattete, ob der Finanzmagnat persönlich etwa auch unter der verdeckten Kontrolle seines Angestellten stand.

Womit du dir das Kompliment verdient hast? fuhr Mr. Mansour fort. Du hast uns eine Lektion über die politische und wirtschaftliche Lage in acht Ländern gegeben, die du noch nie gesehen hattest, und uns den Zustand meiner Life Center in jedem einzelnen geschildert. Du hast nicht ein einziges Mal auf deinen Merkzettel gesehen, und du hast dich nicht zum Narren gemacht. Mich auch nicht, denn ich habe dich angeheuert. Sie glauben alle, daß du weißt, wovon du redest. Sogar Holbein.

Schmidt hätte gern gefragt, ob Mr. Mansour auch zu diesen Gläubigen gehöre, aber er unterdrückte den Wunsch. Er hatte gelernt, daß die Antwort der Wahrheit entsprechen würde, so wie Mike sie sah, ohne eine Spur von Takt, ohne jedes Bedürfnis, die Gefühle des Fragenden zu schonen, und daß man bereit sein mußte, mit den harten Worten zu leben. Ja, es stimmte; er hatte ohne Notizen vorgetragen, aber er hatte während des Flugs von Paris eine Gliederung dessen, was er sagen wollte, auf einen Notizblock geschrieben und seine Präsentation anschließend stumm eingeübt. Damit hatte er sich nicht mehr und nicht weniger Mühe gegeben als früher bei seinen Vorbereitungen auf zahllose Sitzungen mit Mandanten, Geschäftsführern der Versicherungsgesellschaften und ihren Syndizi zwecks Erläuterung von Struktur und Risiken einer Investition. Aber es gab einen Unterschied: Während dieser Präsentation und im Anschluß, als er die Fragen der Direktoren beantwortete, hatte er auf Automatik geschaltet. Mit den Gedanken war er anderswo gewesen. Das war ihm während seiner Anwaltsarbeit nie passiert, auch wenn ihn persönliche Probleme noch so sehr bedrängten,

wenn er noch so sehr unter Schlafmangel litt oder verka-
tert war, infolge der Abendessen, die Mary und er und ihre
verheirateten Altersgenossen in den sechziger und frühen
siebziger Jahren abwechselnd gaben und die regelmäßig
mit Absackern – Scotch oder Kognak – endeten, nachdem
man vorher Chinon oder Côte du Rhône in Mengen zu
sich genommen hatte, die er heutzutage wahrscheinlich
nicht einmal in einer Woche konsumieren würde. Er hatte
in Erinnerungen an Alice geschwelgt und war in Gedanken bei ihr und dem Plan gewesen, an dem er arbeitete. Er
plante, im Mai, wahrscheinlich Mitte des Monats, noch
einmal eine Reise zu den Zentren in Warschau und Prag
zu machen. Der Grund? Auf dem Rückweg würde er in
Paris einen Zwischenhalt machen und Alice besuchen!
Dieses heimliche Wissen ließ sein Herz schneller schlagen.
Mr. Mansours Zustimmung hatte er schon vor der Sitzung
eingeholt. Brauchte er sie? Sicher nicht, er war durchaus
in der Lage, ein Flugticket nach Paris und zurück in jeder
Preisklasse selbst zu zahlen sowie die anderen Ausgaben,
einschließlich eines Hotelzimmers, das vielleicht nicht
ganz so luxuriös sein mußte wie die Suite, die der Finanzmagnat ihm zur Verfügung stellte. Aber dem stand die
lebenslange Gewohnheit im Wege, auf Kosten von Mandanten zu reisen – sogar Mary, erinnerte er sich, hatte die
Europareisen, die sie gelegentlich zusammen unternah-
men, zeitlich so eingerichtet, daß sie sich mit der Frankfurter Buchmesse überschnitten, die sie selbstverständlich
als eine Repräsentantin ihres Verlages besucht hatte, oder
mit einer anderen ähnlichen Veranstaltung, die eine Geschäftsreise nötig machte. Und noch aus einem anderen
Grund erschien Mike Mansours Segen wünschenswert: Er
tat Schmidts Seele gut, denn er verlieh dem Pariser Abenteuer Struktur und Würde. So würde er nicht als ein alter
Bock auftreten, der gegen alle Wahrscheinlichkeit versuch-

te, die Witwe seines jungen Partners für sich zu gewinnen, sondern als Vorstandsmitglied – sogar Präsident – eines wichtigen gemeinnützigen Unternehmens, der auf dem Heimweg war, nachdem er eine wichtige Mission erfüllt hatte. Daß es romantischer wäre, nur deshalb nach Paris zu reisen, weil er mit Alice zusammensein wollte, hatte er auch überlegt. Alles in allem war ihm die von seinem Freund und Vorgesetzten abgesegnete Mission lieber.

Bleibst du über Nacht in der Stadt? fragte Mr. Mansour, als sie das Büro der Stiftung verließen. Schmidt sah auf die Uhr. Es war Viertel nach drei. Bis er ein Auto gemietet und sich auf den Weg gemacht hätte, würde der Verkehr hinaus auf die Insel mörderisch sein. Dem fühlte er sich nicht gewachsen. Ja, antwortete er, ich bleibe in dem Appartement, das die Stiftung mir so fürsorglich zu Verfügung gestellt hat, und fahre morgen früh nach Bridgehampton.

Er war wirklich dankbar für das *pied à terre* in der Park Avenue, das kein Bestandteil seines Vertrags mit der Stiftung gewesen war, sondern vielmehr ein Beispiel für Mike Mansours schrullige Freigebigkeit. Aber Schmidt hatte an diesem Tag noch mehr Grund, dankbar zu sein. Als er am Abend zuvor gegen elf Uhr erschöpft und im Gefühl, ganz seltsam ausgetrocknet zu sein, vom Flughafen gekommen war, hatte ihn eine Überraschung überwältigt und sprachlos vor Freude gemacht. Ein üppiger Strauß lila und weißer Flieder stand in einer Vase auf dem Couchtisch, und neben der Vase lag ein Zettel mit einem Smiley. Darauf stand: »Die sind aus deinem Garten.« Unterschrieben war er mit »Rat mal, wer! Carrie«. Auch ohne die Unterschrift würde er keinen Moment daran gezweifelt haben, daß sie mit ihrer unverstellten Zuneigung und natürlichen Anmut für diesen Willkommensgruß verantwortlich war. Er hoffte nur, daß einer von Mike Manours Sicherheitsleuten diese Gabe aus Bridgehampton vorbeigebracht hatte und nicht sie selbst. Jetzt war keine gute Zeit für sie, in ihren kleinen BMW zu springen und die Fahrt von und nach Bridgehampton zu machen. Nach seiner Rechnung war das Baby im Mai zu erwarten.

Wieder eine gescheite Idee, sagte Mr. Mansour. Du wirst noch ein echter Jude. Ist dein Wagen hier?

Schmidt schüttelte den Kopf. Ich bin heute morgen hier angekommen, habe mein Gepäck abgestellt, geduscht und bin ins Büro gegangen.

Pas de problème. Wenn du deinen Wagen hier hättest, würde ihn Manuel – der Hausmann des Finanzmagnaten – an den Strand zurückfahren. Aber so ist es einfacher. Du fliegst mit mir im Hubschrauber. Manuel holt dich ab. Aufbruch um zwölf, ein frühes Mittagessen bei mir, und nach dem Essen schicke ich dich nach Hause. Du kennst die Cannings? Joe und Caroline?

Ja, Schmidt kannte die beiden. Er war vor Weihnachten bei einem Abendessen gewesen, zu dem Elaine und Gil Blackman eingeladen hatten, einem Fest mit einer besonderen Note, denn dieses Ekel Canning hatte beißenden Spott mit Mike Mansour getrieben, dem er zum erstenmal begegnete, und Mike war deutlich von Carolines Aussehen und Eleganz angetan gewesen.

Wir gehen heute abend zusammen essen, fuhr Mr. Mansour fort. Zu Fabien's. Möchtest du mitkommen, als mein Gast? Ich hätte Canning nicht dazugebeten, wenn ich seine Frau allein hätte einladen können, aber ich muß ihn vorläufig noch in Kauf nehmen, wenn ich Zugang zu ihr haben will. Vorläufig noch, summte Mr. Mansour in einer Melodie, die Schmidt nicht wiedererkannte, vorläufig noch.

Fabien's war ein französisches Restaurant an der Upper East Side, das hoch gelobt wurde oder, wenn man dem hohlköpfigen federführenden Restaurantkritiker der

Times glauben wollte, sogar zur Weltspitze der Gastronomie gehörte. Schmidt, der Mary und ihre Starautoren mit einer gewissen Häufigkeit dorthin zum Dinner hatte begleiten müssen, fand das Lokal nicht gut. Ausgestattet in einem Stil, der ihn an das Frank E. Campbell Beerdigungsinstitut erinnerte, schaffte es dieses Restaurant, exorbitante Preise mit einem unverschämten, inkompetenten Service zu verbinden, und bot eine Speisekarte von solcher Kompliziertheit, daß Schmidt Mühe hatte, darauf irgend etwas nach seinem Geschmack zu finden. Die Kundschaft bestand in der Hauptsache aus schwergewichtigen Männern, die wohl nicht noch mehr Mahlzeiten mit tierischem Fett und Sahne brauchten, und ihren Betthäschen, deren schrille Stimmen Schmidt in mürrisches Schweigen trieben. Nein, er hegte wahrhaft herzliche Gefühle für Mr. Mansour, aber die Aussicht auf ein Dinner zu viert mit ihm und den Cannings machte ihm Lust auf einen Hungerstreik. Erstaunlich, daß Mike geplant hatte, nur mit den beiden essen zu gehen. Hatte er etwa den Plan, Joe ein Schlafmittel in den Drink zu schütten und Caroline in sein Penthouse zu zaubern? Oder hatte er jemanden wie Holbein und seine Frau – eine Frau hatte Holbein doch wohl – zur Vervollständigung der Tafelrunde in Reserve? Eine Verbesserung wäre das in Schmidts Augen allerdings nicht.

Ich würde sehr gern mitkommen, erwiderte er, aber der Jetlag wird mir bis dahin zu sehr zu schaffen machen. Heute sollte ich besser früh schlafen gehen. Wir holen es morgen nach.

Wie du willst.

Das sagte Mike Mansour gern, wenn man ein Angebot von ihm abgelehnt hatte, und fast immer waren diese Worte Vorboten einer schmerzhaften Vergeltung. So auch diesmal.

Aber schade ist es. Ich habe dafür gesorgt, daß Enzo Errera und seine Freundin mit dabei sind, ich dachte, sie würden dir gefallen. Es wäre eine gute Gelegenheit für dich und Enzo gewesen, euch kennenzulernen. Danach könntest du dich mit ihm verabreden, wann du möchtest, ohne auf eine Einladung von mir zu warten.

Wie ärgerlich recht er hatte! Schmidt hätte diese Gelegenheit gern genutzt, nicht nur, weil er den großartigen Pianisten bewunderte, sondern weil er allmählich mit dem Gedanken spielte, daß es gut wäre, einen Kreis von Freunden und möglichen Hausgästen zu haben, die Alice unterhalten könnten und ein Ausgleich für das wären, was ihr in Paris entginge, falls sein unglaubliches Glück vorhielt und sie wirklich zu ihm kam und mit ihm leben oder auch nur längere Zeit in Bridgehampton und New York zubringen würde. Gil Blackman und Elaine waren wunderbar, aber wer war sonst noch da? Niemand. Warum mußte sein Schicksal ihn immer zwingen, jedem Gaul ins Maul zu schauen, den der Finanzmagnat ihm schenken wollte, warum mußte er diesen Mann und seine Gaben immer unterschätzen und zurückweisen? Ein Rest dessen, was er sein gutes Benehmen genannt hätte, hinderte ihn daran, zu sagen, Ach, wenn das so ist, Mike, dann halte ich einen kurzen Mittagsschlaf, sobald ich zu Hause bin, und komme später zu euch ins Restaurant. Statt dessen sagte er: Ich hoffe, du gibst mir ein andermal eine neue Chance, sah zu, wie Mr. Mansour in seinen großen schwarzen Rolls stieg, winkte ihm zum Abschied und ging zu Fuß nach Hause. Acht Querstraßen, das machte einen Weg von zehn Minuten: Er konnte Alice noch erwischen, bevor sie schlafen ging. Aber sie meldete sich nicht. Er ließ das Telefon klingeln, bis der Anrufbeantworter sich einschaltete, und hinterließ eine Nachricht. Bitte ruf mich unter meiner New Yorker Nummer an. Die hatte er ihr aufgeschrieben, dazu seine Nummer auf dem Land, seine Handynummer und E-Mail-Adresse. Zur Sicherheit sprach er sie noch einmal Ziffer für Ziffer langsam aufs Band. Dann zog er sich aus und kroch unter die Bettdecke.

Als er aufwachte, war es schon nach sechs Uhr – Mitternacht in ihrer Zeitzone. Sie hatte nicht angerufen. Er brühte sich eine Tasse Tee auf, rasierte sich, nahm ein Bad und wartete. Sieben Uhr – nichts. Ein kurzer Blick in die Fernsehnachrichten zeigte ihm, daß die Zahl der Todesopfer in Oklahoma City stieg. Sieben Uhr dreißig, und immer noch nichts. Sie hatte gesagt – in welchem Zusammenhang, wußte er nicht mehr –, daß Einladungen zum Abendessen in Paris spät begannen und sehr spät zum Ende kamen. Oft setzten sich die Leute nicht vor zehn Uhr zu Tisch. Trotzdem, daß sie um halb zwei Uhr morgens nicht ans Telefon ging, kam ihm merkwürdig vor. Als er ausgehfertig war, zeigte die Uhr schon kurz vor acht. Konnte es sein, daß sie nach Hause gekommen und schlafen gegangen war, ohne ihre Nachrichten abzuhören? Zu so später Stunde schien das nicht unmöglich, sie war wohl sehr müde gewesen. Er wußte, daß man das Telefon in Madame Laures Zimmer nicht hören konnte, wenn er also wieder anrief, würde er sie nicht stören. Wenn er Alice aus dem Schlaf holte, würde sie es ihm verzeihen. Er wählte die Nummer, wartete fünf, sechs Klingeltöne ab und legte dann auf. War sie vielleicht nach Antibes gefahren? Davon war nicht die Rede gewesen, aber womöglich war etwas passiert. Vielleicht war ihr Vater krank. Er ging in die Küche, goß sich einen Bourbon auf Eis ein und trank gierig. Im Schrank lagen Grahamkekse und Cashewnüsse, aber sonst nichts. Wenn er in seinem Club zu Abend essen wollte, mußte er sich beeilen. Der Himmel hatte sich bewölkt. Er nahm seinen Regenmantel und einen Schirm und hastete aus der Wohnung.

Gegen seine Gewohnheit – wenn die Entfernung nicht zu groß und der Regen nicht zu heftig war, ging er in der Stadt gern zu Fuß, und die fünfunddreißig Häuserblocks bis zu seinem Club waren ihm gerade recht – nahm Schmidt ein Taxi. Er hätte sich allerdings gar nicht beeilen müssen. Sein Freund, der Portier in der Eingangshalle, versicherte ihm, es sei ein Abend mit vielen Gästen, deshalb werde die Küche noch nicht gleich schließen; die Zeit reiche sogar für einen Drink an der Bar. Aber Schmidt spürte, daß er matt wurde. Den Jetlag, den er als Entschuldigung vorgeschoben hatte, ohne daran zu glauben, spürte er jetzt wirklich. Er beschloß, auf den Gin-Martini vor dem Dinner zu verzichten, und stieg die Treppe zum oberen Stockwerk hinauf. Auch der Maître d'hôtel war sein Freund und begrüßte ihn wie den heimgekehrten verlorenen Sohn. Ja, sie hätten viel Publikum, so viel, daß sie einige Mitglieder und deren Gäste in den nur für Mitglieder vorgesehenen Speisesaal hatten setzen müssen, aber an dem langen, für Mitglieder reservierten Tisch sitze niemand. Er schlug vor, daß Mr. Schmidt zum Essen an einem Tisch für zwei Personen im Hauptspeisesaal Platz nehme. Da gehe es lebhafter zu. Obwohl Mitglieder, die allein zum Abendessen kamen, gehalten waren, sich an den langen Tisch zu setzen, da jederzeit ein anderes einzelnes Mitglied auftauchen konnte, auch wenn im Moment niemand dort saß, und obwohl Schmidt sich gern an diese Clubsitte hielt, ließ er sich doch auf den Vorschlag ein. Raffael war ein guter Mann, der versuchte, nett zu sein. Warum sollte man ihn kränken? Außerdem hatte er sich überlegt, daß es interessant wäre, zu beobachten, wer – von den Mitgliedern und Gästen – sich im Hauptsaal einfand, den er kaum je betrat. Genaugenommen hatte er seit einem katastrophalen Mittagessen – vor zwei oder drei Jahren? – mit Charlottes Schwiegermutter, der bedrohlichen Therapeutin Dr. Renata Riker, nie mehr dort gesessen. Die Erinnerung an die Doppelzüngigkeit und Unverfrorenheit dieser Frau lenkte ihn für einen Augenblick von seinen Sorgen um Alice ab. Unglaublich, wie sie sich selbst zum Lunch mit ihm eingeladen hatte und ihm beim Essen die Kopie einer Bandaufnahme präsentierte, die ihr heimtückischer Sohn gemacht hatte, um ein Telefongespräch zwischen ihm, Schmidt, und seiner eigenen Tochter zu dokumentieren! Der Tochter, die damals die Geliebte, aber noch nicht die Ehefrau dieses Menschen war. Er hatte die Kassette mit Entrüstung und gerechtem Zorn zurückgewiesen, so wie sie es verdiente, und den beiden Rikers diese Schandtat nie vergessen und nie verziehen. Myron Riker dagegen, Seelenklempner, Renatas Ehemann und Jons Vater, war das einzige Mitglied dieser schrecklichen Familie mit gewissen Verdiensten: Er mischte erstklassige Gin-Martinis und hielt meist den Mund. Nein, den Waffenstillstand, den er mit Charlotte geschlossen hatte, wollte er nicht brechen, aber die Vergangenheit konnte man nicht auslöschen, und ganz gewiß nicht die Anschuldigung, die Charlotte ihm während des aufgezeichneten Telefongesprächs an den Kopf geworfen hatte, diese gemeine Lüge, mit der sie ihn verletzen wollte. Wie hatte sie sich so etwas ausdenken können? »Aggressiv ist, wer sich schuldig fühlt« war die platte Rationalisierung gewesen, die Seelenklempnerin Renata anzubieten hatte. Aber selbst wenn damit der Mechanismus von Charlottes Verhalten zutreffend beschrieben war, blieb doch die Lüge selbst unerklärt und unverständlich, die Lüge, mit der sie behauptete, daß jeder in seiner Kanzlei ihn als einen Judenhetzer und Antisemiten gekannt habe. Welchen Abgrund der Schändlichkeit hatte sie gegraben, um das auszuhecken?

An seinem rechten Ellbogen stand ein Kellner und holte ihn in die Gegenwart zurück. Er überflog die Speisekarte und schrieb seine Bestellung auf den Belegzettel. Ein Blick auf die Weinkarte zeigte ihm, daß keine der halben Flaschen Rotwein nach seinem Geschmack war; er zuckte die Achseln und trug die Ziffer für eine ganz Flasche ein. Vielleicht würde sie ihm den ungestörten Nachtschlaf bescheren, den er brauchte. Was übrigblieb, konnte in einer Sauce verarbeitet oder vom Küchenpersonal genossen werden. Nachdem dies erledigt war, sah er sich im Raum um und winkte den Clubmitgliedern zu, die er kannte und deren Blick er auffangen konnte. Dazu gehörte Lew Brenner, der zwei Tische weiter mit seiner Frau beim Essen saß. Lew winkte nicht nur zurück, sondern stand vom Tisch auf und lud Schmidt ein, sich zu ihnen zu setzen. Sie hätten gerade erst bestellt, und am Tisch sei noch Platz für Schmidtie. Tina würde sich sehr freuen! Technische wie gesellschaftliche Fortschritte hörten nie auf, Schmidt zu faszinieren. Er war seit über zwanzig Jahren Mitglied dieses besonderen Clubs, aber nie auf die Idee gekommen, daß Lew vielleicht gern selbst Mitglied sein oder zur Mitgliedschaft eingeladen würde. Seine Wahl mußte vor kurzem stattgefunden haben. Gut für Lew, der sich wohl zu fühlen schien, und gut für den Club, nahm Schmidt an.

Ich leiste euch gern Gesellschaft, sagte er zu Lew. Sehr freundlich von euch.

Es ging nicht anders. Wenn zwei Partner von W & K zusammenkamen, war es aus mit der Konversation, auch wenn eine Ehefrau dabeisaß, und es gab nur noch Fachsimpelei, die ihnen immer leichter von den Lippen ging, während sie erst die Flasche Bordeaux leerten, die Schmidt bestellt hatte, und dann Lews Burgunder. Danach gedachten sie kurz der Opfer des Attentats in Oklahoma City und drückten ihr Entsetzen über die ungeheure verbrecherische Tat aus und ließen dann Revue passieren, was sich in der Firma ereignet hatte: die jüngsten Fehlentscheidungen von Jack DeForrest, der immer noch leitender Partner war, wichtige Ergänzungen der Mandantenliste und welchem Partner sie zu verdanken waren, die finanziellen Ergebnisse des ersten Vierteljahres und die wahrscheinlichen Kandidaten für die Wahl zur Partnerschaft, die nicht mehr wie früher Ende des Jahres, sondern im Juni stattfand. Dann holten sie tief Luft.

Ich war gerade in Paris, sagte Schmidt. Ich habe mich dort ab und zu mit Alice Verplanck getroffen.

Es war heraus, und er hatte nicht anders gekonnt. Er wollte ihren Namen sagen, spüren, wie er sich auf seinen Lippen formte. Sie hat wirklich eine schwere Zeit hinter sich, fügte er hinzu, in der Meinung, dies sei die mildeste Feststellung, die er machen könne, wenn er nichts Schroffes sagen wollte. Es wäre leichter gewesen, wenn er nicht erfahren hätte, daß Lew längst über Tims Homosexualität und Aids-Infektion Bescheid wußte.

O ja, antworte Lew, eine Tragödie. Wir haben sie Schritt für Schritt mitverfolgt. Tina sagte immer, ich dürfe nicht ständig daran denken, aber Tim ging mir nicht aus dem Kopf, wie auch? Alice war die ganze Zeit sehr loyal, das muß ich ihr lassen, aber ohne Bruno …

Seine Stimme versagte, ihm fehlten – ganz untypisch für ihn – die Worte.

Brenner war ein guter Mann, fand Schmidt, und er war ein guter Partner gewesen. Der würde kein Spiel mit ihm treiben. Deshalb sagte er: Lew, ich habe von Alice viel über Tims Geschichte erfahren. Sie hat es mir erzählt. Ich nehme an, Tina weiß Bescheid?

Plötzlich war ihm der Gedanke gekommen, daß er womöglich kurz davor war, eine schwere Indiskretion zu begehen.

O ja! Tim hat es mir an einem Wochenende erzählt, als Alice und er bei uns auf dem Land waren, bevor er mit

Lew redete, warf Tina ein. Mir konnte er sich leichter anvertrauen. Wir waren beide im Aufsichtsrat des Balletts, deshalb wußte er, daß ich eine Menge schwule Freunde habe, Männer, mit denen ich mich wirklich gut verstehe. Schwule mögen mütterliche Frauen, von denen sie sich nicht bedroht fühlen. Also erzählte er mir auf einem langen Spaziergang, wie sehr er Alice und die Kinder liebte und alles, aber daß er auch diese andere Seite habe und eben Bruno. Ich sagte, er könne mit Lew reden, Lew würde ihn verstehen. Später lernten wir Bruno kennen. Was für ein charmanter Mann! Zu schade, daß er im falschen Team spielt.

So ist es, stimmte Lew ein, er machte sich Sorgen, was ich wohl sagen, wie ich reagieren würde. Das war natürlich erst, als die Affäre mit Bruno bereits heftig in Gang gekommen war, und ein paar Monate bevor sie nach Paris umzogen.

Warte mal, sagte Schmidt. Heißt das, er hat es dir erzählt, bevor er nach Paris ging, also ein paar Jahre bevor Alice es herausfand, im Sommer fünfundachtzig, unmittelbar nachdem ihre Tochter Sophie gestorben war? Du hast es gewußt – Alice hat nur von dir gesprochen, sie hat Tina nicht erwähnt –, und sie selbst hatte die ganze Zeit keine Ahnung?

So kann man es sehen, das ist eine Möglichkeit, antwortete Lew. Wenn man sich an die Fakten hält, ist das korrekt. Er hat es Tina und mir erzählt. Wir haben den Mund gehalten, und Tim und Bruno ebenfalls. Daß man so unbedingt im Verborgenen bleiben und das Geheimnis hüten will wie diese beiden, das gibt es kein zweites Mal. Dann geschah die Tragödie mit Sophie, und Alice hat die beiden ertappt. Ist das die ganze Geschichte? Ich sage dir ehrlich, ich weiß nicht besser als du, ob es so ist, aber ich habe Mühe, meine Zweifel zu unterdrücken. Du mußt bedenken, daß ich mit Tim noch genauso viel wie vorher zusammengearbeitet habe, als er schon lange in Paris war, und daß ich, wie gesagt, das Gefühl hatte, ich müsse ihn mit Adleraugen bewachen, um sicherzugehen, daß nichts passierte, was einen Mandanten abschrecken konnte. Nachdem er mir dann mitgeteilt hatte, er sei positiv getestet worden, und die Immunschwäche habe bereits Auswirkungen, mußte ich ihn doppelt wachsam beobachten. Du kannst dir vorstellen, welche Sorgen um seinen Gemütszustand, seine kognitiven Fähigkeiten und die Qualität seiner Arbeit ich mir machte. Das klingt vielleicht seltsam, wenn man bedenkt, was für ein fabelhafter Anwalt er war und was für ein Perfektionist! Ich weiß nicht, wie weit die Wissenschaft inzwischen ist, aber damals fürchtete man, daß womöglich auch das Gehirn Schaden leiden würde. Laß dir gesagt sein: Mit der Konzentrationsfähigkeit war es vorbei, als er all diese schrecklichen Krankheiten hatte, sein Scharfsinn aber blieb bis zum Schluß eins a.

Aber Lew, unterbrach Schmidt, das zeigt mir nicht, wie ich in anderem Licht sehen kann, was Alice wußte oder nicht wußte.

Dazu wollte ich gerade kommen. Ich meine damit, daß Bruno bei keinem einzigen gesellschaftlichen Anlaß fehlte, von dem Augenblick an, als er zum erstenmal auftrat, bis zu dem Zeitpunkt, als Tim so krank war, daß sie ihn in das Jagdhaus in Chantilly bringen mußten. Übrigens ein Juwel, wenn dir je die Chance geboten wird, es von Paris aus zu besichtigen, laß sie dir nicht entgehen. Na ja, Bruno war und ist großartig, er behandelte die Kinder liebevoll und Alice galant, ging gern mit Tim segeln und jagen und so weiter und so weiter, aber Alice ist nicht dumm. Und sie hätte schon sehr dumm sein müssen, um nicht dahinterzukommen. Und ich will gar nicht erwähnen, daß Bruno in Paris einigermaßen dafür bekannt war, nicht gerade ein Damenmann zu sein. Das ist laut und deutlich zu mir durchgedrungen – falls man das von einer versteckten Andeutung sagen kann, ha, ha, ha! –, wenn ich mit seinen Partnern in der Bank und anderen Geschäftsverbindungen zu tun hatte. Deshalb würde ich sagen, es ist nicht unmöglich, nicht einmal unwahrscheinlich, daß Alice, die eine sehr kluge und sehr schöne Dame ist, dahinterkam und es aus Gründen der Bequemlichkeit damit nicht gut, sondern schlecht sein ließ. Ha, ha, ha!

Brenners ha, ha, ha! ging Schmidt auf die Nerven. Hatte er immer schon so gelacht?

Es ist vielleicht sogar wahrscheinlich, wie gesagt, fuhr Lew fort, daß sie Tröstungen fand. Oder einen großen Trost. Aber die beiden *in flagrante delicto* zu erwischen, beim Küssen im Garten, einen Tag nachdem sie Sophie beerdigt hatten, das war einfach zuviel, da hat sie Tim und Bruno gestellt.

Aha, sagte Schmidt, weißt du irgend etwas Konkretes über die Tröstungen?

Nein, sie hat sich mir nie anvertraut. Die Geschichte von dem Kuß im Garten und dem grauenvollen Begräbnis in Verplanck Point habe ich von Tim. Ich war dort, als ich mich um Tims Beerdigung gekümmert habe, und diese Ungeheuer von Eltern und die noch monströsere Schwester habe ich kennengelernt, das kann ich dir sagen. Daß Tim so normal bleiben konnte, wie er war, ist mir ein völliges Rätsel. Warum er um jeden Preis dort begraben sein wollte, ebenso. Vielleicht, um in Sophies Nähe zu sein. Er war vernarrt in die Kinder. Noch ein Wort zu Alices Tröstungen: Wie gesagt, habe ich beide sowohl in der Zeit gesehen, als sie, Zitat, nicht Bescheid wußte, Zitatende, wie auch danach, als sie, Zitat, dahintergekommen war, Zitatende. Es gab nur einen Unterschied. Unter Sophies Tod litt sie sehr. Aber in ihrem Umgang mit Tim und Bruno war sie wie immer, da hatte sich nicht das Geringste verändert.

Der heftige Regen, der heruntergekommen war, als Schmidt beim Essen saß, hatte die Luft gereinigt. Schmidt ging zu Fuß nach Hause. Am Ende blieb in der Schwebe, ob Alice es erraten hatte oder nicht, wenn sie allerdings von Anfang an Bescheid gewußt hatte, hieß das, daß sie ihn belog. Warum sollte er Lews bloße Vermutung, mehr war es nicht, als Wahrheit hinnehmen, wenn Tina, die anscheinend genau im Bild war, nichts dazu gesagt hatte? Hier stand nicht Lews Wort gegen Alices, es war viel weniger, nur Lews Meinung. Nach Schmidts Erfahrung wäre Lew nicht der erste Anwalt, der überzeugt war, großes psychologisches Einfühlungsvermögen zu besitzen. Für das Gerede über Alices Tröstungen galt das gleiche. Vielleicht stimmte es. Der Gedanke, daß es so war, schmerzte ihn wegen seiner Gefühle für sie, aber sie hatte weder gesagt noch angedeutet, daß sie Tim in all den Jahren treu geblieben sei. Wenn Lew mit den Tröstungen recht hatte, wurde sie dadurch noch nicht zu einer Lügnerin.

Auf dem Anrufbeantworter waren keine Nachrichten. Mitternacht, also sechs Uhr morgens in Paris. So früh wollte er nicht anrufen und auch nicht noch zwei oder drei Stunden warten, dazu war er wirklich zu müde. Und selbst wenn er es nicht wäre, konnte sie doch rechnen. Sie würde wissen, wie lange er aufgeblieben war, um mit ihr zu sprechen, und sie würde merken, wie schwer er es genommen hatte, sie nicht zu Hause anzutreffen und vergeblich auf einen Rückruf zu warten. So wollte er nicht von ihr wahrgenommen werden. Es reichte, wenn er sie morgen anrief, wahrscheinlich von seinem Haus in Bridgehampton aus.

VIII

Mr. Mansour, der Kopfhörer trug, um das wahnsinnig laute Rattern des Hubschraubers auszublenden, gab Schmidt zu verstehen, er werde die Intercomfunktion ausschalten, die ihnen ermöglicht hätte, miteinander oder mit dem Piloten zu sprechen. Statt dessen vertiefte er sich sofort in ein Schriftstück, das Schmidt am Deckblatt erkannte: ein Handelsbuch, bereitgestellt von der institutionellen Investorengruppe einer Bank, die er gut kannte; sie hatte für Versicherungsgesellschaften, seine früheren Mandanten, viele Kreditvorschläge ausgearbeitet. Chef der Gruppe war ein Mitstudent Schmidts aus dem College, ein Harvard-Goldjunge, zweimal geschieden, das zweite Mal so lautstark, daß es ihm gelang, im Streit um die Scheidung die Regel zu widerlegen, nach der dieses Edelmetall seinen Glanz nicht verliert. Schmidt faltete seine *Times* auseinander. Immer noch keine Verdächtigen im Fall Oklahoma City, aber ein paar »nicht namentlich genannte« Experten konzentrierten sich auf die Ähnlichkeit mit dem Bombenanschlag auf das World Trade Center im Jahr 1993 und auf mögliche Verbindungen zu militanten Islamisten. Das verlieh den Bemerkungen des Direktors, den Mike abgekanzelt hatte, eine gewisse Glaubwürdigkeit. Zu schade, daß der arme Kerl nicht genug Mut gehabt hatte, sie zu verteidigen. Welche Risiken wäre er eingegangen? Hätten ihm neue Zurechtweisungen gedroht, ein Wink, er möge sich aus dem Vorstand zurückziehen, und damit der Verlust des Honorars, das auf relativ bescheidene vierzigtausend pro Jahr festgesetzt war? Es sei denn, er hatte noch offene Geschäfte mit einer von Mikes Gesellschaften – in

dem Fall konnte er darauf zählen, daß Holbein, wenn nicht
der Finanzmagnat persönlich, ihm einen Strich durch die
Rechnung machen würde. Schmidt faltete die Zeitung zusammen und kämpfte gegen die Müdigkeit. Sie waren am
Sund entlang nach Osten geflogen. Der Pilot änderte den
Kurs, der Hubschrauber begann unter einem wolkenlosen Himmel der Atlantikküste zu folgen. Schmidt zwang
sich zur Aufmerksamkeit, und er hatte den Eindruck, daß
sich ihm, all den stattlichen Häusern samt Schwimmbädern, den Parkplätzen neben städtischen Stränden und
einem Labyrinth von Straßen zum Trotz, immer noch die
frische grüne Brust der neuen Welt enthüllte, so wie einst
den holländischen Seefahrern, die sie mit ihren Wundern
in Erstaunen versetzte. Der Hubschrauber flog über Mr.
Mansours Anwesen am Strand, dann über Schmidts weiter im Inland gelegenes, durch einen Teich vom Meer ge-
trenntes Haus. Wieder ein paar Minuten später und nach
einer Kurskorrektur landete die kleine Maschine auf der
Piste. Der Kopilot öffnete die Luke und half Mr. Mansour und Schmidt beim Aussteigen. Der andere Rolls des
Finanzmagnaten, ein cremegelbes Kabrio, stand nur ein
paar Schritte entfernt. Mike winkte den Fahrer auf den
Rücksitz, setzte sich selbst ans Steuer, wartete, bis Schmidt
den Sicherheitsgurt angelegt hatte, und fuhr geruhsam
nach Water Mill.

Du hast im Fabien's eine gute Party verpaßt, erzählte
er Schmidt. Enzo war in Hochform – wie immer, wenn
wir zusammen sind, er weiß, daß mir sein Fortkommen
am Herzen liegt und daß ich tue, was ich kann, und das
ist eine ganze Menge, um seine Karriere zu fördern –, und
seine Freundin ist spitze. Bei allem Respekt, große Möp-
se und ein Ausschnitt, so tief, daß ich nicht ungern eine
Hand reingesteckt hätte. *Pas de problème*, ich hab's nicht
gemacht. Sonst hätte er am Ende versucht, mich zu schla-

gen, und sich die Hand verletzt! Wenn ich ihm nicht vorher den Arm abgerissen hätte, was ich mit meinem Taekwondo-Training wahrscheinlich könnte. So oder so, sein Klavierspiel hätte es nicht gefördert. Diesen Canning, den kann ich nicht leiden. Ein Arschloch, verzeih den Kraftausdruck. Aber Caroline! Hübsche kleine Brüste, und ich wette, sie ist eng. Eng, eng, eng! Die Frage ist: Wie komme ich hinein?

Ja, wie denn?

Ich arbeite dran. Was passiert, wenn ich ihn wegschikke? Zum Beispiel denke ich daran, ihn an ein Studio in Hollywood zu vermitteln, so daß er über die Verfilmung eines seiner Romane verhandeln kann. Die Frage ist dann, würde sie ihn in jedem Fall begleiten? Vielleicht nicht. Sie schreibt ein Buch. Aber wenn er reist und sie bleibt, kann ich sie zum Dinner einladen, hier oder vielleicht in New York. New York wäre besser. Keine Frage: Ich würde es ihr schön machen, so schön wie sie es mit diesem Blödmann nicht haben kann.

Die Vorstellung, wie Mike es Caroline schön machen würde, weckte in Schmidt eine unangenehme Erinnerung an Mikes Versuch, bei Carrie zu landen, und an die plumpe Anmache, die er bei ihr probiert hatte, die Freundschaft, die sich zwischen ihm und Mike anbahnte, hätte er damit beinahe im Keim erstickt. Dieses Thema wollte er nicht weiterverfolgen. Im Moment interessierte ihn überhaupt nur ein Thema, die Uhrzeit in Paris. Als sie endlich Mikes Haus erreicht hatten, war es bei Alice Viertel nach sechs. Sie würde noch in ihrem Büro oder auf dem Heimweg sein. Er hätte fragen können, ob er das Telefon benutzen dürfe, bevor das Mittagessen serviert wurde, jedoch war ihm eingefallen, daß es gut wäre, vor einem Anruf bei ihr zu wissen, ob sie eine Nachricht auf seinen Anrufbeantworter in Bridgehampton gesprochen hatte. Das hieß, er mußte noch eine oder zwei Stunden warten, bevor er sie anrief, aber das war vielleicht ganz gut. Er würde dann weniger ungeduldig erscheinen. Also hielt er das Mittagessen durch, merkte sogar, daß es hervorragend war, und trank mit Mr. Mansour Champagner, spornte ihn an, wenn nötig, zeigte sich überrascht, wenn das zu passen schien, und war in Gedanken in Paris und bei Alice, wo auch immer sie sich gerade befand. Vor dem Aufbruch aus der New Yorker Wohnung hatte er die Wettervorhersage für Paris gelesen und wußte, der Tag war sonnig und schön. Sehr wahrscheinlich war sie vom Büro zu Fuß nach Hause gegangen.

Er merkte auf, als Mr. Mansour ihm die Frage stellte, die bei ihren Mahlzeiten zu zweit unweigerlich aufkam: Die Frage ist, tönte er, die Frage ist, ob du dich endlich um dein eigenes Leben kümmerst. Du hast in Europa fabelhafte Arbeit geleistet, das wissen wir. Aber ist dir auch irgendwas Gutes passiert?

Er antwortete offener, als er vorgehabt hatte: Es ist tatsächlich etwas sehr Gutes passiert. Ich bin einer Dame begegnet, die ich wirklich gern habe.

Ist es wieder eine Zwanzigjährige wie Carrie? Tschechin oder Ukrainerin? Sie bumsen wie die Karnickel, habe ich mir sagen lassen, wenn du gescheit ist, benutzt du ein Kondom.

Mr. Mansour lachte fröhlich und machte Anstalten, Schmidt die Hand zu schütteln.

Schmidt ergriff die ausgestreckte Hand und erklärte Mr. Mansour, so einfach sei es leider nicht. Die Dame sei Französin, eine richtige Dame, keine Zwanzigjährige. Jünger als er sei sie, aber nicht jung genug, um als seine Tochter durchzugehen.

Hast du ein Foto? Wenn du dir noch keine von diesen neuen Kameras gekauft hast, gebe ich dir eine. So eine muß man einfach haben. Manuel macht mit meiner gute Bilder. Wir können jemanden in meinem Büro in Paris finden, der eins von ihr macht. Möchtest du, daß Manuel ein Foto von dir macht? Das könntest du ihr schicken.

Mike, ich kann dir nicht genug danken, erwiderte Schmidt, aber wir dürfen nichts überstürzen. Oder vielmehr ich darf es nicht. Aber ich halte dich auf dem laufenden.

Pas de problème, antwortete Mr. Mansour. Du sagst, du hast sie gern, aber mir kannst du nichts vormachen, verliebt hast du dich. Die Frage ist, wie gern hat sie dich?

Wenn ich das wüßte!

Der Fahrer des gelben Rolls setzte Schmidt vor seinem Haus ab und teilte ihm mit, das Gepäck habe Manuel bereits vorbeigebracht und ins obere Stockwerk des Hauses geschafft, Manuel, der den schwarzen Rolls aus der City zurückgefahren hatte, während Mr. Mansour und sein Gast, wie üblich zum Ärger zahlloser Einwohner am Boden unter ihnen in ihren Häusern, auf ihren Tennisplätzen oder an ihren Schwimmbädern, im leuchtend grünen Hubschrauber anreisten und danach zum Mittagessen Platterbsensuppe, Hummersalat und Rhabarberstreusel speisten. Eines mußte man Mike lassen: Wenn er die Dinge in die Hand nahm, blieb nichts dem Zufall überlassen.

Die Haustür war offen, wie immer tagsüber. Bevor er hineinging, blieb er stehen und sah sich um. Die Forsythien zu beiden Seiten der Einfahrt standen in voller Blüte, die Tulpen ebenfalls. Er schätzte sein Haus und seinen Garten. Sie würden ihm als Refugium bleiben, was auch geschehen mochte. Wen würde er im Haus vorfinden? Carrie und Jason, der Mann, den sie demnächst heiraten wollte, wohnten sicher noch im Poolhaus auf dem Grundstück, arbeiteten aber an einem Werktag um diese Tageszeit in der Marina, die Jason gekauft hatte. Schmidt war sich nicht sicher, ob sie schon ein Haus oder eine Wohnung gefunden hatten. Wenn es ein Haus war, müßten sie es bestimmt renovieren: ein perfektes Projekt für Bryan, der den Wohnraum über Schmidts Garage ausgebaut und daraus ein kleines Appartement für sich gemacht hatte. Da abgesprochen war, daß er es benutzen sollte, wenn er die Katze hütete, war er sicherlich nachts zum Schlafen dort, aber jetzt, am Tag, sehr wahrscheinlich in der Marina. Wenigstens Sy, sein Kätzchen, würde ihn zu Hause begrüßen! Als Schmidt die Fliegengittertür aufstieß und eintrat, mußte er lächeln. Der kleine Siamkater hatte tatsächlich auf ihn gewartet – eine andere Erklärung gab es nicht –, sonst hätte er nicht so energisch miaut, sich an Schmidt gerieben und schließlich, weil Schmidt gar zu langsam war, auf die Hinterbeine gestellt und ihm mit einer anmutig ausgestreckten Pfote gegen das Hosenbein getippt, ein deutlicher Hinweis, daß er hochgehoben werden wollte.

Mit Sy auf dem Arm ging Schmidt in die Küche. Auf dem Tisch lag eine Notiz, aber Loyalität und gutes Benehmen müssen möglichst prompt belohnt werden. Er stellte eine Untertasse mit Milch auf den Tisch, zeigte sie Sy und las erst dann die Nachricht in Carries feiner Schulmädchenschrift: »Heute abend nach der Arbeit kommen wir drei plus sieben Neuntel, sagen Willkommen daheim und bringen Essen mit! Ruh dich aus bis dahin!« Unterschrieben hatte sie mit einem großen, von Arabesken umrahmten C, in denen Schmidt die Buchstaben J und B erkannte. Sei's drum! Seine schöne Geliebte Hekate, selbst noch ein wundersames Kind, sollte im Juni ein Baby zur Welt bringen. Es konnte von ihm sein, und Jason sei sich durchaus über diese Möglichkeit im klaren, hatte Carrie ihm erzählt. Ein Baby ist ein Baby, hatte sie gesagt. Jason weiß von dir. Er liebt mich. Also, was soll sein. Wenn das Kleine nicht seins ist, ist es meins, und er der Stiefvater. In diesem Licht hatte die Lage für Schmidt zunächst unerträglich ausgesehen. Aber ein Mann macht Fortschritte, sagte er sich, moralische Fortschritte sozusagen. Er fand sich bereit, die Zwielichtigkeit hinzunehmen. Ganz gleich, ob der Junge wie er rote Haare und eine große Nase oder wie Jason das Äußere eines nordischen Gottes hatte, er würde dem Kleinen zur Seite stehen. Diskret und liebevoll, wie er hoffte.

Keine Nachricht für ihn auf seinem Anrufbeantworter in Bridgehampton – aus einem sehr guten Grund: Das Gerät war abgeschaltet. Er konnte sich nicht erinnern, es selbst getan zu haben, aber wer immer den Schalter bedient hatte – einer seiner drei Haushüter oder eine der polnischen Putzfrauen –, hatte vollkommen recht. Nicht viele Leute riefen ihn an, und selbst wenn, hatte es keinen Sinn, Nachrichten anzusammeln, während er wochenlang nicht zu Hause war. Aber wie stand es mit New York? Am Pinbrett neben dem Küchentelefon hingen lauter Zettel mit nützlichen Informationen, eine wahre Schatzgrube. Eingeklemmt zwischen der Visitenkarte des Tierarztes in Wainscott, der Sy die ersten Impfungen gegeben hatte, und der Adresse des Schlossers fand sich die Karteikarte, auf die er die Ziffern geschrieben hatte, die er wählen mußte, um die Nachrichten auf seiner Mailbox mit der New Yorker Vorwahl 212 abzufragen. Da war nur eine Nachricht, von Alice, die sie am gleichen Tag um 12 Uhr 42 hinterlassen hatte, als der Hubschrauber gerade über Southampton flog.

Bonjour, mon petit Schmidtie, hörte er sie sagen. Wollen wir uns später unterhalten? Kuß, Kuß, Kuß …

Seine Nachricht erwähnte sie nicht. Aus Vergeßlichkeit?

Hatte sie nicht zugehört? War ihr Anrufbeantworter womöglich defekt?

Mit beinahe zitternden Händen wählte er ihre Nummer und stellte dabei fest, daß er sie nicht mehr in seinem Notizbuch nachsehen mußte. Sie war jetzt eine der wenigen Nummern, die er im Kopf hatte. Die Verbindung brach ab, und er dachte schon daran, aufzulegen und noch einmal neu zu wählen, aber bevor er das tat, war sie wieder da. Er ließ es klingeln und klingeln und wartete auf die Aufforderung, nach dem »bip sonore« zu sprechen. Schließlich – er zählte die Klingeltöne schon nicht mehr – brach die Verbindung wieder ab. Dafür gab es nun zwei wahrscheinliche, gleich ärgerliche Erklärungen: Entweder hatte sie den Anrufbeantworter abgestellt, oder er war defekt. War es ihm wichtig zu erfahren, was davon zutraf? Der springende Punkt – das war die Wendung, die er in Memoranden für seine Mandanten benutzt hatte – bestand darin, daß sie immer noch außer Haus war. Viertel vor zehn Pariser Zeit. Wenn sie zum Essen ausgegangen war, wäre der Versuch, sie vor sechs – bei ihr wäre es Mitternacht – zu erreichen, eine frustrierende, unsinnige Übung. Normalerweise inspizierte er nach einer längeren Abwesenheit die Außenseite des Hauses und den Garten und wanderte durchs Haus. Aber diesmal stand ihm nicht der Sinn danach. Statt dessen ging er die Treppe hinauf und packte aus. Ein großer Vorteil der luxuriösen Unterkünfte, die Mr. Mansour ihm aufgedrängt hatte, bestand darin, daß er keine schmutzige Wäsche hatte außer der vom Vortag und der, die er am Leib trug. Die Hotelwäscherei hatte alles erledigt und, wie er ungern zugab, viel besser als Pani Basia aus seiner polnischen Putzkolonne, die seine Weißwäsche und alles andere im Haus, das gereinigt und gebügelt werden mußte, in ihre Obhut genommen hatte. Nachdem er die Anzüge auf Bügel gehängt, Hemden, Unterhosen, Socken und Taschentücher verstaut hatte, zog er seinen Pyjama an und legte sich ins Bett. Er hatte nicht gemerkt, wie müde er war, und da er fürchtete, nicht vor dem nächsten Morgen aufzuwachen, wenn er erst einmal eingeschlafen war, stellte er den Wecker auf sechs Uhr. Um die Zeit wollte er ihre Nummer wieder wählen. Sy tauchte aus dem Nichts auf. Mit einem Sprung war er auf dem Bett und schmiegte seinen schnurrenden Leib an Schmidt. Vielleicht wußte er, daß Schmidt Gesellschaft und Zuneigung brauchte.

Ich war auf einer Party mit Übernachtung, sagte sie, als er erzählte, er habe sie am vergangenen Abend mehrmals angerufen.

Mit Übernachtung? fragte er.

Ja, erwiderte sie, eine meiner Kolleginnen gab in ihrem Haus in St. Cloud ein Abendessen. Es zog sich so lange hin, daß ich nicht ohne Mühe mit dem Zug nach Paris zurückgekommen wäre, mit dem Auto wollte ich nicht fahren und mich auch nicht von jemandem mitnehmen lassen, weil wir zuviel getrunken hatten. Also blieb ich über Nacht bei Claude und fuhr heute morgen mit ihr im Auto zum Büro. Sie nimmt ihr Auto immer mit.

Es war hart: Namen, die er nicht kannte, Häuser, die er nicht gesehen hatte und wahrscheinlich nie sehen würde, Gewohnheiten, mit denen er nicht vertraut war.

Wie schön! sagte er.

Ja, Claude ist meine beste Freundin im Büro. Vielleicht meine beste Freundin *tout court*. Sie wird dir gefallen! Ihr Ressort sind wissenschaftliche Werke über die moderne Gesellschaft. Ihren Mann wirst du bestimmt auch mögen. Er ist ein sehr bekannter Anwalt, François Larbaud. Ein *pénaliste*. Sagt man das so? Er verteidigt Angeklagte, die schwerer Verbrechen beschuldigt werden. Er ist im Ge-

143

spräch als nächster *bâtonnier*. Das ist der Präsident der Pariser Anwaltskammer.

Wieder ein flüchtiger Einblick in Alices rätselhafte Welt. Wie würde er sich darin zurechtfinden?

Strafverteidiger, würden wir wohl sagen, antwortete er. Vielleicht Spezialist für Wirtschaftskriminalität, wenn es um gewaltfreie Verbrechen geht. Ich vermute, die Leute im Pariser Büro von W & K kennen ihn.

Sofort wünschte er sich, er hätte die Firma nicht erwähnt, aber sie schien nicht verstört zu sein.

Tim kannte ihn natürlich – teilweise durch mich. Sie trafen sich regelmäßig zum Lunch.

Liebes, sagte Schmidt im Gefühl, daß die Unterhaltung nirgendwohin führte, alles, was ich für dich empfinde, ist nur intensiver geworden. Du fehlst mir, und ich möchte mit dir zusammensein. Ich wünschte, du wärst jetzt hier. Ende April, Anfang Mai ist es hier so schön. Meine Forsythien waren nie üppiger, die Pfingstrosen werden bald blühen, die Dogwood-Bäume und die Magnolien sind herrlich. Könntest du nicht schnell mal ein langes Wochenende herüberkommen?

Jetzt? fragte sie. Das ist unmöglich. Und wir haben uns doch gerade gesehen.

Das tat weh, aber er ließ es sich nicht anmerken.

Um so mehr Grund, hierherzukommen, antwortete Schmidt, aber das Unmögliche können wir wohl nicht tun.

Als er das sagte, fiel ihm ein Ausdruck ein, den er im Französischunterricht in der Schule gelernt hatte. Um zu versichern, daß man sich alle Mühe geben werde, sage man: *je ferai l'impossible*, ich werde das Unmögliche tun. Französischunterricht war das eine, Alice zu umwerben etwas ganz anderes. Ohne eine Atempause fuhr er fort: Ich habe eine andere Idee. Ich muß mir meine osteuropäischen Schutzbefohlenen noch einmal ansehen, besonders das polnische Büro, das ich noch nicht kenne. Wie wäre es, wenn ich am Wochenende vor dem 26. Mai nach Paris käme?

26. Mai, 26. Mai, wiederholte sie, oh, aber Donnerstag, der 25. Mai, ist Himmelfahrt. Von Mittwoch bis Montag ist dann in Frankreich alles geschlossen. Wir nennen das: *pont*, einen Brückentag, ein Extrageschenk. Ich habe eine Einladung von Freunden in St. Tropez angenommen. Ich will auch meinen Vater in Antibes kurz besuchen.

Ach, sagte Schmidt.

Warte, ich muß in meinem Kalender nachsehen. Ja, der Sonntag danach ist Pfingsten. Am Montag, dem 5. Juni, wird im Verlag nicht gearbeitet, meine ich. Wenn ich's deichseln kann, bleibe ich das Wochenende über noch in St. Tropez.

Eine hohe Dosis Katholizismus, daran hatte Schmidt zu schlucken. Sie war Protestantin wie er. Warum waren diese Feiertage so wichtig? Dumme Frage. Weil Katholiken, Protestanten, Muslime wie Juden in gleicher Weise davon profitierten: Sie brauchten nicht ins Büro zu gehen! Es ging nicht um Religion an sich; die Frage, wie Mr. Mansour sagen würde, die Frage war, welche Pläne man machte, um Nutzen daraus zu ziehen. Offenkundig bot keiner von Alices Plänen Raum für ihn, nicht einmal in einer Nebenrolle. Nein, es hatte keinen Sinn, gegen das Rathaus oder schattenhafte Freunde mit Häusern in St. Cloud oder St. Tropez anzukämpfen.

Ich habe noch eine Idee, sagte er. Vielleicht ist die brauchbarer. Wie wäre es, wenn ich dich um den 15. Mai besuchen würde?

Alices Kalender wurde noch einmal befragt.

Das wäre schön, Schmidtie, mein Lieber. Und es ist eher!

Dann fragte sie nach Oklahoma City und ob es stimme, daß die Attentäter wieder die Muslime gewesen seien, die versucht hatten, das World Trade Center in die Luft zu jagen, und er erklärte ihr, daß im Augenblick noch niemand Näheres wisse.

Sie brachten die Pizzas mit, die Carrie so gern aß und an deren Genuß sie Schmidt gewöhnt hatte, dazu eine Schüssel Spinat- und Ruccolasalat und eine Apfeltorte, von Sesame, wie sie sagte. Schmidt stieg in den Keller hinab und holte zwei Flaschen Chianti. Das Essen sollte in der Küche stattfinden, sah er, also in der Tradition, die noch aus der Zeit stammte, als er zum erstenmal mit Carrie in seinem Haus zu Abend gegessen hatte. Er überließ es ihr, den Tisch zu decken. Es war auch ihr Brauch, das Tischtuch, Servietten, Silber, Porzellan und Gläser, alles vom Besten, zu benutzen, obwohl sie nicht im Eßzimmer aßen. Sie wußte natürlich noch, wo alles zu finden war. Es hätte ihr Haus sein können, dachte Schmidt.

Carrie blieb bei ihrem Mineralwasser, das sie aus einem Glas trank, ein Zugeständnis, das Schmidt nicht entging. Er schenkte Gin und Tonic für Jason und Bryan ein, schwankte für sich zwischen Gin-Martini und Bourbon, entschied sich für einen Martini, mischte ihn sorgfältig und setzte sich in seinen Schaukelstuhl. Er konnte die Augen nicht von Carrie lassen. So schwanger! So schön! Ihr Bauch zeichnete sich deutlich ab – das Trikot, das sie trug, betonte den herrlichen runden Hügel. Und die anderen Wölbungen, die goldenen Äpfel, die ihre Brüste waren. Alle drei Männer in dieser Küche hatten sie geliebt, in seinem Fall wild und schrankenlos: Er hatte Mund, Vagina und Anus mit gleicher Freiheit erforscht. Kein Grund, anzunehmen, daß Bryan und Jason weniger begünstigt worden waren. Jetzt nahmen die drei vormaligen Mieter von Carries Körper, einer, der ihr immer noch beiwohnte, und zwei Hinausgeworfene, ihre Pizza in Angriff, tranken friedlich ihren Wein und freuten sich laut über die Torte.

Wie konnte das sein? War ein allgemeiner Verfall der amerikanischen Sitten schuld daran, daß sie sich nicht gegenseitig an die Kehle gingen? Zu dieser Meinung neigte Schmidt nicht; er glaubte vielmehr, daß Carrie wie eine Dompteurin von Wildkatzen wußte, wie sie gefügig zu machen waren, so daß sie ihre Sitzplätze einnahmen und fast gar nicht knurrten.

Er wurde etwas gefragt und damit aus seiner Träumerei gerissen.

Schmidtie, sagte Carrie, wach auf. Dein Jetlag muß noch was anderes sein! Der Doktor hat gestern gesagt, wenn das Baby am 20. Juni noch nicht da ist, leitet er die Geburt ein. Was hältst du davon? Bist du dann da? Jason und ich hätten dich gern dabei. Die andere Frage ist: Können wir noch im Poolhaus bleiben, wenn ich mit dem Baby aus der Klinik komme? Wir haben uns dieses Haus bei Three Mile Harbor ausgeguckt, es ist nahe an der Marina und genau richtig, man muß aber Arbeit reinstecken. Also, wenn wir in der Zwischenzeit hierbleiben können, machen wir ein Kaufangebot.

Wie könnt ihr auch nur einen Moment daran zweifeln, erwiderte Schmidt, an Carrie und Jason gewandt, daß ich euch und das Baby hier haben möchte.

Damit tat er das Gegenteil von dem, was der Finanzmagnat ihm geraten hatte. Als Mr. Mansour hörte, daß Schmidt Carrie und Jason im Poolhaus wohnen lassen wollte, schärfte er ihm ein, darauf zu achten, daß sie auszogen, bevor das Baby geboren war. Sonst wirst du sie nie mehr los, hatte er gesagt! Bleib ruhig, Mike! Das Risiko würde er eingehen.

Und ja, fuhr er fort, ich sehe zu, daß ich im Juni hier bin. Wenn dieser junge Mann ankommt, wäre ich ungern an einem der gottverlassenen Orte, an denen Mike seine Stiftungsbüros hat.

Jason ergriff das Wort: Vielen, vielen Dank! Ich glaube, dir wird das Haus gefallen, das wir kaufen möchten, und es hilft sehr, daß Carrie und das Baby hierbleiben können, während Bryan und ich daran arbeiten.

Und wie, Albert, meldete sich Bryan. Du warst immer ein Klassekumpel! Der beste!

Schmidt hatte dem kleinen Scheißkerl unzählige Male erklärt, er solle ihn Schmidtie nennen – wenn er nicht Mr. Schmidt sagen wollte –, und ihm war nicht klar, ob die Anrede »Albert« ein Ausdruck von Respekt war oder ein sicheres Mittel, ihn zu provozieren.

Carrie sagte nichts. Sie stand einfach auf, umarmte Schmidt und küßte ihn.

Eine Sache wüßten Carrie und ich noch gern, sagte Jason, nachdem sie sich wieder hingesetzt hatte. Wir würden den Kleinen gern Albert nennen. Wäre dir das recht?

Ja, sagte er, natürlich, ich bin glücklich und fühle mich geehrt, aber wie wird dieser kleine Wicht dann gerufen? Hoffentlich nicht Al.

Wir glauben, es kann bei Albert bleiben. Wenn nicht, dann Bert – das ist doch immer noch ganz gut, findest du nicht? Schmidtie können wir ihn nicht nennen. Das würde keiner verstehen.

IX

Er reiste noch einmal zum Bukarester Zentrum der Stiftung und von dort aus weiter nach Warschau zu einem Einführungstreffen mit den Mitarbeitern. In Polen war er noch nie gewesen. Sein Bild des Landes war eine Collage aus Chopin in der Interpretation von Rubinstein oder Horowitz, Metaphern aus John Herseys *Der Wall* und Leon Uris' *Mila 18*, den endlosen Echos von Auschwitz, der Zerstörung der Warschauer Altstadt nach dem Aufstand von 1944 und der späteren liebevollen originalgetreuen Restaurierung sowie Lech Wałesa und Solidarność. Als am zweiten Tag seines Besuchs nach dem Ende der Morgensitzung im Büro noch Zeit blieb und die Direktorin des polnischen Life Center ihn fragte, was er in Warschau gern sehen würde, sagte er, die Auswahl überlasse er ihr, denke aber, die Altstadt solle auf jeden Fall zum Besichtigungsprogramm gehören. Sie entschied, mit einem Mittagessen dort anzufangen. Sie bekamen einen Platz im hinteren Teil des nach ihrer Auskunft besten Altstadtrestaurants, einem langen, schmalen, düsteren Raum. Er überließ ihr die Bestellung und hörte sich ihre Lebensgeschichte an. Geboren war sie in einer kleinen Stadt in der Nähe von Krakau, dem Wohnsitz ihrer Eltern nach der Flucht aus dem östlichen Gebiet Polens, das Teil der Ukraine geworden war. Sie lebten in bescheidenen Verhältnissen – der Vater machte Tischlerarbeiten, die Mutter war Krankenschwester – und hatten alle notwendigen Opfer gebracht, damit sie an der ehrwürdigen Universität Krakau studieren konnte; sie hatte einen Abschluß in modernen Sprachen. Nein, sie hatte weder in England noch in den USA studiert; ihr ausgezeichnetes Englisch hatte sie im Gymnasium und später an der Universität gelernt. Sie hatte Russisch als erste Fremdsprache lernen müssen, aber sie und ihre Freunde waren in einen mentalen Streik getreten, gegen alles, was mit den Sowjets zu tun gehabt hatte. Sie hätten die Sprache nie richtig gelernt und das Gelernte absichtlich wieder vergessen; daß das schade sei, wisse sie. Den Rest ihres Werdegangs kannte Schmidt, da er ihre Personalakte gelesen hatte: eine Stelle bei einem Warschauer Verlag, Beteiligung an Protesten der Solidarność, daraufhin sechs Monate Haft, Aushilfsjobs, dann nach den ersten freien Wahlen im Nachkriegspolen eine Stelle als Redakteurin bei der neu gegründeten polnischen Tageszeitung, die zur wichtigsten in Polen werden sollte. Von dort hatte Mike Mansour sie in sein Center geholt. Damit endete die Akte, aber sie erzählte ihm, daß sie mit einem Mann verheiratet sei, den sie seit dem Studium kenne, der Mathematiklehrer an einem Gymnasium in Warschau war und nebenher Kreuzworträtsel schrieb. Sie hätten keine Kinder. Ein netter Mann, der schon lange nicht mehr mit ihr schlafe. Kein Sex! Nicht weil er eine andere hätte, sondern weil er das Interesse verloren habe. Können Sie sich so etwas vorstellen?

Schmidt antwortete der Wahrheit entsprechend, das könne er nicht, nicht wenn jemand mit einer so attraktiven Frau lebe.

Sie dankte ihm, und sie stießen darauf an. Er fand es nicht mehr verwunderlich, statt Wein oder Bier eisgekühlten Wodka aus einer Karaffe zu trinken. In der Ukraine hatte man vor einem Monat zum Abendessen vorwiegend Wodka konsumiert, und am vorigen Abend in Warschau auch. Aber dies war ein Mittagessen, und nachdem sie die erste Karaffe geleert hatten, rief Pani Danuta den Kellner und bestellte eine zweite. Unaufgefordert erzählte sie weiter, sie und ihr Mann hätten überlegt, ob sie sich scheiden lassen sollten, aber die Realitäten der Wohnungsfrage hätten sie daran gehindert: Sie hätten ein Appartement, das ihnen gefalle, und es sei logisch, daß sie es nach der Scheidung behalte, aber wie solle er eine Unterkunft finden, die er bezahlen könne und die halbwegs in der Nähe der Schule liege? Eine solche Wohnung gebe es nicht. Überhaupt sei das Geld ein Problem. Sie verdiene bei der Stiftung mehr als er. Das mache das Leben für beide angenehmer. Den Vorteil wolle sie ihm nicht wegnehmen – schließlich seien sie alte Freunde. Ob Schmidt das nicht auch meine? Er sagte: Doch, ja, und hob sein Glas. Sie stießen miteinander an. Und was den Sex angehe, den verschaffe sie sich.

Sie schlug vor, nach dem Essen den Łazienki-Park mit dem Schloß zu besichtigen, das während des Aufstands kaum Schaden genommen hatte. Es sei hauptsächlich im achtzehnten Jahrhundert gebaut worden und sehr schön. Benommen vom Alkohol und dem ungewöhnlich schwülwarmen Wetter willigte Schmidt ein. Sie fuhren mit einem Taxi zum Park und begannen dann ihren Spaziergang, der ihm sehr bald endlos vorkam, da Pani Danuta ununterbrochen gelehrte Kommentare zu den verschiedenen königlichen Bauten abgab und sich dabei stark auf seinen Arm stützte. Schmidt fragte sich, ob sie das aus Gewohnheit oder aus Müdigkeit tat oder weil sie ihn die Schwere und Form ihrer Brust spüren lassen wollte.

Als sie wieder auf der Straße ankamen, war es fast vier Uhr. Sie fand sofort ein Taxi. Als er vorschlug, sie vor ihrer Wohnung abzusetzen, sagte sie, das sei ein zu großer Umweg. Sie sollten lieber zu seinem angenehm klimatisierten Hotel fahren und noch etwas an der Bar trinken. Später würde sie dann von dort aus die Straßenbahn nehmen, die Verbindung sei gut, sie müsse nur einmal umsteigen, und an der Ecke zu ihrer Straße sei eine Haltestelle. Wieder willigte Schmidt ein. Kaum waren sie im Hotel, entschuldigte sie sich und suchte die Damentoilette auf. Er ging auch zur Toilette und wartete dann auf einer Sitzbank in der Bar, die tatsächlich eine Oase der Ruhe war, die Luft frisch und kühl. Als sie wiederkam, fingen sie an, Wodka in noch größeren Mengen als im Restaurant zu trinken. Sie hatte keine Karaffe, sondern eine Literflasche bestellt und dann, nachdem sie seine Erlaubnis erbeten und erhalten hatte, den Kellner beauftragt, Brote mit Räucherlachs und hartgekochten Eiern zu bringen und etwas, das sie Preßsack nannte – Fleischstückchen in Aspik. Er staunte über ihren Appetit – sie aß wie ein Mann, wie ein Schwerarbeiter – und über ihren Stoffwechsel. Irgendwie verbrannte sie all das Essen und den Alkohol. Er hätte wetten können, daß an ihrem langen, grobknochigen Körper wenig Fett war. Ihr Gesicht gefiel ihm alles in allem. Schlicht, mit regelmäßigen Zügen und großen blaugrauen Augen. Ihr Haar war glatt und blond. Sie spürte, daß sie taxiert wurde, und fragte: Was meinen Sie? Nicht schlecht, oder? Hab ich die Prüfung bestanden?

Mit Glanz und Gloria, antwortete er.

Sie schüttelte den Kopf. Jetzt haben Sie mich zum erstenmal angesehen. Aber das ist in Ordnung. Als ich Ihnen erzählt habe, daß ich mir Sex verschaffen kann, hätte ich dazu sagen sollen, daß ich mich fast immer mit Amerikanern und Engländern einlasse, die für ein paar Tage nach Warschau kommen. Bei denen kann ich mir nichts holen, und sie verbreiten keine Gerüchte. Was halten Sie davon?

Ich halte das für sehr vernünftig.

Warum lädst du mich dann nicht ein, mit dir auf dein Zimmer zu gehen?

Am nächsten Tag zerbrach sich Schmidt im Nachmittags-flugzeug nach Paris zum x-ten Mal den Kopf über eine Frage, auf die es offensichtlich keine Antwort gab. Was war in ihn gefahren, daß er das Ende des Nachmittags, weitgehend den Abend und die Nacht und auch noch den Samstag morgen im Bett mit Pani Danuta verbracht hatte? Ihre zupackende Art, alles in die Hand zu nehmen, hatte sie auch im Bett beibehalten, und in ihren Vorstellungen von dem, was man miteinander anstellen konnte, war sie noch weitherziger als Carrie gewesen. Beim Abendessen hatte sie sich über den jammervollen Zustand des polni-schen Fernsehens ausgelassen – nur ein einziger Privat-sender und der sei hoffnungslos vulgär und kommerziell, genauso schlecht wie der tschechische – und über den Prä-sidenten der polnischen Nationalbank, der vorher Finanz-minister gewesen war. Sicher, er verstehe es, immer das Richtige über den Kapitalismus und die Kräfte des freien Marktes zu sagen, aber er sei ein Tartuffe. Schmidt in sei-ner Rolle als offizieller Sachverständiger für die Life Cen-ters fand beide Themen hochinteressant; er wünschte sich, sie hätte während der Sitzungen in ihrem Büro genauso fesselnd darüber gesprochen.

Er hatte den Plan gehabt, am Sonntag nach einer gan-zen Reihe Wochenendbesprechungen mit dem scheinheili-gen Bankier, dem Bürgermeister von Warschau und einem Schwarm weniger wichtiger Funktionäre einen Flug von Warschau nach Paris zu nehmen, der dort um neun Uhr abends ankam. Als Danuta jedoch am Samstagmorgen die Nachrichten las, die in der Stiftung eingetroffen waren, stellte sie fest, daß am Freitagnachmittag zu einer Zeit, da sie aus naheliegenden Gründen ihr Handy ausgeschaltet hatte und nicht erreichbar gewesen war, sämtliche Termi-ne abgesagt worden waren. Die Entschuldigungen reich-ten von einer überraschend für die gleiche Zeit anberaumten Besprechung mit dem Präsidenten der Republik bis zu einer angeblichen heftigen Darmgrippe. Schmidt hatte kaum Zweifel, daß die meisten dieser Absagen auf das außergewöhnlich schöne Wetter zurückzuführen waren, und Danuta widersprach ihm nur schwach. Wie auch immer, eins stand fest: Da es keine Besprechungen gab, würde er mit dem ersten verfügbaren Flugzeug abreisen. Das war, wie sich herausstellte, eine Maschine, die am selben Abend um sieben in Paris landete. Er hatte mit Alice verabredet, daß sie sich am Montag, dem 15. Mai, treffen würden, das war das Datum, mit dem sie einverstanden gewesen war. Sollte er sie wissen lassen, daß er schon am Samstag eintreffen würde? Er hätte sie angerufen, gleich nachdem die Hotelrezeption ihm die Reservierung bestätigt hatte, wäre nicht Danuta, die gerade heißhungrig dick mit Butter und Honig bestrichene Brioches verschlang, in seinem Bett gewesen. Aber Danutas Anwesenheit war kaum zu leugnen und nicht zu übersehen; frisch gestärkt durch das Frühstück, ritt sie ihn schon wieder. Als sie zum Ende gekommen waren und sich gewaschen hatten, war es Zeit für das Mittagessen. Wie hätte er vermeiden können, sie dazu einzuladen? Aber dann wurde er energisch: Nein, sie könnten nicht wieder auf sein Zimmer gehen. Gegen ihre Einwände und Versicherungen, es bleibe noch viel Zeit, bis er zum Flughafen aufbrechen müsse, setzte er sie in ein Taxi und gab dem Fahrer Geld für die Fahrt.

Dann hastete er in sein Zimmer und rief Alice an. Niemand da. Vielleicht ganz gut so. Hätte die Frage, ob er sie noch am selben Abend sehen könne, nicht etwas Ungeheuerliches und Schamloses gehabt? »Sie sehen«! Welch jämmerlicher Euphemismus für das, worauf er wirklich aus war. Eine Pause zwecks Läuterung war in Ordnung. Aber wie lange? Vierundzwanzig oder achtundvierzig Stunden? Sollte er sie am Sonntag morgen anrufen, die Terminän-

154

derung erklären und fragen, ob sie an diesem Tag zusammen zu Mittag oder Abend essen könnten? Das war die Vierundzwanzig-Stunden-Lösung. Die tugendhaftere verlangte, den Anruf bis Montag morgen aufzuschieben. Was tun? Er löste das Problem, indem er eine Nachricht für Alice hinterließ: Er komme spät am selben Abend an und werde ihr erklären, warum seine Pläne sich geändert hätten. Sie möge ihn bitte in seinem Hotel anrufen.

In Paris wartete keine Nachricht auf ihn. Diesmal hatte er daran gedacht, die Anweisungen zum Abhören seines Anrufbeantworters in Bridgehampton in sein Notizbuch zu schreiben. Auch dort: keine Nachrichten. Er packte seinen Koffer aus und wollte sich schon unter die Dusche stellen, aber dann überwältigte ihn das Bedürfnis, Alice anzurufen. Sie kam nicht ans Telefon. Als er am nächsten Morgen kurz nach neun anrief, war sie wieder nicht zu Hause und auch nicht, als er es mittags versuchte. Diesmal hinterließ er wieder eine Nachricht. Er sei früher als erwartet in Paris angekommen und in seinem Hotel zu erreichen. Gleich als er den Hörer auflegte, wurde ihm klar, daß er damit etwas Dummes gesagt hatte. Also rief er noch einmal an und sagte, er werde einen langen Spaziergang machen, aber im Hotel anrufen und nach Nachrichten fragen. Ob sie zusammen zu Abend essen könnten? Wenn nicht, werde er sie morgen sehen. Schon fast Zeit für ein Mittagessen, aber er war zu nervös und allzu ungeduldig, um sich zu einem ausgiebigen Mahl ins Hotelrestaurant zu setzen oder etwas an der Bar zu bestellen. Während seines letzten Aufenthalts in Paris hatte sein verstauchter Knöchel lange Spaziergänge verhindert. Jetzt hinderte ihn nichts. Er ging über den Pont de la Concorde und marschierte endlos lange, erst den ganzen Weg zur Place du Panthéon und dann in umgekehrter Richtung zum Montmartre. Dort nahm er die Drahtseilbahn zum winzigen Square Nadar, stieg aus, betrachtete die massige weiße Basilika Sacré Cœur zur Rechten und setzte sich auf eine Bank. Der Blick über die Stadt war unübertrefflich, aber seine alte Nemesis hatte ihn wieder eingeholt: Blasen an den Füßen, wo der Schuh an der Fersensehne scheuert. Sie taten weh, und wahrscheinlich bluteten sie auch. Er überlegte, ob er das Hotel bitten sollte, ein Funktaxi zu schicken, das ihn aufsammelte, aber da hielt schon eins am Bürgersteig. Ein asiatisches, mit Stadtführern und Kameras beladenes Paar stieg aus. Er sprang hin zur noch offenen Tür, stieg ein und nannte dem Fahrer die Adresse seines Hotels.

Als er ankam, hatte Alice immer noch keine Nachricht hinterlassen, aber sie rief zur Abendessenszeit an und sagte, sie sei gerade von einem Wochenende bei Freunden auf dem Land zurückgekehrt. Wenn er frei sei und noch nicht gegessen habe, könnten sie zusammen zum Dinner gehen.

In meinem Hotel, fragte er.

Ja, das Essen ist so gut, und die Erinnerungen sind es auch.

Nach dem Essen am Sonntag abend kam es nicht, wie er im stillen gehofft hatte, zu einer Liebesnacht. Heute nacht nicht, erklärte sie ihm, bald nachdem sie sich zu Tisch gesetzt hatten, wir haben morgen, stimmt's, und vielleicht noch ein paar Tage mehr. Sie hatte ihm gesagt, sie sei 1945 geboren. Also war sie fünfzig. Wäre sie ein paar Jahre jünger, hätte er vielleicht gedacht, ihre Periode sei das Problem. Schade, aber er war dankbar, daß sie von vornherein klargemacht hatte, wie der Abend enden würde. Nun würde sich die Zeit der Läuterung um vierundzwanzig Stunden verlängern; und er brauchte sich beim Essen keine Gedanken darüber zu machen, daß er sie anschließend wie eine Festung erstürmen und einnehmen müsse. Sie

156

war, fand er, genauso wunderbar wie fast auf den Tag genau vor einem Monat, als er sie in ihrem Appartement in der Rue St. Honoré besucht hatte. Ihre physische Schönheit war immer fraglos gewesen, von dem Tag an, als er auf ihrer Hochzeitsfeier mit ihr getanzt hatte, aber jetzt bemerkte er so vieles, das damals seiner Wahrnehmung entgangen war: die bezaubernde Anmut ihrer Gesten, ihre Freude am Lachen, die Schlichtheit und Leichtigkeit, mit der sie den Maître d'hôtel, einen sturen Funktionär, sofort für sich gewann, als sie ihn nach dem Rezept für die kalte Tomatensuppe fragte, die sie gerade aßen. Er bewunderte ihre Art, sich zu kleiden. Die langen Hosen, die sie trug, hatte sie auch beim Mittagessen an ihrem ersten gemeinsamen Sonntag angehabt. Das Top war ebenfalls ein alter Freund, sie hatte es getragen, als er zum Dinner in ihre Wohnung gekommen war. Aber die weiße, sommerliche Jacke kannte er noch nicht, sie paßte perfekt zu dem außergewöhnlich warmen Tag, der jetzt bald endete. Sie gab wenig für ihre Kleidung aus, das schien ihm klar zu sein, und er fragte sich, ob sie weniger Geld hatte, als man von Tim Verplancks Witwe annehmen würde. Dann würde er ihr mit Vergnügen etwas Wind in die Segel leiten. Aber genauso wahrscheinlich war, daß sie wußte, wie gut sie Kleidungsstücke kombinieren, unbeschreiblichen Schick mit geringen Mitteln erreichen konnte.

Die größte Entdeckung des Abends waren jedoch Alices Hände: fast so groß wie seine, aber feingliedrig mit schmalen langen Fingern, die Hände eines Pantomimen, die Schmidt, immer wenn sie gestikulierte, und das tat sie oft beim Erzählen, an Jean-Louis Barrault in *Kinder des Olymp* erinnerten. Er stellte sich vor, wie diese Finger zum Entzücken eines Kindes Schattenspiele aufführten, und hörte sich selbst an einem Punkt der Unterhaltung plötzlich fragen, ob ihr Sohn Tommy eine feste Freundin habe. Sie wirkte überrascht und antwortete, daß er auf einem gewissen Abstand zu ihr beharre, deshalb könne sie es nicht genau sagen, aber sie habe keinen Anhaltspunkt dafür, daß er schwul sei. Entsetzt, daß er ihr das Gefühl vermittelt hatte, sie müsse diese Antwort geben, erklärte er ihr, er habe sich nur ausgemalt, was für eine gute Mutter sie gewesen sein müsse und wie gut sie mit ihren Enkelkindern spielen werde. Sofort wurde ihm bewußt, daß dies wieder eine taktlose Bemerkung war, aber sie hatte keine Mühe damit, sondern ließ ihn irgendwie merken, daß er sie nicht gekränkt hatte, und sagte, eine gute Mutter sei sie wohl wirklich gewesen, bis zu der Katastrophe mit Sophie, an der sie sich nicht schuldig fühlen könne, und bis ihre Beziehung zu Tommy aus dem Gleis geraten sei, was sie sich allerdings zum Vorwurf mache. Enkelkinder! Ein ferner Traum vom Glück. Ihr Vater habe so gut mit Tommy und der armen kleinen Sophie umgehen können.

Und was ist mit deiner Charlotte, fragte sie dann.

Sie ist erst dreißig, antwortete er, aber geheiratet hat sie vor drei Jahren, und sie und ihr Mann waren davor schon zwei Jahre »zusammen«, wie sie es nennen. Also wird es allmählich Zeit. Zwischendurch war die Ehe kaputt, aber sie haben sie wieder geflickt. Vielleicht denken sie, das sollten sie feiern, indem sie ein Kind machen. Ich wünschte, ich wüßte es. Meine Beziehung zu Charlotte ist nicht einfach.

Als er das sagte, ging ihm durch den Kopf, daß Charlotte womöglich einverstanden wäre mit Alice in seinem Leben und daß diese Frau seiner Tochter und ihm helfen könne, besser miteinander auszukommen, so wie Charlottes Mutter Mary, als sie noch lebte. Vielleicht hätten er und Charlottes unangenehmer Ehemann es dann auch leichter miteinander. Die Liste der möglichen Verbesserungen erschien ihm endlos. Es gab nichts, was Alice nicht zum Guten wenden konnte.

Sie hatte am Montag mittag zu tun, ein Arbeitsessen, von denen es so viele gab. Wenn Mary und ihre Kollegen ein repräsentatives Beispiel waren, verbrachten New Yorker Verlagsleute ihr Leben mit Mittagessen. Offenbar waren französische Lektoren nicht anders. Aber er aß mit Alice zu Abend und blieb die Nacht in ihrer Wohnung. Am nächsten Morgen rief er Mike Mansour an und erklärte ihm, er würde gern noch ein paar Tage länger in Paris bleiben, zum Beispiel bis Sonntag, und fragte, ob der Bericht über Bukarest und Warschau bis zur ersten Direktoriumssitzung im Juni aufgeschoben werden könne. Der Finanzmagnat lachte kehlig und sagte, *Pas de problème*, vorausgesetzt, er habe vor, diese Tage mit der liebenswürdigen Dame zu verbringen. Schmidt bestätigte, daß es sich tatsächlich so verhalte, worauf er die Einladung, nein, den Befehl erhielt, weiter in Mikes Suite zu wohnen.

Die Frage ist, fuhr Mike fort, die Frage ist, hat sie dich jetzt so gern wie du sie?

Ich weiß es nicht mit Sicherheit, erwiderte Schmidt, aber ich hoffe es sehr.

Allmählich meinte er, es spreche einiges dafür. Ihre Hingabe in den folgenden Nächten war dermaßen schrankenlos, daß er es kaum glauben konnte und sich von ihrem Hunger ganz ausgehöhlt fühlte, einem Hunger, der wie durch ein Wunder untrennbar verbunden war mit ihrem Willen, die Lust gerecht mit ihm zu teilen. Sie liebten sich in seinem Hotel; sie zog es vor, hinterher nach Hause zu gehen, statt ihn wegschicken zu müssen, bevor er mit Madame Laure zusammentreffen konnte. Nicht daß ich ihr verbergen kann, wie es steht, fügte sie heiter hinzu, und genaugenommen fragte sich Schmidt, warum es für diese schätzenswerte Haushälterin leichter sein sollte, feststellen zu müssen, daß Alice jede Nacht um zwei Uhr oder noch später heimkam – weil sie meistens eine oder zwei Stunden in seinem Bett, mit dem Kopf auf seiner Brust schlief –, als sich mit seiner Anwesenheit beim Frühstück abzufinden. Zweimal aßen sie zusammen zu Mittag, in der Nähe ihres Büros an der Rue de l'Université, an den anderen Tagen hatte sie diese Arbeitsessen. Er nahm die Gewohnheiten seiner Studentenzeit wieder auf, die Museumsrunden, die langen Spaziergänge, die Imbisse – ein hartgekochtes Ei oder ein Sandwich an der Theke eines Cafés.

An einem der Tage, an denen Alice keine Zeit hatte, aß er auf Vorschlag von Hugh Macomber, einem jüngeren Partner, der das Pariser Büro der Firma leitete und den er kannte und schätzte, mit den Anwälten von W & K zu Mittag. Anschließend, auf dem Rückweg zum Büro, ging er mit Macomber voraus und hörte sich fragen, ob das Büro die Mandanten, die Tim Verplanck akquiriert hatte, habe halten können. Zum größten Teil, meinte Macomber, aber das sei nicht sein Verdienst, sondern seinem Vorgänger Bud Horsey zuzuschreiben, dem unmittelbaren Nachfolger Tims. Anscheinend kam es dabei sehr auf den guten Willen von Bruno Chardon an, sagte er, Chardon, das ist der Investmentbanker, Tims Kumpel, ein ziemlicher Paradiesvogel. Horsay hat sich sehr um Chardon bemüht.

Und Sie?

Ich bin eher nachlässig gewesen, erwiderte Macomber. Er paßt nicht so ganz zu uns. Ob Mandanten abwandern werden, kann man jetzt noch nicht sagen, es ist noch zu früh.

Paßt nicht zu uns, was meinen Sie damit? hakte Schmidt nach.

Ach wissen Sie, er hat etwas Schillerndes, wie ein Paradiesvogel, das habe ich schon gesagt. Molly – meine Frau, ich weiß nicht, ob Sie sich noch erinnern – hat ein ungutes Gefühl. Ich denke, wenn Sie ihm begegnen würden, wüßten Sie sofort, was ich meine, verstehen Sie, wenn Sie seinen Stil sehen würden. Lew Brenner kennt sich aus, und er hat mir gesagt, ich solle mein Bestes tun, müsse mir aber kein Bein ausreißen. Und selbst wenn ich es versuchte, würde es wahrscheinlich auch keinen großen Unterschied machen.

Verstehe, sagte Schmidt, Tims Witwe sehen Sie wohl nicht oft, nehme ich an.

Macomber schüttelte den Kopf. So gut kennen wir sie nicht.

Gegen Ende der Woche kündigte Alice eine Planänderung an. Ihr Kollege Serge Popov, der mit einem seiner Autoren auf einer Lesereise in England war, werde Freitag zurücksein und habe gefragt, ob sie an diesem Tag mittags zu dritt zusammen essen könnten.

Ist das wirklich seine Idee, sagte Schmidt, und nicht deine?

Ich kann mir nicht vorstellen, daß er einen Funken mehr Lust hat, mich zu sehen, als ich ihn, hätte er fast gesagt, aber er beherrschte sich.

Ja, es ist seine Idee, versicherte sie ihm, er hat mir erzählt, daß dein Name so viele Erinnerungen in ihm weckt. Bitte sag ja. Es wäre um ein Uhr. Oh, und noch etwas. Der Freundin meines Vaters geht es nicht gut, und er ist sehr besorgt. Ich muß Freitag nachmittag nach dem Lunch zu ihm hinunterfahren.

Das tue ihm doppelt und dreifach leid, sagte er, leid für ihren Vater, für die Dame und seinetwegen. Er werde dann auch am Freitag abreisen, den späten Flug nach New York nehmen, wenn er noch einen Platz bekomme. Sie saßen beim Essen im Innenhof seines Hotels, der Abend war schön, und sie hatten gerade den Nachtisch verzehrt, die ersten Walderdbeeren der Saison, wie sie ihm erklärte. Daß er von seinem Aufenthalt den Sonntag und den größten Teil des Samstags abschneiden mußte, machte ihn traurig, eine irrationale Reaktion, sagte er sich und wandte sich wieder den Plänen zu, an denen er gearbeitet hatte. Ob es ihr lieb wäre, wenn er in einem Monat wiederkäme, würde sie dann dasein?

Sie nickte. Ja, das wäre mir sehr lieb.

Und würdest du mich im Sommer in Bridgehampton besuchen? Dort Ferien machen? Jederzeit – und solange du bleiben kannst. Am besten für immer!

Etwas wie ein leichter Wolkenschatten glitt ihr übers Gesicht.

Ich weiß nicht, antwortete sie. Vielleicht muß ich hierbleiben, um meinem Vater und Janine zu helfen. So heißt seine Freundin. Die andere Sache ist, daß ich hoffe, Tommy begreift, daß sein Großvater jetzt sehr alt ist, und besucht ihn deshalb. Wenn es dazu kommt, möchte ich mit ihnen zusammensein. Laß uns im Juni darüber reden, wenn du wieder hier bist. Bis dahin müßte alles viel klarer sein.

Salve, Schmidtie! Ein Mann, der Popov sein mußte, da er sich von dem Tisch erhob, an dem er mit Alice saß, ging auf Schmidt zu und streckte die Arme aus, um ihn an sich zu ziehen. Wie lange ist es her seit unseren Anfängen im College? Fünfundvierzig Jahre! Du hast dich nicht verändert, alter Gauner! Das gleiche rote Haar und die gleiche griesgrämige Miene.

Der Umklammerung, die von einem slawisch klingenden Grunzen begleitet war, konnte er sich nicht entziehen, aber als Popov ihm die Wange oder den Mund hinhielt, wie immer diese Geste zu interpretieren war, duckte Schmidt sich weg, gab Alice einen Wangenkuß, setzte sich und musterte seinen Gastgeber. Dünner war er geworden und gebeugter, das Haar, ehemals von einem mit Brillantine verkleisterten Braun, war jetzt grau und spärlich, aber der speckige schwarze Zweireiher, der, wie Schmidt meinte, nach einem chemischen Reinigungsdienst schrie, war eine Nachbildung des Kleidungsstücks, das Popov als Collegestudent tagein, tagaus getragen hatte. Nichts davon war überraschend; Schmidt malte sich aus, mit welcher Schadenfreude Popov seinerseits registrieren mochte, was die Jahre Schmidt angetan hatten, vorausgesetzt, Popov machte sich die Mühe, genau hinzusehen und sich zu erinnern. Popov bestellte, leerte sein Weinglas, füllte es wieder und überschüttete Alice mit einem rasanten, nur von seinem glucksenden Lachen unterbrochenen Strom von Anekdoten über den Autor, den er auf der Lesereise begleitet hatte, und alle möglichen anderen Literaten und Verlagsleute, die er immer nur beim Vornamen nannte. Schmidt war von der Unterhaltung ausgeschlossen, er nahm es gelassen hin. Es war nicht viel anders als in den alten Zeiten die Plaudereien zwischen Mary und ihrem Verleger und befreundeten Agenten. Vermutlich hatte Alice Popov seit seiner Rückkehr am Tag zuvor noch nicht gesehen, war völlig gefesselt von seinen Erzählungen und versuchte deshalb nicht, Schmidt ins Gespräch zu ziehen. Auch das war ihm sehr recht. Daß er seinen Lauchsalat in Ruhe verzehren konnte, war mehr, als er erwartet hatte. Als aber sein geräucherter Schellfisch auf den Tisch kam, endete die Atempause.

Popov drehte den Kopf zum erstenmal in seine Richtung und verkündete: Du bist ein einflußreicher Philantrop geworden. Allerhand für einen Rechtsanwalt!

Wie diese Bemerkung gemeint war, wußte Schmidt nicht genau, fand sie aber kränkend. Egal, er würde sich nicht reizen lassen.

Ich habe nicht viel Einfluß, sondern nur das Glück, daß mein Nachbar Mike Mansour kürzlich beschlossen hat, mir einen Job zu geben. Du weißt es vielleicht nicht, aber ich habe mich vor ungefähr drei Jahren, nachdem meine Frau gestorben war, aus der Kanzlei zurückgezogen.

Was für ein Verlust, rief Popov. Diese brillante Mary Ryan, so hieß sie am Radcliffe, das war ihr Mädchenname! Mary Ryan, Lois Witherspoon und Ginny Burbank: drei Zimmergenossinnen, ach, eine schöner und intelligenter als die andere! Ich wette, Schmidtie, du hast nicht gewußt, daß ich mit ihnen eng befreundet war. Sie kamen drei Jahre nach uns aufs College, aber ich ging mit ihnen aus. Jüngere Frauen habe ich schon immer gemocht.

Hier sah er Alice an und schlug ihr spielerisch auf den Arm.

Ich glaube nicht, daß du Mary auf dem College kanntest, aber ich habe sie gut kennengelernt, fuhr er fort. Du, mein Freund Gil Blackman, mein Mitbewohner Kevin, ihr seid alle nach dem Examen weggegangen, aber ich bin geblieben und habe weiterstudiert. Als ich etliche Jahre danach ins Verlagswesen ging, haben Mary und ich die Verbindung wiederaufgenommen. Natürlich! Was war sie für ein Energiebündel! Niemand im amerikanischen Verlagswesen konnte ihr das Wasser reichen.

Das habe ich auch immer gehört, erwiderte Schmidt.

Er spürte, wie sich freundlichere Gefühle für Popov in ihm regten. Es tat gut, daß er Mary vor Alices Ohren rühmte.

Ah ja, und welch schöne Zeiten hatten wir auf der Frankfurter Buchmesse!

Popov schnalzte mit der Zunge und rollte die Augen. Nach einer kurzen Pause redete er weiter.

Ich habe Alice aus einem besonderen Grund gebeten, uns zusammenzubringen. Der Grund ist dein Nachbar und Arbeitgeber Mr. Mansour. Wir, eine Gruppe von Verlagsleuten, finden es an der Zeit, einen prestigeträchtigen wichtigen Preis für die beste Prosaarbeit und das beste lyrische Werk in arabischer Sprache zu stiften, der jährlich verliehen werden sollte. Die Jury wäre von höchster Qualität. Wir denken, Mr. Mansour könnte für ein solches Projekt ein offenes Ohr haben, da er ja selbst aus dem Nahen Osten stammt, und du wärst der Richtige, es ihm vorzustellen.

War das der Grund für dieses Mittagessen? fragte sich Schmidt. Wenn es sich so verhielt und wenn Popov und seine Freunde bis jetzt noch nicht von sich aus versucht hatten, Mike anzusprechen, mußten sie an die Kraft des Wunschdenkens glauben. Was sonst hätte dazu geführt, daß er und Schmidt, der durch Zufall Kontakt mit Mike hatte, und Alice, die Popovs Kollegin war, zufällig zusammenkamen?

Es ist nicht unmöglich, daß Mansour daran interessiert wäre, erklärte er Popov. Er liest ziemlich viel, auch wenn es sich dabei nicht um Belletristik handelt. Wenn ihr einen Vorschlag habt, solltet ihr den an seinen Berater Paul Holbein schicken. An die Adresse der Hauptverwaltung von Mansour Industries. Da dies nicht in den Bereich der Stiftungsarbeit fällt, würde Mike einen solchen Vorschlag nicht mir, sondern Holbein zur Beurteilung weiterreichen, bevor er ihn selbst ansähe. Ich will gern beiden einen Hinweis geben, daß du mit mir gesprochen hast.

Das ist sehr freundlich von dir, sagte Popov. Ich habe noch ein anderes Anliegen oder auch eine Frage. Alice hat mir von den Büros der Stiftung erzählt, die du aufgesucht hast. Warum gibt es keins in Sofia, in Bulgarien? Du weißt es vielleicht nicht, aber ich habe eine hochwichtige Beziehung zu Bulgarien, und ich verstehe dieses Versäumnis als eine Kränkung.

Schmidt zog die Brauen hoch.

Ein Grund dafür ist das Ausmaß der Korruption in Bulgarien. Die Stiftung gründet keine Schulen, Denkfabriken oder Universitäten. Sie gibt bestehenden Institutionen Geld und arbeitet mit ihnen zusammen. Fungiert als Ratgeber. Finanziert Gastaufenthalte ausländischer Wissenschaftler und Politiker und ermöglicht führenden Köpfen oder potentiellen führenden Politikern aus dem Inland Besuche in den Vereinigten Staaten. Manchmal organisiert sie Seminare und Vorträge. Wir fürchten, das Risiko ist hoch, daß Geldzahlungen an bulgarische Institutionen praktisch in jedem Fall gestohlen werden.

Das ist eine Kränkung. Popov war laut geworden.

Du hast gefragt, sagte Schmidt, also gebe ich dir Antwort.

Popov sah ihn finster an: Denkst du etwa, es ist dort schlimmer als in Rumänien oder Ungarn, wo ihr Büros habt?

Die Unterschiede sind graduell, aber ja, man hat uns gewarnt, daß es schlimmer sei.

Das kränkt mich, wiederholte Popov.

Schmidt bemerkte Alices Hand auf Popovs Ärmel. Falls sie ihn beschwichtigen wollte, war ihre Mühe umsonst.

Du weißt vielleicht nichts von meiner Lebensgeschichte, fuhr Popov fort.

Ich weiß nur, daß du in Bulgarien geboren bist und irgendwann im Krieg oder danach fliehen mußtest oder vertrieben wurdest.

Gar nichts weißt du, erklärte Popov. Mein Vater war der letzte Justizminister unter Zar Boris III., dem heroischen Herrscher, der von den Deutschen ermordet wurde, weil er nicht zuließ, daß sie bulgarische Juden nach Auschwitz schickten. Der Vater meines Vaters war bis zu seinem Tod Haushofmeister Seiner Majestät. Mein Großvater starb im eigenen Bett in seinem eigenen Palast an Altersschwäche, aber mein Vater wurde zusammen mit

Prinz Kyrill, dem Bruder des Zaren, anderen Mitgliedern des Regentschaftsrats und hochrangigen Patrioten von den Kommunisten ermordet. Ich hatte das Glück, Ihre Majestät, die Zarina, ins Exil begleiten zu dürfen. Meine Ausbildung im Internat und in Harvard wurde dank ihrer Gnade aus der königlichen Schatulle bezahlt. Ich bin Zar Simeon II. in persönlicher Freundschaft verbunden. Er ist jünger als ich, aber wir kennen einander von Kindesbeinen an. Ich finde deine Diskriminierung meines Geburtslandes untragbar.

Er hatte einen finsteren, überheblichen Ausdruck im Gesicht, der Schmidt wieder die zum Glück seltenen Gelegenheiten in Erinnerung rief, da Popov unerwartet in Schmidts und Gil Blackmans gemeinsamer Wohnung im College aufgetaucht war und sich in jede beliebige Diskussion über Politik und neue europäische Geschichte stürzte, die gerade stattfand. Sein Akzent war fast unverändert: Er hatte ein Element, das nicht genau zuzuordnen war, aber irgendwie slawisch klang, und jetzt, da er in Frankreich lebte und vermutlich meistens Französisch sprach, kam ein gallischer Akzent dazu. Auch das Gurgeln, das seine Ausbrüche von Eloquenz, Zorn oder Heiterkeit schon damals begleitet hatte, war unverändert.

Das ist eine sehr eindrucksvolle und natürlich sehr traurige Geschichte, erwiderte Schmidt. Ich kann nur hoffen, daß du deine Verbindungen in Bulgarien nutzen kannst, um mitzuhelfen, daß das Land besser verwaltet wird – jetzt, da es nicht mehr unter kommunistischer Herrschaft ist.

Auch sonst hast du keine Vorstellung von meiner Geschichte, sonst würdest du nicht so fröhlich vorschlagen, daß ich mich der bulgarischen Politik verschreibe. Im College und beim Graduiertenstudium und auch, als ich der Herausgeber von *Currents* wurde, hatte ich Hoffnungen darauf gesetzt. Daß du ein Leser dieser Zeitschrift warst, ist wohl nicht anzunehmen.

Schmidt bestätigte, daß er leider nicht zu den Lesern gehört habe.

Das wundert mich nicht. Dann weißt du auch nicht, daß diese richtungsweisende Zeitschrift in den USA und Westeuropa entscheidenden Einfluß auf das politische Denken in den intellektuellen Milieus hatte. Aber nicht lange nachdem ich die Leitung dieser Zeitschrift übernommen hatte, lernte ich meine Frau kennen. Sie stammt aus einer Familie, die zum französischen Hochadel gehört, und für sie kam es nicht in Betracht, sich in den Vereinigten Staaten niederzulassen, wohin *Currents* aufgrund von Finanzierungserwägungen zurückkehren mußte. Sie fand die Philistermentalität und das kleinbürgerliche Denken von neunundneunzig Prozent deiner Landsleute unerträglich. Ich sehe mich gezwungen, dem hinzuzufügen, daß auch ich diese Mentalität immer weniger ertrug. So geschah es, daß ich mich in die Welt der französischen Verlage begab, in der du mich jetzt findest. Zu unserem Unglück traf uns zudem bald ein Schicksalsschlag, der meine Möglichkeiten, meinem Land zu dienen, noch weiter einschränken sollte. Meine Frau war eines der letzten Opfer einer Polioepidemie. Tanny LeClercq erkrankte 1956 an Kinderlähmung, meine Solange 1959, kurz nach der Geburt unseres zweiten Sohnes. Gelähmt von der Taille abwärts.

Das bedaure ich zutiefst.

Popov schnaubte verächtlich. Ja. Natürlich wirst du jetzt, da wir uneins über Bulgarien sind und da du erkannt hast, wie falsch du meine Stellung beurteilt hast, mein Projekt, einen Literaturpreis für Dichtung aus dem Nahen Osten zu stiften, nicht mehr unterstützen.

Weit gefehlt, sagte Schmidt.

In der Geschichte der Menschen und der Nationen gibt

es eine Kontinuität, fuhr Popov fort. Ressentiments spielen eine Rolle. Wilhelm II. Churchill. De Gaulle. Auch ich bin es gewohnt, Ressentiments ausgesetzt zu sein. In der Schule und dann auf dem College. Versuch nicht, es abzustreiten. Ich habe den Kopf zu hoch getragen, ich war mir meiner wirklichen Position, die den Anschein so weit übertraf, zu sehr bewußt.

Er versank in noch tieferen Trübsinn.

Alice, die bis dahin geschwiegen hatte, sagte energisch: Wir müssen jetzt wirklich gehen.

Sie rief den Kellner und zahlte zu Schmidts Überraschung die Rechnung. Popov war derjenige, der Alice und ihn zum Essen eingeladen hatte, die Verabredung war so eindeutig gewesen, daß Schmidt auf Widerspruch verzichtete.

Sie trennten sich auf der Straße und gingen in verschiedene Richtungen, Schmidt wollte zuerst zu dem Geschäft in der Rue de l'Université, in dessen Schaufenster er ein Babyoutfit gesehen hatte, das genau das richtige Geschenk für den kleinen Albert sein mochte, und dann zu dem Hemdenmacher an der Place Vendôme, wo er vielleicht eine oder zwei Krawatten kaufen würde. Für den großen Albert, flüsterte er. Aber nach wenigen Metern drehte er sich um. Er wollte noch einmal wenigstens einen flüchtigen Blick auf Alice werfen. Und er sah sie. Sie und Popov gingen eilig in Richtung der Rue du Bac und hatten einander die Arme um die Taillen gelegt, nur daß Popovs Hand in Wirklichkeit tiefer gerutscht war. Er tätschelte Alices Hintern und erkundete durch ihr Sommerkleid hindurch das Gewicht ihrer Pobacken. Lots Weib wurde zur Salzsäule, als sie auf Sodom zurückschaute. Dieses Schicksal blieb Schmidt erspart. Aber Alice drehte den Kopf in seine Richtung, vielleicht, weil sie spürte, daß seine Augen auf ihr ruhten. Sie zog die Brauen hoch, wie um seinen Blick zu erwidern, und lächelte mit einer komischen Grimasse, hilflos. Er lächelte zurück, biß die Zähne zusammen und ging weiter, um seine Einkäufe zu erledigen.

Als er am Flughafen Roissy ankam, hatte er noch reichlich Zeit. Viertel vor sechs, und der Abflug war um sieben. Alices Flug nach Nizza ging um fünf Uhr von Orly. Vielleicht betatschte dieser Tropf Popov die Hinterteile aller seiner Kolleginnen und Kollegen. Und was hatte das mit Schmidt zu tun! Alices Telefonnummer in Antibes hatte er nicht, und selbst wenn er sie hätte, würde er wohl nicht wagen, sie im Haus ihres Vaters anzurufen, da er ja wußte, daß die Freundin des alten Herrn krank war. Alices Pariser Nummer mußte er wählen und eine Nachricht in seinem besten Französisch hinterlassen: *je t'aime follement*; das war die Lösung. Die Verbindung kam zustande. Er hörte den ersten Klingelton und dann den zweiten und dann Alices Stimme. Verblüfft legte er den Hörer auf. Hatte sie ihren Flug verpaßt? Hatte sich die Lage in Antibes verändert? Wie dumm von ihm, aufzulegen, statt mit ihr zu sprechen. Er wählte noch einmal. Die Leitung war besetzt und blieb besetzt bis zur letzten Minute, als die Passagiere der ersten Klasse zum Einsteigen aufgerufen wurden.

Wie immer schlief er beim Start ein. Es war ein Tick, die Reaktion seines hilflosen Körpers, der, auf einen Sitz festgeschnallt und hochgehoben, in einen infantilen Zustand versetzt wurde. Das muntere Gerede der Erfrischungen anbietenden Stewardeß weckte ihn. Das Flugzeug hatte seine Reiseflughöhe erreicht, und der Lautsprecher meldete, daß die Passagiere sich nun frei in der Kabine bewegen könnten. Schmidt entschied, die *Herald Tribune* könne warten, obwohl er den ganzen Tag noch nicht hineingesehen hatte. Er nippte an einem Bourbon, verschlang die Nußmischung so heißhungrig, als hätte er nicht zu Mittag gegessen, und dachte über den fehlgeschlagenen Anruf nach. Alle plausiblen Erklärungen, die er fand, erschienen ihm gleich möglich oder unmöglich. Er würde am nächsten Tag versuchen, sie zu erreichen – am Samstag nachmittag ihrer Zeit –, und eine Nachricht hinterlassen, ihr erklären, daß er in seiner Überraschung wie ein Dummkopf den Hörer aufgelegt habe, statt sie zu fragen, ob etwas passiert sei, und daß er sie danach nicht mehr habe erreichen können. Sie würde zurückrufen, wenn sie diese Nachricht abgehört hatte. Noch am selben Tag, wenn sie in Paris war, oder am Sonntag, wenn sie aus Antibes zurückkam.

Gegen seinen Willen kehrten seine Gedanken zu dem Intermezzo mit Pani Danuta zurück. Ein Riesenfehler. Wie sollte er sicherstellen, daß es ein Intermezzo blieb? Das war das eine. Sie hatten sich in schönster Harmonie getrennt. Würde sie nicht erwarten, daß sich die wodkatriefende Orgie *à deux* bei seinem nächsten Besuch im Warschauer Center wiederholte? Wie würde sie reagieren, wenn er sich ihr entzog? Würde ein gehässiger Bericht bei Mike Mansour eintreffen? Er vermutete, der Finanzmagnat und Bonvivant würde über die Eskapade seines wählerischen WASP-Angestellten lachen, aber Mikes Stimmungen waren nicht vorhersehbar, und selbst wenn Mike gelassen reagierte, würde Schmidts idiotisches Benehmen dadurch nicht richtig oder weniger idiotisch. Richtig wäre gewesen, diese Sexbesessene gleich nach dem Spaziergang im Łazienki-Park nach Hause zu bringen oder zu schikken. Das andere war die Frage, welche weiter gehenden Folgerungen aus dem Geschehenen zu ziehen waren, was es über ihn verriet. Hatte er je nein zu einer Frau gesagt, die sich ihm anbot? Ja, wenn die Transaktion mit einer Geldzahlung verbunden war; ansonsten konnte er kein Beispiel für eine nicht genutzte Gelegenheit anführen, vielleicht abgesehen von den koketten Offerten alter Schach-

171

teln in den Hamptons, verwelkter Witwen von Schriftstellern oder Lektoren oder Literaturagenten. Schon vor dem Gedanken an einen Körperkontakt auch mit den besterhaltenen Exemplaren war er zurückgeschreckt. Davon abgesehen, war das Muster immer das gleiche, ob er sich mit der Studentin eingelassen hatte, die er an der Westküste anwarb, mit der Babysitterin Corinne, mit seiner Hekate Carry, mit Alice – ja, Alice – oder jetzt mit Danuta. Die Fanfare ertönt, und Schmidt springt in den Sattel. Hatte er zuwenig Selbstgewißheit, um von sich aus den ersten Schritt zu wagen, und verlor er deshalb den Kopf, sobald eine Frau signalisierte, daß sie zugänglich sei? Oder lag es einfach an seiner unverminderten Lust auf Sex mit neuen Partnerinnen, einer Neugier, über die er nicht hinausgewachsen war? Er meinte, er könne sich bezähmen, wenn er mit Alice leben würde, sonst aber nicht. Ließ sich eine moralische Unterscheidung zwischen dieser »Neugier« und Tim Verplancks Homosexualität treffen, die bewirkte, daß Schmidts Verhalten für Alice weniger abstoßend wäre? Er wußte es nicht genau. Bewiesen seine Eskapaden mit Danuta, daß er Alice mit seinen Liebesschwüren getäuscht hatte? Ihm erschien ein solcher Schluß nicht zwingend. Er liebte Alice oder kam der Liebe zu ihr so nahe wie in seinem Alter möglich. War das wirklich wahr? Kannte er sie nicht zu kurz und zu wenig, um mehr als betört von ihr zu sein? Den Einwand konnte er entkräften. Die Erfahrungen eines ganzen Lebens sagten ihm, daß sie fantastisch war. Wenn er sie sechs Monate länger gekannt hätte, wäre dieses Urteil nicht anders ausgefallen.

Auch ein praktisches Problem ließ Zweifel an seiner Vertrauenswürdigkeit aufkommen. Sie war so viel jünger als er! Er hatte sie in verschiedenen Formulierungen darum gebeten, ihr Leben mit dem seinen zu verbinden. Wie konnte er die mit seinem Alter verbundenen Nachteile und Risiken ignorieren: das unvermeidliche Nachlassen seiner Potenz, die Krankheiten, die ihn womöglich treffen und behindern würden, die an Gewißheit grenzende Wahrscheinlichkeit, daß er als erster sterben würde? Sie würde zum zweiten Mal Witwe werden, und das in einem Alter, da es schwieriger als jetzt sein würde, einen Mann zu finden, mit dem sie ihr Leben teilen wollte. Dagegen waren andere Gesichtspunkte anzuführen, die diese Nachteile aufwogen: etwa sein Interesse an Frauen, das ihm lebendiger vorkam als das vieler Männer in Alices Alter, seine ausgezeichnete Gesundheit, die solche Krankheiten und Schwächen hinausschieben oder abwehren konnte, sein mäßiges, aber durchaus hinreichendes Vermögen, das, solange er noch da war, ihnen beiden ein komfortables Leben sichern müßte, und anschließend ihr. Sein Lebensstil würde ihr sicher gefallen. Das Ostende von Long Island und Manhattan: keine schlechte Kombination. Auf der anderen Seite der Bilanz stand das Opfer, das sie bringen müßte, wenn sie aus Paris wegzog, obwohl er selbstverständlich gern bereit war, dort soviel Zeit zuzubringen, wie sie wünschte. Er hatte versucht, diese Sorgen gründlich und sachlich mit ihr zu erörtern. Aber immer, wenn er über ihrer beider Zukunft redete, wurde sie ungeduldig. Sie seufzte und sagte zum Beispiel: Schmidtie, warum müssen wir uns darüber unterhalten? Wir haben es sehr gut zusammen, reicht das nicht? Das einzige Mal, als sie bereit schien, ihm zuzuhören, erklärte sie ihm, alle diese Bedenken seien real, aber keines davon würde ihr im Weg sein. Aber dabei blieb sie stehen: beim Konditional. Sie würden ihr nicht im Weg sein, falls sie sich entscheiden sollte, seinen Antrag anzunehmen. Aber offensichtlich war sie dazu noch nicht bereit.

Er wünschte sich, Gil stünde ihm zur Seite und könnte ihm helfen, dieses Knäuel zu entwirren.

X

Als er an diesem Freitag abend spät zu Hause in Bridgehampton ankam, war keine Nachricht von Alice da. Er fand allerdings eine am Nachmittag aufgenommene Nachricht von Charlotte, und auf dem Küchentisch, neben einer Vase voller weißer und rosa Pfingstrosen aus seinem Garten, lag eine Notiz von Carrie mit den Worten, Willkommen Schmidtie, wir haben eine Neuigkeit für dich. Es war ein paar Minuten nach Mitternacht, viel zu spät, um Charlotte zurückzurufen. Im Poolhaus und in Bryans Appartement über der Garage war kein Licht. Wenn Bryan am Flughafen gewesen wäre, hätte er ihm Carries Neuigkeit erzählt, es sei denn, es sollte eine Überraschung sein, und sie hätte ihm befohlen zu schweigen. Aber er war nicht von Bryan, sondern von einem der Chauffeure Mike Mansours mit dem gewaltigen grauen SUV des Sicherheitsdienstes abgeholt worden. Die Neuigkeit und der Anruf bei Charlotte würden bis zum Morgen warten müssen. Sy saß auf dem Küchentisch, himmelte ihn an und klopfte ihm auf den Ärmel. Das war eine Botschaft, die Schmidt nie mißverstand. Sie bedeutete: Ich will was zu fressen, jetzt gleich!

Er stand früh auf und war sicher, daß Carrie und Jason trotz Samstag auch schon auf waren. Die Arbeit in der Marina fing um acht Uhr an. Er frühstückte, legte dann die *New York Times* beiseite und wollte gerade zu ihnen hinübergehen, da kamen die beiden. Er hatte Carrie seit drei Wochen nicht mehr gesehen. Der Hügel unter ihrem Paisley-Top war zu einem Berg geworden. Und ihre Schönheit hatte in einem Ausmaß zugenommen, das er übernatürlich fand. Wann war sie Kellnerin im O'Henry's gewesen, vor fast vier Jahren? In diesem Steak- und Hamburgerhaus am Ort, in dem sie ihm seine Mahlzeiten serviert und ihn, wenn sie am späten Abend müde war, an Picassos »Büglerin« erinnert hatte. Picasso hatte nie eine Madonna gemalt. Hätte er es versucht, bevor ihn der Drang zu Neuem in der Kunst darauf brachte, Gesichter und Körper in Teile aufzuspalten, dann wäre daraus vielleicht ein Ebenbild Carries geworden, wie sie jetzt aussah. Auch Bellini hätte sie so abgebildet, wenn er sich in ein Mädchen von der Straße mit olivenfarbener Haut verliebt hätte, das schwanger mit dem Kind eines unbekannten Vaters war und das er eingeladen hatte, ihm in seinem Atelier Modell zu stehen. Wessen Pinsel hätte den strahlenden Jason neben ihr, den blonden Berg, gemalt? Norman Rockwells natürlich! Porträt eines jungen Gleisarbeiters in seinem Overall, auf dem Weg zu seiner Tagesarbeit nach einem Hurrikan.

Hey, Schmidtie, rief sie nach einer Umarmung: große Neuigkeit! Jay und ich sind rechtmäßig verheiratet. Letzten Freitag morgen waren wir in Riverhead und haben es getan! Das ist ein Ding, oder? Bryan und eins von den Mädchen aus dem O'Henry's waren die Trauzeugen.

Das ist eine wichtige, wunderbare Neuigkeit, ich freue mich so für euch. Er umarmte Carrie noch einmal und schüttelte Jason noch einmal kräftig die Hand. Nur hätte ich euch doch gern ein Hochzeitsessen ausgerichtet!

Wir wollten nicht, daß du das machst, sagte Carrie, so viel Schererei. Deshalb haben wir's heimlich hinter uns gebracht, als du weg warst.

Carries außerordentlicher Takt: In Wahrheit hatte Schmidt sich den Kopf zerbrochen, was er veranstalten sollte, wenn diese zwei endlich heirateten. Einen Empfang auf dem Rasen nach einer Trauung am Morgen? Etwas im Haus oder unter einem Zelt, wenn sie am Abend stattfand? Sollte er eine Band engagieren oder einen DJ oder ganz auf Musik verzichten? Und vor allem, wen sollte er einladen? Carries Eltern, Mr. Gorchuk, den Angestellten der Schulbehörde, und Mrs. Gorchuk, die puertoricanische Köchin mit den geschwollenen Beinen, Jasons Vater und Mutter, Mr. und Mrs. McMullen aus Nova Scotia, Mike Mansour und Gil und Elaine Blackman, Mikes Wachleute, wenigstens die, deren Dienste in Mikes Haus vorübergehend entbehrlich waren, die jungen Leute aus dem O'Henry's, und wen sonst? Vielleicht Jasons Kumpel von der New Yorker Polizei, wenn er noch Kontakt zu ihnen hatte. Eine seltsame Gruppe und ein seltsamer gesellschaftlicher Anlaß! Jetzt wurde ihm diese Mühe erspart. Blieb Klein Alberts Taufe. Er sollte Taufpate sein? Würde man von ihm erwarten, daß er einen Empfang gab? Vermutlich für dieselben Leute?

O Carrie und Jason, erwiderte er, ich hätte so gern hier auf meinem Rasen mit euch gefeiert.

Bei dieser halben Lüge überfiel ihn die Erinnerung an Charlottes Hochzeit und ihre in seinen Augen grausame und dumme Entscheidung, das Fest in einem Restaurant in Tribeca zu feiern statt in dem Haus, in dem sie aufgewachsen war. Er brauchte einen Moment, bis er sich wieder gefaßt hatte.

Es ist zu früh am Morgen, um über solche Dinge zu reden, aber ich möchte euch ein ordentliches Hochzeitsgeschenk machen. Hör zu, Jason. Du bist der Praktische in der Familie. Überleg du, was am besten wäre, und laß es mich wissen. Keine Grenze nach oben.

Hier war er endlich zu hundert Prozent ehrlich.

Mann, danke, Schmidtie, sagte Jason.

Er hätte vielleicht mehr gesagt, aber Carrie schaltete sich ein. Wir könnten Geld gebrauchen, Schmidtie, das neue Haus, der kleine Albert, die Marina, das ist wie ein Gully. Das Geld fließt rein, und raus kommt fast nichts.

Ist so gut wie erledigt, sagte Schmidt.

Hey, wir haben noch mehr Neuigkeiten. Der kleine Albert! Der Doktor will, daß er am 15. kommt. Er denkt, ich hätte mich vielleicht mit dem Termin verrechnet, weil der Kleine schon so groß und so weit entwickelt ist. Sie lachte und gab Schmidt einen Schubs mit dem Ellbogen.

Wieder überschwemmte ihn eine Woge von Gefühlen. Weil das Baby fast da war, weil die Vaterschaft des blonden Wikingers, der sich die Tränen mit dem Ärmel abwischte, um so weniger sicher war, je weiter der Zeitpunkt der Empfängnis zurücklag. In dem Fall – nein, daran wollte er jetzt noch nicht denken. Lieber abwarten, bis das Baby kam, dann würde sich zeigen, wem es ähnelte. Ganz unverfänglich und offiziell erklärte er: Ich bin so froh, daß ich wieder hier bin und daß ich vor Juni nirgendwohin verreise. Hoch sollen sie leben, Albert, Mama und Papa und der Doktor!

Schmidtie, das ist noch nicht alles, erwiderte Carrie. Wir haben den Vertrag für das Haus in East Hampton unterschrieben. Die Übergabe ist in acht Wochen, damit die Leute, die dort wohnen, Zeit zum Ausziehen haben, und die Kumpels können dann gleich danach mit den Arbeiten anfangen. Du hast uns noch vor dem Labor Day vom Hals!

Vom Hals! Niemals! Meine Tür steht euch immer offen, wenn ihr hier seid, ist dies euer Zuhause.

Sie sagten, es sei Zeit für die Marina, und er begleitete sie zum Hauseingang. Er hielt ihnen die Tür auf und sah zu, wie sie in Jasons Pickup stiegen. Seine Wahlfamilie: seine junge Mätresse, der blonde Riese, der sie ihm redlich und mit Recht weggenommen hatte, und das geheimnisumwobene Kind, das jetzt auf die Welt kommen sollte.

Neun Uhr. In einer halben Stunde konnte er Charlotte ohne Risiko anrufen. Er schenkte sich noch einen Kaffee ein und fing an, die Post durchzusehen. Neunzig Prozent gehörten in den Papierkorb. Der Rest waren Rechnungen, die er beiseite legte, ebenso wie seine Kontoauszüge und die Mitteilungen von seinen beiden Anlageberatern, die anscheinend immer mehr Berichte über die jetzige und zukünftige Wirtschaftslage verschickten. Aus Pflichtgefühl überflog er sie. Was für eine Papierverschwendung! Jeder Leser der *Times* wußte, daß George Bush seinem Nachfolger Clinton ein Desaster hinterlassen hatte, das die Republikaner offenbar noch mit allen Mitteln verschlimmern wollten, aber die Anlageberater brachten es fertig, das Gute in ihren Betrügereien zu sehen. Natürlich waren ihre Kunden nicht alle solche Eigenbrötler wie Schmidtie, der seiner gesellschaftlichen und ökonomischen Klasse abtrünnig geworden war. Die armen Kerle mußten ihrem Publikum Zucker geben. Das Land hatte wirklich Besseres verdient als diesen dümmlichen Bush mit seiner dümmlichen Persönlichkeit und seinen dummen Angewohnheiten. Offenbar war es leichter, das Land zum Narren zu halten als die eigenen Mitschüler. Schmidt kannte Leute, die, älter als er, gleichzeitig mit Bush in Andover gewesen waren und bestätigen würden, daß er schon damals ein Scheusal war. Trotzdem fand Schmidt es beunruhigend, daß er es so eilig hatte, ein Urteil zu fällen und Menschen zu verdammen. Dieser dümmliche Bush. Dieser widerwärtige Popov. Warum war Popov eigentlich so widerwärtig, schon damals auf dem College und bis heute?

Daß Popov Bulgare war, half natürlich nicht weiter. Schmidt wußte nichts über Bulgaren, konnte sie aber nicht leiden. Sie waren ein rückständiges Volk, glaubte er, ganz durchdrungen von ihrer östlichen orthodoxen Religion, sie schrieben kyrillische Buchstaben und hatten bärtige ungewaschene verheiratete Priester im Überfluß. Was konnte unattraktiver sein? Popov paßte genau ins Bild. Er hatte auch etwas Ungewaschenes, damals wie jetzt. Zum Beispiel dieser schwarze Anzug, mit dem er zu einer Zeit herumgelaufen war, als kein Mensch am Harvard College einen Anzug trug, außer zu Beerdigungen oder Hochzeiten, und selbst dann kein so scheußliches zweireihiges Teil wie Popov, mit Hemden von zweifelhaftem Weiß, einer schmalen, strickartigen, ausgefransten Krawatte und einem häßlichen roten Einstecktuch. Spielte das eine Rolle? Nein, aber es störte Schmidt. Die zwei, drei Anzugträger, die er mochte und achtete, waren goldhaarige, mit einem goldenen oder silbernen Löffel im Mund geborene Jungen. Stieß ihn Popovs sichtliche Armut ab? Nein, es waren eher das teigige, weiße Gesicht und die offenkundig mangelnde persönliche Hygiene. Na gut, er war schlampig, und sein Mitbewohner Bill, Gils Freund, war noch schlampiger gewesen. Ja, aber wer war Schmidt? Ein Wächter über die Kleiderordnung oder eine Hausmutter, die die Fingernägel ihrer kleinen Schutzbefohlenen kontrollierte? Nein, dahinter steckte mehr. Popov hatte ihn verunsichert, er führte Reden, die für Schmidt zu kompliziert waren, ließ ihn seine Überlegenheit als hochkultivierter Europäer spüren – als Europäer aus einer mächtigen Familie, eine Tatsache, die Schmidt damals nicht unbekannt gewesen war –, spielte seinen Vorteil gegenüber einem Amerikaner aus, der frühestens im Sommer nach seinem zweiten Collegejahr nach Europa reisen konnte, von Ballett und Oper keine Ahnung hatte und, was für Popov und seinen Schauspieler-Mitbewohner noch anstößiger war, tatsächlich glaubte, daß Truman mit dem Krieg gegen Korea das Richtige getan hatte und daß Eisenhower kein Schwachkopf war. Gil, der jüdische Wunderknabe aus Brooklyn, verfügte bereits über die unerläßlichen liberalen Ideen einschließlich der durch nichts zu erschütternden Überzeugung, daß Alger Hiss unschuldig war, er spielte Klavier, hatte einen Plattenspieler und einen Stapel Opern-LPs mit nach Cambridge gebracht und war schon zweimal in Europa gewesen. Gils Vater war Chirurg und seine Mutter Modeschöpferin, und ihr Brooklyn war nicht irgendwo in East New York, sondern ein Brownstone Haus in Brooklyn Heights. Schmidt wußte genau, warum er keinen schäbigen Neid auf Gil spürte, warum er ihm nichts übelnahm: Er hatte für Gil geschwärmt wie ein Schuljunge, der spät erwachsen wird, und daran hatte sich nicht viel geändert. Eines war sicher: Ohne diesen Zusatz aus Mißgunst und schuldbewußter Neugier wäre seine Abneigung gegen Popov nicht so scharf und gehässig ausgefallen.

Halb zehn. Er rief Charlotte an. Es klingelte dreimal, und schon hörte er ihre Stimme, eine denkwürdige Neuheit in seiner Telefonkommunikation mit ihr.

Dad, wo warst du?

Wann, gestern?

Ja, ich habe dreimal angerufen und schließlich eine Nachricht auf den Anrufbeantworter gesprochen.

Genau gesagt, in einem Flugzeug auf dem Rückweg von Paris. Ich war wieder kurz auf Reisen. Aber ich hatte dir vorher einen Brief mit meinen Reisedaten geschickt.

Den hat einer von uns offenbar weggeworfen. Als wir zurückkamen, hatten wir ganze Stapel von Reklamemüll.

Natürlich, dachte Schmidt, wer würde schon beachten, daß sein Name als Absender auf dem Briefumschlag stand?

Tut mir leid, sagte er. Ich habe die Ansage auf meinem Anrufbeantworter nicht geändert, weil man sich womöglich Einbrecher ins Haus holt, wenn man mitteilt, daß man verreist ist. Hier in der Gegend wurde ein paarmal eingebrochen. Hattet ihr schöne Ferien?

Hast du einen Stuhl in der Nähe? Ja? Dann setz dich hin. Dad, ich bin schwanger. Das Baby soll Ende September kommen! Und wir wissen, daß es ein Junge wird! Ich habe es bis jetzt nur Jons Eltern erzählt, sonst niemandem. Ich wollte erst sicher sein, daß der Kleine auch dableibt. Er soll Myron heißen. Juden können einem Kind nicht den Namen eines lebenden Elternteils geben, aber Renata hat einen Onkel, der auch Myron heißt, also geht das in Ordnung. Wir sind auf der sicheren Seite.

Es wäre ihm lieber gewesen, wenn sie ihm nicht jetzt schon von der Namensgebung erzählt hätte, aber eigentlich spielte es keine Rolle, überhaupt keine. Mit Mühe brachte er heraus: Mein Schatz, mein Schatz, das ist ja ganz wunderbar, ich freue mich so. Wenn deine Mutter das noch erlebt hätte! Sie wäre außer sich gewesen. Ist Jon da? Ich würde ihm gern gratulieren.

Das wäre das erste Telefongespräch mit seinem Schwiegersohn seit langer Zeit gewesen, das letzte war länger her, als er zurückdenken wollte, und er hörte mit Erleichterung, daß es nicht sein sollte. Jon war im Fitneßstudio und würde danach sofort ins Büro gehen. Sie werde Schmidts Glückwünsche übermitteln. Er beschloß, die Frage zu riskieren – da sie einen Waffenstillstand vereinbart hatten, war sie vielleicht nicht unangebracht, würde nicht Charlottes Zorn auf sein Haupt laden. Er fragte also, ob eine Chance bestehe, sie und Jon nach Bridgehampton zu locken – am Memorial-Day-Wochenende zum Beispiel.

Falsch geraten.

Dad, antwortete sie, die Silbe so gedehnt, daß sie mehr wie Daaaad klang, wir können einfach nicht, ich nehme Urlaub – unbezahlten natürlich, sie zahlen nur für einen Monat – und gehe nach Claverack.

Claverack war der Ort, an dem sie und Jon ein Haus

gekauft hatten, um den alten Rikers näher zu sein, die dort ein Anwesen hatten; das Geschenk, das er ihr angeboten hatte, seinen Nießbrauch an dem Haus in Bridgehampton, in dem sie aufgewachsen war, hatte sie abgelehnt.

Und wenn ich schnell zu dir in die Stadt käme? fragte er.

Also wirklich, Dad, kannst du mal die Luft anhalten und überlegen, was der Umzug mit sich bringt? Ich habe überhaupt keine Zeit.

Er registrierte, daß sie ihn nicht nach Claverack einlud.

Ja, fuhr sie fort, Renata meint, es wäre am besten für mich und das Baby, wenn ich die Hitze und Hetze in der Stadt hinter mir lasse, und ich denke, sie hat recht. Jon wird jedes Wochenende kommen und dann seinen Resturlaub nehmen.

Oh, sagte Schmidt, und dann kommst du zurück, um das Baby in New York auf die Welt zu bringen?

Nein, das wohl nicht. In Hudson, ungefähr elf Kilometer entfernt, ist eine sehr hübsche, moderne Klinik. Wenig Streß, keine Hetze. Sie unterstützen die Arbeit mit Hebammen und das Stillen, und das ist mir recht. Du kannst das Baby besuchen kommen, wenn es da ist.

Ich verstehe, sagte Schmidt. Also gut, danke, daß du es mir erzählt hast. Viel Glück. Melde dich wieder.

Dann setzte er sich wirklich und wünschte, es wäre später am Tag, schon Sonnenuntergang. Er brauchte einen Drink. Er machte sich Gedanken über sein Bedürfnis und die Tageszeit, da aber niemand auf dem Grundstück war, der ihn hätte tadeln können, holte er den Bourbon aus dem Schrank für die Alkoholika und den Liter Milch aus dem Kühlschrank und mischte sich einen sehr steifen Drink, zur Hälfte Milch und zur Hälfte Alkohol. Das Getränk besänftigte ihn. Für einen Anruf bei Gil Blackman war es noch zu früh. Er wartete eine halbe Stunde ab, rief in Gils New Yorker Büro an und erfuhr von der Sekretärin, daß Mr. Blackman in seinem Landhaus in Wainscott sei. Sie werde Mr. Schmidt mit ihm verbinden. Die vertraute Stimme rief: Schmidtie, das ist ja fabelhaft! Bist du in Bridgehampton, oder rufst du aus Charkiw an? Wenn du hier bist, möchtest du mit mir essen? An der üblichen Stelle? Um eins?

Darauf hatte ich gehofft, erwiderte Schmidt. Also bis eins.

Die polnischen Putzfrauen machten Lärm im Haus, mit dem Staubsauger und mit ihren lauten Stimmen. Schmidt nahm einen Pullover mit, nur für alle Fälle, und ging zum Strand. Wie häufig im Mai, wenn der Mond im letzten Viertel ist, plätscherten die Wellen träge gegen das Ufer, wie an einem See. Kein Mensch war zu sehen, keine Fußspur auf dem leuchtend weißen Sand. Schmidt lief bis Gibson's Lane, sah auf die Uhr und kehrte um. Um zwölf war er zu Hause.

Das Blinklicht zeigte an, daß auf dem Anrufbeantworter eine Nachricht war. Jon Rikers Stimme mit der Bitte um Rückruf im Büro. Er wiederholte die Nummer. Gut möglich, daß Jon Frieden schließen wollte, allgemein gesehen keine schlechte Idee und unter praktischen Gesichtspunkten notwendig, jetzt da ein Enkelkind zu erwarten war. Riker ging sofort ans Telefon und sagte nichts. Schmidt, selbst um Worte verlegen, brachte seine Glückwünsche zum Ausdruck. Da Riker weiter schwieg, erzählte er ihm, wie schade es sei, daß er einen wunderbaren Maisamstag im Büro statt mit seiner schwangeren Frau zubringe.

Das entlockte Jon eine Antwort: Nicht zu ändern, schlechte Zeiten für Anwälte, also müssen wir alle kämpfen. Du solltest dankbar sein, daß das nicht für dich gilt; zu deiner Lebensweise würde es nicht passen.

Dumm und boshaft, was er da redet, dachte Schmidt, erlaubte sich aber nicht, verärgert zu sein. Er sagte nichts. Das Schweigen hatte Wirkung, und Riker sprach wieder.

Ich hatte einen Grund für meinen Anruf, Al. Es geht um deinen Enkel. Was gedenkst du für ihn zu tun?

Riker wußte ganz genau, daß Schmidt es haßte, Al genannt zu werden. Warum machte er das, und was wollte er? Ruhig antwortete er: Kannst du mir erklären, was du damit meinst?

Al, du mußt doch wissen, was ich meine. Wirst du einen Fonds für Myron einrichten, mit Geld dafür sorgen, daß der Kleine aus eigener Kraft segeln kann?

Also das war es. Der Mann war ein Schwein.

Aha, sagte Schmidt, und was soll das heißen, aus eigener Kraft segeln? Daß er seine Rechnungen selbst bezahlen kann? Willst du ihm Essen und Miete in Rechnung stellen und das Geld für seine Besuche beim Kinderarzt verlangen? Mir war nicht klar, daß du pleite bist.

Jesses, Al, stell dich nicht dumm. Ich rede nicht von Essen und Miete und regelmäßigen Arztbesuchen. Hast du nicht gehört, wieviel Kinderfrauen kosten oder die Vorschule oder der Kindergarten, die Grundschule und die High School? Vom College und der Law School oder Medical School ganz zu schweigen!

Ich will es deutlicher sagen: Verdienst du so wenig, bist du so pleite, daß du deine Familie nicht ernähren kannst?

Soll das komisch sein? Du weißt, daß meine Eltern in Geldnot sind. Meine Mutter sagt, daß sie es dir erzählt hat. Also helfe ich ihnen. Tue, was nötig ist.

Eine lähmende Müdigkeit drückte Schmidt nieder.

Paß auf, sagte er, ich kann mir nicht helfen, ich muß mich fragen, wer von euch sich diese Forderung ausgedacht hat – wenn es eine Forderung ist –, dein Vater, deine

Mutter, du oder Charlotte, und ich glaube, es ist mir ziemlich egal. Du ermüdest mich. Der Ärger mit dir nimmt kein Ende.

Himmel, Al, du gehst zu weit, du bist außerhalb der Schutzzone!

O je, dachte Schmidt, wo hatte Jon denn diesen Ausdruck aufgeschnappt, ausgerechnet den Lieblingsspruch des leitenden Partners von W & K, der Jon gefeuert hatte?

Halt den Mund, fuhr er Jon an. Ich sage dir die Wahrheit. Jetzt hör mir gut zu, und nimm meinetwegen auf Band auf, was ich dir sage. Erstens: Charlotte ist meine Tochter und meine natürliche Erbin. Wenn sie mich nicht auf die Palme bringt – was du und deine Eltern sagen oder tun, läßt mich ziemlich kalt –, wird sie nach meinem Tod Geld erben. Ich sage nicht all mein Geld; sie hat schon eine Menge von mir bekommen. Zweitens: Charlottes Kinder werden die natürlichen Empfänger meiner Großzügigkeit sein. Genau das meine ich: natürliche Empfänger meiner Großzügigkeit. Ich schließe nicht aus, daß ich – abhängig von deiner und Charlottes Finanzlage – die Kosten für die Vorschulen und Schulen eurer Kinder mittrage, und was sonst noch anfällt. Die Ferienlager hast du vergessen: Ja, ich helfe auch bei den Gebühren für die Ferienlager. Aber ich lasse mich weder von dir noch von Charlotte dazu drängen, dem kleinen noch nicht geborenen Myron oder einem anderen zukünftigen Kind Geschenke zu machen, die jetzt noch nicht notwendig sind und mörderisch hoch besteuert werden. Hast du von der Schenkungssteuer gehört? Warum sollte ich unnötige Steuern zahlen und damit mein Geld zum Fenster hinauswerfen? Wenn es an der Zeit ist, werde ich großzügig sein, aber jetzt ist es noch nicht soweit. Daß du deine Eltern unterstützen mußt, ist Teil deiner Finanzlage, und ich werde es mit berücksichtigen.

Daß sie Probleme haben, tut mir aufrichtig leid. Heutzutage Psychoanalytiker zu sein und nicht dafür bezahlt zu werden ist bestimmt kein Vergnügen.

Danach legte Schmidt den Hörer auf. Das war das erste Mal, daß er ein Telefonat mit einem Familienmitglied abgebrochen und eins der äußerst seltenen Male, daß er, abgesehen von Kaltanrufen, überhaupt den Hörer mitten im Gespräch aufgelegt hatte.

»Die übliche Stelle« war das O'Henry's, wo Carrie Kellnerin gewesen war und wo Schmidt sich ehemals gezwungen gesehen hatte, die Aufmerksamkeit der überalterten und aus der Form geratenen Literaturwitwen zu vermeiden, die regelmäßig dort zu Mittag aßen. Es war das Lokal, das für ihn und Mr. Blackman zum gewohnheitsmäßigen Treffpunkt geworden war, weil die Hamburger und Steaks ihnen schmeckten und der Wein, wenn sie die überteuerten Preise zahlten, Mr. Blackmans strengen Maßstäben genügte. Der große Filmemacher saß schon an dem Tisch, der ihnen dank seines weltweiten Ruhms und auch dank Schmidts Status als Carries ehemaligem Gönner zustand. Gleichzeitig breiteten sie die Arme aus und fielen einander um den Hals, als folgten sie einer Choreographie. Seit Schmidts erstem Aprilbesuch in Paris hatten sie sich nicht mehr getroffen. Mr. Blackman hatte eine kleine Fernsehserie, eine Adaptation des Romans *Der scharlachrote Buchstabe*, gedreht, die im Herbst gesendet werden sollte. Sie begrüßten sich lautstark – schön, daß man sich mal wieder sieht! –, so daß es in dem halb leeren Restaurant widerhallte. Sie bestellten eilends.

Wie war's? fragte Schmidt.

Die Dreharbeiten? Ich bin sehr zufrieden. Die kleine Kyra Sedgwick spielt Hester. Sie ist wunderbar. Unberührt wie frischer Schnee auf einem Vulkan.

Fabelhaft! Und wer spielt Dimmesdale?

Sam Waterston. Er ist perfekt. Großartiger Schauspieler, und der Kontrast zwischen ihm und Kyra – ich bin sprachlos. Ich kann nur sagen, es ist genau das, was ich mir erhofft hatte. Aber nicht darüber wollte ich mit dir reden. Elaine ist wütend, daß ich soviel Zeit in L.A. verbringe. Natürlich weiß sie, was ich mache, ist wichtig und bringt großes Geld ein, und natürlich habe ich ihr erklärt, daß sie gern zu mir kommen kann, aber, unter uns, ehrlich gemeint ist das nicht. Ich weiß, daß sie Südkalifornien haßt und nicht länger als eine Woche bleiben würde. Die Wahrheit ist, daß sie eine sehr gute Nase hat. Sie weiß, daß ich nicht alle meine Tage im Studio zubringe und abends nicht nur den Drehplan für den nächsten Tag mache. Deshalb verdirbt sie mir den Spaß, wenn ich dort bin, indem sie mich abends alle Viertelstunde anruft und sich beschwert, wenn sie mich erreicht. Sie sagt, sie wird die Mumie einladen, bei uns zu wohnen.

Die Mumie war Mr. Blackmans Spitzname für Elaines alte, reiche und nach seiner Beschreibung unglaublich widerwärtige Mutter.

Wie nutzt du deine Abende wirklich, du alter Gauner?

Erinnerst du dich noch an meine alte Flamme Katerina?

Wie könnte ich die vergessen?

Katerina war Mr. Blackmans Sekretärin gewesen, eine griechische Schönheit von der Sorte, an die Cole Porter gedacht haben muß, als er von einem fremdgehenden Ehemann schrieb: »*His business is the business that he gives his secretary*«; sie hatte Gil wegen eines Börsenmaklers verlassen, eines griechischen Landsmanns, den sie im Urlaub auf Jamaika kennengelernt hatte.

Ich kann sie auch nicht vergessen, erwiderte Mr. Blackman, jedesmal, wenn ich es mit dem neuen Mädchen mache, denke ich an sie. Die Neue ist der gleiche Typ, halb

Griechin, halb Italienerin – eine explosive Mischung! Rat mal, wie sie heißt?

Venus.

Falsch! Aphrodite. Die Griechen haben gesiegt.

Und du nennst sie Aphro?

Rate noch mal. Nein, das rätst du nie: DT, DiTi.

Beim Jupiter! Verzeihung, beim Zeus!

Sie ist so fabelhaft, du glaubst es nicht, und nicht nur in der Kiste. Sie hat Ideen und Ansichten, sie kann sich unterhalten, und sie ist begabt, richtig begabt.

Ein Starlet?

Nein, sie arbeitet in der Produktion. Ich kann ihr helfen, ich kann ihr eine Karriere verschaffen, und das weiß sie, so einfach ist es. Ich werde sie kurzhalten, damit sie nicht aus der Bahn gerät. Wenn ich mit dem Filmschnitt fertig bin, möchte sie nach New York ziehen, damit wir öfter und leichter zusammensein können.

Ist das eine gute Idee? Bei Elaines Spürsinn? Und überhaupt: Hattest du mir nicht nach Katerina erzählt, du wolltest meilenweit Abstand von deinen Mitarbeiterinnen halten?

Wohl wahr. Ich bin ein Wiederholungstäter. Ich liebe Elaine, und wenn ich ihr nicht Grund gebe, aufs hohe Roß zu steigen, ist sie die beste aller Frauen, aber wenn ich mit DT zusammen bin, ihre Haut berühre, ihre Brüste in meinen Händen habe, dann ist es so gut, daß mir der Kopf schwirrt. Was soll ich sagen? Ich will sie. Jeder Zentimeter von mir will sie.

Das verstehe ich. Und du meinst, du kannst sie an die Leine legen, weil sie Karriere machen will? Stellst du dir damit nicht selbst eine Falle?

Mr. Blackman dachte nach. Eine Falle? Glaube ich nicht, denn ich gebe ihr ja keinen Job in meinem Betrieb. Ohnehin ist mit meinem Betrieb nicht viel Staat zu machen. Ich werde ihr bei anderen Leuten helfen. Das ist vielleicht nicht besonders korrekt, aber jedenfalls nicht illegal. Nüchterner betrachtet? Seien wir realistisch. Warum wird eine Frau wie DT sich auf Abruf von einem alten Zausel, wie ich einer bin, bumsen lassen? Nicht wegen meiner hübschen Zähne, meiner schönen Augen oder meiner stählernen Muskeln. Man gibt, was man hat. Und wie geht's dir, laß hören.

Der Rest in dieser Flasche reicht nicht, bis ich meine Geschichte ausgebreitet habe.

Sie bestellten noch eine Flasche Wein, und Schmidt erzählte. Die Geschichte, wie er sich zum ersten Mal in Paris mit Alice getroffen hatte, wie hinreißend er sie fand und wie er fast auf Anhieb ans Ziel gekommen war. Er ließ aus, was sie ihm von Tim Verplanck erzählt hatte. Das hatte nichts mit seinen Gefühlen für sie zu tun. Er setzte wieder ein mit den Ereignissen des zweiten Paris-Besuchs und bekannte die Eskapade mit Danuta. Schmidt das Opfer einer sexbesessenen Polin!

Schmidtie, mein lieber Schmidtie, dir lacht der Himmel! Alice scheint mir wie gemacht für dich zu sein. Umwirb sie, laß ihr ihren Willen, bedräng sie nicht, fordere nicht zuviel von ihr. Sie hat eine Arbeit, an der sie hängt, sie lebt in einer fantastischen Stadt, verlange nicht, daß sie in dein Chateau in Bridgehampton zieht und die Welt aufgibt. Daß sie sozusagen in einen Nonnenorden eintritt. Sie kann hierherkommen – besonders wenn du die Flugtickets bezahlst –, und du kannst schnell mal nach Paris brausen. Gut wird's dir gehen! Ich freu mich so für dich, ich muß es sofort Elaine erzählen.

Danke, sagte Schmidt, das ist genau der Rat, den ich gebraucht habe. Ich werde auf dich hören, ich glaube, das schaffe ich. Und was mache ich mit Danuta? Du denkst doch nicht, diese Episode bedeutet, daß ich es mit Alice nicht ehrlich meine?

Alter Freund, du und ich, wir haben einfach Lust zu vögeln, so sind wir eben gemacht. Was hast du mir erzählt, wie war das noch? Du meinst, wenn du mit Alice zusammenlebst, wird es keine Danutas mehr geben? Ich glaube, genauso ist es. Aber selbst wenn du einen zauberhaften Abend lang dem Charme von Danutas kleiner Schwester erliegen solltest, wäre das nicht das Ende der Welt. Nicht, wenn du sehr diskret damit umgingest und Alice nichts merken würde. Erinnerst du dich an *Rigoletto*, den Film, den ich vor Jahren gemacht habe?

Natürlich, ein großartiger Film.

War nicht schlecht. Also, ich denke daran, wieder Opern zu verfilmen. Mein nächstes Projekt wird *Cosí fan tutti* sein –!

Sie wollten Nachtisch bestellen, und da es spät geworden war, schien es richtig, dem Rat der Kellnerin zu folgen: Rhabarberkuchen. Kaffee später.

Jetzt ist Zeit für die komische Einlage zur Entspannung, sagte Schmidt. Ich hatte ein bizarres Mittagessen mit Alice und deinem alten Kumpel Popov.

Mr. Blackman hörte sich Schmidts Schilderung an und sagte: Popov, Popov, gegen den hattest du schon immer etwas. Sehr überraschend, da Herr Albert Schmidt doch so tolerant, vorurteilsfrei und durch und durch rational ist! Was hast du gegen ihn, außer daß er nicht oft genug badet oder die Unterwäsche wechselt?

Außerdem ist er ein aufgeblasener Wichtigtuer, das mußt du noch dazusagen. Und noch etwas hast du vergessen: Erst drängt er Alice, dieses Mittagessen zu dritt an meinem letzten Tag in Paris zu organisieren, als ich gehofft hatte, mit ihr allein zu sein, und dann läßt er Alice auch noch bezahlen. Und dieses Gerede von der Ehe mit einer Frau aus dem Hochadel! »Verschon mich mit dem Quark«, hätten die Kids in der Poststelle bei W & K gesagt!

Armer Popov! Das ist Teil des Problems: Er ist arm. Seine Frau – Chantal? Ghislaine? Isabeau? Einen von diesen komischen Namen hat sie – ist die Tochter eines Herzogs. Solange.

Richtig: Solange heißt sie. Sie ist die Tochter eines Herzogs, der arm ist, und einer Herzogin, die säckeweise Geld hat. Ein Glück, daß Popov diese Quelle anzapfen kann, denn Solanges Pflege kostet ein Vermögen. Sicher: Er genießt es, daß er eine riesige Wohnung im Herrensitz des Herzogs in der Rue de Lille hat und Ferien im herzoglichen Schloß machen kann und so weiter, aber er selbst besitzt wirklich keinen Pfennig. Deshalb sind er und Solange immer noch zusammen. Geld und Immobilien, nicht die Kinder, kitten Ehen. Nicht, daß er mir besonders leid täte. Als ich ihn das letzte Mal gesprochen habe, vor vier oder fünf Jahren, hat er mir erzählt, daß er eine Frau nebenher hat. Wer sie ist, hat er nicht gesagt, nur daß er sie ganz fabelhaft findet.

Und die junge Herzogin? Hat sie nichts dagegen?

Wer weiß? Sie war schon kurz nach der Geburt des zweiten Sohnes gelähmt. Kann man mit jemandem, der von der Gürtellinie ab gelähmt ist, Sex haben? Keine Ahnung. Vielleicht geht es ganz fantastisch. Ich vermute eher, sie findet es ganz natürlich, daß Popov anderswo auf seine Kosten kommt.

Wahrscheinlich hast du wie immer recht. Jetzt habe ich noch etwas Neues aus der Familie: Charlotte hat mir heute morgen mitgeteilt, daß sie schwanger ist; im September soll das Baby kommen, ein Junge!

Fantastisch. Glückwunsch! Wenn ich das Elaine erzähle! Diese Neuigkeit plus Alice – sie wird einen Freudentanz aufführen!

Ihr seid meine besten und liebsten Freunde.

Schmidts Stimme brach.

Der Kleine wird Myron heißen. Wie Jons Vater. Das ist mir recht. Aber laß dir von meinem Gespräch mit Jon erzählen. Und, bitte, sag Elaine nichts davon. Du verstehst schon. Ich muß mit dem Kerl auskommen. Eines Tages fangen er und Charlotte vielleicht wieder an, mich gelegentlich zu besuchen.

Mr. Blackman hörte sich die Schilderung des Telefongesprächs an und nickte.

Scheußlich, sagte er. Jon ist ein Scheißkerl. Komm heute abend zum Essen zu uns.

Erst gegen vier Uhr war Schmidt wieder zu Hause. Er wählte Alices Nummer – auf gut Glück. Niemand ging ans Telefon. Sie mußte in Antibes sein. Sy wollte spielen und danach einen Leckerbissen.

Schmidt auch. Er würde vor dem Dinner mit Gil und Elaine ein wenig schlafen.

XI

Sechs Stunden Zeitunterschied. 12 Uhr östlicher Sommerzeit = GMT + 1 Stunde; Mittag in Bridgehampton, sechs Uhr nachmittags in Paris. Schmidt war diese Rechnerei allmählich leid, tagtäglich hatte er sie in letzter Zeit wiederholt, allzu häufig. Er machte eine Liste, um den Überblick über seine Anrufe zu behalten. Samstag nachmittag gegen vier, also zehn Uhr abends in Paris. Alice geht nicht ans Telefon. Sonntag morgen zehn Uhr, deshalb vier Uhr nachmittags, wieder nichts, also ist sie noch nicht aus Antibes zurück. Das gleiche Ergebnis um dreizehn Uhr (ein Versuch, sie vor dem Abendessen zu erwischen, falls sie zurückgekommen war, aber abends ausgehen würde) und um Mitternacht wieder. Später anzurufen, wagte er nicht, obwohl sie ihm erklärt hatte, wenn sie von einem Anruf geweckt werde und mit jemandem spreche, könne sie danach mühelos wieder weiterschlafen. Solche Sachen sagen die Leute, aber es ist nicht immer die Wahrheit. Der nächste Anruf dann am Montag morgen um neun, drei Uhr Pariser Zeit. Ein Teilerfolg. Die Haushälterin ging ans Telefon und teilte mit, daß Madame »*au bureau*« war. Jetzt wußte er wenigstens, daß sie wieder in Paris und noch am Leben war. Mittags, um sechs Uhr ihrer Zeit, rief er wieder an. Vergeblich. Natürlich, sie war im Büro oder auf dem Weg zwischen Büro und weiß der Himmel welchem Ort.

Diese nervtötende Aktivität wäre noch lange weitergegangen, wenn nicht die Pflicht gerufen hätte. Mr. Mansours Einladung zum Lunch um ein Uhr war per Fax an Schmidts Hotel in Paris geschickt worden und wurde von der Sekretärin des Finanzmagnaten am Morgen durch einen Anruf bestätigt, aber Mr. Schmidt hatte sich weder rasiert noch ein Bad genommen oder sich anderweitig auf den Tag vorbereitet. Er widmete sich diesen Aufgaben, widerstand der Versuchung, noch einen Anruf bei Alice einzuschmuggeln, und fuhr zu Mr. Mansour.

Über die Niederlassungen in Bukarest und Warschau reden wir morgen in der Direktoriumssitzung, sagte Mr. Mansour, es sei denn, du willst mir privat etwas erzählen oder vor der Sitzung etwas zu bedenken geben. Im übrigen schlage ich vor, du kommst mit mir im Hubschrauber mit. Start ist um fünf. Zum Dinner kann ich dich nicht einladen, weil ich mit dem Gouverneur esse. Der Mensch hat ein erbsengroßes Hirn. Der ist Gouverneur von New York und möchte früh essen! Also, kommst du mit?

Schmidt nickte.

Erstklassig. Du solltest auch Dienstag nacht in der Stadt bleiben und mit mir ins Ballett gehen. Anschließend essen wir mit Wendy Whelan. Die ist wirklich sehenswert. Und was für eine Tänzerin! Bist du dabei?

Natürlich, mit Vergnügen.

Der Hausdiener Manuel erschien, bereit, das Mittagessen zu servieren, und beschnitt damit die Möglichkeit zu weitschweifigen Ausführungen über Mr. Mansours Fürsorglichkeit. In fast allen Lebenslagen befand der Finanzmagnat: Erst kommt das Essen und dann das Gespräch, und Manuel servierte Hummersalat, die Lieblingsmahlzeit seines Arbeitgebers, die dieser mit zusätzlichen Klecksen Mayonnaise hinunterschlang. Der Hummer war, wie Mary gern gesagt hatte, sündhaft gut; das mußte man Mikes Koch lassen. Der Wein ebenfalls. Als er seinen gröbsten Hunger gestillt hatte, wischte Mr. Mansour sich den Mund ab und sprach.

Eigentlich wollte ich erfahren, wie es dir geht. Diese liebenswürdige Dame in Paris, hast du sie wiedergesehen?

Schmidt nickte.

Und sie war der Grund, warum du ein paar Tage länger in Paris bleiben wolltest? Also magst du sie immer noch?

Schmidt nickte wieder. Er hatte sich eine zweite Portion Salat genommen, und sein Mund war voll.

Und hat sie sich entschlossen, dich auch zu mögen?

Das ist die Frage.

Mr. Mansour lachte und sagte: Ja, wie der Barde sagte, das ist die Frage!

Ungefähr so ist es.

Wann wirst du sie wiedersehen?

Im Juni, hoffe ich, Mitte Juni. Oh, und ich erwarte nicht, daß sich das mit einer Reise zu den Stiftungen verbinden läßt. Ich werde einfach hinfliegen und ein paar Tage bleiben.

Mr. Mansour bat Manuel, ihm seinen Palm Pilot zu bringen, sah nach und sagte: Ich will am 8. Juni in Paris sein. Du kannst in meinem Flugzeug mitfliegen. Wenn du bis zum 13. Juni bleibst, kannst du auch mit mir zurückkommen.

Das wäre hervorragend.

Fein. Wir werden es uns gutgehen lassen. Ich möchte diese Dame kennenlernen. Vielleicht können wir sie auf dem Rückweg mit nach New York nehmen. Ha, ha, ha! Hast du ein Foto von ihr?

Nein, sagte Schmidt kleinlaut.

Warum hatte er eigentlich keins? Nicht daß er es Mr. Mansour hätte zeigen wollen, aber er hätte es auf seinen Schreib- oder Nachttisch stellen können.

Darum kümmern wir uns nächsten Monat. Es sei denn, du bittest sie, in der Zwischenzeit eins zu schicken. Jetzt zu einem anderen Thema, fuhr Mr. Mansour fort. Jason und Carrie: Die Geburt soll am 15. Juni eingeleitet werden. Ich nehme an, deshalb ist es dir lieb, wenn du am 13. nach Hause kommst. Habe ich recht? Oder nicht?

Du hast recht. Und du hältst dich auf dem laufenden, das ist sicher.

Das liegt an den Wachleuten. Sie reden mit Jason. Vergiß nicht, daß er ihr Boß war. Sie haben es mir erzählt. Die Frage ist: Wer ist der Vater? Was meinst du?

Mr. Mansours Augen verengten sich zu Schlitzen. Er lächelte selig.

Wieso? Jason natürlich, antwortete Schmidt. Hat er eine andere Vermutung?

Ha, ha, ha! Er sagt nichts dergleichen, das steht fest. Er benimmt sich sehr gut.

Er ist ein guter Kerl. Weißt du, daß sie geheiratet haben?

Ja, ja, und ich habe ihnen ein ansehnliches Geschenk gegeben. Hier machte Mr. Mansour eine kleine Bewegung mit Daumen und Zeigefinger der rechten Hand, die in weiten Teilen des Planeten für das schnelle Durchzählen eines Geldbündels steht.

Sieh an, erwiderte Schmidt, große Geister sind sich im Denken gleich – oder wenn es dir lieber ist: Ich lerne von dir. Ich habe es genauso gemacht!

Du bist viel gescheiter geworden. Und wenn du wirklich gescheit bist, bleibst du bei der Geschichte, daß Jason der Vater des Kleinen ist, egal wie der Wicht aussieht. Er wird wohl Jason Junior heißen.

Tatsache ist, daß sie ihn Albert nennen. Ich glaube, sie wollen, daß ich der Taufpate bin.

Sehr interessant, sehr interessant, sagte Mr. Mansour und ließ die Betperlen, die er beiseite gelegt hatte, als er mit dem Hummersalat beschäftig war, wieder durch die Finger gleiten.

Interessieren dich Neuigkeiten von meiner eigenen Familie?

Daß du die liebenswürdige Dame in Paris heiraten willst oder sonst noch etwas?

Ja! Ich werde Großvater. Meine Tochter ist schwanger!

Mazel tov! rief Mr. Mansour und drückte auf einen unsichtbaren Knopf, der Manuel herbeizitierte. Unser Freund Mr. Schmidtie wird Großvater. Bitte hol den Champagner für ganz besondere Gelegenheiten.

Der Haushalt des großen Finanzmanns war so perfekt auf alle Eventualitäten vorbereitet, daß Schmidt nur Bewunderung und Neid empfinden konnte. Der Champagner traf auf der Stelle ein, köstlich und perfekt gekühlt. Sie stießen an. Mr. Mansour sagte Manuel, er solle sich auch ein Glas einschenken, und sie stießen noch einmal an. Genauso wird das *Strategic Air Command* funktionieren, dachte Schmidt. Ein kleines Licht blinkt – vielleicht ein- oder zweimal –, Sirenen heulen, fünfzig Gestalten in Fliegeranzügen, Helmen und Schutzbrillen gleiten über eine Rutsche nach unten und rennen zu Bombern, die andere Schattengestalten schon auf die Startbahn geschleppt haben, die Männer in Fliegeranzügen steigen ein, Klappen öffnen und schließen sich, vruum, vruum, und die Wasserstoffbomben sind auf dem Weg. Wir kommen rüber, wir kommen rüber und nicht zurück, bis drüben alles vorbei ist!

Mike, sagte er zu Mr. Mansour, wenn jedermann so gut wie du auf alles vorbereitet wäre, dann hätte es keinen *Anschluß* gegeben und kein Pearl Harbor!

Pas de problème. Und auch keinen Jom-Kippur-Krieg.

Dich sollten sie zum Chef des Vereinigten Generalstabs machen.

Das wäre nicht das schlechteste.

Einen Augenblick herrschte Stille, und dann redete

Mansour wieder. Deine Tochter, Charlotte, *n'est-ce pas*, ist immer noch mit diesem jüdischen Jungen Jon Riker verheiratet?

Allerdings.

Und er ist immer noch in der Kanzlei Grausam?

Soviel ich weiß.

Ich habe ihn im Auge behalten. Nicht dauernd. Diese Kanzlei ist in Ordnung, aber sie hätte besser durchstarten müssen. Die Anwälte sind fähige Leute, haben aber nicht die richtige Welle erwischt. Noch nicht. Nimm als Beispiel Konkursverfahren: Das ist ihr wichtiges Spezialgebiet, aber sie sind in keinem der großen Prozesse aufgetreten. Ich sag's dir nur, damit du weißt, daß er nicht soviel verdient, wie man von einem Partner seines Alters in einer Firma, wie du sie kennst, erwarten würde. Das muß man sich merken.

Das Klicken der Betperlen beschleunigte sich.

Gleich als Schmidt wieder zu Hause war, versuchte er Alice zu erreichen, kurz nach neun Uhr abends ihrer Zeit. Zu seiner Überraschung war Madame Laure am Apparat. *Madame est sortie dîner*, sie ist zum Essen ausgegangen. Ob sie etwas ausrichten solle? Die Frage warf Schmidt aus dem Gleis. Er wollte sie nicht bitten, ihn in Bridgehampton anzurufen, da er vielleicht schon auf dem Weg nach New York war, wenn ihr Anruf kam, und weil er nicht wußte, wann er dort erreichbar sein würde, wollte er die New Yorker Telefonnummer nicht hinterlassen. Er gab die denkbar dümmste Auskunft: Er werde wieder anrufen. Als ob sie irgendwelche Zweifel daran haben könnte!

Er erreichte sie mit einem Anruf aus New York am nächsten Tag, einem Dienstag. Sie sei gerade aus dem Büro gekommen, erzählte sie ihm, und sie wolle nicht mehr ausgehen. Madame Laure habe ihr ein einfaches Abendessen zubereitet und danach werde sie schlafen gehen. Antibes sei sehr anstrengend gewesen, ihr Vater ängstlich und ratlos und Janine wirklich in schlechter Verfassung. Irgendeine Atemwegs-*saleté* – Infektion –, noch keine Lungenentzündung, eher eine schwere Bronchitis. Der Husten ermüde sie schrecklich und halte natürlich ihren Vater wach.

Haben sie eine Pflegerin eingestellt?

Nicht, bevor ich kam. Ich habe zwei gefunden, eine für den Tag und eine für die Nacht. Es bleiben immer noch ein paar Stunden ohne Betreuung, aber mein Vater hat sich geweigert, mehr zu tun. Er macht sich Sorgen um das Geld – so ist er eben –, obwohl die Kosten zum größten Teil von der Versicherung übernommen werden und obwohl weder sie noch er sparen müssen. Schmidtie, es war so traurig. Man wird so müde und deprimiert, wenn man an einem Krankenbett sitzt.

Er erzählte ihr, daß er am Freitag nachmittag, als sie unterwegs nach Antibes gewesen sei und er auf seinen Flug nach New York wartete, vom Flughafen aus angerufen hatte, nur um lauter Küsse auf ihrem Anrufbeantworter zu hinterlassen, aber dann sei sie ans Telefon gegangen, und in seiner Verblüffung habe er einfach aufgelegt. Er habe ihre Nummer gleich danach wieder und wieder gewählt, um sich zu entschuldigen, aber der Anschluß sei immer besetzt gewesen, fast eine Stunde lang. O ja, erklärte sie ihm, ich habe mit Air France telefoniert, mehr als eine Stunde, fast eine Ewigkeit, weil ich versuchen mußte, einen Platz in einem Flugzeug am Samstag morgen zu bekommen. Dasselbe haben wahrscheinlich alle anderen auch gemacht, die den von Air France gestrichenen Flug gebucht hatten. Dann bin ich mit Serge und einem seiner britischen Autoren zum Dinner gegangen. Er hatte den ganzen Nachmittag versucht, mich dazu zu überreden. In gewisser Weise war ich froh, daß mein Flug ausfiel. Der

Abend war wirklich amüsant, und ich war eine Nacht weniger als Oberschwester im Dienst.

Blöder Popov, dachte Schmidt.

Ich habe einen Vorschlag für unser Rendezvous im Juni, mein Schatz, erklärte er Alice. Was würdest du sagen, wenn ich am Donnerstag, den 8. Juni, käme und bis Dienstag, den 13., bleiben würde?

Ich warte auf dich, flüsterte sie. Vielleicht kaufe ich mir sogar ein neues Kleid.

Nach dem Gespräch mit Alice hatte er kaum den Hörer aufgelegt, als sein Telefon klingelte: ein ungewöhnliches Vorkommnis in seinem *pied-à-terre*. Ohnehin riefen ihn nur wenige Leute an, und seine New Yorker Nummer kannte praktisch niemand. Er nahm den Hörer ab und lauschte mißtrauisch. Es war eine Stimme, die er kannte, und – gleich nach Popov – die letzte, die er hören wollte. Renata Riker, Charlottes habgierige böse Schwiegermutter, die sich immer einmischte. Er fand den Gedanken unerträglich, daß seine arme, verblendete Tochter glaubte, in Renata die Mutter gefunden zu haben, die sie verloren hatte, als Mary gestorben war.

Schmidtie, sprach die Stimme, hier ist Renata. Ich hoffe, es geht dir gut. Du und ich, wir müssen über unsere Kinder und unseren Enkel reden.

Schmidt sagte nichts.

Schmidtie, bist du noch da, oder sind wir unterbrochen worden? Würdest du bitte etwas sagen.

Die ehrenrührige Hypothese, er habe einfach aufgelegt, wollte sie offenkundig nicht in Erwägung ziehen.

Ich bin hier, erwiderte er.

Schmidtie, du handelst aus Abneigung gegen Jon. Wie du dich über ihn geärgert hast, als du merktest, daß er mit Charlotte lebt, und als sie heirateten, das wissen wir beide sehr gut. Jetzt hat er das denkbar schlimmste Verbrechen begangen. Er hat sie geschwängert, sie wird sein Kind gebären. Nicht deins. Seins! Er hat die Rolle an sich gerissen, die du und so viele andere Väter unbewußt sich selbst vorbehalten. Das sind Gefühle, die analysiert und abgearbeitet werden müssen, bevor sie noch mehr Schaden anrichten.

Was für ein Geschwafel, sagte Schmidt. Bezahlen dich Leute, um das zu hören? Kein Wunder, daß sie immer weniger werden, wie du sagst.

Mit Beleidigungen wirst du mich nicht los, antwortete Renata. Ich möchte mich mit dir treffen, in New York, heute nachmittag oder am Abend oder irgendwann morgen. Charlotte hat mir gesagt, daß du jetzt hier bist und bis morgen bleibst.

Du hast ja eine Menge freie Zeit!

Darüber zu lachen war grausam, das wußte er, aber er lachte trotzdem, er konnte sich nicht beherrschen. Die Wirkung trat prompt ein. Renata fing an zu weinen. Im ersten Moment glaubte er, es sei ein Trick, aber nein, dieses Schluchzen war echt und klang gequält. Er war schuld und mußte sie beruhigen. Aber auf ein Mittagessen in seinem Club oder einem Restaurant würde er sich nicht einlassen. Das hatten sie schon einmal versucht.

Ich muß um sieben gehen. Wenn du möchtest, komm um sechs auf einen Drink. Bring bitte Myron mit, wenn er Zeit hat.

Ich komme um sechs, erwiderte Renata. Die Adresse hat Charlotte mir gegeben.

Es war der Abend eines strahlenden Maitages, und Schmidt stellte amüsiert fest, daß Renatas Kollektion von Chanelkostümen oder Chanel-Imitaten das zum Anlaß Passende hergab. Diesmal war es weiß. Selbst wenn es stimmte, daß sie und Myron in Geldnot waren, hatte sie die Standards ihrer Garderobe nicht gesenkt. Sie trug Chanel-Pumps, beige mit schwarzen Lacklederspitzen, und ihre Strümpfe waren ebenfalls beige. Ihre Handtasche paßte zur Kleidung. Weil nichts davon neu war, konnte Schmidt die Kosten des ganzen Outfits ungefähr einschätzen: Er hatte Mary in den Jahren vor ihrer tödlichen Krankheit ab und an ein Chanelkostüm oder Accessoires gekauft und erinnerte sich noch an die Preise. Nach einer Weile gingen solche fortgesetzten Anschaffungen richtig ins Geld. Andere Extravaganzen waren wahrscheinlich noch dazugekommen. Kein Wunder, daß die Ersparnisse der Rikers aufgezehrt waren. In anderer Hinsicht hatte Renata sich verändert. Als er sie zuletzt gesehen hatte, im vergangenen Herbst bei jenem Mittagessen in seinem norditalienischen Lieblingsrestaurant, zu dem sie sich selbst eingeladen hatte, war ihm aufgefallen, daß sie schneller gealtert war, als man gedacht hätte, ihr früher tiefschwarzes, am Hinterkopf zu einem festen Knoten geschlungenes Haar war vollkommen grau geworden. Inzwischen hatte sie sich einen Pagenschnitt zugelegt und nichts unternommen, um das Grau zu übertönen. Ihre Augen sahen noch müder aus; die gelben Augenringe waren dunkler und vielleicht größer geworden. Es fiel ihm schwer zu glauben, daß er sie bei ihrer ersten Begegnung attraktiv genug gefunden hatte für einen Annäherungsversuch und daß sie sich, als er mit einer üblen Grippe darniederlag, mit einem unerwartet leidenschaftlichen Kuß revanchierte. Seitdem waren kaum drei Jahre vergangen, aber jetzt erschienen ihm seine wie ihre damaligen Gesten lächerlich, sogar grotesk.

Sie sah sich um, schaute kurz in das Schlafzimmer und die Küche und nickte, als sie von ihrer Besichtigungstour zurückkam. Eindrucksvoll, diese kleine Wohnung, sagte sie, und in einem der schönsten Gebäude der Park Avenue. Du wirst vom Glück verwöhnt, Schmidtie!

Die Wohnung gehört dem Unternehmen und wurde vom Unternehmen ausgesucht und ausgestattet. Ich benutze sie fast nur, wenn ich geschäftlich in New York bin.

Das Unternehmen ist die Stiftung deines milliardenschweren Freundes, wenn ich mich nicht irre. Das hat mir Jon jedenfalls erklärt.

Schmidt erwiderte, daß ihr Sohn gut informiert sei, und bot ihr ein Getränk an.

Nichts Alkoholisches, sagte sie. Irgendein Saft oder Wasser wäre gut.

Er gab ihr einen Gemüsesaft aus dem Kühlschrank und schwankte, ob er einen Bourbon oder einen Martini trinken sollte, entschied sich dann für einen Martini, weil die Zeit weiterlaufen würde, während er ihn zusammenrührte. So konnte er das Interview um drei bis vier Minuten verkürzen.

Sie durchschaute sein Spiel und folgte ihm in die Küche. Ich bin hierhergekommen, um mit dir zu reden, Schmidtie. Als du Jon angerufen hast, warum hast du ihm zuerst den Kopf abgerissen und dann den Hörer aufgelegt? Welches Kapitalverbrechen wirfst du ihm vor? Daß er seinen schwerreichen Schwiegervater gebeten hat, Vorkehrungen für die finanzielle Sicherheit seines ersten Enkels zu treffen?

Schmidt hatte den Gin abgemessen, gab einen Tropfen Wermut und mehrere Eiswürfel dazu und schüttelte kräftig. Er nahm eine Olive, wusch sie sorgfältig unter fließendem Wasser, trocknete sie mit einem Papiertuch ab, legte sie in das Glas und goß den Inhalt des Shakers darüber. Er trank einen Schluck und drehte sich dann zu Renata um.

Weißt du was, sagte er, wenn ich dich so reden höre, wünsche ich mir allmählich, ich wäre Jude. Es muß angenehm sein, eine jüdische Mutter zu haben, die dir die Nase und den Hintern auch dann noch abwischt, wenn du ein erwachsener Mann geworden bist, und die sich immer schützend vor dich stellt. Wie ich deinem erwachsenen Sohn schon erklärt habe: Ich habe die Nase voll von euch Rikers, *mère, père et fils*, von euch und eurer Raffgier.

Raffgier, schrie Renata auf.

Ja. Ich habe Charlotte einen Haufen Geld gegeben. Zuerst, als sie entschied, daß sie das Haus nicht haben will, in dem ich wohne, das Haus ihrer Tante und ihrer Mutter, das Haus, in dem sie aufgewachsen ist. Mit dem Geld sollte die Immobilie in der Nähe eures Ferienhauses in Claverack bezahlt werden, die sie kaufen wollte, oder die Wohnung in New York oder beides. Offen gesagt, finde ich die Riker-Finanzen verwirrend. Klar ist mir nur das Ergebnis: Die Immobilie wurde in beider Namen gekauft. Dann hat Jon das Appartement oder das Haus oder beides mit einer Hypothek belastet, obwohl ich so viel Geld hergegeben hatte, daß kein Darlehen nötig gewesen wäre, und als die beiden sich wegen seiner widerwärtigen Affäre mit einer Anwaltsassistentin trennten, hat er sich tatsächlich geweigert, Charlotte zurückzugeben, was ihr gehörte! Wie schmierig kann man eigentlich noch werden?

Wie kannst du es wagen, über diese Dinge zu reden!

Es ist ganz einfach, überhaupt kein Problem. Ich habe Charlotte immer freizügig Geld gegeben, auch wenn sie sich nie überwinden konnte, mich in netter Form darum zu bitten oder mir in netter Form dafür zu danken. Was sie und dein Sohn mit dem Geld gemacht haben, weiß ich wirklich nicht. Und dann hat dein Sohn auch noch die Frechheit, von mir zu verlangen, daß ich für den ungeborenen Myron vorsorge!

Nun ja, Schmidtie, sagte Renata langsam, jedenfalls bist du weniger gehemmt als bei unserer ersten Begegnung. Du warst so gefangen in deiner WASP-Höflichkeit, daß du dich kaum überwinden konntest, den Mund aufzumachen. Und wenn man dich jetzt reden hört! Liegt es an deiner puertoricanischen Freundin, der Kellnerin, hat sie dir die Zunge gelöst? Das Mädchen sollte Therapeutin werden.

Sie hatte ihren Gemüsesaft getrunken. Nach einem Blick auf ihre Armbanduhr teilte sie Schmidt mit: Fünfunddreißig Minuten bleiben uns noch, sehe ich. Kann ich ein Glas von dem haben, was du trinkst? Es ist ein Martini, vermute ich. Der arme Myron muß jetzt darauf verzichten.

Schmidt erinnerte sich an Myrons ausgezeichnete Martinis und daran, wie sie ihn plötzlich und dummerweise benebelt hatten, aber an bittersüßen Reminiszenzen war er nicht interessiert. Er schenkte Renata den Drink ein, füllte sein Glas nach und setzte sich. Wenn sie reden wollte, würde er zuhören. Noch zweiunddreißig Minuten lang.

Bist du verärgert, weil sie das Baby Myron nennen wollen statt zum Beispiel Albert?

Er antwortete wahrheitsgemäß mit nein. Das sei kein Name, der ihm gefalle. Daß allerdings ein anderes Baby, das vor dem kleinen Myron zu erwarten war, Albert heißen werde, erwähnte er nicht. Ein Albert auf einmal war vielleicht genug.

Das sagst du, aber ein Rest von Feindseligkeit ist vielleicht doch noch da. Du mußt wissen, daß es Myron in letzter Zeit nicht gutging, er hat Herzbeschwerden, und Sorgen um seine Praxis belasten ihn zusätzlich. In der Stadt leite er immer noch Gruppentherapien, aber womöglich ergibt sich die Chance auf eine Stelle in einer Klinik in Columbia County in der Nähe von Claverack. Wenn das gutgeht, wird er vielleicht zwischen New York und seinem Arbeitsort pendeln, oder ich in umgekehrter Richtung. Das Motiv für das Ganze ist, daß man nach einem Weg gesucht hat, ihm wieder Mut zu machen.

Schmidt nickte.

Du solltest auch begreifen, daß Jon nicht so viel verdient, wie er gehofft hat oder wie ihm zustehen würde. Die Kanzlei wirft nicht so viel ab, wie sie sollte. Das ist ein Problem. Daß er uns hilft, weißt du schon. Ich bin nicht stolz darauf, aber es beschämt mich auch nicht. Myron und ich und Jon genauso hatten hohe Investitionsverluste, das kommt noch hinzu. Hast du davon gewußt?

Von den Verlusten? Davon höre ich zum ersten Mal. Charlotte hat sie nicht erwähnt, und selbstverständlich hat sie mich nicht um meinen Rat gebeten.

Weil du sie einschüchterst.

Stuß!

Die wohltuende Wirkung des zweiten Martinis machte sich in seinem ganzen Körper angenehm bemerkbar. Stuß, wiederholte er. Was für ein guter Ausdruck, deutlich besser als ›Geschwätz‹ und ›Humbug‹.

Deine Kraftsprüche aus der Army-Grundausbildung schrecken mich nicht, entgegnete Renata. Ich will dir noch etwas anderes verraten, wovon du vielleicht nichts ahnst. Charlotte und Jon sind zutiefst besorgt über die finanziellen Verwicklungen – oder sollte ich sagen: die Folgen – deiner Liaison mit dieser Kellnerin. Angesichts dieser Sorge finden sie es ganz natürlich, von dir zu verlangen, daß du das Rechte tust, um die Zukunft deiner Tochter und deines Enkels zu sichern.

Ich habe eine Neuigkeit für dich, Renata, sagte Schmidt. Laut Gesetzgebung dieses großartigen Staates New York haben meine Tochter und meine schon geborenen oder noch ungeborenen Enkel keine Rechtsansprüche auf Anteile meines Vermögens außer denen, die ich ihnen nach eigener Entscheidung gebe. Ich habe nicht die Absicht, meine Tochter zu enterben, aber wenn du und die übrigen Rikers mich weiter beleidigen, könnte ich es mir anders überlegen. Oder meiner Tochter etwas hinterlassen, das sie und Jon zweifelsfrei für ein schäbiges Almosen halten. Also paß auf, und rate auch den beiden, aufzupassen. Und jetzt ist deine Zeit um.

Das stimmte nicht ganz, und sie wußte es. Schmidtie, sagte sie, planst du nicht einmal, deine schwangere Tochter zu besuchen?

Schmidt zuckte die Achseln. Das ist eher komisch, sagte er, ich habe sie gebeten, mich auf dem Land zu besuchen, und angeboten, zu ihr nach New York zu kommen. Sie hat mich abgewiesen.

Er war im Augenblick zu stolz, zu erwähnen, daß sie ihn nicht nach Claverack eingeladen hatte.

Meinst du nicht, du könntest es schaffen, zu ihnen aufs Land zu fahren? Eine Autofahrt von Bridgehampton nach Claverack ist nicht besonders mühsam. Du kannst auch den Zug von New York nach Hudson nehmen. Dort würden sie dich abholen.

Da ist eine Kleinigkeit zu beachten, erwiderte er. Sie haben mir keinen Grund gegeben, zu glauben, daß sie mich dort haben wollen. Und jetzt mußt du wirklich gehen.

XII

Die langen Jahre, die Renata mit ihrem dritten Ohr Patienten auf der Couch zugehört hatte, waren nicht vergeblich gewesen. Sie erkannte Schmidts Problem sofort: Er sehnte sich nach Charlotte, würde aber unaufgefordert nicht nach Claverack fahren, und er würde keine Einladung provozieren. Ein Problem, das sie lösen konnte. Wie durch einen glücklichen Zufall rief Charlotte schon am nächsten Tag bei Schmidt an.

Dad, verkündete sie, du solltest zu Besuch kommen, bevor das Baby da ist. Auf die Weise würdest du auch das Haus sehen, unser Haus, meine ich, und wenn du möchtest, auch das Haus der Rikers. Beide sind großartig. Renata findet die Idee gut. Du wirst dann verstehen, warum Jon und ich Claverack mögen und die Hamptons hassen. Da ist nur eine Sache: Am nächsten Wochenende ist Memorial Day, und ein paar Leute, mit denen Jon zusammenarbeitet, werden übers Wochenende bei uns wohnen, deshalb können wir dich dann nicht einladen. Paßt dir ein anderes Wochenende?

Ach, das ist sehr aufmerksam von Renata, erwiderte Schmidt und fragte sich, was aus Charlottes Intelligenz geworden war, die ihn immer so stolz gemacht hatte. Ich würde dich sehr gern besuchen, aber ich käme lieber während der Woche. Ich würde morgens eintreffen, wir könnten zusammen zu Mittag essen, und danach würde ich wieder abfahren. Ein leichter, entspannter Besuch!

Vielleicht ist das am besten, antwortete sie. An den Wochenenden ist Jon immer so kaputt, daß er sich ausruhen muß. Er will nur Freunde und seine Familie um sich haben. Absolut niemanden sonst.

Schmidt erwiderte nichts.

Also, kannst du mir sagen, wann ich dich erwarten soll? Sie gab sich keine Mühe, ihre Gereiztheit zu verbergen.

Wie wär's mit morgen in einer Woche? fragte Schmidt. Ich könnte um zwölf Uhr da sein.

Das ist gut, erwiderte sie. Du kennst doch den Weg nach Claverack? Ich schicke dir eine Wegbeschreibung, damit du das Haus findest.

Klick. Aufgelegt.

Es dauerte nicht lang, bis das Telefon wieder klingelte. Renata.

Es war richtig, daß du gesagt hast, du würdest nicht über Nacht bleiben, ließ sie ihn wissen. Vierundzwanzig Stunden deiner aufgestauten Feindseligkeit ausgesetzt zu sein wäre vielleicht zuviel für Charlotte. So wie es jetzt steht, gibt sie sich alle Mühe, sie abzuarbeiten. Sie verdient eine Belohnung!

Danke, Renata, antwortete er. Ich bin sicher, du findest etwas Passendes.

Da dies offenbar erst der Beginn einer Familientherapie war, erklärte er ihr: Ich kann jetzt wirklich nicht weiterreden. Du hast mich erwischt, als ich gerade aus der Tür gehen wollte.

Wir unterhalten uns bald weiter, erwiderte sie, nach deinem Besuch.

Er entschloß sich, die Nacht vor seiner Fahrt nach Claverack in der Stadt zu verbringen. Lew Brenner hatte nichts vor. Sie verabredeten sich zum Abendessen im Club. Als sie sich trafen, entschuldigte Lew seine Frau. Tina hätte Schmidt so gern wiedergesehen, aber sie sei die Woche über auf dem Land.

Sie tranken ihre Martinis an der Bar und stiegen dann die Treppe zum Speiseraum hinauf. Nachdem sie entschieden hatten, was sie essen und welchen Wein sie trinken wollten, sagte Lew, er wolle Schmidt ins Bild setzen: Nach der Wahl der neuen Partner im Juni wird Jack DeForrest schwer unter Druck geraten. Die Jungtürken laufen Sturm gegen ihn.

Ich frage mich, wie dir dabei zumute ist, Schmidtie, fuhr Lew fort. Ihr wart so gute Freunde, als wir alle noch Assistenten waren, aber ich hatte den Eindruck, daß Spannungen zwischen euch aufkamen, als er geschäftsführender Partner wurde, größere Spannungen, als der Umgang mit *el supremo* normalerweise mit sich bringt.

Das ist ein schwieriges Thema, sagte Schmidt, aber dein Eindruck ist ganz richtig. Erzähl mir, welche Sünden man Jack vorwirft und wer wahrscheinlich sein Nachfolger wird.

Wenn es so einfach wäre. Aber das ist ebenfalls ein schwieriges Thema. Es gibt keine konkreten Vorwürfe. Die allgemeine Lage kennst du so gut wie ich: Der Dow bewegt sich in die richtige Richtung, die Arbeitslosenzahlen auch, aber es gibt nicht genug große Aufträge. Das macht die Jungen nervös. Sie gehen herum und schwingen solche Reden wie: Für einen Auftrag würde ich morden. Gott sei Dank sieht es bei mir gut aus. Ich habe große Transaktionen in Arbeit, und alle meine Mitarbeiter sind sehr, sehr beschäftigt. Aber ansonsten ist es nicht so rosig, und Jack, der den anderen in der Kanzlei Mut machen müßte, verhält sich statt dessen wie Mr. Weltuntergang Marc Faber. Er ist auf Zahlen fixiert: Sind die anrechenbaren Stunden gestiegen oder gesunken und um wieviel Prozent, das gleiche macht er mit den Außenständen und diesen Statistiken über die Verteilung auf die einzelnen Partner und Anwälte. Er sollte davon reden, daß der Dienst am Mandanten bei uns Tradition ist, daß es Spaß macht, zusammenzuarbeiten, und so weiter. All das Zeug zur Hebung der Kampfmoral, das der alte Dexter Wood so gut beherrschte. Also kann es sein, daß Jack zum Rücktritt gedrängt wird, obwohl seine Zeit als geschäftsführender Partner erst in zwei Jahren abläuft.

Na ja, Lew, du hattest immer interessante Arbeit, und zwar reichlich.

Als Schmidt das sagte, merkte er, wie fern ihm die Strategie und Personalpolitik von W & K jetzt lagen, so fern, daß er seinen früheren Neid auf Lew und dessen Fähigkeit, Erfolge mühelos aus dem Ärmel zu schütteln, kaum noch spürte.

Ich hatte Glück, sagte Lew, das ist alles. Und ich hatte tüchtige Helfer. Genau wie du. Denk nur an Tim Verplanck! Wahrscheinlich wollen sie weiträumig nach einem Nachfolger suchen, auch in den unteren Rängen der Jüngeren. Wenn du irgendwelche Vorschläge hast, solltest du mich das wissen lassen.

Grübelnd nippten sie an ihrem Wein.

Apropos Tim Verplanck, sagte Schmidt, ich war wieder in Paris und habe mit Hugh Macomber und den anderen aus der Bande zu Mittag gegessen.

Ein guter Mann, der junge Macomber!

Er hat mir erzählt, allzu sicher sei er nicht, ob er die Mandanten halten könne, die Tim akquiriert hat – die, die noch da sind. Wie du weißt, sind einige abgesprungen. Er hat gewisse Probleme mit Bruno angedeutet, diesem Freund von Tim.

Ja, da gibt es ein Problem. Ein ernsthaftes Problem. Beide Macombers – seine Frau Molly noch mehr als er – sind wunderbare Menschen, aber im Grunde amerikanische Provinzler. Anders kann man es nicht nennen. Sagt man »Investmentbanker«, haben sie ein Bild vor

Augen, das auf jeden Kommilitonen Hughs in Princeton zutrifft, der jetzt Partner in der Morgan Stanley Bank oder äquivalenten Institutionen ist, der verheiratet ist mit einer Frau wie Molly, zwei Kinder hat, eines auf der Chapin-Schule und das andere am Buckley-Institut. Wenn sie also mit Bruno konfrontiert werden, paßt er nicht ins Bild, und sie sehen nur, daß er schwul ist. Keine Frau, keine Kinder, also was für ein Investmentbanker kann der schon sein? Eine Fehlbesetzung. Er macht sie unsicher. Er würde in ihre Vorstellung vom Leben passen, wenn er Maler wäre. Oder ein Modefriseur! Dabei vergessen sie aber, oder sie können nicht verstehen, daß viele, die in Princeton Examen gemacht haben und Mitglieder desselben Studentenclubs waren wie Hugh, jetzt Bankiers bei der Morgan Stanley und ähnlichen Firmen und genauso schwul wie Bruno sind. Oder Juden wie ich!

Er hielt inne, offenbar in der Erwartung, Schmidt würde etwas sagen. Als er merkte, daß Schmidt bei seinem Schweigen bleiben wollte, fuhr Lew fort: Was du im Bett treibst, macht dich beim Organisieren von Fusionen und Übernahmen weder besser noch schlechter, das ist der Punkt.

Ja, sagte Schmidt, nur daß es sehr schade für das Pariser Büro ist.

Ich versuche, mich einzuschalten, sagt Lew. Bruno ist sehr differenziert. Er durchschaut Hugh und nimmt ihm seine Reaktion nicht übel. Er weiß, daß sie kulturell bedingt und unwillkürlich ist. Ich frage mich, wie sich dies auf die Mandanten auswirkt und wie man sie überzeugen kann, bei uns zu bleiben, obwohl Tim nicht mehr da ist. Das wäre einfacher und selbstverständlicher, und Bruno würde es gern übernehmen, wenn er und Hugh sich besser verstünden.

Natürlich, sagte Schmidt. Übrigens habe ich Alice wiedergesehen, als ich in Paris war.

Er hatte es gesagt! Nur um den Boden für diese Mitteilung zu bereiten, hatte Schmidt über den jungen Macomber geredet. Er wollte nicht, daß ihr Name plötzlich fiel, wie aus heiterem Himmel.

Du könntest deine Zeit viel schlechter nutzen, sagte Lew und trank Schmidt zu. Sie ist eine schöne Frau.

Ja.

Wenn sie frei ist, wäre sie perfekt für dich, Schmidtie. Sie würde dich verstehen, sie würde zu dir passen. Du könntest stolz auf sie sein.

Ich bin fünfzehn Jahre älter!

Wenn du das sagst. Ich habe nicht nachgerechnet, aber ich glaube nicht, daß es etwas ausmacht. Du bist gesund, man sieht dir dein Alter nicht an, und du führst ein interessantes Leben – besonders jetzt, da du Mike Mansours Stiftung leitest. Ich würde ernsthaft darüber nachdenken, vorausgesetzt, wie gesagt, sie ist frei.

Es gibt keinen Anhaltspunkt dafür, daß sie nicht frei ist, aber wie soll ich das wissen! Ich hoffe, sie wiederzusehen, wenn ich nächsten Monat in Paris bin.

Gute Idee, erwiderte Lew. Tina und ich sind dann auch eine Woche lang dort. Wenn es um die gleiche Zeit ist, sollten wir vier uns mal zum Abendessen treffen.

Den Weg nach Claverack hatte Schmidt noch ungefähr in Erinnerung. Vor Charlottes Geburt waren Mary und er gelegentlich übers Wochenende nach Tanglewood zu Konzerten gefahren und über Nacht entweder bei einer von Marys Radcliffe-Freundinnen geblieben, die mit einem Architekten verheiratet war und ein Haus in Hillsdale hatte, knapp westlich der Grenze zu Massachusetts und 39 Kilometer von Lenox, oder sie hatten in Great

Barrington bei einem W & K-Sozius übernachtet, einem Prozeßanwalt, für den Schmidt eine Reihe von Memoranden geschrieben hatte. Von dessen Domizil aus brauchten sie nur eine halbe Stunde bis Tanglewood, von Hillsdale dauerte es eine ganze, und die Besuche in Great Barrington waren wahrscheinlich gut für Schmidts Karriere, aber sie machten wenig Vergnügen. Der Anwalt hatte in Leih- und Pachtverhandlungen als FD Roosevelts Beauftragter fungiert und war überzeugt, daß eine Arbeit im Dienst der Regierung für brillante junge Anwälte unumgänglich sei. Offenbar hielt er Schmidt für einen solchen und erklärte ihm und Mary, daß Schmidt sich unbedingt für ein paar Jahre von den Fesseln der Kanzlei befreien und für das Wohl des Landes arbeiten müsse. Unbedingt, sagte er, und sei es auch nur, um sich einen Nachruf in der *New York Times* zu sichern! Der Anwalt hatte gut reden: Er war mit einer reichen Frau verheiratet. Schmidt nicht; Mary hatte gerade eine Stelle als Redaktionsassistentin angenommen und verdiente so gut wie nichts. In Hillsdale predigte ihnen niemand: Marys Freundin war eine hervorragende Köchin, die anderen Hausgäste ungefähr im gleichen Alter wie die Gastgeber und die Schmidts, und am Samstag, wenn es kein Nachmittagskonzert gab, ließen sie alle auf dem schönen Feld hinter dem Haus, das auf einer Felskuppe stand und deshalb selbst an schwülen Sommertagen von einer leichten Brise umweht war, die kunstvollen Drachen des Architekten steigen. Der Anwalt starb, zwei Jahre nachdem Schmidt zum Sozius ernannt worden war, und wurde in der Presse wie eine Berühmtheit behandelt; die hervorragende Köchin und der Architekt ließen sich scheiden. Das Haus in Hillsdale wurde verkauft, und den Architekten sahen Schmidt und Mary nie wieder. Die Köchin besuchten sie noch, bis sie wieder heiratete und nach Oregon zog, wo sie ein Restaurant eröffnete und an Krebs starb wie Mary, allerdings schon ein paar Jahre früher.

Erschöpft von Erinnerungen an alte Freundschaften und Tode, unerträglich angespannt beim Gedanken, daß er in zwei Stunden die so geliebte und ihm so entfremdete Tochter sehen würde, fand er den Weg über die neuen und umbenannten Straßen, die ihn endlich zum Taconic Parkway brachten, und trat aufs Gaspedal. Der Volvo war um vieles stärker als der VW-Käfer, den er damals gehabt hatte. Dieser Wagen schoß wie wildgeworden vorwärts. Gewissenhaft drosselte er das Tempo auf gut fünfundsechzig Meilen, hielt es für unwahrscheinlich, daß die an den dichtbewachsenen Seiten- oder Mittelstreifen lauernden Polizisten sich darüber ärgern würden, schaltete das Radio ein und stellte überrascht fest, daß er sich immer noch im Sendebereich von WQXR befand. Auch das war eine Verbesserung gegenüber den alten Zeiten.

Das Haus, ein zweistöckiger weißer Schindelbau mit schwarzen Fensterläden, stand auf einem Feld, in dessen abgeteiltem, eingezäuntem Bereich Aberdeen-Rinder grasten; wie er später erfuhr, gehörten sie dem in der Nachbarschaft wohnenden Farmer, der die Immobilie an Charlotte und Jon verkauft hatte.

Charlotte wartete an der Haustür auf ihn. Seit er sie zum letzten Mal gesehen hatte, waren weniger als zwei Monate vergangen. Die schicke, schlanke junge Frau hatte sich verändert. Da stand sie in einem blauweiß gestreiften Gingham-Kleid, dessen Schnittführung den vorgewölbten Bauch nicht verhüllte. Sie lächelte tatsächlich. Er küßte sie auf beide Wangen und dann gleich noch einmal.

Ich bin so froh, sagte er.

Als sie sich nach der Hausbesichtigung in die Küche setzten, fragte sie ihn, was er davon halte.

Es ist schön, antwortete er, sehr gut und geschmackvoll

renoviert, genau wie ich es von dir erwartet hätte, und ich glaube, das Kinderzimmer ist gerade richtig. Es wird ihm gefallen.

Eigentlich ist das zu neunzig Prozent Renatas Verdienst. Sie hat ein sehr gutes Auge und weiß, wie man mit Handwerkern umgeht.

Das wundert mich nicht, antwortete Schmidt. Ich erinnere mich, daß ihre Wohnung in der 57th Street sehr schön ist.

Du bist nur einmal da gewesen.

Er wußte nicht sicher, ob dies als Stichelei oder als Ausdruck des Bedauerns aufzufassen war. Am besten forschte er nicht nach. Statt dessen fragte er, ob er einen Drink haben könne: einen Bourbon oder einen Gin-Tonic. Bourbon hatte sie nicht, aber der Gin und eine Flasche Schweppes wurden bereitgestellt. Da sie ihn aufgefordert hatte, sich selbst zu bedienen, nahm er viel Gin. Bis er wieder zurückfuhr, würde dieser Drink und alles, was sie ihm beim Mittagessen zu trinken geben würde, längst abgebaut sein, und wenn nicht, konnte er auf dem Taconic Parkway an den Straßenrand fahren und ein Weilchen schlafen.

Ich würde dich gern um etwas bitten, sagte sie, und ich hoffe, du gehst nicht gleich in die Luft, wenn du es hörst.

Sprich nur, ich versuche, mich zu beherrschen.

Ich möchte eine Frau einstellen, die zugleich als Kindermädchen und Haushälterin arbeiten kann. Sie müßte flexibel und erfahren sein, sollte mir jetzt schon zur Hand gehen, und wenn das Baby da ist, gut mit ihm zurechtkommen. Ich habe eine Frau mit guten Referenzen an der Hand, die, glaube ich, die Richtige wäre. Ich frage mich, ob du ihren Lohn und die Versicherung und das andere Zeug bezahlen würdest.

Ich denke, das wird sich wahrscheinlich einrichten lassen.

Dann fragte er noch, weil er wirklich nicht anders konnte: Hast du sie mit Renatas Hilfe gefunden?

Wenn du es unbedingt wissen willst: ja. Sie hat die Vermittlung in New York angerufen, die sie immer beauftragt. Also ist es nichts mit deiner Zusage, vermute ich. Wenn etwas mit Renata oder Jon zu tun hat, ist es wohl sofort verboten.

Nicht zwangsläufig, antwortete er, es hängt davon ab, was sie im Schilde führen. Wieviel verlangt diese Mary Poppins?

Wenn sie bei uns wohnt, hier und in der Stadt, sechstausend. Sie bekommt einen Monat Urlaub, also brauche ich noch jemanden, der sie dann vertritt.

Das läßt sich wohl machen, sagte Schmidt, für beide, sie und ihre Stellvertreterin. Natürlich vorausgesetzt, daß Renata auch die Vertretung aussucht. Wann kann Poppins anfangen?

Nächsten Dienstag, gleich nach dem Memorial Day, wenn ich ihr heute Bescheid sage.

Tu das, sag ihr, sie hat den Job. Ich gebe dir jetzt gleich einen Scheck für den ersten Monatslohn.

Er zog seine Brieftasche aus der Jacke. Zwei Blankoschecks waren immer darin, offenbar genau für solche Gelegenheiten. Im Kopf spürte er eine leichte Leere; die Wirkung des zweiten Gin-Tonic, den er noch nicht ausgetrunken hatte, oder des Scheckschreibens? Nein, sie kam von der exquisiten Klarheit der Situation. Zuerst versucht Jon den großen Fischzug: Hör zu, Albert, es ist Zeit, die Zukunft des kleinen Myron finanziell abzusichern. Das geht schief, also beschließt die Meistertaktikerin Renata, kleiner anzufangen: bloß sechstausend pro Monat! Das ist nur der erste Schritt. Aber er würde doppelt soviel geben, und zwar gern, wenn Charlotte ihm nur ihre und Jons mysteriöse Finanzlage erklären, wenn sie freundlich bitten würde, wenn die Rikers die Finger von seinen Geschäften mit seiner Tochter ließen. Er reichte ihr den Scheck. Während sie ihn prüfte, tastete er in seiner Jackentasche nach dem Geschenk, das er für sie hatte: einen französischen Anhänger aus der Jahrhundertwende, in der Form eines Schmetterlings, der an einer Kette hing. Sollte er es ihr jetzt gleich geben? Er entschied sich, zu warten. Man wußte nicht, wie der Besuch enden würde.

Nach einem Schweigen, das ihm lang vorkam, sagte sie: Danke. Ich gebe Renata Bescheid, damit sie mit dieser Frau telefoniert. Stört es dich, wenn ich sie anrufe?

Er schüttelte den Kopf.

Charlotte hatte offenbar eine besondere Nummer für ihren persönlichen Gebrauch, die das Telefon in Renatas Behandlungszimmer klingeln ließ. Halb eins, das hieß, sie müßte mitten in einer Fünfzig-Minuten-Stunde mit einem Patienten sein. Trotzdem hob sie sofort den Hörer ab. Schmidt hörte sie sagen: Hallo, Schätzchen. Wie läuft's? O.K., antwortete seine Tochter, er hat mir den Scheck gegeben. Du kannst Jolanda anrufen, wenn du Zeit hast. Ja. Bussi.

Bussi, auch das noch, dachte Schmidt bei sich. Wohin Charlottes Intelligenz verschwunden war, hatte er sich bereits gefragt. Und das gute Benehmen, das Mary, Tante Martha und – kaum zu glauben, aber wahr – auch er ihr so sorgsam anerzogen hatten! Wo war es geblieben? Man konnte kaum behaupten, daß sie statt dessen gewitzt wie eine Gassengöre sei, denn die würde geschickter vorgehen als diese Aussteigerin aus der Oberschicht.

Willst du essen? fragte sie.

Ja, erwiderte er, aber vielleicht wäre es einfacher, wenn ich mit dir essen gehe. In ein Restaurant in Claverack oder Hudson?

Ich habe was vorbereitet.

Sie packte Teller, Gläser, Messer und Gabeln auf den Tisch und überließ es ihm, sie zu ordnen, brachte eine halbe Flasche kalifornischen Rotwein aus der Speisekammer und holte eine Schüssel Salat, *salade niçoise*, aus dem Kühlschrank. Auf der Anrichte lag Brot, das stellte sie auch auf den Tisch.

Charlotte, sagte Schmidt, hörbar gerührt, das war das liebste Sommeressen deiner Mutter, und du hast es nach ihrem Rezept zubereitet. Danke!

Gern geschehen. Du hast wohl gedacht, ich würde eine Pizza bestellen. Natürlich kann ich lange nicht so gut kochen wie deine Freundin Carrie.

Ah, diese Mahlzeit, die Carrie so großmütig vorbereitet hat, als die beiden sich zum ersten und einzigen Mal begegnet sind, die ist ihr im Hals stecken geblieben, dachte Schmidt. Was für ein Jammer.

Das weiß ich nicht, du hast nicht oft für mich gekocht. Aber ich merke, daß du nicht auf dem neuesten Stand der Entwicklungen bist. Carrie hat einen netten Mann geheiratet, der in East Hampton eine Marina betreibt, und sie erwartet nächsten Monat ein Baby.

Das hat dich sicher zur Weißglut gebracht!

Eigentlich nicht. Wie gesagt, ein netter Kerl, er ist im richtigen Alter für sie, und ich glaube, sie verstehen sich gut.

Das ist eine ganz neue Großmut, Dad. Wow! Für Jons und meine Ehe hast du diese Toleranz und Großzügigkeit nicht aufgebracht, jedenfalls hab ich nichts davon gemerkt.

Ach du meine Güte, antwortete Schmidt.

Was sollte er machen? Aufzählen, wie Jon sie betrogen hatte, wie unmoralisch oder jedenfalls rücksichtslos sein Verhalten gewesen war, so daß W & K ihn hinausgeworfen hatten, ganz zu schweigen von seiner nichtswürdigen Weigerung, ihr nach der Trennung das Haus zurückzugeben, das ihr rechtmäßiges Eigentum war? Sie daran erinnern, daß Jon, der mit Schmidts Hilfe Partner bei W & K geworden war, jede Gelegenheit nutzte, ihn, den Alten, zu reizen? Davon reden, daß sie sich in einer grotesken Neufassung der Bibelgeschichte von Ruth ausdrücklich von ihm abgekehrt hatte, um ihrer Schwiegermutter zu folgen? Oder von ihrem und Jons wirklich bemerkenswerten Mangel an Dankbarkeit, wenn es um die Tonnen von Geld ging, die sie von ihm erhalten hatte? Was würde all das nützen?

Ach du meine Güte, sagte er noch einmal. Darüber müssen wir nicht streiten, während ich deinen köstlichen Salat esse. Kaffee trinkst du wohl zur Zeit nicht?

Sie schüttelte den Kopf.

Wenn es dir keine Mühe macht, Kaffee zu kochen, hätte ich gern einen. Sehr stark und mindestens eine große Tasse.

Bald danach machte er sich auf den Rückweg, den Schmetterling aus Gold und Lapislazuli behielt er in der Tasche. Er hatte sich entschieden: Sie sollte ihn haben, aber erst, wenn er seinen Enkel zum ersten Mal sehen würde.

Als er in Bridgehampton ankam, war es schon nach sechs Uhr. Sy war im Haus; so sollte es auch sein; Schmidt hatte Bryan ans Herz gelegt, die Katzentür zu schließen, damit Sy nicht herauskonnte, wenn Bryan nicht da war, um auf Notschreie zu antworten. Daß Sy ihn aber dermaßen begeistert begrüßte, zeigte Schmidt, daß irgend etwas schiefgegangen war. Tatsächlich: Das Katzenklo, auf dessen Pflege sich Bryan viel zugute hielt, hatte keine frische Streu, und ganz ohne Frage war Sy ausgehungert. Eins nach dem anderen: Er hob den Kater hoch und versicherte ihn seiner Zuneigung, fütterte ihn und kümmerte sich dann um die Katzenstreu. Dankbares Schnurren belohnte ihn, er öffnete die Katzentür und sah zu, wie Sy unendlich umsichtig in den Garten verschwand.

Erst dann warf er einen Blick auf seinen Anrufbeantworter. Das rote Licht blinkte. Er drückte auf den Wiedergabeknopf. Jasons unverkennbare jungenhafte Pfadfinderleiter-Stimme meldete, daß Carries Fruchtblase geplatzt war, früh am Morgen, als sie noch im Bett lag; die Wehen hätten ein paar Stunden später eingesetzt; er habe sie nach Southampton in die Klinik gebracht. Die Nachricht war um zwanzig nach zwölf gespeichert worden, während er in Charlottes Küche saß und seinen Gin-Tonic trank. Wahrscheinlich ist er noch in der Klinik, dachte Schmidt. Jasons Handynummer steckte an der Pinwand in der Küche. Nichts. Als nächstes versuchte Schmidt, Bryan anzurufen, und erreichte ihn. Carrie ist seit heute mittag in dem Zimmer, wo sie untergebracht werden, wenn sie Wehen haben, sagte Bryan. Jason ist meistens bei ihr. Sie macht es richtig gut. Er habe zurück zur Marina fahren müssen, um den beiden anderen Jungs zu helfen, wolle Jason jetzt aber Gesellschaft leisten.

Schmidt dachte nach. Habt ihr etwas gegessen, du und Jason?

Ja, er habe eine Pizza mitgebracht und ein paar Dosen Bier, und sie hätten hinten auf dem Laster gegessen.

Ich frage mich, ob ich zu euch kommen soll, sagte Schmidt. Jason wird dableiben wollen, bis das Baby geboren ist, aber ruf mich bitte jederzeit an, wenn es etwas Neues gibt, und auch, wenn du zur Marina zurückmußt. Ein erstes Kind kann sich viel Zeit nehmen, bis es herauskommt. Also ruf mich auf jeden Fall an. Ich gehe nirgendwohin, und es macht mir nichts aus – wirklich nichts –, wenn du mich weckst. Also, wenn es irgendwas Neues gibt oder du oder Jason Ablösung braucht, ruf mich an. Verstanden?

Allmählich war Schmidt klargeworden, daß er nicht aus seiner jetzigen Rolle fallen durfte. Und welche Rolle war das? Carries ehemaliger Liebhaber – aber das war Bryan auch – und ihr und Jasons Freund und Wohltäter. Das war alles. Daß er Carrie eine ansehnliche Mitgift gegeben hatte, änderte nichts daran. Nein, ihr Vater war er ganz sicher nicht. Paradox war, daß er sie jetzt väterlich liebte. Die Erinnerung an den Sex mit ihr – die Ekstase, die ihn in solche Höhen katapultiert hatte, daß er sich wie umgewandelt vorkam – war immer noch lebendig und würde wohl nie verblassen. Zugleich hatte er das sichere Gefühl, daß er vor dem Tabubruch zurückschrecken würde, falls sie mit ihm allein wäre und ihm auf eine der zahllosen Weisen, die ihr Geheimnis waren, ihre Lust auf ihn signalisieren sollte. Mit einem Wort: Er würde mit ihr sowenig schlafen wie mit Charlotte. Die Liebe zu seiner Hekate war väterlich geworden. Die andere, herzzerreißende Seite der Paradoxie sah er voraus: Seine Zauberin mit der olivfarbenen Haut, deren Körper er mit solcher Leidenschaft und Liebe erkundet hatte, würde eine bessere Tochter für ihn sein als Charlotte, so wie er ihr besserer Vater sein mochte. Ja, Bryan als Jasons Freund und Geschäftspartner hatte einen Platz in der Klinik, er jedoch nicht. Für ihn war es an der Zeit, auf Abstand zu gehen. Es sei denn, etwas Schlimmes ergab sich, eine Änderung in Carries Zustand oder ein Problem mit dem Baby. Als er Bryan nach einer Weile wieder anrief, zeichneten sich keine neuen Entwicklungen ab; Jason war noch bei Carrie. Ich gehe vielleicht aus, sagte Schmidt. Wenn du mich zu Hause nicht erreichst, ruf mich bitte auf meinem Handy an.

Er mischte sich einen Martini und trank ihn langsam. Die *New York Times* lag auf dem Küchentisch. Sie interessierte ihn nicht. Im Kühlschrank war vielleicht genug Essen für sein Abendbrot, vielleicht auch nicht. Er sah nicht nach, es war ihm egal. Die Gefühle, die ihn in Wellen überrollten, waren zu stark für die Einsamkeit seiner Küche. Er pfiff nach Sy. Der kleine Kater kam würdevoll und ohne Hast durch die Fliegengittertür, die Schmidt ihm offenhielt, und nahm seinen Lohn in Empfang. Eine halbe Scheibe Oscar-Meyer-Schinken, in kleine Stücke geschnitten. Nachdem diese Transaktion erledigt war, schloß Schmidt die Katzentür für die Nacht, rasierte sich, nahm ein Bad, zog frische Kleidung an und fuhr zu O'Henry's. Er hatte überlegt, Gil Blackman anzurufen und ihn, falls er in Wainscott war, zu fragen, ob sie sich treffen könnten. Wenn Elaine ihre Drohung wahrgemacht und die Mumie auf Dauer ins Haus geholt hatte, wäre Gil wahrscheinlich nichts auf der Welt lieber als eine Verabredung mit Schmidt. Oder vielleicht würden Elaine oder Gil daran denken, ihn zum Abendessen einzuladen. Nein, Gil anzurufen war keine gute Idee. Er wollte nicht von seinem Besuch in Claverack erzählen: jedenfalls noch nicht. Und er sah keinen Weg, Gil an seinen Gefühlen für Carrie teilhaben zu lassen. Sie waren zu fragil, zu wichtig. Und wie sollte er verhindern, daß Gil sie in einen Topf warf mit seinen Sturm-und-Drang-Gefühlen für DT?

Er schwankte, ob er sich einen Martini bestellen sollte – wenn er nun in aller Eile in die Klinik fahren mußte? –, zuckte die Achseln und ließ sich einfach einen bringen, trank ihn zu hastig und wartete auf sein Steak. Jetzt war ein Kompromiß nötig. Ein Glas Wein mußte reichen.

Mary hatte fast dreißig Stunden lang Wehen, bis Charlotte geboren wurde. Er konnte nicht begreifen, wie sie das aushielt, und flehte den Geburtshelfer an, einen Kaiserschnitt zu machen. Der rohe Kerl – ein Dr. Bubis, Schmidt wußte den Namen noch – weigerte sich. Endlich holte Bubis das Baby mit der Zange. Weder das Baby noch Mary wurden dabei verletzt, Gott sei Dank. Es war schieres Glück. Schmidt konnte sich nicht überwinden zu glauben, daß Geschicklichkeit dabei irgendeine Rolle gespielt hatte. Es gab viele mögliche Erklärungen, warum Mary nicht noch ein Kind haben wollte, aber die lange Quälerei war mit Sicherheit eine der wichtigsten. Wer konnte es ihr verdenken, vor allem, da Bubis sie zur Lamaze-Methode überredet hatte und sich erst wenige Stunden vor der Zangengeburt zu einer Periduralanästhesie entschloß? Schmidt hatte nicht gefragt, wer den kleinen Albert entbinden würde. Nun wünschte er, er hätte es getan. Er hätte Erkundigungen über den Arzt oder die Ärztin einholen können. Jetzt war es zu spät. Vielleicht war es ganz gut, keinen Wirbel zu machen. Carrie war jung und gesund.

Der Anruf kam kurz nach drei Uhr morgens. Es war Jason. Möchtest du mit Carrie sprechen? fragte er. Hier ist sie.

Schmidtie, flüsterte sie, er ist ein häßlicher kleiner Kraftmeier mit roten Haaren. Der wird dir gefallen, glaube ich. Ich liebe ihn jetzt schon.

XIII

Dies irae.

Mike Mansours Maschine kam am Mittwoch abend ein paar Minuten nach neunzehn Uhr auf dem Flughafen Le Bourget im Norden der Stadt an, wo fast alle Privatflugzeuge mit Ziel Paris landeten. Alice erwartete Schmidt um halb zehn in ihrer Wohnung. Paß- und Zollkontrollen in Le Bourget waren nicht nennenswert, und Mr. Mansours Pariser Rolls-Royce stand auf dem Rollfeld bereit. Selbst wenn sie auf dem Weg zur Stadt in stockenden Verkehr geraten sollten, blieb ihm noch genug Zeit, sich zu duschen und umzuziehen, bevor er zu Alice ging; vielleicht würde er sogar anrufen und fragen, ob er eher kommen dürfe. Da er während des achtstündigen Flugs viel geschlafen hatte, fühlte er sich ausgeruht. In zwei Stunden würde er sie sehen! Sein ganzer Körper kribbelte vor Erregung.

Die Frage ist, ob du mich heute abend zum Dinner mit deiner liebenswürdigen Dame einlädst oder ob ich allein essen muß, hatte Mike Mansour gesagt.

O Mike, hatte Schmidt zur Antwort gegeben, ich wünschte, ich könnte dich einladen, aber ich werde bei ihr zu Hause essen. Ein andermal, machen wir es ein anderes Mal.

Pas de problème, hatte der Finanzmagnat erwidert und dann, die Güte in Person, angekündigt, er werde Schmidt und Alice am Samstag abend seinerseits einladen. Vielleicht habe er sogar einen Überraschungsgast.

Das Bodenpersonal hatte ihr Gepäck schon in den Kofferraum des Wagens geladen, Mr. Mansour und Schmidt hatten dem Kapitän, dem Kopiloten und den Stewards zum

Abschied die Hände geschüttelt, der Chauffeur stand, mit der Mütze in der Hand, an der offenen Tür zum Beifahrersitz des Rolls, da näherte sich ein kleines weißes Auto mit halsbrecherischer Geschwindigkeit. Ein Mann in einer Art Uniform stieg aus, begrüßte Mr. Mansour und fragte nach Schmidt. Dieser Herr hier, sagte Mike, worauf der Flughafenbeamte Schmidt einen Umschlag aushändigte.

Nur zu, mach ihn auf, sagte Mike.

Schmidt nickte. Es war ein Fax von Myron Riker. Er las es laut, mit weichen Knien: Charlotte hat sich bei einem Unfall verletzt. Sie liegt in Hudson im Krankenhaus. Bitte ruf mich an, und triff dich dort mit uns.

Die Handynummer stand unten auf der Seite.

Ich muß ihn anrufen, sagte Schmidt, ohne den Blick zu heben, und ich muß dahin. Daß er überhaupt sprechen konnte, überraschte ihn.

Warte, sagte Mr. Mansour. Die Frage ist, wie du hinkommen kannst, und wenn du anrufst, bevor du das weißt, bist du nirgendwo. *Pas question!*

Archie, sprach er dann den Kapitän an. Bitte nimm das Telefon – er gab ihm sein Handy –, und finde heraus, wie schnell deine Leute eine Crew hierherschaffen können, die diese Maschine nach New York zurückfliegt, nein, nach Albany, nicht nach New York.

Das mußt du nicht, sagte Schmidt.

Sagen wir so, erwiderte Mr. Mansour: Der letzte Linienflug von Paris in die Staaten ging – er schaute auf seine Uhr – vor ungefähr einer halben Stunde. Ich will, daß du an den Ort kommst, wo du sein mußt, und das Flugzeug muß sowieso zurück. Ich will nicht, daß es hier herumsteht, während diese Freunde – er wackelte mit dem Zeigefinger und wies auf die Crew – sich ein lustiges Leben im Lido machen! *Pas question!*

Sie haben Glück, Mr. Mansour, sagte Archie. Im Sofitel

in Roissy wartet eine Crew auf einen Linienflug; sie kann in weniger als einer Stunde hier sein. Soll ich sie kommen lassen?

Ja. *Prestissimo!* Und sage deinen Leuten, sie sollen sich um einen Landeplatz in Albany kümmern, um jeden Preis. Schmidtie, jetzt kannst du anrufen. Hat Rikers Vater dir das Fax geschickt? Du kannst ihm sagen, daß du gegen elf Uhr abends Ortszeit in Albany bist und von dort aus zum Krankenhaus kommst. Darum muß er sich nicht kümmern. Einer von den Wachleuten wird am Flugzeug warten und dich hinfahren.

Ich weiß nicht, wie ich dir danken soll.

Er merkte, daß er Tränen in den Augen hatte.

Du bist ein kompletter Idiot. Eins laß dir gesagt sein: Wenn du bist wie ich und eine Menge Geld hast, wirklich eine Menge, dann hast du das Recht, eine Kleinigkeit davon für deine Freunde auszugeben. Vielleicht weißt du es ja nicht, aber du bist mein bester Freund! *Pas de problème.* Auch wenn dein bester Freund Gil Blackman ist! Ha, ha ha!

Schmidt löste sich aus Mr. Mansours Umarmung, um den Anruf zu erledigen, vor dem er sich fürchtete.

Schmidtie, sagte Myron, der nach dem ersten Klingeln am Apparat war, sie ist gestürzt; sie war auf das Fensterbrett gestiegen, um eine Jalousie in Ordnung zu bringen, die sich verhakt hatte. Sie hielt sich daran fest, um sicher zu stehen, die Jalousie löste sich aus der Halterung, und Charlotte fiel rückwärts hinunter. Wahrscheinlich wurde sie ohnmächtig. Jolanda – das ist die Kinderschwester – hat sie gefunden. Sie blutete stark, deshalb rief Jolanda den Rettungswagen. Sie wird noch immer operiert. Sie hat auch eine Gehirnerschütterung, aber das ist offenbar kein großes Problem. Gut, daß du kommst.

Wird sie wieder gesund?

Ganz bestimmt. Natürlich hat sie das Baby verloren.

Oh, wenn es ihr nur wieder gutgeht, machen sie ein neues, erwiderte Schmidt und merkte sofort, daß seine Bemerkung aus irgendeinem Grund eine grobe Dummheit war.

Myron vermied eine direkte Antwort. Statt dessen sagte er, Schmidt werde vermutlich nicht vor Mitternacht in Hudson sein und wahrscheinlich durften sie – Renata, Jon und er – nicht bis dahin im Krankenhaus bleiben, und er dürfe Charlotte so spät sicher nicht mehr besuchen. Am besten solle Schmidt ihn anrufen, wenn er in Albany gelandet sei. Er werde ihm dann alles Neue berichten.

Als dieses Gespräch zu Ende war, rief er Alice an. Ihre Stimme: Kaum hörte er sie, ertappte er sich beschämt bei dem Wunsch, Mike Mansour hätte die Sache nicht in die Hand genommen. Ohne dessen Flugzeug wäre er gezwungen gewesen, die Nacht über in Paris zu bleiben, und er hätte sie mit Alice verbracht. Fehlgeburten kommen immer wieder vor, dachte er, die Rikers haben überreagiert. Wenn sie mich erst einmal dorthin gezerrt haben, werden die schrecklichen drei alles tun, um mich an den Rand zu drängen. Solche Gedanken behielt er für sich. Alice sagte er, daß er in zehn bis vierzehn Tagen wieder nach Paris kommen könne. Ob ihr das lieb wäre? Schsch, Schmidtie, erwiderte sie. Mach jetzt keine Pläne, mich zu besuchen. Schau erst nach Charlotte, und überzeug dich davon, daß sie auf einem guten Weg ist. Bleib bei ihr. Hilf ihr. Laß mich wissen, wie es ihr geht.

Das Flugzeug kam schneller voran, als der Kapitän zunächst geschätzt hatte, und landete kurz nach zehn in Albany. Wieder war Myron sofort am Apparat.

Es war eine schwere Blutung, sagte er, und sie hat zu lange gedauert. Die Zeit, bis Jolanda Charlotte fand, das

Warten auf den Krankenwagen, die Fahrt nach Hudson. Sie haben ihr sofort Blut transfundiert und eine Kürettage versucht. Es hat nichts genützt, Schmidtie, hat nichts genützt! Also haben sie eine Hysterektomie gemacht, um ihr das Leben zu retten. Jetzt wird sie es schaffen. Sie bleibt bis morgen früh im Aufwachraum. Schmidtie, hör mir zu. Sie ist außer Gefahr. Treffen wir uns morgen um zehn im Krankenhaus. Vorher sind Besucher nicht zugelassen.

Die Gesichter von Mutter und Sohn Riker versteinert. Nur Myron streckte Schmidt die Hand entgegen. In ungefähr einer halben Stunde können wir zu ihr, aber immer nur zwei von uns auf einmal. Lassen wir Renata und Jon zuerst gehen, du und ich übernehmen die zweite Schicht.

Schmidt hatte inzwischen mit seiner neuen Ärztin Dr. Tang gesprochen. Eine Hysterektomie nach einer Fehlgeburt? fragte sie, hörbar verblüfft. So spät in der Schwangerschaft? Jeder Fall ist anders, aber normalerweise kann eine Blutung durch eine Kürettage gestoppt werden. Sie sagen, die Ärzte hätten es versucht? Vielleicht gab es eine Uterusruptur. Es tut mir aufrichtig leid für Sie und Ihre Tochter und für Ihre Familie.

Während sie im Wartezimmer saßen, wiederholte er Myron den Inhalt des Gesprächs. Ja, sagte Myron, das hätte ich auch gedacht. Ich wollte mit Charlottes Gynäkologen sprechen, aber der ist auf einem Ärztekongreß in New Orleans. Der andere Gynäkologe ist auch nicht da, und wo er ist, sagt man mir nicht. Der Arzt in der Notaufnahme – ein vernünftiger, ruhiger Mann – versuchte es mit der Kürettage, aber es hat nicht geholfen, also holten sie den Chirurgen, der Bereitschaftsdienst hatte. Menschen in solchen Situationen kann man nicht nachträglich kritisieren. Sie hatten trotz der Transfusionen noch Angst, sie zu verlieren.

Endlich, nach einer Wartezeit, die ihm sehr lang geworden war, kamen Renata und Jon aus dem Zimmer.

Charlotte möchte zuerst Myron sehen und dann ihren Vater, sagte Renata. Sie ist erschöpft. Die Besuche sollten kurz sein.

Vor sehr langer Zeit, als Charlotte noch ein Schulkind war, hatte er mit anderen Eltern auf dem Bürgersteig auf den Bus gewartet, der die Mädchen von einer Exkursion der Brearley-Schule zurückbringen sollte. Als die Kinder ausstiegen, erfaßte ihn plötzlich Panik. Er war einen Moment lang nicht sicher, ob er seine Tochter wiedererkennen würde. Diese Panik kam jetzt, als er in der Tür zum Krankenhauszimmer stand und die im Bett liegende Frau ansah, in anderer, verzerrter Form zurück. Ja, dies war seine arme Tochter, kein Zweifel, die Krankenschwester hatte ihm die Tür aufgehalten und gezeigt, daß es das richtige Zimmer war. Ein lebloses, weißes Gesicht, geschlossene Augen, vielleicht schlief sie. Er ging auf Zehenspitzen in den Raum. Sie schlug die Augen auf, und ihr Gesichtsausdruck veränderte sich. Charlotte versuchte zu lächeln.

Mein Liebes, sagte er, es geht dir besser. Es wird wieder gut.

Er nahm ihre Hand und küßte sie.

Hallo, Dad, sagte sie. Schön, daß du kommen konntest. Ich dachte, du wärst in Paris.

Ein sehr intelligenter Mensch hat im Haus oder bei der Stiftung angerufen und herausgefunden, daß ein Fax mich erreichen würde, und ich bin schleunigst zurückgefahren. Ich war gerade gelandet und konnte auf der Stelle umkehren.

Myron hat dir das Fax geschickt. Das hat er mir vor der Operation erzählt.

Ich weiß. Er ist sehr intelligent.

Neben dem Bett stand ein Stuhl. Er setzte sich und küßte ihr noch einmal die Hand.

Ich möchte dich nicht ermüden, sagte er. Was für ein Glück, dich zu sehen. Im Flugzeug hatte ich solche Angst. Ich dachte, wir würden es nie über den Atlantik schaffen, und als wir den St.-Lorenz-Strom überflogen hatten, fürchtete ich, wir würden nie nach Albany kommen.

Dad, ich kann keine Kinder mehr bekommen. Sie haben mir die Gebärmutter wegoperiert. Ich wollte den kleinen Jungen so sehr! Jetzt verläßt mich Jon bestimmt. Was soll er mit einer Frau, die keine Kinder haben kann? Wozu braucht man dann eine Ehe?

Nein, das tut er nicht, mein Herz, es gibt viele glückliche kinderlose Ehen. Du wirst schon sehen.

Sicher. Wir können uns einen Hund anschaffen. Oder zwei. Oder einen Hund und eine Katze. Wir können adoptieren!

Viele Leute adoptieren und lieben ihre adoptierten Kinder so sehr, daß es keinen Unterschied macht. Daran sollst du jetzt noch nicht denken. Jetzt mußt du dich erst einmal so weit erholen, daß du das Krankenhaus verlassen und wieder Kräfte sammeln kannst.

Klar, Dad.

Sie fing an zu weinen. Er beruhigte sie, so gut er konnte, mit all den Kosenamen aus ihrer Kindheit.

Dad, sagte sie nach einer Weile, meinst du, du könntest bis Freitag nachmittag bleiben? Jon muß in die Stadt zurück – er hat einen Prozeß, und es ist ein wichtiger Fall –, und Renata und Myron müssen wieder zu ihren Patienten.

Aber ja, nichts lieber als das. Ich komme heute nachmittag wieder. Ruh du dich jetzt ordentlich aus. Die Schwester macht mir schon alle möglichen Zeichen, damit ich verschwinde.

Dieser Tag und der nächste, der Freitag, waren für ihn die glücklichste Zeit, die er mit Charlotte seit Marys Tod verbracht hatte. Er las ihr Nachrichten aus der *Times* vor.

Sie fingen mit der Lektüre von *The Warden* an, den er zum Wiederlesen in seinen Koffer gepackt hatte. Sie erzählten einander Geschichten von früher, an die sie sich genauer erinnerte als er, Geschichten, die alle mit Mary zu tun hatten und Zeugnisse für die Harmonie in ihrem häuslichen Leben waren; sie unterhielt ihn mit Klatsch aus dem Radcliffe-Studentenheim, der ihn zum Lachen brachte, auch wenn er die Namen der Mädchen, die in Charlottes Anekdoten die wichtigsten Rollen spielten, längst vergessen hatte. Entspannte Vertrautheit entstand, und in dieser Stimmung einigten sie sich darauf, daß er übers Wochenende nach Bridgehampton zurückfahren würde, schon früh, bevor die Rikers eintrafen, damit er nicht in den schlimmsten Freitagnachmittag- und abendverkehr geriet, aber am Montag wiederkommen und bis zu ihrer Entlassung bei ihr bleiben würde. Der Chirurg meinte, wenn sie weiter so gute Fortschritte mache, könne sie wahrscheinlich am Mittwoch entlassen werden. Dann würden entweder Schmidt und Jolanda oder ein oder mehrere Rikers sie nach Hause bringen.

Am Freitag gegen Mittag spielten sie Scrabble und waren kurz vor dem Ende einer Runde, als Renata anrief. Obwohl Charlotte nichts gesagt und auch nicht mit einem Zeichen angedeutet hatte, sie wolle allein sein, ging er hinaus auf den Korridor, damit sie freier sprechen konnte. Das Gespräch dauerte lang. Endlich hörte er, wie sie den Hörer auflegte, und ging wieder zu ihr ins Zimmer, um zu fragen, was sie sich als Abschiedsessen wünsche. Man durfte ihr Essen von außerhalb mitbringen, Suppen und leicht verdauliches Fleisch, zum Beispiel Brathühnchen, waren erlaubt. Schmidt hatte in der Nähe ein Lebensmittel- und Delikatessengeschäft gefunden, das genau diese Waren verkaufte.

Sie starrte ihn mit leerem Blick an und sagte: Gegen

drei Uhr kommen sie, das heißt Renata und Myron. Jon kann erst spät fahren. Vielleicht schafft er es heute gar nicht mehr.

Wie schade, erwiderte Schmidt. Hast du dir überlegt, was du gern zum Lunch haben möchtest? Hühnersuppe und kaltes Huhn? Es ist zweimal das gleiche, aber beides schmeckt gut. Vanilleeis zum Nachtisch?

Egal. Was du willst!

Sie wirkte verdüstert, deshalb fragte er: Liebes, was ist denn los?

Oh, nichts weiter. Ich mache mir nur klar, was ich geworden bin!

Er beeilte sich mit seinen Einkäufen, hielt noch an einem Blumengeschäft, um eine Vase mit weißen und rosa Pfingstrosen zu erwerben, und traf schwerbeladen wieder in Charlottes Zimmer ein. Er merkte, daß sie geweint hatte.

Sie aßen schweigend. Sie hatte einen Blick auf die Blumen geworfen, aber nichts gesagt. Als er die Teller weggeräumt und die Papierservietten und die Wegwerfbehälter entsorgt hatte, die unweigerlich anfallen, wenn man Essen zum Mitnehmen kauft, fragte er noch einmal, was sie so traurig mache.

Nichts, sagte sie. Renata hat mir erzählt, daß die Großeltern sehr enttäuscht sind. Als Leah – Renatas Mutter – hörte, daß ich keine Kinder haben kann, hat sie so sehr geweint, daß Ron – Jons Großvater – sie vom Telefon wegzerren mußte.

Das tut mir so leid. Es ist noch ganz neu für sie. Sie werden sich darauf einstellen. Wie wir alle. Nimm dir solche Dinge nicht so zu Herzen.

Du weißt, daß Seth – Renatas jüngerer Bruder – schwul ist.

Das wußte ich nicht.

233

Na ja, das ist so. Er wird nie Kinder haben. Ich habe keine Gebärmutter. Renata und Myron bekommen kein Enkelkind von mir, Jon keinen Sohn, und ich kann mir einen Hund anschaffen. Einen netten Pudel. Einen honigbraunen oder einen schwarzen, was rätst du mir?

Mein Liebes, es tut mir so schrecklich leid.

Leid? Nein. Oder vielleicht doch. Egal. Aber wie recht du hattest. Du kanntest dich aus. Du wußtest, warum du keinen Fonds für den kleinen Myron eingerichtet hast. Du wußtest, daß er ihn nicht brauchen würde! Du hast einen Fluch über uns verhängt!

Mein Liebes, das ist doch verrückt. Hör auf, so etwas zu denken und zu sagen. Wie kannst du nur!

Wie ich kann? Ich sag dir einfach die Wahrheit! Du haßt Jon, schon die Vorstellung, du könntest einen jüdischen Enkelsohn bekommen, war dir verhaßt, und du hast dein wahres Gesicht gezeigt! Das verzeih ich dir nie!

Charlotte, Liebes, bitte, hör auf damit!

Nenn mich nicht Liebes. Ich weiß, wovon ich rede. Und ich bin nicht die einzige, die so denkt. Renata denkt genauso! Sowieso paßt alles zusammen. Dieses puertoricanische Flittchen hat gerade dein Kind zur Welt gebracht. Stimmt's? Jon hat sich erkundigt. Einen kleinen Jungen. Albert heißt er. Ach wie süß!

Statt zu antworten, murmelte er: Auf Wiedersehen, und beugte sich über sie, um ihr einen Abschiedskuß zu geben. Sie stieß ihn so heftig weg, daß der Schlauch aus dem Venenzugang in ihrem Unterarm gerissen wurde. Schmidt rief die Krankenschwester und stahl sich aus dem Zimmer, während sie den Schaden behob und mit ihrer Patientin schimpfte.

XIV

Beim Verlassen des Zimmers war ihm der Gedanke durch den Kopf gegangen, daß er Charlotte vielleicht noch einmal versichern müsse, er werde nach dem Wochenende wiederkommen und bis zu ihrer Entlassung aus der Klinik bei ihr bleiben, aber schon im nächsten Moment hatte er sich entschieden, nichts zu sagen. Was auch immer er sagen mochte, würde mit großer Sicherheit eine neue Salve von Anschuldigungen provozieren, die derart verletzend wären, daß sie unüberwindliche Hindernisse für einen zukünftigen Umgang mit Charlotte darstellten und ihm vor allem die Rückkehr an ihr Krankenbett unmöglich machten. Während ihn Mike Mansours Wachmann nach Bridgehampton zurückfuhr, fragte sich Schmidt wieder und wieder: War schon so viel Schaden angerichtet, daß er sich nicht mehr überwinden konnte, zu Charlotte zurückzukehren? Die Antwort war jedesmal die gleiche: Es bleibe ihm gar nichts anderes übrig. Der Schlag, den Charlotte erlitten hatte, war so grausam, daß er mit aller Kraft versuchen mußte, ihr zu helfen. Er durfte nichts tun, was ihren Schmerz verschlimmern würde. Diesen üblen Ausbruch mußte er, ganz so wie früher all die zahllosen Wutanfälle, das Kennzeichen ihrer rebellischen Jugendjahre, einfach nicht beachten. Verzeihen. Sicherlich, aber es gab einen großen Unterschied: Damals war Mary noch dagewesen, und sie konnten das Trommelfeuer wüster Anschuldigungen und Forderungen zu zweit durchsortieren, zusammen lachen und Mitgefühl miteinander haben. Sie waren eine Familie gewesen. Jetzt war er ganz allein. Charlotte hatte sich für eine andere Familie entschieden, eine, die ihm, womöglich mit Ausnahme Myrons, feindlich gesinnt war. Niemandem konnte er Charlottes Tirade schildern, niemanden um Rat fragen, bei niemandem Trost und Bestätigung suchen. Alice hatte er schon von der Fehlgeburt und der Hysterektomie berichtet, Gil Blackman würde es von ihm erfahren, sobald sie sich treffen konnten, und Mike Mansour nach seiner Rückkehr aus Paris. Aber Charlottes Wutausbruch, ihr Mißtrauen gegen seine Motive durften niemals zur Sprache kommen. Er schämte sich ihrer; er wollte nicht, daß sie das Bild trübten, das andere von Charlotte hatten.

Es war wichtig, daß Charlotte und die Rikers auf die eine oder andere Weise erfuhren, daß er trotz ihres Verhaltens wiederkommen werde. Einen Anruf bei ihr, Jon oder Renata schloß er aus, aber zum Glück hatte er Myrons Handynummer. Er rief ihn vom Auto aus an, in der Absicht, ihm eine Nachricht zu hinterlassen, die so detailliert war, daß ein Gespräch überflüssig wurde. Aber nein, Myron nahm den Anruf nach dem ersten Klingeln an, bestimmt das einzige Mitglied des *New York Psychoanalytic Institute*, das so unverzüglich ans Telefon ging.

Schau, Myron, sagte er, ich wollte gerade mit Charlotte zu Mittag essen, da rief Renata an. Ich ging aus dem Zimmer, damit die beiden in Ruhe telefonieren konnten. Vor dem Anruf hatten Charlotte und ich es gut miteinander. Als sie den Hörer auflegte, war sie völlig verändert. Ich kann nur vermuten, daß es an dem Gespräch lag. Dann sagte Charlotte außerordentlich häßliche Dinge zu mir. Ich erzähle dir das nur, um den Zusammenhang zu schildern, nicht um mich über Renata zu beschweren. Mein Anruf hat folgenden Grund: Vor ihrem Ausbruch war Charlotte einverstanden, daß ich am Montag wieder nach Hudson komme und bleibe, bis sie entlassen wird. Ich sagte, ich würde sie zu ihrem Haus bringen und Jolanda helfen, sie

236

dort wieder einzugewöhnen. Das ist natürlich nicht nötig, wenn einer von euch da ist. Ich plane auch, eine Nachtschwester einzustellen, die sich in den ersten Nächten um sie kümmert. Dich möchte ich darum bitten, Charlotte irgendwie zu versichern, daß ich mich an diese Verabredung halte und die Absicht habe, am Montag bei ihr aufzutauchen und genau das zu tun, was ich gesagt habe.

Auch Myron hatte nicht umsonst jahrelang als Analytiker gearbeitet. Er antwortete nicht gleich, sondern dachte eine Weile nach. Das Schweigen dauerte, und endlich sagte er: Mmh. Ich verstehe. In Charlottes Situation sind solche Gefühle und Ausbrüche von Feindseligkeit wohl zu erwarten. Ich werde deine Nachricht übermitteln. Was mich angeht, so bin ich dankbar dafür.

Das war erledigt. Wenn nicht Myron oder ein anderer Riker versuchten, ihn davon abzuhalten, würde er nach Hudson fahren. Er hatte es sich zur Regel gemacht, immer von Dienstag bis Donnerstag im New Yorker Büro der Stiftung zu sein. Es gab eigentlich kein anderes wirksames Verfahren, die Arbeit zu erledigen, und dieses Arrangement hatte einen großen Vorteil, den er seit seiner Pensionierung nicht mehr genossen hatte: die ungeteilte Aufmerksamkeit einer erstklassigen Sekretärin. Da man im New Yorker Büro annahm, er sei wie geplant in Paris, erwartete man ihn nicht. Trotzdem folgte er der lang geübten Gewohnheit eines Anwalts, Kontakt mit seiner Sekretärin zu halten, rief Shirley an, erklärte ihr Charlottes Zustand und sagte, er werde tagsüber im Krankenhaus sein, wo man Mobiltelefone nicht benutzen könne, er werde aber seine Nachrichten lesen und zurückrufen, wenn sich etwas Dringendes ergebe. Sie sagte mit so offenkundiger Ernsthaftigkeit, es tue ihr sehr leid, daß sich seine Stimmung für einen Augenblick besserte.

Mary und er hatten das Poolhaus im Garten gebaut, um sicherzustellen, daß sie nicht durch Charlottes lautstarke junge Freunde, die dort untergebracht waren, und auch nicht durch die noch geräuschvolleren Partys gestört würden. Das hatte funktioniert, aber der Kraft von Klein Alberts Lungen waren weder die schalldichten Mauern noch die zusätzlich als Lärmschutz angebrachten Wandbehänge gewachsen. Mit heftigem Herzklopfen streichelte Schmidt Sy, der an der Vordertreppe auf ihn gewartet hatte, und ging, begleitet von der Katze, über den Rasen. Gleich würde er das Baby wiedersehen – aber diesmal unglücklicherweise durch das Prisma von Charlottes Katastrophe. Die Tür zum Wohnbereich des Poolhauses stand offen. Er klopfte an den Rahmen und ging hinein. Carrie war in der Küche, stillte das Baby und rief Schmidt zu, er solle sich setzen. Das ist vielleicht einer, sagte sie. Dem schmeckt seine Milch, und dem gefällt, woher sie kommt! Du mußt den Kopf nicht wegdrehen, Schmidtie, spinn doch nicht, du hast meine Titten früher oft genug gesehen! Das war wohl richtig. Sie hatte ihr Top und ihren BH ausgezogen, so daß sie ganz zu sehen waren. Sehnsucht überkam Schmidt, nicht nach ihrem Körper, nicht so, daß er erregt wurde, sondern ein sanfteres Sehnen nach der Zeit, als sie zusammengewesen waren, der glücklichen Zeit, die er jetzt, ganz irrational, so einfach und unschuldig fand.

Was für ein guter Junge, sagte er, und was für eine gute Mami! Ich glaube, er ist gewachsen, seit ich ihn in der Klinik gesehen habe.

Natürlich ist er gewachsen, du Spinner! Ein Vielfraß ist er. Hast du ihn dir mal genau angesehen?

Sie nahm ihn von der einen Brust ab und hielt ihn beim Wechseln zur anderen hoch, so daß Schmidt sein Gesicht sah.

Wem sieht er ähnlich, was meinst du?

Winston Churchill.

Rat noch mal!

George Washington.

Falsch. Denk an einen fabelhaften New Yorker Juristen!

Carrie, was sagst du da?

Genau das, was du denkst!

Ich denke, ich werde gar nichts denken. Manchmal führt zuviel Denken ins Unheil.

Schmidtie, nur wir und Albert Junior sind hier. Wir können reden.

Ich glaube, ich muß mich hinsetzen, sagte er. Ich habe gerade eine lange Fahrt aus dem Norden hinter mir. Ist hier irgendwo Whiskey oder Gin?

Sie zeigte auf das Alkoholschränkchen. Einem Bourbon, den er nicht kannte, traute er nicht, deshalb mischte er sich einen Gin-Tonic und sah sich suchend um, bis er ein paar Cracker fand.

Liebst du Jason? fragte er.

Sie lächelte ihn an und flüsterte: Er ist mein Gott.

Das wollte ich hören. Und Carrie, erinnerst du dich an unser Mittagessen in meinem Club, als du mir erzählt hast, du seist schwanger?

Das kann ich doch nicht vergessen. Das war, gleich nachdem wir in dein Büro gegangen sind und du mir eine Million Dollar gegeben hast, weil ich mich nicht von Mike Mansour hab flachlegen lassen.

Genau. Und weißt du noch, wie du mir erklärt hast, daß ein Kind ein Kind ist und daß Jason solche Dinge nicht wichtig sind? Du hast so ungefähr gesagt: Jason weiß von dir und mir, und es macht ihm nichts aus. Wenn das Baby nicht seins ist, dann ist es immer noch meins, ich bin die Mutter, und er ist der Stiefvater.

Mann, hast du ein gutes Gedächtnis!

Und ob! Dafür danke ich dem Herrn jeden Tag! Wenn ich anfinge, meinen Verstand zu verlieren, das wäre das letzte. Aber ganz im Ernst: Wie ist Jason denn so mit dem kleinen Albert?

Ganz verrückt nach ihm ist er.

Ich hoffe, das ändert sich nie. Du weißt natürlich, daß es Wege gibt, mit Sicherheit herauszufinden, wer der Vater ist.

Sie nickte.

Sag mir, wenn du meinst, ich liege falsch. Ich glaube, wir sollten nicht versuchen, es herauszufinden. Wenn du Jason liebst, ist es am besten für dich und Albert und Jason, wenn der Kleine Jasons Sohn ist. Du darfst kein Wort zulassen, das dies in Zweifel zieht. Was meinst du dazu?

Du hast recht, denke ich, und ich denke, ich habe recht, dich zu lieben.

Schsch, sagte Schmidt. Ich liebe dich auch, aber jetzt wie ein Vater.

Dann nimm das Baby, Paps, damit ich mich anziehen kann.

Es war so lange her, seit er ein Baby gehalten hatte, daß er meinte ganz vergessen zu haben, wie man es anstellte, und dann fiel ihm wieder ein, daß man sich eine Windel über die Schulter legen und dafür sorgen mußte, daß das Baby aufstieß. Es dauerte eine ganze Weile, bis Carrie wieder aus dem Bad kam, aber Albert schien nicht unzufrieden zu sein.

Schlafenszeit für ihn, sagte sie.

Die Wiege stand im Schlafzimmer. Sie schaukelte sie, und Albert schlief sehr schnell ein.

Er ist ein liebes Baby, sagte sie.

Das merke ich. Aber jetzt hör mal zu. Ein Kind ist ein Kind, das meine ich auch. Genau wie Jason werde ich ihn lieben, weil er dein Kind ist, und ich werde danach handeln, ich denke dabei an Kindergarten, Schulen, Ferienlager, College und so weiter. Aber ich möchte es diskret machen, seinetwegen und deinetwegen. Verstanden?

Sie nickte.

Wann kommt Jason nach Hause?

Heute ist Freitag, da ist viel zu tun in der Marina. Nicht vor acht. Bryan kommt mit, zum Essen. Du auch?

Ich bin kaputt, sagte Schmidt, eine Mahlzeit gib mir lieber ein anderes Mal. Aber vielleicht komme ich auf ein Glas herüber. Ruf mich an oder schick Bryan, wenn es gut paßt.

Der Lapislazuli-Schmetterling lag im Wandsafe in seinem Schlafzimmer. Charlotte würde er den Schmuck niemals geben können, das wußte er. Der Händler, von dem er das Stück gekauft hatte, würde es wahrscheinlich zurücknehmen oder umtauschen. Welchen Grund würde er dafür angeben? Die Wahrheit? Das traute er sich nicht zu. Sagen, daß es der Dame, der es zugedacht war, nicht gefiel? Der Händler würde merken, daß er log. Alice. Ihr konnte er den Schmetterling schenken. Auch das kam ihm falsch vor. Eine verrückte Symmetrie verlangte, daß Carrie ihn bekam. Er nahm das Schmuckstück aus dem Safe, um es zur Hand zu haben, wenn er später auf ein Glas ins Poolhaus hinüberwanderte.

Er rechnete mit gut drei Stunden Fahrzeit im Montagmorgenverkehr nach Hudson. Schlimmes ahnend machte er sich schon vor neun Uhr auf den Weg. Er hatte gesagt, er werde gegen zwölf im Krankenhaus eintreffen; also sollte er auch pünktlich sein. Der befürchtete Anruf Renatas war, wie vermutet, am Sonntag abend gekommen. Er hatte dem Drang widerstanden, den Hörer aufzulegen.

Schmidtie, erklärte sie, daß du angeboten hast, nach Hudson zu fahren, ist sehr konstruktiv von dir.

Dann machte sie eine Pause, und Schmidt fragte sich, ob sie ihm erklären werde, er brauche sich nicht nach Hudson zu bemühen, sie oder Myron oder Jon würden dort sein oder – warum nicht? – die Großeltern oder Renatas schwuler Bruder. Schmidt erinnerte sich vage, daß der Mann Fotograf war. Wenn das stimmte, müßte seine Arbeitszeit flexibel sein, er konnte sich um seine Nichte kümmern. Aber nein, dies lag nicht in Dr. Rikers Absicht. Sie hatte vielleicht nur gewartet, daß er etwas sagte.

Ich hoffe, du wirst dich hüten, Charlottes Ansicht von deinen Handlungen und Intentionen anzuzweifeln. Es war vielleicht schmerzhaft für dich, ihrer Sicht der Dinge zuzuhören, und womöglich hat Charlotte in ihrer labilen Verfassung nicht in aller wünschenswerten Präzision formuliert, was sie erkannt hat. Aber du mußt der Wahrheit ins Gesicht sehen. Die Erkenntnisse sind wertvoll. Dein eigenes emotionales Gleichgewicht wird von dieser Art der Einsicht profitieren – das wäre wirklich eine ehrliche Selbstprüfung.

Warum war sie am Telefon, warum nicht hier bei Schmidtie im Zimmer? Sein emotionales Gleichgewicht! Nichts wäre förderlicher für sein emotionales Gleichgewicht, als Renata einen schweren Fausthieb ins Gesicht zu versetzen, ihr die Nase zu brechen oder ein paar dieser großen, weißen Raffzähne auszuschlagen. Jedes Äquivalent, das die Umstände zuließen, wäre ihm auch recht.

Sehr langsam, sehr deutlich, höchst präzise artikuliert, sagte er: Ich scheiße auf dich, Renata!

Anschließend legte er den Hörer auf, ganz vorsichtig, er warf ihn nicht auf die Gabel.

Er hatte nicht den mindesten Zweifel, daß Charlotte über diesen Schlagabtausch mit ihrer Schwiegermutter informiert war. Als er kam, sah sie ihn mit eisigem Blick an, gab eine einsilbige Antwort auf seine Frage, was sie gern zu Mittag essen wolle, und wandte sich wieder ihrem Buch zu. Er warf einen verstohlenen Blick auf den Umschlag: Stephen King, *Schlaflos*. Er zuckte die Achseln, aß seine Mahlzeit in ihrer schweigsamen Gesellschaft, räumte den Abfall weg und ließ sich von der Oberschwester über Charlottes Fortschritte informieren. Es geht ihr wunderbar, hörte er. Der Arzt werde während der Morgenvisite entscheiden, wann sie nach Hause könne. Vielleicht morgen, vielleicht auch erst Mittwoch. Um welche Zeit die Visite sei. Um acht Uhr, sagte man ihm. Wenn er um halb neun da sei, werde er den Arzt antreffen. Als nächstes ging er zur Verwaltung und fragte nach Nachtschwestern. Ja, solche Pflegerinnen könne man engagieren. Es reiche, wenn er am Morgen der Entlassung seiner Tochter eine anfordere.

All das war gut. Was er aber im Moment mit sich anfangen sollte, war eine andere Frage. Er ging wieder in Charlottes Zimmer und fand sie schlafend. Er hatte sich ein Buch mitgebracht: *The Way We live Now*. Es würde ihn garantiert fesseln.

Später am Nachmittag kam die Zeit für Charlotte, im Korridor auf und ab zu gehen. Die Schwester fragte Schmidt, ob er seine Tochter gern begleiten würde, aber bevor er antworten konnte, sagte Charlotte zu ihr: Ich gehe lieber mit Ihnen. Als sie wiederkamen, verließ er das Zimmer, solange die Schwester hinter der geschlossenen Tür mit Charlotte beschäftigt war, und kam zurück, als die Schwester gegangen war.

Ich weiß nicht, warum du hier bist, sagte sie.

Du hast gesagt, es sei dir lieb, du wolltest nicht allein sein.

Das war davor, unterbrach sie ihn.

Wovor? Bevor du mich beschimpft hast?

Richtig, erwiderte sie, bevor ich dir die Wahrheit gesagt habe, die du nicht hören wolltest.

Ich verstehe, sagte Schmidt.

Das sagte er nicht, weil sich ihm irgendeine Wahrheit gezeigt hätte, sondern weil er tief Luft holen wollte und Zeit dafür brauchte.

Wenn du mich lieber nicht um dich haben willst, werde ich dir, wenn du möchtest, eine private Tagesschwester besorgen, die bei dir bleiben kann, bis du nach Hause gehst. Ich kann wiederkommen und mich um deine Entlassung kümmern und dich nach Hause bringen. Übrigens wollte ich, wenn du nichts dagegen hast, eine Nachtschwester engagieren, die sich zu Hause um dich kümmert, zumindest bis zum Wochenende, bis Jon ja wohl zu dir kommt, oder auch länger, falls dir das lieber ist. Über die Kosten brauchst du dir übrigens keine Sorgen zu machen. Ich bezahle alles.

Du kannst soviel bezahlen, wie du willst, höhnte sie, das ist immer noch billiger, als das Richtige für den kleinen Myron zu tun. Jolanda kann mich hier abmelden. Vielleicht kannst du dich einfach um alle Rechnungen kümmern, die nicht von der Versicherung übernommen werden. Ich will, daß du endlich hier verschwindest.

Daß jemand so mit ihm sprach, war eine vollkommen neue Erfahrung für ihn; er war nicht sicher, ob er je von einem Vater gehört hatte, den eine Tochter so gallebitter abgefertigt hatte. Spielte sie Goneril? Regan? Was kam wohl als nächstes?

Ich frage nach, ob das möglich ist, antwortete er.

Zum Glück war das Verwaltungsbüro nicht geschlossen. Ja, Charlotte Rikers Haushälterin konnte sie abholen, wenn sie entlassen wurde, Tag- und Nachtschwester waren verfügbar, die Kosten für das Privatzimmer und die Extraleistungen des Krankenhauses konnte er mit Kreditkarte begleichen, die Krankenschwestern mußten jedoch mit Scheck bezahlt werden. Nach einigem Hin und Her wurde ein Blankoscheck zugunsten der Agentur für Pflegeschwestern akzeptiert. Schweren Schrittes ging er die Treppen zum dritten Stock hinauf.

Auf Wiedersehen, Charlotte, ich habe alles geregelt und alles bezahlt, und jetzt beuge ich mich deinen Wünschen und gehe. Irgendwann, es ist noch gar nicht lange her – gut drei Monate – hast du einen Waffenstillstand vorgeschlagen. Er ist gebrochen, das macht mich unglücklich.

Sie gab keine Antwort.

Eines war noch zu erledigen, bevor er in sein Auto stieg und die Rückfahrt nach Bridgehampton antrat. Er rief Myron Riker an. Diesmal erreichte er nur den Anrufbeantworter. Die Nachricht, die er hinterließ, war nüchtern und detailliert. Falls noch etwas zu besprechen sei, es irgendwelche Fragen oder Komplikationen mit den Arrangements gebe, die er getroffen hatte, könne Myron ihn, solange er unterwegs sei, über sein Handy erreichen, und später in Bridgehampton.

Als er nach Hause kam, war es zu spät, um Alice noch anzurufen, aber vielleicht hätte er sie auch nicht angerufen, wenn er viel früher eingetroffen wäre. Er kam sich beschmutzt vor. Bryan war in der Küche und fütterte Sy. Schmidt erklärte, die Lage habe sich geändert und er werde nicht nach New York fahren. Er werde sich selbst um Sy kümmern. Die Demütigung war wirklich extrem gewesen. Er konnte sich nicht einmal dazu aufraffen, über den Rasen zu dem kleinen Albert und seinen Eltern zu gehen. Er nahm Zuflucht zu einem Drink, wartete, bis die beruhigende Wirkung sich in seinem ganzen Körper ausbreitete, und wählte dann Gil Blackmans Nummer. Wunder über Wunder: Gil persönlich nahm den Anruf an, nicht Elaine oder die chinesische Köchin. Noch ein Wunder: Gil hatte noch nicht zu Abend gegessen und nichts vor. Nichts sei ihm lieber als ein Dinner mit Schmidt bei O'Henry's.

Welchem Umstand verdanke ich mein Glück? fragte Schmidt, als sie sich an den Tisch gesetzt hatten. Wo ist Elaine?

Bei der Mumie. Der geht es nicht gut, und Elaine macht sich plötzlich Sorgen, daß das Gold der Mumie einer Katzen- und Hundeklinik vermacht wird und nicht ihr. Daher dieser Anfall von töchterlicher Fürsorglichkeit.

Aha. Wie klug sie ist! Die Versuchung, jemanden zu enterben, kann groß sein.

Du rennst offene Türen ein, Schmidtie. Daß Napoleon die Erbrechte der Kinder in seinen Code geschrieben hat, war sein größtes Verbrechen.

Und warum bist du hier? Ist *Der scharlachrote Buchstabe* jetzt eine Miniserie?

Leider ja. Nun frage ich mich, wie ich DT nach New York schaffen kann. Ich arbeite daran.

Gil, sagte Schmidt, ich habe dich unter einem Vorwand hierhergelockt. Ich hätte gern fröhlich mit dir gegessen, und vielleicht wird daraus auch noch etwas, aber zuerst muß ich dir von Charlotte erzählen. Er berichtete vom katastrophalen Versagen des Arztes in der Notaufnahme, der nicht in der Lage gewesen war, Charlottes Blutung zum Stillstand zu bringen, von der Kürettage, die nichts genützt hatte, von der Hysterektomie.

Körperkontakte zum Zeichen der Zuneigung waren selten zwischen Mr. Blackman und Schmidt. Aber diesmal stand er auf und umarmte Schmidt.

Er setzte sich wieder und sagte: Es ist inzwischen ganz normal, daß Ehepaare aus dem einen oder anderen Grund keine Kinder haben können. Sie stellen sich darauf ein.

Charlotte und Jon sind jung. Geld ist kein Problem für sie. Wahrscheinlich werden sie adoptieren.

Du hast sicher recht, antwortete Schmidt. Danke! Aber das ist noch nicht alles. Er hielt sich nicht an seinen Vorsatz, wieder konnte er nicht anders. Er erzählte Gil, welche Szenen Charlotte gemacht und wie sie ihn beschimpft und verunglimpft hatte, ließ nur die Bemerkungen aus, die mit dem kleinen Albert zu tun hatten. Die Folgen für das Baby und für Carrie und ihre Ehe wären zu bedrohlich gewesen. Dieses Risiko konnte er nicht eingehen. Aber er schilderte die abscheulichen Gespräche mit Jon Riker und dessen Mutter. Sie sind Monster, sagte er, gefährliche, bösartige Monster.

Mr. Blackman schwieg lange. Nachdem er sein Weinglas geleert und die Kellnerin durch ein Zeichen gebeten hatte, eine neue Flasche zu bringen, schüttelte er endlich den Kopf und sagte, ja, sie sind Monster, gefährliche Manipulierer, und Charlotte ist schwächer, als ich gedacht hätte. Ich glaube, es wäre besser, wenn du sie so siehst: als eine Frau, die schwach und leicht zu beeinflussen ist. Wenn sie nicht so nach Rikers Pfeife tanzen würde, hätte sie gemerkt, daß niemand großzügiger mit seinem Geld umgeht als du. Sie würde auch sehen, daß ihr Ehemann eine doppelte Agenda hat: Er will an dein Geld kommen oder hohe Sicherheiten haben, daß es ihm wirklich zufließen wird, aber das reicht ihm nicht. Er hat auch das Bedürfnis, dich dazu zu zwingen, daß du es selbst hergibst; das Geld allein ist nicht genug, er will dich demütigen. Natürlich hast du den Rikers in die Hände gespielt, mein armer Freund, als du ihnen deinen verborgenen Antisemitismus gezeigt hast.

Wie kannst du nur, Gil, schrie Schmidt auf.

Ich kann, weil es wahr ist.

Diese Worte erschütterten Schmidt. Er hörte darin ein

deutliches Echo von Charlottes Vorwurf. Hatten sie sich alle gegen ihn verbündet?

Hast du vergessen, wie zuwider es dir war, daß der Jude Jon dein Schwiegersohn werden sollte? fuhr Mr. Blackman fort. Wenn du meinst, das sei nicht deutlich geworden, irrst du dich. Jon hat die Zeichen nicht übersehen. Weißt du noch, wieviel Theater du gemacht hast, bis du zu einem Thanksgiving-Essen in das Haus der Eltern gingst? Ich kann dir garantieren, daß sie das nicht vergessen haben. Und dies sind nur die beiden Beispiele, an die ich mich erinnere. Es muß andere gegeben haben. Eine Art Leitmotiv.

Ich hatte meine Gründe, unglücklich darüber zu sein, daß Jon erst mit meiner Tochter zusammengelebt und sie dann geheiratet hat, Gründe, die nicht damit zusammenhingen, daß er Jude ist. Unter anderem hatte ich gehofft, daß sie einfach einen besseren, feinfühligeren und vielseitigeren Mann fände. Wie albern das heute wirkt! Leider hat das, was danach passierte, mein Urteil über Jon bestätigt. Er hat sich schändlich betragen. Daß er unablässig versucht, mich zu reizen und zu demütigen, ist noch das wenigste. Auf diese charmante Neigung hast du gerade selbst hingewiesen!

Das ist alles richtig. Aber du hast ihnen einen kleinen Zugang geöffnet, durch den sie ganze Laster gefahren haben, einen nach dem anderen. Vergiß – nein, vergiß nicht –, was ich dir über Antisemitismus gesagt habe. Paß einfach auf, daß du nicht wieder darüber ins Straucheln kommst. Ich weiß, du bist harmlos und trägst das Herz am rechten Fleck, aber ich kenne dich schon fast mein ganzes Leben lang, und du bist für mich wie ein Bruder. Diese Leute dagegen stilisieren dich nur zu gern als bigott. Gib ihnen nicht noch mehr Munition, laß sie in Ruhe. Alle Rikers, auch Charlotte. Das Leben hält alle möglichen

Überraschungen für uns bereit, manche sind schlecht oder schlimmer, und manche erfreulich. Vielleicht bringt eine davon eine Umkehr zu deinen Gunsten. Charlotte kann immer noch zurückkommen und anfangen, sich mehr oder weniger wie eine Tochter aufzuführen.

Du hast recht, sagte Schmidt. Was soll ich auch sonst machen, mir fällt nichts ein.

Nebenbei bemerkt oder vielleicht wegen DT, ich denke daran, auf der Grundlage von Joe Cannings neuem Buch *Die Schlange* einen Spielfilm zu drehen. Hast du das Buch gelesen?

Schmidt schüttelte den Kopf.

Das habe ich mir gedacht. Hier ist es. Ich habe es dir mitgebracht. Lies es bei Gelegenheit.

Am nächsten Morgen rief Schmidt Alice in ihrem Büro an. Er hatte ein beinahe physisches Bedürfnis, mit ihr zu sprechen; es hielt ihn davon ab, sich auf die einfachsten Routinearbeiten zu konzentrieren. Sie sei an ihrem Schreibtisch, sagte man ihm in der Telefonzentrale. Einen Augenblick danach war sie am Apparat.

Alice, sagte er, diese traurige Angelegenheit in der Klinik hat sich stabilisiert. Charlotte wird morgen entlassen. Sie geht nach Hause. Ich möchte und muß dich sehen. Übermorgen kann ich in Paris sein. Ich kann das ganze Wochenende bis Montag morgen bleiben. Wir können an einen schönen Ort auf dem Land fahren, wenn du gern außerhalb von Paris sein möchtest. Oder wenn es dir lieber wäre, können wir uns vielleicht anderswo treffen – in London oder Madrid. Ich muß den größten Teil der nächsten Woche im Büro sein. Wenn also dieses Wochenende für dich ungünstig ist, könnte ich am Wochenende danach kommen, um den Dreiundzwanzigsten. Bitte sag ja zu dem einen oder anderen Datum oder am besten zu beiden!

Schweigen. Sie sah wohl im Kalender ihres Notizbuchs nach. Als sie wieder sprach, erklärte sie ihm, es gebe so viele Komplikationen, sie könne gar nicht alle aufzählen, einige hätten mit ihrem Vater zu tun, andere mit ihrer Arbeit. Ob sie ihn zurückrufen könne? Um ein Uhr seiner Zeit? Oder später, zum Beispiel um sechs Uhr abends? Sie gehe zum Essen aus, müsse aber vorher nach Hause, um sich umzuziehen.

Bitte um eins, sagte Schmidt. Ich darbe. Du fehlst mir sehr.

Als sie anrief, war es halb zwei. Es sei etwas dazwischengekommen. Es tue ihr leid, aber weder das kommende Wochenende noch das danach seien frei. Wieder führte sie die Komplikationen an, alle möglichen Komplikationen, zu langweilig, um sie einzeln aufzuzählen. Aber danach stehe eine Geschäftsreise in die Vereinigten Staaten auf ihrem Plan, ob etwas daraus würde, wisse sie allerdings noch nicht.

Wirklich! rief Schmidt, dann besuch mich!

Schmidtie, sagte sie, bei aller Liebe, versuch dich zu erinnern, wie hart Mary arbeiten mußte, um sich in ihrem Beruf zu halten, und sie hatte so viele Erfolge, so viel Einfluß. Ich muß mich bei jedem Schritt bewähren. Wenn es zu dieser Reise kommt, wird sie nur Arbeit sein. Ich kann mir nicht vorstellen, daß ich mich davon befreien kann, aber wenn sich herausstellt, daß es geht, will ich es tun. Du bist jedenfalls da, oder?

Das ist schrecklich, dachte Schmidt. Wenn ich noch auf dem College wäre und sie eine Radcliffe-Studentin, auf die ich es abgesehen habe, müßte ich mir sagen, die führt mich an der Nase herum. Aber wir sind erwachsen! Wir haben uns geliebt. Sie hat aufgeschrieen, wenn sie zum Höhepunkt kam, sie war so überschwenglich, ihr Gesicht wild und voller Freude. Wie kann das sein?

Alice, sagte er, ich bin von Tag zu Tag mehr überzeugt, daß das, was ich für dich empfinde, Liebe ist. Nicht kindische Schwärmerei, sondern die Liebe eines Mannes, eines erwachsenen Mannes: das Wahre. Ich habe eine schlimme Zeit hinter mir. Ich muß in deinen Armen sein. Bitte finde ein paar Tage – was sage ich, einen einzigen Tag! – an dem du mich sehen kannst, und ich will zu dir kommen, wo immer du mich haben willst.

Schmidtie, bei aller Liebe, wiederholte sie. Es ist nicht so einfach. Laß uns reden, aber nicht jetzt. Du wirst doch in der Gegend sein? Jetzt kann ich dir nur Küsse schicken, scheffelweise, das ist alles, was ich tun kann.

Im Kühlschrank fand sich etwas Gruyère und ein Baguette vom letzten Wochenende. Er schlang beides heißhungrig hinunter, das Brot in der einen, den Käse in der anderen Hand. Immer noch nicht satt, fand er einen Zipfel ungarische Salami und aß auch ihn, ohne die Wurstpelle abzuziehen. Kaffee zu kochen, war ihm zu mühsam. Er wusch sich Gesicht und Hände, putzte sich die Zähne und ging hinaus. Im Poolhaus war alles still, aber Carries kleines Kabrio stand in der Einfahrt. Sie war sicher zu Hause.

Darf ich reinkommen? rief er leise, um das Baby nicht zu wecken.

Genauso leise antwortete sie: Ja.

Sie saß am Küchentisch vor der ausgebreiteten *New York Times*.

Hi, sagte er. Wie geht's Klein-Albert?

Schläft, flüsterte sie. Wurde aber auch Zeit! Er hat mich ganz leer getrunken.

Schlaues Kerlchen, flüsterte Schmidt zurück. Es ist so ein herrlicher Nachmittag. Möchtest du nicht kurz schwimmen gehen? Danach kannst du deine Einkäufe machen. Ich bleibe hier und passe auf meinen Namensvetter auf.

XV

So benahmen sich eigentlich nur Teenager, aber trotzdem beschloß er am nächsten Morgen, daß er Alice nicht anrufen werde. Sie hatte gesagt, laß uns darüber reden, aber nicht jetzt, sie hatte seine Telefonnummer, sie wußte, daß er einen Anrufbeantworter besaß und die Nachrichten abhörte und ohnehin meistens zu Hause war. Sollte sie doch anrufen. Den Unnahbaren konnte auch er spielen. Wie lang sich das Spiel hinziehen werde, fragte er sich nicht, aber die wahrscheinliche Antwort: so lange, wie er durchhielt, bedeutete, daß es wohl nur ein kurzes Spiel wurde. Bald nach dem Frühstück kam tatsächlich ein Anruf aus Paris, allerdings von Mike Mansour, der ausgezeichneter Stimmung war. Iß mit mir zu Mittag, sagte er. Nur wir beide. Paßt dir Freitag? Ich treffe am Abend vorher wieder ein. Und komm am Sonntag abend zum Dinner. Ich lade die schöne Caroline Canning ein, ihren komischen Mann und die Blackmans. Was meinst du? Ich finde, es ist ein gutes Programm.

Was sollte Schmidt schon sagen? Er würde – in Alices Worten – in der Gegend sein. Er sagte zu.

Der nächste Anrufer war Myron Riker.

Schmidtie, sagte er, ich dachte mir, du würdest gern erfahren, daß Charlotte zu Hause ist. Ich bin dir dankbar, daß du alles für die Entlassung vorbereitet hast, damit es Jolanda leicht hätte, aber am Ende habe ich doch meinen Patienten abgesagt und bin selbst in die Klinik gefahren. Für die Regelungen mit den Pflegeschwestern bin ich dir erst recht dankbar, mehr, als ich in Worte fassen kann. Von Charlotte höre ich, daß beide, die Tag- und die Nacht-

schwester, sehr kompetent und sehr nett sind. Deine Großzügigkeit ist überwältigend; du hast Abertausende von
Dollars bezahlt. Pflege rund um die Uhr ist so schrecklich
teuer.

Schon gut, erwiderte Schmidt. Ich bin froh, daß alles in
Ordnung ist.

Myron ließ ein Umhm hören und fuhr fort: Ehrlich gesagt, finde ich nicht, daß alles in Ordnung ist. Charlotte
hat sich sehr schlecht benommen. Ich weiß gar nicht, was
ich sagen soll. Aber ich möchte, daß du meine Meinung
dazu kennst, was immer sie wert ist: Ich finde, du hast
dich wie ein guter Vater und ein Gentleman verhalten. Ich
kann mir vorstellen, wie dir zumute ist, und ich möchte,
daß du weißt, wie leid es mir tut.

Jetzt ist es an mir, mich zu bedanken, sagte Schmidt.
Das ist das erste freundliche Wort von – wie soll ich mich
ausdrücken – von eurer Seite. Die arme Charlotte ist nicht
bei sich. Ich vermute, ihr kann man alles verzeihen. Aber
schau, ich will ganz offen sein. Ich glaube nicht, daß Charlotte das, was sie jetzt sagt, auch sagen würde, wenn Renata es ihr nicht eingeredet hätte. Das kann ich nicht verstehen. Was meinst du dazu? Warum macht sie das? Was,
glaubst du, geht hier vor?

Wieder hörte man Umhm. Dann sagte Myron, sehr
langsam: Renata hatte es in letzter Zeit auch sehr schwer,
aus Gründen, die mit ihr selbst, und anderen, die mit Jon
zu tun haben. Manchmal passiert es sogar sehr guten und
erfahrenen Analytikern wie Renata, daß sie ihr Privatleben mit ihrem Beruf vermischen. Sie fallen aus ihrer Rolle. Sie lassen sich darauf ein, impressionablen Menschen
gewisse Konstruktionen zu suggerieren. Ich denke, das ist
hier passiert.

Du willst mir doch nicht sagen, daß Renata Charlotte
behandelt?

253

Natürlich nicht. Aber sie ist so mit ihr verbunden, daß die Übertragung und die Impressionabilität auf seiten Charlottes fast die gleichen sind wie während einer Analyse.

Und was soll man jetzt tun?

Ich hoffe, daß Jon bald wieder Boden unter den Füßen hat. Das würde helfen. Charlotte wird sich physisch bald erholen. Das wird auch helfen. Ich will versuchen, Renata zu überzeugen, daß sie mehr Distanz zu Jon und Charlotte und zur Ehe der beiden halten muß. Wir sollten wieder darüber sprechen, aber zuerst etwas Zeit vergehen lassen.

Das Mittagessen wurde auf der Terrasse serviert, der Tisch stand unter zwei römischen Sonnenschirmen. Der Ozean war flach, der Strand leer, die Sonne stand im Zenith, und Mr. Mansour prangte in einem marineblauen Seidenhemd und gelben Seidenhosen. Die Hemdsärmel waren aufgekrempelt, aus Gründen der Bequemlichkeit und vielleicht auch, damit man die kräftigen Unterarme des Finanzmagnaten und die hauchdünne Piaget-Uhr an seinem linken Handgelenk sehen konnte. Das rechte Handgelenk war von einem Kupferreifen umschlossen. Warum glaubten alle reichen Leute – jedenfalls alle, die Schmidt kannte – an die magische Kraft solcher Armbänder? Mansour war barfuß. Seine Hände waren emsig mit den Betperlen beschäftigt.

Keine Schuhe, sagte er, als er Schmidts Blick nach unten bemerkte. Wir sind unter uns. Das Teakholz tut deinen Fußsohlen gut. Nur zu, zieh diese lächerlichen L.-L.-Bean-Dinger aus.

Schmidt tat ihm den Gefallen. Es war genau das, was er gewollt, aber nicht gewagt hatte.

So ist es besser, fuhr Mr. Mansour fort, wenn du mir deine Schuhgröße sagst, besorge ich dir ein Paar bessere

Mokassins; besser zu deinem Alter passende, weißt du. Deine Füße sehen normal aus. Der Mann, den ich in Paris habe, macht dir Mokassins.

Mir gefallen diese Schuhe, protestierte Schmidt.

Weil du es nicht besser weißt! Du hättest mit mir in Paris sein sollen. Verzeih, natürlich weiß ich, daß du zurückmußtest. Du hast es mir noch nicht erzählt: Ist deine Tochter aus der Klinik entlassen?

Schmidt nickte.

Du solltest sie am Sonntag besuchen. Emil – so hieß der Leibwächter, der Schmidt von Albany nach Hudson und dann nach Bridgehampton gebracht hatte – fährt dich hin und wieder zurück. Unnütz, über Nacht zu bleiben; du würdest ihr auf die Nerven gehen.

Danke, Mike! sagte Schmidt, das würde ich gern machen, aber das kommende Wochenende ist zu früh.

Er hatte beschlossen, Mr. Mansour nichts von dem Streit mit Charlotte und Jon zu erzählen. Da es dabei zum Teil um Geld ging, würde Mike meinen, er sei wie kein anderer geeignet, das Problem zu lösen. Er würde sich als Vermittler anbieten, eine Aussicht, die in Schmidts Augen die Lage, die schon düster genug war, nur verschlimmern konnte.

An diesem Wochenende bleibe ich hier, fuhr er fort, und ich freue mich auf das Dinner bei dir. Du bist so rundum fürsorglich und gütig, daß ich vor Dankbarkeit ganz überwältigt bin.

Pas de problème, pas de problème.

Eins muß ich noch sagen. Du hast mir versichert, daß du mein Freund bist. Jetzt weiß ich wirklich, daß es wahr ist. Und ich bin deiner.

Klicketiklick, klicketiklack. Mr. Mansour schmunzelte. Du wirst jeden Tag gescheiter. Wer weiß, wo das noch endet! Was habe ich gerade gesagt? Du hättest in Paris sein sollen. Was du nicht wußtest: Caroline und Joe Canning waren auch da. Ich habe sie auf dem Hinweg nicht im Flugzeug mitgenommen, aber auf dem Rückweg. Noch etwas, das du nicht gewußt hast: Ich habe für Canning einen Platz als Gastautor in Royaumont organisiert. Hast du schon mal von Royaumont gehört? Das ist eine mittelalterliche Abtei nördlich von Paris, die im Besitz einer reichen Familie namens Gouin war. Reich, na ja, sagen wir, sie dachten, sie wären reich. Sie haben den Bau in Ordnung gebracht und an eine Stiftung gegeben. Klicketiklick, klicketiklack. Ich bin Mitglied in einem Ausschuß wichtiger Unternehmer, der sich dort um Schulungsprogramme in Marktwirtschaft kümmert. Wie du dir denken kannst, habe ich Einfluß. Die Stiftung hat auch wichtige Kulturprogramme, und da kommt Canning ins Spiel. Die Gelegenheit, mit fünf oder sechs anderen bekannten Autoren an einem Seminar teilzunehmen, hat er sofort beim Schopf gepackt. Sehr prestigeträchtig! Ha! Rat mal, warum ich das in die Wege geleitet habe.

Weil du ein guter Mensch bist.

Falsch. Weil Ehefrau oder Ehemann nicht mitkommen dürfen! Nur die Stipendiaten dürfen sich in der Abtei aufhalten. Keine Ehemänner und keine Ehefrauen! Also habe ich den Cannings erzählt, sie könnten ein Gratiswochenende in Paris verbringen, organisiert von mir, kostenlos für sie. Solange Joe dann an seinem Ruheort sei, wolle ich mich um Caroline kümmern und anschließend beide wieder nach New York mitnehmen. *Pas de problème.* Hat alles funktioniert. Joe hatte sein Seminar, und ich hatte Caroline.

Du bist ein Satan, sagte Schmidt. Du solltest dich schämen. Sie sind ein gutes Ehepaar.

Wer behauptet das Gegenteil? Aber hat Caroline ein Leben mit diesem Schmock? Hat sie nicht, sage ich dir. Ihr gefallen die Bücher, die er schreibt. In Ordnung. Ihm gefallen die Bücher, die sie schreibt. In Ordnung. Er besorgt es ihr vielleicht einmal im Monat, um der alten Zeiten willen. Auch in Ordnung. Sie mag es – in Maßen. Hat sie eine Wahl, kann sie vergleichen? Keine Wahl und keinen Vergleich. Hier komme ich ins Spiel: Ich zeige ihr, was ein richtig gutes Leben ist – die besten Restaurants, die beste Hotelsuite –, und dann treiben wir es, wie sie es noch nie erlebt hat. Kein Vergleich! Eine Frau, die ich flachgelegt habe, vergißt das nie, muß immer daran denken!

Das entsprach nicht Gil Blackmans Theorie, soweit Schmidt sich erinnerte; Gil war überzeugt, daß Mike ein One-night-stand-Künstler war und selbst in diesem Szenario kaum einen hochkriegen konnte.

Was ist dein Geheimnis, Casanova? fragte Schmidt.

Die Größe. Und ich mache es gern. *Pas de problème.* Und ich bin reich.

Ha, ha, ha!

Fabelhaftes Rezept, sagte Schmidt. Kein Wunder, daß ich nicht solche Erfolge hatte wie du. Und wie soll es weitergehen, was passiert danach? Ich meine, falls sie immer an dich denken muß?

Nichts. Sie ist gescheit. Wenn sie einen Auffrischungskurs haben möchte, ein paar Stunden hier, ein paar Stunden da, das läßt sich einrichten. Wem schadet das, frage ich dich? Ich habe diesem blöden Schmock nichts weggenommen. Sie ist immer noch mit ihm zusammen, noch genauso schön, genauso klug. Was kann er sonst noch verlangen? Wenn sie ein, zwei neue Tricks gelernt hat, kann sein, sie zeigt's ihm. Er gewinnt. Und ich verrate dir noch was. Sie ist sauber! Und sie riecht gut!

Du bist grauenhaft, sagte Schmidt.

Klar – widerspricht dir jemand?

Das Dessert war serviert. Limettenkuchen. Mr. Mansour nahm sich sofort zwei Stücke und verlangte ein drittes. Es gibt nichts Besseres, verkündete er. Reden wir von dir. Was ist mit diesem Riker? Hast du ihn gesehen? Soll ich ihm Arbeit zukommen lassen? Ich überlege, ob ich eine Aktiengesellschaft aus einem laufenden Insolvenzverfahren nach Chapter 11 herauskaufen soll. Das wäre genau auf seiner Linie.

Mike, erwiderte Schmidt, du bist grauenhaft, aber auch sehr gütig. Sicher, ich hätte gern, daß du ihm Arbeit zukommen läßt. Er wird sie erstklassig erledigen. Aber mach es bitte so, daß kein Wort fällt über mich, unsere Freundschaft und so weiter. Du weißt, was ich meine. So wie sich die Dinge entwickelt haben, muß ich aus dem Bild verschwinden.

Pas de problème. Ich erzähle dir, wie es läuft.

Was ist nur mit mir los, rätselte Schmidt, als er sich zum Abendessen bei Mr. Mansour umzog, was macht mich zu einem solchen Biedermann? Er mochte Caroline und konnte Canning nicht leiden. Warum wollte er ihr kein Liebesabenteuer gönnen? Warum mußte es ihm gegen den Strich gehen, daß Mike mit ihr geschlafen hatte? War es Neid? In dieser Weise hatte er nie an Caroline gedacht. War es eine dümmliche Art von Konformismus, wollte er, daß Menschen sich korrekt verhalten? Neid hielt er für wahrscheinlicher, auch wenn es schmerzlich war, das zuzugeben. Nicht Neid auf diese besondere Großtat Mikes, sondern Neid auf Menschen, die leichtlebig sind, die gegen Regeln verstoßen können, ohne wie er unter grämlicher Reue zu leiden. Eines war sicher: Wenn sie sich beim Dinner trafen, würde er Caroline und Joe und erst recht Mr. Mansour mit anderen – Mikes – Augen sehen. Diese unglaublich ernste und gebildete Frau hatte Mike Mansours Schmeicheleien nachgegeben, sich von seinen Milliardärstricks hypnotisieren lassen und die Wunder der Übergröße erlebt. Lieber Himmel, wenn das möglich war, dann gab es für eheliches Fehlverhalten keine Grenzen nach oben. Hatte sie Sex mit Joe – Mike hatte das gesagt, aber wie wollte er das wissen? Schmidtie, du Esel, antwortete eine innere Stimme, er weiß es, weil er sie gefragt hat und weil sie es ihm während eines Intermezzos zwischen zwei Orgasmen erzählt hat. Und falls Joe und sie wirklich miteinander schlafen, einmal im Monat oder einmal pro Woche, um der alten Zeiten willen, wie der ägyptische Satan berichtet hat, lächelt sie dann während der Geduldsprobe von einem Ohr bis zum anderen, wenn sie an den Ägypter und sein übergroßes Gerät denkt? Eines mußte man Mike lassen: Ohne Frage hätte – oder hatte – er sich auf Dauer mit Starlets und Models versorgen können, die allzeit bereit waren, weil versessen auf das Füllhorn der guten Dinge, die er anzubieten hatte. Aber nein, er hatte es auf eine Frau über Fünfzig abgesehen, die nur ein paar Jahre jünger war als er; Klasse war ihm wichtig, Carolines Verstand und Charme ebenso wie ihr feiner Körper und ihr schönes Gesicht. Oder kam hier Mr. Mansours bizarre Seite zum Vorschein: Trieb ihn die Lust, herauszufinden, ob er dem gefeierten Romancier Hörner aufsetzen und die angesehene Biographin verführen konnte, oder sein Verlangen nach einem erlesenen, über das Übliche hinausgehenden Geschmack, so wie ihn Kenner in Ausleseweinen suchen oder in gut abgehangenem Federwild? Und Joe! Dieser Mann wurde so hoch gepriesen für seine meisterhafte Fähigkeit, die Geheimnisse des Herzens zu durchschauen, und doch hatte er Caroline der Fürsorge Mansours überlassen, nur weil er selbst in einem Zimmer voller französischer Intellektueller geistreich plaudern wollte. Er hatte seine Hörner verdient.

Als das Hauptgericht abgeräumt war, trank Mr. Mansour auf den Erfolg des neuen Projekts: Gil sei vom bloßen

Nachdenken über einen Film auf der Grundlage von Joes neuem Roman zum Entschluß gekommen. Er würde den Film drehen! Richtig, Gil?

Gil nickte. Falls die üblichen Widerstände nicht zu groß sind. Ich freue mich auf das Projekt, wenn es machbar ist.

Wenn ich ein Projekt unterstütze, gib es kein »nicht machbar«, verkündete Mr. Mansour und drohte Mr. Blackman mit dem rechten Zeigefinger. Oder irre ich mich?

Gil lächelte und sagte nichts.

Canning, der bis dahin nur wie gewöhnlich einzelne Silben gemurmelt hatte, ergriff das Wort: Sprechen Sie nur für sich! Ich bin nicht über das Nachdenken hinausgekommen. Ich wüßte gar nicht, wie.

Touché, lachte Mr. Mansour. Natürlich werde ich mich sehr für die Sache einsetzen, ich habe schon mit Gil besprochen, was mir dazu eingefallen ist, und werde auch Sie daran teilhaben lassen, Joe. Ich verstehe das Drehbuch als eine Zusammenarbeit zwischen einem großen Romancier und einem großen Filmemacher – mit meinen Beiträgen. Ich kann wohl ohne Übertreibung sagen, daß sie entscheidend sein werden. Das können Sie an *Chocolate Kisses* und dem Riesenerfolg ablesen. Den haben Gil und ich mit vereinten Kräften erreicht.

Das war eine von Mr. Mansours Behauptungen, die Gil heftig zurückwies, allerdings nicht in Mikes Gegenwart.

Die Betperlen waren bisher nicht in Aktion gewesen. Jetzt hörte man wieder ihr wie gewohnt hastiges Klicketiklack.

Joe, Gil, fuhr Mr. Mansour fort, jetzt hört mir in Ruhe zu. Wir müssen überlegen, wie wir die Stimmung in Joes Buch aufhellen. Ihr wißt schon, so, daß es beim Publikum ankommt. Die Frage ist, Joe, die Frage ist, warum die Menschen in Ihrem Buch so unsympathisch sind.

Womöglich, weil Menschen so sind, antwortete Canning, oder weil ich sie so sehe? Vielleicht beides.

Touché, noch einmal, konzedierte Mr. Mansour.

Caroline, was meinst du?

Daß Joe der Beste ist!

Danke, *chère amie*! Caroline und ich haben uns in Paris sehr angefreundet, aber das heißt nicht, daß sie mir immer zustimmen muß. Ich rufe meinen nächsten Zeugen auf. Schmidtie, was hältst du davon?

Was immer Mr. Canning plagte, war offenbar eine ansteckende Krankheit. Schmidt fragte: Wovon?

Von dem Buch, rief Elaine, dem Buch *Die Schlange*!

Ich fand es spannend, sagte Schmidt. Gil hat es mir gegeben, und ich habe es in einem Zug durchgelesen.

Das ist keine Zeugenaussage, unterbrach ihn Elaine. Ich investiere in diesen Film, und ich bin auf Mikes Seite! An dem Plot muß man noch arbeiten. Hört in Ruhe zu, wie Mike gesagt hat: Ein verwitweter Vater – ein hervorragender Anwalt wie du, Schmidtie, nur daß er in North Dakota lebt – sagt seinem Sohn, der gerade Examen an der Law School gemacht hat, er könne mietfrei bei seiner Großtante in ihrem Brownstone Haus in Brooklyn wohnen, solange er als Assistent eines Richters in New York arbeitet. Was Joe von North Dakota wissen kann, ist eine andere Frage. Und wer interessiert sich schon für North Dakota? Ich würde den Vater in die Hamptons versetzen. Jedenfalls ist der Junge einverstanden, die Großtante freut sich. Er wohnt fünf Jahre bei ihr, dann stirbt sie. Der Vater ist ihr Testamentsvollstrecker. Praktisch alles soll dem amerikanischen Roten Kreuz zufließen. Aber der Vater kümmert sich um die Sache mit dem Nachlaß und stellt fest, daß praktisch kein Geld mehr da ist. Sein Sohn hatte die alte Frau von Anfang an, sobald er eingezogen war, ausgeplündert. Es wird noch schlimmer. Er hat sie terrorisiert! Ich glaube, sie kam ihm auf die Schliche, aber sie wagte nicht, zu protestieren oder Hilfe zu holen. Den juristischen Kram, die Frage, ob der Vater die unbedingte Pflicht hat, den Sohn der Polizei zu übergeben, habe ich nicht verstanden. Ich weiß nicht, ob es darauf ankommt. Entscheidend ist, daß der Vater dem Jungen klarmacht, daß er es herausgefunden hat, und gleich danach erkennen muß, daß sein eigener Sohn versuchen wird, ihn umzubringen. Habe ich es soweit richtig verstanden, Joe?

Schweigen.

Na gut, es ist dein Buch, aber es wird unser Film, fuhr Elaine fort, und ich muß dir sagen, beim Lesen hat es mich geschaudert. Und außerdem: Wie kann ein wichtiger Film ganz ohne Romantik auskommen?

Aber Elaine, unterbrach Schmidt, es gibt darin doch Romantik, nur kannst du die Hauptrolle nicht mit Julia Roberts besetzen. Vincent, Anthropologe und Fachmann für Kannibalismus, ist für die Romantik zuständig.

Gut, gut, sagte Canning, da haben wir das richtige Team zusammen. Elaine hat die Handlung begriffen und Schmidt die Romantik darin gefunden. Was machen wir jetzt, Mike, Gil? Bitten wir sie, meinen Roman umzuschreiben, oder wollen Sie das selbst machen, Mike?

Als er nach dem Dinner bei Mr. Mansour wieder zu Hause war, überlegte Schmidt, warum Canning sich die Mühe machte, diese Romane zu schreiben. Geld konnte nicht der Grund sein, Schmidt war sich ziemlich sicher, daß die Einkünfte eines Romanciers auf einem mittleren Listenplatz, selbst zusammen mit dem, was Caroline verdiente, für ihre Lebensweise nicht hoch genug waren. Sie lebten von der Pension, die ihm die Versicherungsgesellschaft zahlte, und von Ersparnissen. Was er schrieb, mußte wohl Leuten in einem kleinen Winkel der Erde gefallen, deren

Charakter genauso abstoßend war wie sein eigener. Dann kam Schmidt eine interessantere Frage in den Sinn: Hatte Mr. Mansour womöglich auch Interesse an Elaine, und konnte er sie, wenn er Gil aus dem Weg schaffte, nach L.A. oder North Dakota schickte, ebenfalls haben, einfach so? *Pas de problème!* Sieh doch Caroline! Da saß sie, vollkommen gelassen, im besten Einverständnis mit dem ägyptischen Satan, nachsichtig ihrem Ehemann, diesem Schmock, lauschend.

Unter dem Einfluß dieser Gedanken, die sein Verlangen nach Sex geweckt hatten, war sein Entschluß wankend geworden, stellte Schmidt fest. Es erschien ihm nicht mehr möglich, seelenruhig abzuwarten, daß Alice anrief. Er mußte die Initiative ergreifen. Sie nahm die Form eines kurzen Faxes an, das er an ihre Privatnummer schickte: Juni scheint schwierig für dich zu sein, aber wir haben schon fast Juli. Können wir uns dann sehen? An Wochentagen, Wochenenden, zu jeder Zeit, an jedem Ort. Am nächsten Morgen fand Schmidt überrascht und erfreut im Faxgerät in seiner Küche Alices Antwort: Schmidtie, mein Lieber, der 14. Juli, Tag der Bastille, ist ein Freitag. Hol mich weg von den verrückten Franzosen! Treffen wir uns am 13. in London und bleiben bis zum folgenden Montag. Ich bringe ein gediegenes Kleid mit, falls du beschließt, mich ins Theater zu führen. Ganz und gar Deine Alice. Faxe waren eindeutig das Medium der Wahl. Er schrieb zurück: Ich bin schon jetzt im siebten Himmel. Rendezvous am 13. im Connaught.

Warum war er so sicher, daß er in diesem begehrten Hotel Unterkunft finden würde? Er hatte Vertrauen in Mr. Mansours Sekretärin. Für Alice und ihn würde Raum in dem Gasthaus sein, auch wenn alle Welt nach London käme, daß sie geschätzt würde.

XVI

Noch dreieinhalb Wochen bis zum Rendezvous in London! So einsam, so ausgehungert nach Zuneigung war Schmidt noch nie gewesen, nicht einmal in den Wochen nach Marys Tod. Damals war er wie benommen gewesen von der langen Wache an ihrem Krankenbett und stumpfsinnig beschäftigt mit den unzähligen Arbeiten, die ein Nachlaßverwalter erledigen muß, auch wenn der Nachlaß so übersichtlich ist wie in Marys Fall. Nichtigkeiten fraßen Zeit, Zeit, die er andernfalls in Verzweiflung und Alkohol badend zugebracht hätte. Außerdem waren Charlotte und Jon jedes Wochenende im Haus. Zusammen mit Charlotte hatte Schmidt sich durch die schmerzvollste aller Aufgaben gequält. Bis auf die wenigen Dinge, die entweder Charlotte behalten wollte oder die den Damen der polnischen Putzbrigade willkommen waren, wurden Marys traurige, allein gelassene Kleidungsstücke – Unterwäsche, Oberkleider, Mäntel, Schuhe, die Liste intimer unnennbarer Gegenstände nahm kein Ende – zur Brockensammlung nach East Hampton geschafft. Marys Unterwäsche verbrannten sie, da die Brockensammlung sie nicht annehmen wollte. Außerdem war da noch Marys Toyota. Zuerst wollte Charlotte ihn haben und dann doch nicht. Nach einer Wartezeit im Straßenverkehrsamt von Riverhead, die ihm länger als ein Tag vorkam, konnte Schmidt den Wagen auf seinen Namen umschreiben lassen. Dann stellte er ihn in die Garage, um ihn nie zu benutzen. Die wirkliche Einsamkeit begann erst, als alle diese Arbeiten erledigt waren, als Charlotte an den Wochenenden ihre Gewohnheiten wiederaufnahm, Morgenläufe am Strand machte wie früher und den Rest des Tages mit Jon hinter geschlossenen Türen verbrachte. Nur zum Frühstück, zu keiner anderen Mahlzeit waren sie bei ihm im Haus. Sie aßen allein oder mit Freunden aus der Stadt. Nur selten und widerwillig luden sie ihn dazu ein. Dann kamen die ersten Zänkereien: Jon setzte Schmidt auf flegelhafte Art von seiner Verlobung mit Charlotte in Kenntnis, Schmidt nahm die Einladung der alten Rikers zu Thanksgiving nicht bereitwillig, sondern nur widerstrebend an, sein Vorschlag, Charlotte sein lebenslanges Wohnrecht am Haus zur Hochzeit zu schenken, stieß nicht auf Gegenliebe, und, was am schlimmsten war, sie weigerte sich, Marys Hochzeitskleid zu tragen und die Hochzeit im Haus in Bridgehampton zu feiern. Zank gebar Zank: Kummer konnte er von Charlotte erwarten, aber Gesellschaft oder Trost niemals.

Unterdessen sah Schmidt deutlicher als je zuvor, daß in der Welt, in der Mary und er an den Wochenenden und in den Ferien so angenehm gelebt hatten, kein Platz für ihn war. Diese Welt war das Reich mächtiger Verleger und Literaturagenten und jener Autoren, die genug Erfolg hatten, um ein Haus in den Hamptons zu mieten oder zu kaufen. Große Partys anläßlich von Buchveröffentlichungen und Besuchen von Autoren, die einer Feier würdig waren, wechselten sich ab mit Essen in kleinem Kreis, die fein abgestimmt waren, so daß nur Gleichgestellte dieses Reichs zusammenkamen. Mary hatte von Natur aus dazugehört und stand aufgrund ihres Charmes, ihrer Begabung und ihrer Macht im Rang einer Reichsherzogin. Schmidt wurde als Prinzgemahl geduldet. Ohne Mary hatten die Einladungen zu den kleinen Abendessen abrupt aufgehört. Jene zu den großen Partys, den Treffpunkten, an denen randständige Agenten, Nachwuchsverleger und Autoren mit mittleren Listenplätzen auf Kontakte mit den Besseren hofften, kamen erst noch tröpfelnd und versiegten dann ebenfalls. Schmidt wußte, daß er zum Teil selbst daran schuld war. Er war kratzbürstig, machte kein Hehl aus seiner Abneigung gegen Partygeplauder, konnte nicht elegant von einer Gesprächsgruppe zur anderen wechseln, lauter fatale Mängel, die nicht aufgewogen wurden durch Reichtum oder geschickt dargestellte, für Laien erkennbare Erfolge im Rechtswesen. Er war ein pensionierter Anwalt, nichts weiter, eine leere Hülse. Sicher, ein ehemaliger Partner in einer berühmten Kanzlei, die diesen kultivierten Agenten, Lektoren und Autoren dem Namen nach als ein Machtzentrum bekannt war, aber auf welchem Spezialgebiet hatte er gearbeitet? Private Finanzierungen! Keine feindlichen Übernahmen oder Vereitelungen derselben, die sein Verdienst gewesen wären? Nie an großen Kämpfen um das First Amendment teilgenommen? Nichts konnte langweiliger sein. Er hatte gedacht, daß zum Beispiel Lew Brenner sich in dieser erbarmungslosen Umgebung sehr gut behaupten würde. Der konnte über arabische Scheichs, russische Oligarchen und barbarische Texaner reden, konnte von Abschlüssen erzählen, bei denen das prekäre Gleichgewicht zwischen Dollarmilliarden und der Politik souveräner Staaten auf Messers Schneide stand. Und was hatte er, Schmidt, zur Unterhaltung beizutragen? Die neuesten Moden für Leasings mit Leihkapital; die Rechtsanwälte der Versicherungsgesellschaften, die er gekannt hatte; die gewaltigen ethischen Probleme, die sich ergaben, wenn er mit einem Rechtsgutachten klären sollte, ob eine Veräußerung echt oder nur ein Scheinverkauf und verkapptes Darlehen war? Er roch förmlich nach Langeweile, und er wußte es. Obendrein nahm er Einladungen an und kam dann nicht, oder er kam, ohne sich angemeldet zu haben, läßliche Sünden, wenn sie ein Gleichgestellter beging, Todsünden, wenn er, ohnehin ein Grenzfall, sie sich leistete.

Das Auftauchen Carries in seinem Leben hatte ihn in eine andere Sphäre gehoben, die Sphäre der Glückseligkeit. Ein Glück, das verschwinden würde wie eine Fata Morgana, das wußte er, sogar als er ihr unbeholfen und linkisch einen Heiratsantrag machte, ihr zeigte, daß er sich damit zufriedengeben würde, nur ein Fußabtreter für sie zu sein oder vielleicht ein Sprungbrett in eine passende Ehe und eine gehobene Position. Die Glückseligkeit kam zu einem Ende, wie zu erwarten, und hinterließ das Geheimnis um den kleinen Albert. Und zwangsläufig hatte sein kurzlebiger Glückszustand die ungeheuerliche Liste von Charlottes Ärgernissen verlängert. Kein Zweifel: Die ständig wachsende und, wie er allmählich fürchtete, dauerhafte Entfremdung von seiner Tochter war die Hauptschuld in seinem Leben. Auf die Aktivseite seiner Bilanz setzte er, daß er Carrie und den kleinen Albert täglich sehen und das Kind hüten konnte, wenn er nicht Jason und Bryan im Weg stand. Aber dieser Aktivposten verlor sehr schnell an Wert, da sie im Frühherbst aus seinem Poolhaus ausziehen würden. Ohne Worte hatte er eine Abmachung mit Carrie getroffen: abwarten und Tee trinken. Jason sollte ruhig in Schmidts Küche kommen und erzählen, wie es mit der Marina lief – besser als erwartet – und wie sie mit der Renovierung des Hauses vorankamen, in das die junge Familie allzubald einziehen würde, aber Schmidt mußte sich nicht seinerseits auf den Weg zur Poolhausküche machen, um ein Bier mit Jason zu trinken. Die Folgen für die Zukunft, die diese Abmachung hatte, stimmten Schmidt traurig. Aber die Zukunft stand noch vor der Tür. Jetzt mußte er sich noch nicht damit befassen. Und sonst? Er konnte Gil und Elaine Blackmans und Mike Mansours Freundschaft in Anspruch nehmen. Wie oft durfte er den

Blackmans zu verstehen geben, daß er Zeit für eine Verabredung zum Essen hatte? Wo waren die Grenzen von Mr. Mansours Geduld und Gastfreundlichkeit? Neuerdings kam es Schmidt so vor, als seien sie grenzenlos. Er staunte über sein Glück.

Der wichtigste neue Aktivposten in seiner Bilanz war die Arbeit für die Stiftung, die er dienstags, mittwochs und donnerstags in New York erledigte. Er dachte daran, im Herbst noch den Montagnachmittag dazuzunehmen, obwohl er schon jetzt mit Shirleys Hilfe die Arbeitslast einer vollen Woche trug. Du hast soviel Mumm wie ein junger Partner von W & K, hatte Mike Mansour ihm gesagt, nicht wie ein kaputter Pensionär. Wäre er Sy, hätte Schmidt beim Hören dieses Kompliments geschnurrt. Er hatte nicht vergessen, was Carrie ihm über Mansours Kommentar berichtet hatte, nachdem Schmidt sich bereit erklärt hatte, für die Stiftung zu arbeiten: Schmidt kann es schaffen, aber vielleicht hat er sich an das Leben ohne Arbeit gewöhnt. Kann sein, daß er aufgibt oder so. Das hatte ihr natürlich Jason weitererzählt, und Schmidt fragte sich daraufhin, ob er sich nicht den Weg zu einem neuen Mißerfolg gebahnt hatte, als er die Stelle annahm, die Mike ihm trotz dieser offenkundigen Zweifel anbot. Wenn er in seinem Büro saß, mit den Leitern der Life Centers telefonierte und ihr exzentrisches Englisch in eine verständliche Sprache übersetzte, wenn er sich um die Korrespondenz kümmerte und von Mikes Wesir Holbein verhört wurde, vergaß er natürlich, daß er einsam war. Mittags aß er ein Sandwich in der Cafeteria der Stiftung oder an seinem Schreibtisch, aber häufiger ging er hinüber in seinen Club und setzte sich an den Mitgliedertisch. Dort wurde fast ständig über Dinge und Leute geschwatzt, von denen er nichts wußte. Gern hätte er die Horde junger Leute kennengelernt, sagte er sich, die in dem Gebäude, in dem das

Büro der Stiftung war, für Mansour Industries arbeiteten, aber er war zu dem Schluß gekommen, daß dies keinen Sinn hätte. Wenn er in Kontakt mit ihnen kam, wenn er zum Beispiel in der Schlange stand, um sein Sandwich zu kaufen, oder sich in der Cafeteria an einen Tisch mit ihnen setzte, nahm er zwangsläufig wahr, daß sie nicht das mindeste Interesse an ihm hatten, sich vielmehr wortlos fragten: Wer ist denn dieses Fossil? Richtig war auch, daß er die Sache, nachdem er die jungen Leute aus der Nähe betrachtet hatte, genausogern auf sich beruhen ließ. Abstand wahrte. Diese Trader und Buchhalter, Mike Mansours Erbsenzähler – Manager und Techniker von Unternehmen der Gruppe Mansour Industries waren in die Provinzen des Imperiums verbannt und traten selten in der Zentrale auf –, waren sämtlich junge Männer (denn die Mitarbeiterinnen aßen offenbar an ihren Schreibtischen) ohne Jacken, mit Kugelschreibern, die aus den Taschen ihrer weißen Hemden ragten, breiten Krawatten, die in der Mitte mit goldenen Nadeln an den Hemden befestigt waren, Handys, die in Gürteltaschen steckten und manchmal über Elektronik der einen oder anderen Art mit dem Ohr verbunden waren, mit lauten Stimmen und Akzenten, die weder nach Syosset noch nach Oyster Bay klangen, sondern nach Bezirken und Städten, die Schmidt eher selten aufsuchte. Aha! triumphierte Schmidts Gewissen. Gib's doch zu und sag schon, es sind Juden! Sofort verteidigte Schmidt sich: Einspruch! Schmidtie ist kein Antisemit. Diese Kerle sind einfach unattraktive Streber, warum sollte er sie mögen! Und vielleicht stimmte das, aber Schmidt hatte Zweifel, ob Mr. Blackman im Richterstuhl den Angeklagten Schmidt freisprechen oder mit einer Verwarnung davonkommen lassen würde.

Die Abende in der Stadt waren genauso einsam. Der einzige W & K-Partner, mit dem er sich noch gut vertrug, war Lew Brenner, der ihm früher paradoxerweise nicht besonders nahegestanden hatte. Die Gäste, die Mary und er in der Stadt zu sich eingeladen hatten – Scharen mußten es gewesen zu sein –, nützten ihm auch nichts. Sie waren ebenfalls Marys Freunde gewesen. Und die anderen, die Mitstudenten aus dem College und der Law School, oder die leitenden Angestellten der Versicherungsgesellschaften, die seine Mandanten gewesen waren? Er hatte keine Lust, sie anzurufen, ihre überraschten Begrüßungsworte zu hören und zu verkünden: Hey, ich bin's, Schmidtie, ich bin wieder da, wieder zurück von den Toten! Statt dessen ging er in die Kinos gegenüber dem Lincoln Center oder ins Ballett und aß anschließend einen Hamburger im O'Neal's. Zum Abschluß der Opernsaison wurde *Lohengrin* aufgeführt. Er freute sich, daß er eine Karte bekommen hatte, und aß eingedenk seiner und Marys alter Gewohnheiten während der Pause im eleganten Opernrestaurant zu Abend.

Deshalb war er erstaunt und zunächst erfreut, zu erfreut für seinen Geschmack, als er an einem Donnerstag abend spät wieder in Bridgehampton ankam und in der akkurat sortierten und gestapelten Post auf dem Küchentisch eine Einladung zur Feier des Vierten Juli fand, die am 3. Juli sein sollte, da der 4. ein Dienstag war, an dem Menschenmengen zurück in die Stadt strömen würden. Gastgeber war Bill Gibson, ein Literaturagent der Superklasse, berühmt dafür, daß er Verlegern in den USA siebenstellige Vorschüsse für seine Autoren abhandelte und in Europa zwar kleinere, aber immer noch umwerfende Summen, Vorauszahlungen für Bücher, die nicht immer entsprechende Einnahmen brachten. Schmidt erinnerte sich, daß er irgendwann einmal eine Art persönlicher Verbindung mit Gibson gehabt hatte. Damals, als sie sich mit einiger Wahrscheinlichkeit regelmäßig bei Literaturveranstaltungen begegneten, behandelte der Agent ihn weder wie Luft, noch vermied er Augenkontakt mit ihm, sondern zog ihn spontan ins Gespräch. Der Grund? Die Hochfinanz und finanzielle Kombinationen interessierten Gibson; nach seinem Eindruck war Schmidt der Schöpfer teuflisch komplexer Entwürfe, nicht nur ein Handwerker, der sie geschickt in Verträge umsetzte, was der Wahrheit näher kam. Aber seit er Gibson zum letzten Mal gesehen oder jedenfalls seit er sich zuletzt mit ihm unterhalten hatte, waren mindestens zwei Jahre vergangen, und er konnte sich nicht erinnern, nach Marys Tod je zu Gibsons Party anläßlich des Vierten Juli eingeladen worden zu sein. Diese Einladung war bestimmt ein Irrtum; eine Sekretärin hatte wohl eine alte Adressenliste verwendet, aus der Zeit, bevor Schmidts Name gestrichen wurde. Ein an Mr. und Mrs. Schmidt adressierter Umschlag würde das eindeutig verraten. Er fischte den Umschlag aus dem Papierkorb und stellte verwundert fest, daß er nur Mr. Schmidts Namen trug. Pech, er würde eine Absage schicken. Diesen Entschluß erläuterte er am nächsten Tag, als sie sich zum Lunch bei O'Henry's trafen, Mr. Blackman, humorvoll, wie er glaubte, mit Anmerkungen über das automatische Funktionieren von Sekretärinnen in dieser Zeit der von Computern erstellten Listen und so weiter.

Du spinnst, erwiderte Mr. Blackman, Paranoia im Anfangsstadium. Läßt sich heutzutage mit Medikamenten in niedriger Dosis bekämpfen. Ich habe Bill neulich getroffen, und er hat mir ausdrücklich gesagt, er hoffe, daß du kommst! Er weiß, daß der Kontakt abgebrochen ist, und möchte ihn wiederaufbauen. Elaine und ich gehen hin. Sollen wir dich mitnehmen?

Ein solcher Vorschlag war in der langen Geschichte ihrer Freundschaft noch nie vorgekommen, er war Zeichen einer Fürsorglichkeit, die Schmidt auf die Frage brachte, ob Gil wirklich glaubte, er sei nicht ganz gesund. Aber nein, das war Unsinn. Er nahm das Angebot an und schaffte es, fast so dankbar zu klingen, wie er war.

Gut, sagte Gil. Wir holen dich ab, es ist kein Umweg für uns. Sagen wir, um sechs.

Es war angenehm, mit Gil und Elaine zu einer Party zu gehen. Wenn Anzahl und durchschnittlicher Wert der zu beiden Seiten der steinernen Torpfosten vor der Einfahrt geparkten Wagen oder die schwarzgekleideten Wachmänner, aus deren Ohren Drähte hervorkamen und die den Namen eintreffender Gäste auf einer Liste abhakten, oder die Tatsache, daß nicht einer, sondern gleich drei Dorfpolizisten den Verkehr regelten, als Indizien dienen konnten, dann galt Mr. Gibsons Fête zumindest für die Literaten der Hamptons schon jetzt als der gesellschaftliche Höhepunkt des langen Ferienwochenendes. Schmidt wußte aus Erfahrung, daß er ohne Begleitung als einsame Gestalt von seinem Auto durchs Tor und über die lange Einfahrt getrottet wäre, zu schüchtern und zu befangen, um sich einem der Paare anzuschließen, die vor oder hinter ihm gingen, selbst wenn er jemanden kannte und grüßte. Was hätte er ihnen sagen sollen? Durch allzu langes Schweigen hatte er die Redegewandtheit verloren. Aber der Schutz der Blackmans hatte eine magische Veränderung bewirkt. Er war nicht mehr die traurige Gestalt, die man leicht für einen Eindringling oder für einen minderen Hausgast im Schlepptau eines Freundes von Bill Gibson halten konnte, einen Durchreisenden, der dazu verdammt war, am nächsten Tag zu verschwinden und sich nie wieder sehen zu lassen, sondern er hatte sich verwandelt in jemanden, den man womöglich gern kennenlernen oder wenigstens mit einer nicht nur den Schein wahrenden Herzlichkeit begrüßen wollte.

Fast erwachsene Jungen und Mädchen mit schwarzen Hosen, weißen Hemden und schwarzen Fliegen trugen Tabletts herum, auf denen Gläser mit Weißwein, Rotwein und Mineralwasser, Kanapees mit Fois gras oder gekochtem Thunfisch, kleine Frühlingsrollen, winzige Frankfurter Würstchen und diverse crudités waren. Elaine nahm ein Glas Weißwein, und Gil parkte sie geschickt bei einer Gruppe, die einem redenschwingenden Romancier lauschte.

Laß uns auf einen Drink für Erwachsene an die Bar gehen, sagte er zu Schmidt. Ich hab dir was zu erzählen, fügte er hinzu, als er den Abstand zu Elaine für sicher hielt. Ich habe in der East 66th ein Studio für DT gefunden, nur einen Katzensprung von meinem Büro entfernt. Natürlich gebe ich ihr einen Job. Deshalb mache ich den Film zu Cannings Buch, auch wenn er ein Arschloch ist und Mike mir ständig im Nacken sitzen wird, damit ich den Film so mache, daß er sich besser verkauft. Das ist mir sehr recht, vor allem, weil ich daran denke, eigenes Geld zu investieren. Das heißt, Elaines Geld. Und sie ist schwerreich!

Ich habe eine Idee, sagte Schmidt. Vielleicht ist sie verrückt, und vielleicht reißt Canning dir den Kopf ab, wenn du sie ihm vorschlägst. Wie wär's mit einer Geschlechtsumwandlung? Man könnte den Kannibalismuskenner, den Anthropologen Vincent in ein Mädchen verwandeln und vielleicht doch Julia Roberts die Rolle anbieten. Canning ist nicht schwul. Ich glaube, er hat Vincent nur deshalb zum Schwulen gemacht, weil er schick sein möchte. Für die Geschichte ist das nicht wichtig.

Sie waren an der Bar angekommen und hatten sich einen doppelten Bourbon mit Eis bestellt.

Schmidtie, du Gauner, das ist brillant! erwiderte der große Filmemacher sehr langsam. Warum ist mir das nicht eingefallen? Ich habe zuviel an DT gedacht. Mike wird wohl nicht hier sein – wir sollten ihn übrigens mit Gibson zusammenbringen. Wenn er mitmacht, und das wird er bestimmt, rufe ich Canning an und sage: So wird es gemacht. Weißt du was? Ich glaube, er sagt ja, wenn ich es ihm mit einer etwas höheren Zahlung für die Rechte versüße. Das gibt dem Projekt ein ganz anderes Gesicht. Ich glaube, du hast uns gerade ein zusätzliches Bruttoeinkommen von fünfzig bis achtzig Millionen Dollar allein in den USA beschert. Prost! Auf *Die Schlange*! Ich werde dich im Abspann als literarischen Berater des Produzenten nennen. Warte nur, bis Elaine das hört!

Apropos was Elaine hört, sagte Schmidt, meinst du nicht, du müßtest in der Sache mit DT vorsichtiger sein? Ich kann mir nicht vorstellen, daß du schon einmal eine Wohnung für eine Mätresse angeschafft hast. Das klingt mir nach doppelter Haushaltsführung und Doppelleben. Das hast du nicht mal mit Katerina gemacht. Du spielst mit dem Feuer.

Stimmt, alter Freund, aber ich weiß nicht, wie ich damit aufhören soll. Wenn wir zusammen sind, will sie nichts als ficken, und sie fickt wie ein tanzender Derwisch. Sie hat es auf eine neue Ebene gehoben. Ich kann es nicht lassen.

Schmidt klopfte ihm auf den Rücken. Sieh dich vor.

Ich versuch's, erwiderte Mr. Blackman, glaub mir. Komm, wir suchen Elaine und retten sie.

Sie machten kehrt und standen plötzlich vor Alice und Popov. Ihr Arm war unter seinem linken Arm; er hielt ihre Hand; ihre Brüste an ihn geschmiegt.

Popov, alter Satan, was machst du denn hier? dröhnte Mr. Blackman. Du hast den Ozean überquert, den Weg nach Water Mill gefunden und dir nicht die Mühe gemacht, anzukündigen, daß du kommst? Schande über dich!

Schmidt hörte sich mit einer ganz komischen neutralen Stimme sagen, Hallo Alice, hallo Serge!

Ich mache das gleiche wie du, brüllte Popov zurück, trinke Towaritsch Gibsons Schnaps und feiere den Unabhängigkeitsabend. Hätte ich gewußt, daß ich irgendwo in der Nähe von Wainscott sein würde, hätte ich mir erlaubt, den großen Cineasten zu stören und ihm Grüße von Towaritsch Godard zu überbringen. Aber diese junge Dame und ich – Alice Verplanck –, darf ich dir den berühmten Gil Blackman vorstellen – wohnen bei Jeremy, in seinem Schloß an der North Fork, und nichts hat uns vorgegaukelt, daß wir die Wasser der Peconic Bay, die in der mittsommerlichen Windstille gleich einem juwelenbesetzten Diadem glitzern, zweimal überqueren würden, um auf Towaritsch Gibsons *fête champêtre* anzulanden. Wie du dir vorstellen kannst, ist Jeremy, reich an Ochsen und milchweißen Eseln, Genosse Gibsons Starautor! Der unsere ebenfalls!

Du bist entschuldigt, aber nur knapp, sagte Mr. Blackman.

Der Ton seiner Stimme hatte sich verändert, für Schmidt ein Hinweis, daß er die Ungeheuerlichkeit dieser Begegnung begriffen hatte.

Na ja, genießt die *fête champêtre*, fügte er hinzu, wir werden unterdessen nach der schönen Elaine suchen. Komm, Schmidtie. Das Rad der Zeit, du weißt schon.

Sekunde, sagte Schmidt. Alice, auf ein Wort, bitte.

Sie nickte und ging ein paar Schritte mit ihm.

Es tut mir leid, sagte sie, das ist eine totale Überraschung.

Für mich auch, erwiderte Schmidt. In mehr als einer Hinsicht.

Ich weiß, sagte sie. Wir sehen uns in zehn Tagen in London, oder? Dort erkläre ich dir alles, wenn du mich läßt.

In Ordnung, nickte er. Rendezvous in London.

Das war aber merkwürdig, sagte Mr. Blackman, als sie alle wieder in seinem Auto saßen. Wir setzen dich an deinem Haus ab. Du kannst aufs Klo gehen und dann mit uns zu Abend essen – was sollen wir sagen, Elaine, um acht? Abgemacht, um acht. Schmidtie, hat Popov dir die Sprache verschlagen? Kommst du zu uns?

Später, als Elaine in der Küche beschäftigt war, sagte Gil bei einem Drink: Oha, hast du das gewußt?

Schmidt schüttelte den Kopf.

Das war ja was.

Schmidt nickte.

Andererseits ist es vielleicht auch nichts, fuhr Gil fort. Sie sind Kollegen, angereist zur notwendigen Autorenpflege eines Mannes, dem ihr Verlag eine ansehnliche Portion seines Gewinns verdanken muß. Das halte ich für die wahrscheinliche Erklärung, wenn ich bedenke, was du mir von Alice und dir erzählt hast – sie ist übrigens wirklich umwerfend.

Aber vielleicht hält sie mich zum Narren. Womöglich zu Popovs Vergnügen.

Warum sollte sie? Sie ist erwachsen, du bist erwachsen, warum sollte sie zulassen, daß du Ernst mit ihr machst, wenn es nur – wie soll ich sagen – eine Eskapade wäre?

Ja warum, antwortete Schmidt. Wenn ich das wüßte. Aber in London werde ich es erfahren. Habe ich dir nicht erzählt, daß wir uns dort für den 14. Juli verabredet haben?

Mr. Blackman nickte.

Na ja, sie hat mir gerade mitgeteilt, daß sie kommen will. Wie verabredet. Hältst du mich für verrückt, wenn ich mitmache?

Du meinst, wenn du dich an die Verabredung in London hältst? Nein, sagte Mr. Blackman, das ist nicht verrückt; es ist das einzig Richtige. Ich verstehe nicht, was du zu verlieren hättest.

Vielleicht meine Würde?

Unsinn. Laß dir's gutgehen. Gönn dir soviel Sex mit ihr, wie du möchtest oder wie sie zuläßt, und gib ihr die Chance, zu erklären, was wirklich mit Popov läuft.

Als Schmidt wieder zu Hause war, fand er eine Nachricht auf dem Anrufbeantworter. Sie war von Myron Riker, der ihn bat, vor zehn Uhr am selben Abend zurückzurufen oder gleich morgens am Vierten Juli. Gleich morgens, das heiße nach neun, aber möglichst vor zehn Uhr. Er werde sein Handy einschalten und auf Schmidts Anruf warten.

Schmidt rief um Punkt neun Uhr an.

Danke für den Rückruf.

Schmidt merkte, daß Myron nach Worten suchte.

Ich möchte es ohne Umschweife sagen, rang sich Myron schließlich ab, überraschend ist es nicht, aber ein Grund zur Sorge. Charlotte leidet an einer Depression. Manche – Renata und der erste Psychiater, den Charlotte konsultiert hat – würden von einer schweren Depression sprechen. Nach meiner Einschätzung befindet sie sich auf dem Spektrum zwischen mild und schwer ungefähr in der Mitte. Aber das ist reine Terminologie. Wichtig ist, daß sie sehr leidet. Sie ist jetzt wieder in die New Yorker Wohnung eingezogen, aber ob sie dort oder in Claverack ist, macht keinen großen Unterschied, Tatsache ist, daß sie noch nicht wieder arbeiten kann, und allein in der Wohnung zu sitzen, während Jon im Büro ist, und den ganzen Tag nichts zu tun zu haben außer dem Besuch bei ihrem Psychiater dient nicht der Besserung ihres Zustandes. Um eine lange Geschichte abzukürzen: Der Psychiater, der sie jetzt behandelt, hat empfohlen, sie stationär aufzunehmen. Ihre Medikation könnte überwacht werden, und der Psychiater – kein Grund, warum du seinen Namen nicht erfahren solltest, er heißt Alan K. Townsend – ist dort Senior Consultant, das heißt, er sieht seine Patienten pro Woche zweimal. Er könnte Charlotte weiter behandeln.

Jetzt fehlten Schmidt die Worte.

Myron, hältst du das für eine gute Idee, Medikation, stationäre Aufnahme, das Ganze? Wo bleibt da noch Raum für eine Therapie? Ach, meine arme Charlotte.

Ja, Schmidtie, ja, ich halte es für eine gute Idee. Ich kann dir versichern, daß mir nichts, wirklich nichts, wichtiger ist als Charlottes Wohl. Die Behandlung von Depressionen hat sich geändert. Kaum jemand versucht noch, sie ausschließlich oder auch nur vorwiegend durch Analysen oder andere Gesprächstherapien zu heilen. Die neuen Medikationen – von Prozac wirst du schon gehört haben, aber es gibt noch andere, verfeinerte Medikamente – sind sehr wirksam, wenn sie fachkundig und in Kombination mit Psychotherapie eingesetzt werden. Wir wissen jetzt, daß die Ursache physiologisch ist und daß die Behandlung sehr aggressiv sein muß. Sehr aggressiv sage ich deshalb, weil andernfalls kognitive Funktionen schweren, vielleicht irreversiblen Schaden nehmen könnten. Bitte, vertrau mir. Dies ist die bestmögliche Lösung.

Wo findet das statt? Die stationäre Behandlung, meine ich. Und wann?

Die Überweisung nach Sunset Hill? Optimal wäre die nächste Woche. Sunset Hill liegt in West Connecticut, und die Umgebung ist sehr gut.

Und was kann ich tun?

Wieder war Myron offenbar um Worte verlegen. Schmidtie, sagte er, ich spreche dies sehr ungern aus, aber das Wichtigste, was du tun kannst, ist, die Kosten für

Sunset Hill und Dr. Townsend zu übernehmen, die von der Versicherung nicht erstattet werden. Ich fürchte, sie werden ziemlich hoch sein. Es tut mir so leid. Ich hätte gedacht, daß Jon sie bezahlen könnte, aber er hat mir gezeigt, daß er es nicht kann.

In Ordnung, sagte Schmidt, die Familie Riker weiß ja, daß ich fürs Bezahlen gut bin.

Prompt war er entsetzt über seine eigenen Worte. Entschuldige bitte, Myron, ich schlage nur um mich. Natürlich zahle ich. Sorge du dafür, daß die Rechnungen an mich geschickt werden. Wenn die Krankenversicherung irgend etwas erstattet, können die Schecks mir überschrieben werden.

Verstanden, antwortete Myron. Danke.

Aber mit meiner Frage habe ich gemeint: Was kann ich für Charlotte tun? Kann ich sie besuchen? Wird sie das wollen? Jetzt? In diesem Sunset Hill? Wird Dr. Townsend mit mir sprechen?

Schmidtie, daß sie dich jetzt sehen will, bezweifle ich. Sie ist meistens unansprechbar. Später, in Connecticut, ja, würde ich annehmen. Townsend wird nicht ohne Charlottes Einverständnis mit dir sprechen. An deiner Stelle würde ich Charlotte schreiben. Einen kurzen Brief, sehr liebevoll und sehr stützend, ohne etwas zu fordern, ihr Glück wünschen.

Schmidt ließ sich das durch den Kopf gehen. Er wollte schon sagen: Du bist ein guter Mann, Myron Riker, verbot es sich dann aber. Statt dessen erklärte er, er sei ihm wirklich dankbar und zähle darauf, daß Myron ihn auf dem laufenden halte und ihm Bescheid gebe, wenn er irgendwie sonst helfen könne.

Fünf Minuten später rief er Myron noch einmal an und sagte, er habe zwei Fragen, die er besser vorher gestellt hätte: Sollte er in seinem Brief auf ihre Krankheit und Sunset Hill anspielen? Und warum hatte seine Tochter, sein einziges Kind, sich so gegen ihn gewendet?

Gute Fragen, sagte Myron. Ich denke, du kannst auf ihre Lage anspielen, wie du es nennst, aber vertiefe es nicht. Wenn möglich, erwähne es nur nebenbei. Die zweite Frage? Da weiß ich keine Antwort. Vielleicht findet Alan Townsend es heraus. Ich kann nur ganz allgemein sagen, die Wahrscheinlichkeit, daß es zwischen einem Elternteil und einem Kind zu schweren Spannungen kommt, ist größer, als daß alles gutgeht. Es ist eine hochbelastete Beziehung.

Damit war das Gespräch zu Ende, Schmidt kochte sich noch einmal Kaffee, trank eine große Tasse, gegen seine Gewohnheit mit Milch und Zucker. Sollte er mit der Hand oder mit der Maschine schreiben? Mit der Maschine, beschloß er. Charlotte wußte, daß seine einzigen handgeschriebenen Briefe Beileidsbekundungen waren.

Mein Liebes, schrieb er,

Du bist mir nie fern, ich denke immer an Dich. Alles in diesem Haus hier erzählt mir von Dir. Vor ein paar Tagen bin ich am Strand entlang nach Osten gegangen, bis zum Zufluß in den Sagaponack Pond und habe daran gedacht, wie gern Du im Wasser gewatet bist und wenn der Zufluß offen war, mit Deinem kleinen Styroporbrett Bodysurfen geübt hast. Du warst so mutig! Ich hoffe, Du bist auch jetzt mutig. Du hast so viel durchgemacht, als hätte Dich ein Lastwagen überfahren. Jetzt ist die Zeit für Ruhe und Heilung und, wie Du gern gesagt hast, Zeit, rundum gesund zu werden. Bitte denk daran, daß ich Dir immer zur Seite stehe, ob nah oder fern, immer bereit bin, Dir zu helfen, immer voller Liebe und Bewunderung für Dich.

Dein Dad

Er las den Brief noch einmal durch. Viel war's nicht, aber besser könne er es nicht machen, dachte er. Später am Vormittag schickte er ihn an Charlottes New Yorker Adresse. Er nahm an, daß Jon Riker genug Anstand besaß, ihr den Brief nachzuschicken, falls er erst ankam, wenn sie schon in Sunset Hill war. Aber wenn man es recht überlegte, bestand kein Grund, Jon irgendwelche feineren Gefühle zuzutrauen. Wenn Charlotte ihm nicht nach angemessener Zeit antwortete – aber wieviel Zeit war das? Zwei Wochen? Länger? –, würde er Myron bitten, herauszufinden, ob sie die Post bekommen hatte. Und wenn sich zeigte, daß Myron diese Information nicht beschaffen oder weitergeben konnte? Laß das, Schmidtie, ermahnte er sich, so kannst du nicht weitermachen. Wenn sie nicht antwortet, schickst du ihr noch einen Brief, diesmal nach Sunset Hill, und zwar mit FedEx, so daß jemand dort den Empfang bestätigen muß.

XVII

Kein Brief von Charlotte, als Schmidt am Tag seiner Abreise nach London seine Sendungen im Postamt abholte. Nur Rechnungen, darunter eine sehr gesalzene von Dr. Townsend und ein Schreiben aus Sunset Hill mit der Bitte um eine Anzahlung auf die Kosten, die für Mrs. Jonathan Riker anfallen würden. Daß Charlotte nicht geschrieben hatte, war keine Überraschung, und daß er enttäuscht wäre, konnte er kaum sagen, ohne zu schwindeln. Wenn überhaupt ein Brief kam, würde er mit großer Sicherheit Kränkungen und schlechte Nachrichten enthalten. Myron hatte ihm am Telefon gesagt, der langsame Heilungsprozeß – so drückte er sich aus – habe eingesetzt. Zusätzlich zu den Sitzungen mit Dr. Townsend gehe sie zur Gruppentherapie und zum Malen und Basteln – laut Myron war das eine Beschäftigungstherapie. Natürlich, dachte Schmidt, sedierte Patienten sitzen im Schneidersitz in einem Kreis auf dem Fußboden, lassen ihre Wut auf Eltern und Ehepartner heraus und versuchen sich anschließend mit Fingerfarben oder Makramee. Trotzdem, der Gedanke, daß womöglich ein Brief von ihr – was auch immer darin stehen mochte – ungelesen auf seinem Küchentisch lag, während er sich mit Alice Verplanck verlustierte, war unerträglich. Darum bat er nach langem Überlegen schließlich Carrie, sie möge, wenn sie die Post sortierte, die Bryan immer abholte, wenn Schmidt verreist war, nach einem Brief von Charlotte Ausschau halten. Wenn einer eintraf, solle sie ihm am Telefon vorlesen, was drinstand. Es könne gut sein, daß der Brief sehr unerfreulich sei, warnte er sie. Sie nickte. Und wenn schon. In der Zeit, als sie und Schmidt zusammenlebten, hatte sie Charlottes Szenen mehr als einmal miterlebt und verstand ohne weitere Erklärungen, welche Art von Schock er fürchtete. Hier hatte er etwas ganz richtig gemacht: Diese Aufgabe hätte er niemandem sonst anvertrauen können, niemand besaß soviel natürliche Diskretion oder Takt wie Carrie. Sie würde ihm den Brief vorlesen und nicht mehr davon sprechen, außer um ihn zu trösten.

Das Treffen in London hatte in seinen Gedanken eine so große Bedeutung angenommen und ihn mit derart widersprüchlichen Empfindungen – Aufregung, Hoffnung, aber auch unguten Vorahnungen – erfüllt, daß er beschloß, einen Tag früher einzutreffen und sich vierundzwanzig Stunden Zeit zu lassen, um nach dem Nachtflug wieder ins Gleichgewicht zu kommen. Ruhe brauchte er und Gelassenheit. Aber als er sein Programm absolvierte, das heißt, seine alten Freunde unter den Gemälden in der National Gallery wiedersah, im Hyde Park spazierenging, in einem Club in der Nähe von Covent Garden, der seinem New Yorker Club angegliedert war, allein zu Abend aß und sich am nächsten Morgen in einem plötzlichen Entschluß einen neuen Haarschnitt und eine Maniküre verpassen ließ, begriff er immer weniger, warum er auf Gil gehört und die Verabredung mit Alice eingehalten, warum er sich eingeredet hatte, er habe nichts zu verlieren. Oder, besser gesagt, er begriff nur allzu gut: Im Grunde hatte er sich stillschweigend die zynische Auffassung zu eigen gemacht, die hinter Gils Rat steckte: Hab Sex mit ihr, such dein Vergnügen. Ja, er wollte und brauchte Alice, dringend. Eine pausenlose Diashow ihrer beider Umarmungen lief in seinem Kopf ab, und er hatte keine Lust, wegzusehen. Hätten sich ihre Pariser Begegnungen doch auf dieser Basis abgespielt, dann wäre die Erregung, die er jetzt spürte, sein heftiges Verlangen, uneingeschränkt freudig. Er hätte den Portier gebeten, ein Sommerblumengebinde in das Zimmer zu stellen. Vielleicht wäre er jetzt auf dem Weg nach Heathrow, um sie abzuholen. Hätte er ihr nur nicht gestanden – völlig übereilt und töricht, das erkannte er jetzt –, er wolle, daß sie immer bei ihm sei, daß sie ihn heirate. Alice hatte Bedenken gehabt, das mußte man ihr lassen, aber ihre Einwände hatten so liebevoll und zartfühlend geklungen, daß er sich erlaubt hatte, ihre Scheu – oder das, was er dafür hielt – als bescheidene und schüchterne Einwilligung zu verstehen. Wie dumm von ihm.

Die Lehrer in der jesuitischen Schule hatten, abgesehen von langen Abschnitten der Aeneis, einen Bogen um Gedichte gemacht, aber seine damalige Begeisterung für Latein hatte bewirkt, daß er auf dem College nachholte, was sie ausgelassen hatten. Wieder und wieder hatte er Catull gelesen, und nun wurden die Zeilen aus dessen bitterer Klage über seine Geliebte Lesbia zu Bildunterschriften der Diashow: Jetzt aber kenne ich dich; und begehre dich um so glühender, / aber zugleich bist du mir viel weniger wert und viel leichtfertiger. / Warum? fragst du. Weil solche Verletzung / den Liebenden zwingt, mehr zu lieben und weniger wohlzuwollen. Über welche Kränkung klagte Catull? Über Lesbias Untreue. Galt das nicht auch für Alice, mit dem komischen Unterschied, daß Popov, der Liebhaber mit dem eindeutig älteren Recht, mehr Grund zum Klagen hatte als er?

Um zwei Uhr sollte ihr Flugzeug landen. Wenn es pünktlich kam, würde sie gegen vier im Hotel sein. Der Tag war so strahlend sonnig, daß Schmidt noch einen Spaziergang im Hyde Park machen wollte. Auf dem Weg hinaus ging er am Empfang vorbei, um sich einen Tisch für ein spätes Mittagessen um ein Uhr reservieren zu lassen, und bestellte das Sommerblumengebinde. Grundgütiger, er liebte sie!

Er hatte sich nach ihr gesehnt! Der kleine Teufel, der ihm oft etwas ins Ohr blies, kicherte. Du gehst auf Nummer Sicher, mein Junge, sind diese Blumen wirklich eine Liebeserklärung oder eine heimliche Anspielung, ein Hohn? Was wohl? Sei still, erwiderte Schmidt, ich weiß es nicht. Von Restaurants erwartete er nicht viel; er glaubte an den unvermeidlichen Niedergang nicht nur des Abendlandes, sondern des gesamten Planeten. Kein Wunder, daß sich seine Stimmung hob, als er sah, wie zauberhaft das Speisezimmer war, und als er vom Maître d'hôtel mit selbstverständlicher Höflichkeit begrüßt wurde. Während er das ausgezeichnete Essen verzehrte, reifte ein Entschluß in ihm. Auf Bill Gibsons Party hatte Alice ihm gesagt, in London werde sie alles erklären. Gut, sollte sie. Da er drei ganze Tage vor sich hatte, eilte es ihm nicht. Pech, wenn es so kam, daß er sie in der Zwischenzeit wie eine Streunerin behandelte. Sie waren im Land Evelyn Waughs. Dumm gelaufen für Alice, würde eine Romanfigur in *Lust und Laster* vielleicht sagen.

Kaum aber war der Page verschwunden, der Alices Gepäck getragen und im Schlafzimmer abgestellt hatte – Mr. Mansours Sekretärin hatte das von Schmidt bestellte Doppelzimmer dank ihrer Zauberkraft in eine Suite verwandelt –, da breitete Alice die Arme aus und sagte: Hier bin ich, Schmidtie, mach mit mir, was du möchtest. Im Flugzeug habe ich mich unter der Decke selbst berührt und nur an uns gedacht. Und schon bin ich gekommen.

Komm, wir ziehen uns aus, flüsterte er zur Antwort.

Das Bett war sehr groß und breit – ein überdimensionales Doppelbett, größer als seins zu Hause und gemacht für Schläfer von mehr Umfang und Gewicht, als Alice und er auf die Waage brachten, und das Schlafzimmer hatte zwar Fenster zum Carlos Place, war dabei aber wunderbar ruhig. Er hatte befürchtet, den Anforderungen dieses Liebesspiels nicht gewachsen zu sein, aber zu seinem Erstaunen funktionierte er. Dank des Zusammenwirkens günstiger Umstände, nahm er an: Seit mehr als sechs Wochen war sein Hunger auf Sex ungestillt, das Liebesleben mit Alice hatte noch den Reiz des Neuen, er entdeckte eine Art Demut bei ihr, so daß sie zu gewissen Gesten und Forderungen einlud, die sie vorher abgewehrt hatte, und natürlich dachte er an ihr Masturbieren im Flugzeug. Nach der ersten heftigen Umarmung eröffnete sie ihm wichtige Details. Sie lag gegen die Kissen gelehnt, hatte die Bettdecke abgeworfen, zupfte an ihren Brustwarzen und erzählte ihm, sie sei zweimal zum Höhepunkt gekommen und nach dem zweiten Mal eingeschlafen, die Hand noch in ihrem Slip. So hatte die Stewardeß sie gefunden, die nach der Ankündigung, daß Turbulenzen zu erwarten seien, nachsehen wollte, ob Alice angeschnallt war, und die Zudecke lüftete. Alice schreckte auf, merkte, wie sie errötete, und sah, daß die Stewardeß ihr zuzwinkerte und in Lachen ausbrach. Ihre Nachbarin auf dem Fensterplatz war eine alte britische Schreckschraube, die das Ganze nicht komisch gefunden hätte, aber zum Glück fest schlief. Der erotische Reiz der Geschichte und die Selbstverständlichkeit, mit der Alice hinnahm, daß sie schon der bloße Gedanke an ihn erregte, hatten wiederum Schmidt erregt, und sein Begehren war heftig wie zu seiner besten Zeit, so daß er sie wieder und wieder nehmen und mit aller Kraft in sie eindringen wollte. Aber er sah sich vor. Selbst mitten im Eifer des Gefechts hütete er sich, ihr zu sagen, er liebe sie, oder von einer gemeinsamen Zukunft zu sprechen. Er versicherte ihr, sie mache ihn unglaublich glücklich. Sie stieß dann heftig atmend hervor, das will ich, das will ich. Und sie war es, die mehr als einmal murmelte: Ich liebe dich, Schmidtie.

Die Tage vergingen schneller, als Schmidt erwartet hatte, viel Zeit verbrachten sie im Bett. Schon war Montag. Am nächsten Tag mußte sie frühmorgens nach Paris zurück; er würde erst am Nachmittag nach Hause fliegen. Aber als sie sich am Montag abend zum Essen setzten, hatte sie weder Popovs Namen erwähnt noch die versprochene Erklärung gegeben. Sein Entschluß, ihr die Initiative zu überlassen, war ungebrochen. Mehr als einmal war ihm durch den Kopf gegangen, daß ihm der Aufenthalt in diesem Niemandsland nicht unlieb war, daß es vielleicht die beste Lösung wäre, sich zu verabschieden, ohne daß etwas erklärt oder entschieden war, wenn er sie nur behalten konnte. Aber konnte er das? War das nicht genau der Haken an der Sache? Und zu welchen Bedingungen? Um den Preis immer neuer Demütigungen, so wie er sie auf Gibsons Rasen erlebt hatte? War er bereit, sich auf eine französische Variante von Polyandrie einzulassen? Sich Alice mit dem widerlichen Popov zu teilen?

Schmidtie, sagte sie, als der Sommelier ihnen eingeschenkt hatte, ich habe dir eine Erklärung versprochen. Ich würde sie lieber nicht geben, aber ich glaube, du wartest darauf.

Fast hätte er gesagt: Nein, laß es, halten wir uns an das, was wir jetzt haben. Ich bin noch nicht reif fürs Schafott. Aber das brachte er nicht über die Lippen, er nickte nur, als nicke sein Kopf automatisch.

Eigentlich ist es ganz einfach, fuhr sie fort. Ich weiß, daß du dir das meiste schon gedacht hast. Ich erzähle dir nur, wie es gekommen ist. Dann wirst du mich besser verstehen, und vielleicht fällt dein Urteil nicht ganz so hart aus. Ja, Serge und ich haben eine Beziehung. Schon sehr lange. Sie begann im Sommer bevor ich aufs Radcliffe ging. Er arbeitete schon für einen Verlag in Paris –

damals war es Flammarion, nicht der Verlag, in dem wir beide jetzt beschäftigt sind – und kam nach Washington, um mit meinem Vater über General de Gaulle zu sprechen. Jemand, ein sehr bekannter Politiker, plante ein Buch über de Gaulles Kriegsjahre, und bevor Flammarion einen Vertrag mit ihm machte, schickte man Serge aus, die Fakten zu überprüfen und von meinem Vater zu erfahren, ob de Gaulle fair geschildert worden war. Mein Vater lud Serge zum Dinner in die Botschaft ein, so lernten wir uns kennen. Ich fand, daß er sehr ernsthaft und differenziert war. Danach ging alles ganz schnell. Er war der erste Mann, mit dem ich schlief. Dann kehrte Serge nach Paris zurück, und im Herbst fing ich am Radcliffe an. Serge war schon mit Solange verheiratet, sie war schon gelähmt, sie hatten die Kinder, er konnte es sich nicht leisten, mich häufig in Cambridge zu besuchen, selbst wenn er mit dem Gedanken gespielt hätte, und von Scheidung war nie die Rede. Ich habe wohl gewußt, daß das nicht in Frage kam. Und wenn ich wieder nach Paris gegangen wäre, wenn wir in derselben Stadt gelebt hätten, wäre ich bereit gewesen, weiter mit einem verheirateten Mann zusammenzusein? Ich glaube nicht. Ich war sehr unglücklich. Danach war ich mit dem einen oder anderen Harvard-Studenten liiert, aber das wurde nie etwas Ernstes. In Washington dann begegnete ich Tim, und nicht lang danach heirateten wir. Das weißt du ja.

Er nickte und sagte, liebe Alice, du mußt deine Suppe essen. Sie will heiß gegessen werden.

Die Bemerkung war so albern, daß sie beide laut loslachten.

Du weißt, daß Solanges Eltern sehr *mondains*, sehr gesellschaftsbewußt sind. In der Zeit, als Tim und ich nach Paris umzogen, gaben sie in ihrem Haus an der Rue de

Lille Empfänge in großem Stil. Hinter dem Haus ist ein riesiger Garten – eher ein kleiner Park –, und in der Sommersaison, in Paris ist das der Juni, machen sie immer ihr berühmtes Gartenfest. *Le tout Paris*, alle, die in der Stadt etwas gelten, sind da. Wie auch immer, wegen meiner Eltern standen auch Tim und ich auf der Gästeliste, und gleich als wir zum erstenmal zu einer dieser Partys gingen, lief ich natürlich Serge in die Arme. Schrecklich, nicht? Ich hatte ihn seit Washington nicht mehr gesehen und jahrelang nicht mehr an ihn gedacht. Er hat nie gesagt, daß er an mich gedacht habe. Aber er lud mich zum Lunch ein. Ich war damals in meiner Ehe schon ziemlich unglücklich. Seine bestand, seit Solange krank geworden war, eigentlich nur noch darin, daß er sie pflegte und die Jungen großzog. Wir machten nach dem Lunch sofort wieder da weiter, wo wir aufgehört hatten. Es dauerte nicht lang, bis wir regelmäßig zusammenkamen! Ich wollte mich nicht in Hotels mit ihm treffen – damals war ich viel anständiger! –, also mietete er ein Appartement in der Nähe des Verlags. Jetzt gehört es ihm. Er war sehr gut zu mir, Schmidtie. Daß er mir zu dem Job verhalf, ist nur ein Beispiel. Ohne ihn hätte der Verlag mich nie eingestellt. Aber wirklich wichtig für mich war sein emotionaler Beistand. Wenn Serge nicht gewesen wäre, hätte ich diese schrecklichen Jahre mit Tim und Bruno nicht überstanden.

Ach so, sagte Schmidt. Wenn ich richtig verstehe, fing das alles vor dem grauenvollen Sommer 85 an, bevor du herausgefunden hast, daß Tim schwul ist.

Sie zögerte.

Ja, antwortete sie dann, Tim hat sich nicht um mich gekümmert. Wir waren kaum je zusammen. Ich meine damit, er versuchte so gut wie nie, mit mir zu schlafen. Es war abscheulich.

Sie wischte sich je eine Träne aus den Augen.

Aber du hattest schon den Verdacht, daß er schwul sein könnte?

Ja und nein. Serge erzählte mir, daß Bruno diesen Ruf habe, und ich brachte Tims geringes Interesse an mir allmählich in Zusammenhang damit, aber ich hatte vor dem Sommer keinen Beweis. Das wird dir seltsam vorkommen. Aber bis dahin war ich noch nie jemandem begegnet, von dem ich wußte, daß er homosexuell war.

Dieser Lew Brenner hat tatsächlich ins Schwarze getroffen, dachte Schmidt, aber ist es wirklich wichtig, wann sie es gemerkt hat? Das Ganze ist so blöd.

Schmidtie, bitte versuch dir vorzustellen, wie sehr ich jemanden zum Anlehnen gebraucht habe!

Das verstehe ich, ich verstehe es sehr gut.

Er sagte die Wahrheit. Eine wichtigere Frage beschäftigte ihn noch, und er beschloß, Alice damit zu konfrontieren.

Eins verstehe ich nicht, Alice, sagte er. Wo komme ich ins Spiel? Du bist noch mit Popov zusammen. Das ist mir klar, und du bestreitest es nicht. Warum hast du mit mir geschlafen, als ich nach Paris kam? Warum das erste und warum das zweite Mal? Warum hast du dagesessen und mich sagen lassen, daß ich dich liebe und dich heiraten möchte – diese Worte habe ich benutzt –, warum hast du mich immer so weitermachen lassen? Und warum hast du mich zu diesem absurden Lunch mit Popov eingeladen? Warum hast du mir nicht erzählt, daß du mit diesem Mann in die USA kommen würdest? Und warum bist du überhaupt hier?

Sie wischte sich wieder Tränen ab und antwortete dann: Schmidtie, das ist wirklich ganz einfach: Ich wollte es. Ich wollte mit dir ins Bett. Du hast gesagt, du hättest dich in Paris auf den ersten Blick in mich verliebt, kannst du nicht begreifen, daß mir ungefähr das gleiche passiert ist? Ich bin nicht gewohnt, von Liebe zu reden. Aber auf meine Weise bin ich verliebt! Ich brauche dich. Bitte, schick mich nicht weg.

Oh, Alice, sagte er, das ist das letzte, was ich möchte. Du bist mein Traum vom Glück. Mein einziger Traum. Aber was ist mit Popov? Weiß er von mir?

Nein, sagte sie und klang noch trauriger als vorher, solange sie geweint hatte. Ich habe es ihm nicht erzählt. Er denkt, ich besuche eine Freundin, die mit einem Professor aus Oxford verheiratet ist. In Paris waren wir immer nur zusammen, wenn er verreist war.

Ja, sagte Schmidt. Diesen Teil, daß er verreist war, meine ich, habe ich mir gedacht. Aber ich möchte sicher gehen, daß ich dich richtig verstehe: Du denkst nicht daran, Popov von uns zu erzählen. Ich möchte es noch einfacher sagen. Du hast nicht die Absicht, eure Beziehung zu beenden. Ist das richtig?

Sie nickte.

Aber mit mir willst du auch weiter zusammensein?

O ja, sagte sie, und wie sehr!

Aber warum, Alice, warum? Warum willst du Popov betrügen? Bitte verzeih mir dieses Wort, aber es ist das richtige. Warum willst du mit zwei Männern schlafen? Was liegt dir an mir?

Schmidtie, du verstehst nicht. Serge ist nicht wie du: Er ist nie wie du gewesen. Wir lieben uns nur ganz selten! Seine Freunde sollen wissen, daß wir zusammen sind, das gefällt ihm, er geht gern mit mir aus, liegt gern im Bett neben mir und redet. So ist es immer gewesen. Immer nur sehr wenig von dem, was ich mit dir mache: Jetzt kommt es so gut wie gar nicht mehr vor. Bitte versteh! Die Sache mit Serge ist wie eine alte Ehe. Ich würde ihn zerstören, wenn ich ihn verließe. Das kann ich nicht machen. Du würdest es an meiner Stelle auch nicht tun.

Sie hatten den Hauptgang gegessen und die Flasche Wein getrunken.

Suchen wir uns ein gutes Dessert aus, sagte Schmidt, etwas, das zu Champagner paßt.

Dann ist alles in Ordnung? rief sie. Du verstehst, und es ist in Ordnung?

Lange Zeit gab er keine Antwort, weder, als er den Champagner bestellte, der prompt gebracht wurde, noch, als sie ein Dessert aussuchten, auch nicht, als der Kellner ihre Gläser füllte.

Es ist so schrecklich traurig, erklärte er ihr dann. Das ist wirklich alles, was ich dazu sagen kann.

Es war die Wahrheit. Er hätte ihr gern gesagt, alles sei in Ordnung, glaubte aber, mit der Antwort, die sie erwartete, könne er nicht leben. Sowenig wie mit der Antwort, die, wie er fürchtete, die einzige war, die er geben konnte.

Schmidtie, siehst du nicht, fühlst du nicht, daß wir zusammen glücklich sind? Warum willst du dieses Glück aufgeben?

Er holte tief Luft. Also gut, sagte er, ich will eine Erklärung versuchen. Es war ein Fehlstart, ein Anfang unter falschen Voraussetzungen. Ich habe nicht an ein kurzes Intermezzo – nennen wir es so, das Wort ist das mildeste, das mir einfällt – mit dir gedacht, daß du so etwas wollen könntest, wäre mir nie in den Sinn gekommen. Ich habe mich wirklich und wahrhaftig in dich verliebt, so ernsthaft und ehrlich, wie ich es vermag. Sicherlich ist an meiner Art, zu denken und zu reagieren, etwas durch und durch falsch, aber ich kann keine Kehrtwende machen und sagen, ach, dies ganze Gerede von der ernsthaften Liebe war nur ein blöder Fehler, Popov bleibt zwar im Spiel, doch Alice und ich, wir können uns treffen, wenn er auf Reisen oder anderweitig beschäftigt ist, und uns dann eine herrliche Zeit gönnen. Das kann ich einfach nicht. Ich kann nicht die Brotkrumen essen, die von Popovs Tisch fallen. Deshalb schlage ich vor, wir verzehren unser Soufflé, trinken unseren Champagner aus, nehmen einen Kaffee und einen Brandy, der so gut ist wie der in Paris. Und danach gehen wir dann ins Hotel und gönnen uns eine heiße Nacht in der Kiste! Entspricht das nicht im Kern deiner Vorstellung?

Das hab ich nicht verdient, erwiderte sie. Oder vielleicht doch. Vielleicht habe ich es nicht anders gewollt. Sei's drum. Eine Nacht in der Kiste und dann leb wohl. Aber ich hoffe, du wirst nicht vergessen, was ich dir jetzt sage: Du machst einen schrecklichen, grausamen Fehler. Einen, den du immer bereuen wirst.

Als am Morgen ihr Wecker klingelte, griff er nach dem Telefon, um Frühstück zu bestellen. Sie hinderte ihn daran, schüttelte ärgerlich den Kopf, sagte aber nichts. Dann schloß sie sich im Bad ein. Als sie wieder herauskam, war sie angezogen. Ihr kleiner Koffer war gepackt – das hatte sie erledigt, bevor sie ins Bett gegangen waren. Sie riß das Gepäckstück hoch, ging aus dem Zimmer und schlug die Tür hinter sich zu. Unterdessen hatte er sie um Verzeihung gebeten, sie angefleht, ein Wort zu sagen, ihm eine zweite Chance zu geben. Sie beachtete ihn nicht.

Was hatte ihn dazu gebracht? Der Champagner, den er fast allein ausgetrunken hatte? Seine Wut auf sie und Popov? Wut auf das eigene Verhalten? Kaum hatte sie ihm erklärt, er begehe einen Fehler, den er bereuen werde, sah er ein, daß sie recht hatte. Aber wie sollte er ihn ungeschehen machen? Als sie dann in der Kiste waren – diese Wörter, diese scheußlichen Wörter –, hatte er sie geliebt ohne ein einziges liebevolles Wort, ohne alle Zärtlichkeit, statt dessen jede Liebkosung zu einem tätlichen Angriff werden lassen. Gesten, die sie sonst gern, anscheinend sogar mit

Freude gestattet hatte, waren zu unerbittlichen Forderungen geworden: der forschende Finger in ihrem Anus, die verlangte und erhaltene Fellatio, der endlose Cunnilingus. Er ließ so lang nicht ab von ihr, bis sie noch einmal in einem Krampf aufschrie, worauf er sie triumphierend mit einer Aufzählung aller Qualitäten ihrer Muschel traktierte, die ihm mehr Genuß verschafft habe als je eine andere zuvor. Als sie fertig waren, kam er zur Vernunft und flehte sie an, ihm zu verzeihen. Aber jetzt blieb sie stumm. Sie sagte nichts, kein Wort. Als habe er ihr die Kehle zugedrückt. Eine heiße Nacht in der Kiste! Das hatte er gesagt, und er fürchtete, das Echo dieser Wörter würde ihn für alle Zeiten verfolgen. Als sie gegangen war, sah er sich im Badezimmerspiegel an. Sein Gesicht war weiß, blutleer. Er war ein Wrack.

XVIII

Natürlich war kein Brief von Charlotte gekommen. Er schrieb noch einmal, eine Kurzfassung des ersten Versuchs, und schickte ihn per Eilboten, zusammen mit dem am ersten Tag in London in der Jermyn Street erworbenen langärmeligen blauweiß gestreiften Hemd von der Sorte, die ihr immer gefallen hatte. Er würde zehn Tage lang auf eine Antwort oder einen Anruf von ihr warten; in seinem Brief hatte er sie daran erinnert, daß sie ihn auf seine Kosten zu Hause, im Büro oder in der New Yorker Wohnung anrufen könne. Wenn er bis dahin nichts von ihr hörte, würde er Myron um Rat fragen. Sollte er sich an den Leiter von Sunset Hill oder Dr. Townsend wenden, um zu erfahren, wann er sie besuchen könne? Ob Myron eine andere Idee hatte? Oder war er verurteilt zu warten, auf ein Wort von Charlotte, auf irgendein Anzeichen für eine Besserung? In der Zwischenzeit war ihm die Arbeit, die Konzentration auf die Stiftung, Medizin und Problemlösung. Und alle unüberlegten, impulsiven Handlungen mußte er vermeiden.

Er war spätabends nach Bridgehampton zurückgekommen. Am nächsten Morgen rief er noch vor dem Zähneputzen und vor der ersten Tasse Kaffee das Blumengeschäft in Paris an, das Mike Mansour empfohlen hatte, und gab den Auftrag, Alice eine malvenfarbene Orchidee zu liefern. Nach dem Preis zu urteilen, war es ein Orchideenbaum. Auch gut. Es mußte etwas sein, das seine Reue laut herausschrie. Was auf der Karte stehen solle? Er verstand, was die Verkäuferin auf französisch fragte, und versuchte, ihr eine Antwort in seiner Sprache zu diktieren: Ich habe mich grausig benommen. Bitte verzeih mir. Gezeichnet Schmidtie. Die Angestellte verstand das Wort grausig nicht. Starrköpfig beharrte sie auf lausig. Das war ja vielleicht ein besseres Wort, aber übernehmen wollte er es nicht. Mit dem Namen Schmidtie hatte sie auch Mühe. Sie bestand auf Schmidt. Mist, sagte er, und ging zu einem Baby-Französisch über, das wenigstens grammatisch korrekt war: *S demande pardon*. Dumm gelaufen für Schmidtie. Ein paar Stunden später, er verzehrte gerade sein Mittagessen, Sardinen und Gruyère, kam ein Anruf vom Blumengeschäft. Wieder dieselbe junge Verkäuferin. Madame Verplanck habe die Annahme verweigert. Sein Konto werde mit dem Preis für die Pflanze abzüglich der Zustellgebühr belastet. Scham, glühende Scham überkam ihn. Wofür entschuldigte er sich? Für den harschen, lieblosen Sex und die Lektion über die Qualität ihrer Muschel? Unbedingt. Umfaßte die Entschuldigung mehr, auch einen Widerruf seines absurden Anspruchs, sie müsse ihm treu sein? Einen solchen Anspruch hatte er nicht erhoben. Nur Ehrlichkeit hatte er von ihr verlangt. Sie hätte ihm von Popov erzählen müssen. Hätte sie es getan, wäre die Frage der Treue nie aufgekommen. Eine Teilzeitliebe hätte er nicht hingenommen. Der Grund für die Weigerung lag so tief in ihm verborgen, daß er ihn weder erreichen noch entkräften konnte.

In dieser Verfassung traf er sich mit Gil Blackman zum Lunch in der Stadt. Treffpunkt war das Restaurant Four Seasons Grill im Seagram Building, das Mr. Blackman und andere elegante New Yorker als ihren Club ansahen, da die Oberkellner und die Eigentümer die Idiosynkrasien dieser Stammgäste auswendig gelernt oder in ihre Computer eingegeben hatten, Idiosynkrasien, die Essensvorlieben betrafen oder den Tisch, an dem sie sich in ihrer Wichtigtuerei am wohlsten fühlten.

Triumph? rief ihm Mr. Blackman zu.

Niederlage.

Das glaub ich nicht. Du warst in London und hast es versaut? Warum? Wie?

Und so versuchte Schmidt eine Erklärung. Viel gab sie nicht her, und sie kam ihm selbst absurd vor, da er über seine letzte Nacht mit Alice nur zu sagen wußte, daß er sie schlecht und ohne jede Zärtlichkeit behandelt habe, obwohl sie sich so gut wie entschuldigt und ihm eine Liebeserklärung gemacht hatte. Gils mitfühlender Blick nahm ihm vollends den Wind aus den Segeln.

Nicht zu fassen, sagte Mr. Blackman schließlich, die Dame erklärt dir, da sei noch etwas, eine alte Geschichte zwischen ihr und Popov, aber so wie du es erzählst, klingt es eher nach einer Freundschaft und Mitgefühl mit ihm als nach Sex, und du schwingst dich auf dein hohes Roß und galoppierst davon! Wenn du – in deinen Worten – keine Teilzeitliebe willst, warum spannst du sie Serge nicht aus? Biete ihr mehr im Bett und auch sonst, als er vermag. Wie kannst du auf ihre Vergangenheit mit ihm eifersüchtig sein? Oder hast du geglaubt, sie sei noch Jungfrau?

Nein, habe er nicht, ja, er sei ein Idiot. Und nein, er könne nichts daran ändern. Man könne sie Popov nicht ausspannen und er könne nicht mit Popov teilen, ausgerechnet mit Popov, könne nicht Alices Komplize bei ihrem Betrug an ihm sein. Das war im wesentlichen Schmidts Antwort.

Mr. Blackman nickte und bestellte sich noch einen Gin-Martini. Möchtest du auch einen? fragte er.

Schmidt schüttelte den Kopf. Nein, sonst könne er am Nachmittag gar nicht mehr arbeiten.

Ein bizarrer Gedanke schoß ihm durch den Kopf: Hätte seine arme Mary ihn so reden hören, hätte sie mit den

Augen gerollt, eine Gabe, die nicht einmal Mr. Blackman besaß.

Das wirst du dein Leben lang bereuen, fuhr Mr. Blackman fort, nicht den Martini, sondern daß du dir wieder mal ins eigene Fleisch schneidest. Das wird allmählich zur Gewohnheit, erst läßt du dir die Bewerbung um die Leitung deiner Kanzlei von diesem Mistkerl DeForrest ausreden, dann gehst du in den Vorruhestand, dann spielst du die Primadonna, so daß du den Job in Mikes Stiftung aufs Spiel setzt. Als er dir diesen Job anbot, hattest du die Frechheit – ach was, die Blödheit –, ihm zu erzählen, du hättest Bedenken, daß eure Freundschaft leiden könnte, wenn du für ihn arbeiten würdest; was hast du dir bloß dabei gedacht! Du kannst wirklich ein selbstzerstörerisches Arschloch sein. Damals habe ich dich noch vom Fenstersims weggezerrt. Wahrscheinlich hätte ich dich nach London begleiten müssen. Du bist so dämlich, daß man dich nicht ohne Aufsicht rumlaufen lassen kann!

Hör auf, sagte Schmidt, bitte hör auf. Mir ist schon elend genug. Jetzt muß ich dir von Charlotte erzählen.

Mr. Blackman hörte aufmerksam zu und blieb eine Weile stumm, als Schmidt zum Ende gekommen war. Auch das noch, sagte er schließlich. Aber ich habe eine Idee. Kennst du Elaines Vetter Jerry?

Schmidt schüttelte den Kopf.

Er ist sozusagen der Papst der New Yorker Analytiker. Die meisten hat er persönlich ausgebildet. Ich könnte ihn bitten, ein Gespräch unter Fachkollegen mit diesem Burschen Townsend zu führen, um herauszufinden, wie der die Sache wirklich sieht. Das mag funktionieren oder auch nicht, aber es kann nicht schaden, Townsend klarzumachen, daß er sich ernsthaft um diesen Fall kümmern muß.

Schmidt nickte. Ja, tu das bitte.

In Ordnung. Jetzt habe ich eine Nachricht, die dich aufmuntern wird. Ob du's glaubst oder nicht, Canning hat die Geschlechtsumwandlung abgesegnet. Jetzt spielt eine Frau die Hauptrolle. Du wirst auf jeden Fall im Abspann genannt.

Großartig, sagte Schmidt. Hat Julia Roberts die Rolle?

Sie ist zu hübsch. Wir brauchen eine Person mit mehr Ecken und Kanten. Ich denke eher an Sigourney Weaver.

Als sie sich trennten – Schmidt merkte, daß ihre Abschiede von Mal zu Mal emotionaler wurden –, sagte Mr. Blackman: Schmidtie, du bist stur wie ein Maulesel, das weiß ich. Aber bitte tu dir selbst den Gefallen, und komm heraus aus dem Loch, das du dir selbst gegraben hast. Spring ins Flugzeug. Geh nach Canossa, das heißt nach Paris. Wirb um sie, sieh zu, daß sie mit dir schläft, und überlaß den Rest der Zeit.

Schmidt nickte, schüttelte Gil noch einmal die Hand und ging auf der Park Avenue nach Norden. Es kam ihm so vor, als wanke er, aber in Wirklichkeit bewegte er sich mit festem Schritt. Die Sonne war blendend hell. Er wechselte auf der Suche nach schattigen Abschnitten zur Westseite der Straße und ging weiter nordwärts. Gil hatte recht. Daß er selber ein Idiot war, wenn es sich um DT, Katerina und ihre Vorläuferinnen handelte, trübte sein Urteil in den Angelegenheiten anderer nicht. Warum sollte er den Rat seines besten Freundes nicht befolgen, des Künstlers, der in seinen Filmen immer wieder gezeigt hatte, wie gut er die menschliche Natur verstand? Warum? Weil er Alice nicht traute. Das war der tiefere Grund für seine absurde Sturheit. Sie hatte gelogen, ihn zum Narren gehalten. Er hatte eine Entschuldigung versucht – antiseptisch war sie gewesen, wohl wahr, eine telephonische Blumenbestellung, diktierte Worte, allenfalls genug, um sich für das Vergessen eines Geburtstags zu entschuldigen. Eine Frau mit Popov zu teilen war unerträglich, und sie hatte ihn durch Täuschung dazu gebracht. Sie im Büßergewand auf Knien um Verzeihung zu bitten, das ging über seine Kräfte.

Aus welchem Grund auch immer, weil Jerry sich eingeschaltet oder weil Myron insgeheim, ohne Schmidt etwas davon zu sagen, seinen psychoanalytischen Kollegen leicht unter Druck gesetzt hatte oder weil genug Zeit vergangen war und sich das Wort: Reifsein ist alles wieder einmal bestätigte, jedenfalls erhielt Schmidt in seinem Büro einen Anruf von Dr. Townsends ärztlicher Assistentin. Den Drang, nachzufragen – ärztliche Was? –, unterdrückte er und hörte aufmerksam und respektvoll zu. Die junge Frau, sie war russischer Herkunft, darauf hätte er wetten mögen, teilte ihm mit, daß der Doktor Kenntnis von Schmidts Briefen an seine Tochter habe und wisse, daß sie nicht geantwortet hatte. Falls Mr. Schmidt an einer Konsultation mit Dr. Townsend über Mrs. Rikers Verfassung interessiert sei, werde der Arzt dies mit ihr abklären und ihm einen Termin geben. Mr. Schmidt müsse wissen, daß das Honorar für die Konsultation einhundertfünfzig Prozent der Kosten für eine Behandlungsstunde des Arztes betrage und weder ganz noch teilweise von der Versicherung erstattet werde. Mr. Schmidt erklärte sich einverstanden. Zwei Tage später rief dieselbe junge Frau wieder an. Die Konsultation könne am nächsten Tag stattfinden. Ich habe Glück, dachte Schmidt, denn er erinnerte sich, daß New Yorker Psychoanalytiker in früheren Zeiten am ersten August aus der Stadt verschwanden und erst nach dem Labor Day wieder auftauchten. Offenbar hatte er es geschafft, Charlottes Seelenklempner im Moment seines Aufbruchs zu erwischen.

Das Büro war einzigartig unpersönlich: kein Diplom, kein Familienfoto mit Ehefrau oder Kindern, kein Bild von Pferden oder Segelbooten zu sehen. Statt dessen Lithographien des alten New York, bevor das Zentrum der Stadt sich nach Norden verlagert hatte, und über dem so unvermeidlichen braunen Ledersofa eine ökumenische Sammlung von Porträtfotos. Schmidt erkannte Freud und Jung. Die anderen waren, wie ihm Dr. Townsend erklärte, New Yorker Größen: Abraham Brill und Lawrence Kubie und, in einer Klasse für sich, Wilhelm Reich, ein häufig mißverstandener und unterschätzter Mann. Schmidt schüttelte sein Mißtrauen gegen den jungen Psychiater ab – er schätzte ihn auf Anfang Vierzig – und fand ihn, sobald er anfing zu reden, attraktiv und direkt. Auch ohne bestätigende Diplome hatte er keinen Zweifel, daß Townsend aus einem von drei oder vier Internaten hervorgegangen und durch Harvard, Yale oder Princeton geprägt war und daß er als Kind seine Sommer in Maine oder auf Long Island verbracht hatte. Intelligente junge Männer, die sich um Anstellung bei W & K bewarben, zu Dutzenden und Aberdutzenden befragt zu haben schadete nicht, sondern schärfte den Blick. Beim Gedanken an seine Zeiten als praktizierender Anwalt, an die Gesellschaft junger Leute, die er bewundert hatte, an alle diese Loyalitäten, wurde Schmidt plötzlich nostalgisch.

Schauen Sie, Mr. Schmidt, sagte Dr. Townsend, ich bin kein Familientherapeut, und ich werde nicht versuchen, Ihr Verhältnis zu Charlotte zu bessern. Vielmehr erhoffe ich mir von Ihnen Informationen, die mir helfen können, sie zu behandeln, und ich möchte auf Ihren vollkommen natürlichen und legitimen Wunsch nach einem besseren Verständnis von Charlottes Lage eingehen. Ist Ihnen das recht? Denken Sie bitte daran, daß ich Charlotte vielleicht, aber vielleicht auch nicht erzähle, was Sie mir berichten, und daß ich Ihnen vielleicht, aber vielleicht auch nicht glaube, was Sie sagen. Einverstanden?

Schmidt nickte.

Erstens: Können Sie mir erzählen, welche Traumata in Charlottes Leben nach Ihrer Meinung am schwersten wiegen? Ich meine damit Traumata vor der Fehlgeburt und der Hysterektomie. Auf den Unfall müssen Sie nicht eingehen.

Schmidt nickte wieder.

Da war wirklich wenig, sagte er, oder besser gesagt, ich kann mir nur wenig vorstellen. Als sie elf oder zwölf war, gab es einen fürchterlichen Krach, weil ich ein Machtwort gesprochen und gesagt habe, daß wir uns die Stallmiete für ihr Pferd in New York nicht leisten können. Er war so schrecklich, daß ich mich noch heute lebhaft daran erinnere. Es muß das erste Mal gewesen sein, daß ich ihr einen wichtigen Wunsch abgeschlagen habe. Übrigens waren meine Frau Mary und ich uns in der Sache mit dem Pferd einig. Dann war da mein Fehltritt. In einem sehr schwierigen Sommer – schwierig, weil Mary, die laut Diagnose an einer Depression litt, mich mit ausgesprochener Feindseligkeit behandelte – habe ich mich mit Charlottes Babysitterin eingelassen. Viel später, erst vor ungefähr drei Jahren, kam heraus, daß Charlotte damals, wenn auch nur vage, verstand, was vor sich ging. Warum sie es gemerkt hat, weiß ich nicht, wir, die junge Frau und ich, waren außerordentlich vorsichtig, und weder sie noch ich entdeckten irgendwelche Anzeichen dafür, daß Charlotte uns nachspionierte oder daß ihre Zuneigung zu ihr oder mir nachließ. Erwischt hat uns Mary, wegen eines Flecks auf dem Laken, und sie hat die Babysitterin gefeuert. Aber dann ging es Mary wieder besser, und sie vertrug sich mit mir, auch Sex hatten wir wieder. Vielleicht konnte Charlotte allein aus der Tatsache, daß das Mädchen gefeuert wurde, vielleicht auch aus einer verräterischen Bemerkung ableiten, was passiert war, entweder damals schon oder im Rückblick. Ich weiß es nicht. Reicht das? Brauchen Sie mehr Einzelheiten?

Townsend schüttelte den Kopf. Vorläufig nicht.

In Ordnung. Schmidt, dem ganz übel wurde, stürzte sich in eine Darstellung seiner komplizierten Aversion – kompliziert sei sie in der Tat – gegen Charlottes Ehe mit Jon Riker; seiner Entscheidung, Charlotte seinen Nießbrauch am Haus in Bridgehampton zur Hochzeit zu schenken und selbst auszuziehen, einer Entscheidung, deren Motiv, das müsse er zugeben, sein Widerwille gegen das gemeinsame Wohnen mit Charlotte und Jon in einem Haus, dessen Herr nicht er war, gewesen sei, einer Entscheidung, die dann geändert wurde und aus sehr soliden Steuergründen zum Kauf von Charlottes Anwartschaft geführt habe; seiner Bestürzung über Charlottes Beschluß, sich von einem Rabbi in einem Restaurant in Soho trauen zu lassen statt im Haus ihres Vaters.

Er hielt inne, um Luft zu holen, und sagte: Ich habe etwas begriffen. Ich gebe Ihnen eine Version, die davon profitiert, daß Renata Riker mir wegen meines angeblichen tiefsitzenden Antisemitismus die Hölle heiß gemacht hat. Mir ist klargeworden, daß sich der Antisemitismus wie ein roter Faden durch meine Beziehung zu Jon Riker und seiner Familie zieht. Diese Einsicht verdanke ich ebenfalls Renata Riker und auch meinem besten Freund, der übrigens Jude ist. Das ist eine Tatsache, und ich will es nicht abstreiten, aber Sie sollen wissen, daß ich mich nach Kräften bemüht habe, mich von meinem Antisemitismus zu befreien, und daß es mir, meine ich, gelungen ist. Und ich möchte Ihnen versichern, daß meine Abneigung gegen Juden, soweit davon die Rede sein konnte, mir niemals den Wunsch eingegeben hat, einem Juden in irgendeiner Weise Schaden zuzufügen. Zum Beispiel verdankte Jon Riker seine Ernennung zum Partner meiner alten Kanzlei fast ausschließlich meiner Fürsprache. Nicht, daß seine Arbeit nicht ausgezeichnet gewesen wäre. Er brauchte nur einen kleinen Anschub, um rechtzeitig, ohne eine womöglich demütigende Verzögerung ans Ziel zu kommen. Man könnte sagen, daß ich ein Antisemit allein aus Gründen der Ästhetik war! Er lachte angespannt, weil er Townsends ausdruckslosen Blick wahrnahm.

Verstehe, sagte Dr. Townsend.

Ja, sagte Schmidt, auch Sie finden mein Feigenblatt zu klein. Nun gut. Fahren wir fort mit den Traumata, die Charlotte womöglich anschließend erlitten hat. Ich muß wohl meine Liaison mit einer sehr jungen – zwanzigjährigen – und sehr schönen halb-puertoricanischen Kellnerin dazuzählen, die nach dem Krach mit Charlotte wegen des Hauses oder etwa zur gleichen Zeit begann und mehr als zwei Jahre dauerte. Ich weiß, daß Charlotte Anstoß daran nahm. Ob es ein Trauma war, kann ich nicht sagen. Ich erwähne es der Vollständigkeit halber. Andere Traumata: Jon Rikers Affäre mit einer Art Assistenzanwältin in seiner Kanzlei und eine enorme, nicht damit zusammenhängende Indiskretion oder Schlimmeres, die mit seinem Hinauswurf aus der Kanzlei endete. Charlottes Affäre mit einem Kollegen in der Werbeagentur, in der sie arbeitete, ging auch schlecht aus. Sie wollte ein neues Unternehmen mit ihm aufbauen – mit meinem Geld, er hatte keins –, als er sie aus heiterem Himmel verließ und wieder zu der Frau zurückkehrte, von der er geschieden war oder sich scheiden lassen wollte. Das eine oder das andere, genau weiß ich es nicht mehr. Charlotte und Riker zogen wieder zusammen, aber ich könnte mir vorstellen, daß die Ehe allen Schmelz verloren hatte. Die Kanzlei, in der er jetzt arbeitet, kann meiner alten Firma Wood & King, in der er eine Lebensstellung gehabt hätte, nicht das Wasser reichen. Und die Eltern Riker – hier plaudere ich vielleicht aus der

Schule – erscheinen inzwischen sehr viel weniger wohlhabend, als sie früher einmal waren, und das hat ausgelöst, was ich nur einen Raubüberfall auf Charlottes Geld nennen kann. Dieses Jahr im April dann kam Charlotte seltsamerweise mit einem Ölzweig zu mir. Wir schlossen Waffenstillstand. Der endete mit einem neuen versuchten Geldraub von seiten Jons. Er hatte die Chuzpe – vielleicht sollte ich das Wort nicht verwenden –, von mir zu verlangen, ich solle einen Fonds für das ungeborene Kind einrichten, das mein Enkelsohn geworden wäre. Als ob irgend etwas an meiner Geschichte mit Charlotte ihren Mangel an Vertrauen in meine Großzügigkeit rechtfertigen könnte!

Er hielt einen Moment inne, bevor er weiterredete. Und damit sind wir bei der Fehlgeburt. Ich möchte aber doch noch ein Wort sagen. Renata Rikers Rolle in diesem Spiel war schändlich, ihr Verhalten ist unverzeihlich.

Mr. Schmidt, sagte Dr. Townsend milde, ich habe nichts dagegen, daß Sie Ihrem Ärger über Renata Riker oder wen auch immer Luft machen, aber ich hatte Sie gebeten, Charlottes Traumata zu beschreiben. Ich danke Ihnen für die Informationen, die Sie mir gegeben haben. Ich muß sagen, Ihr Denken ist bemerkenswert gut organisiert. Jetzt werde ich Ihnen über Ihre Tochter berichten, soweit ich das kann.

Er las Schmidt aus seinen Aufzeichnungen vor, daß Charlottes Krankheit auf der Skala ein oder zwei Punkte unterhalb einer schweren Depression liege. Die Taxonomie schätzte er sowenig wie Myron Riker. Charlotte beginne, auf die Medikation zu reagieren, sei aber verärgert über die unvermeidlichen Nebenwirkungen: Müdigkeit, Teilnahmslosigkeit (die den Symptomen der Depression verwandt seien) und natürlich eine gewisse Gewichtszunahme. Nicht signifikant, aber doch merklich; im Lauf der Zeit werde sie diese Pfunde wieder loswerden. Anfangs deutlicher Antagonismus gegenüber seiner WASP-Prägung, wie sie es nannte. Damit sei es vorbei, und er beobachte statt dessen eine positive Übertragung. Charlottes Ego, ihr Selbstgefühl, scheint erstaunlich anfällig. Sie wankt unter einer Bürde von Schuld und Unsicherheit – das sei, sagte Dr. Townsend, was er sich notiert habe, wortwörtlich. In allen Fällen ausgeprägter Depression sei Suizid die größte Gefahr und ein Grund zur Besorgnis. In Charlottes Fall sei seine Sorge jedoch durch den stationären Aufenthalt gemildert, und er glaube, daß sich die Gefahr zu dem Zeitpunkt, da sie Sunset Hill verlasse, wesentlich verringert haben werde. Prognose: im ganzen gut. Nach einer Weile – quantifizieren könne er nicht, was er damit meine – werde er die Dosierung der Medikamente allmählich reduzieren, mit dem Ziel, Charlotte irgendwann nach der Entlassung ganz zu entwöhnen. Er rechne damit, empfehlen zu können, sie vor Weihnachten nach Hause zu entlassen. Aber das sei nicht mehr als eine Vermutung; es könne auch erheblich länger dauern, bis sie soweit sei. Von diesem Zeitpunkt an würde er Therapie und Beobachtung empfehlen – genau gesagt, zwei Therapiestunden pro Woche –, bei ihm oder einem anderen Psychiater, der qualifiziert sei für medikamentöse sowie therapeutische Behandlung. Wieder mit der Arbeit zu beginnen sei Charlotte wichtig; sehr zu empfehlen, dürfe aber nicht übereilt werden.

Während Schmidt diesem netten, rationalen, attraktiven Mann zuhörte, fragte er sich, wie wohl seine Eltern waren. Eltern mußte er irgendwo haben; er sah nicht aus und klang nicht wie ein Findelkind oder jemand, der von Anfang an bei Pflegeeltern aufgewachsen war. Eltern oder ein Äquivalent lauerten immer irgendwo, wie Küchenschaben. War dieser nette, ausgeglichene Mann bei der Geburt gegen das Elterngift geimpft worden? Oder stand er selbst unter Medikamenten, sorgfältig überwacht von einem Townsend-Doppelgänger aus der Casting-Agentur, damit dieser nette Townsend nicht in seiner netten Carnegie-Hill-Maisonette explodiert, seine nette, tüchtige Frau anfällt, die netten Kinder schlägt, wenn sie aus Chapin und Buckley heimkommen, und sich dann an seinen Hosenträgern aufhängt – Schmidt hätte schwören können, daß es bestickte Turnbull & Asser-Produkte waren –, die garantiert Dr. Tonwsends schätzungsweise hundertfünfundfünfzig Pfund Knochen und Muskeln halten würden. Ja, so würde er es machen: das Ende der Hosenträger, das er sich nicht um den Hals geschlungen hat, am Geländer festbinden, sich über die Seite gleiten lassen, und puff. Die Luft ist raus aus Dr. Townsend.

Ich bin Ihnen wirklich dankbar für Ihre Erklärung und für alles, was Sie für meine Tochter tun, sagte er dem Arzt. Eine naheliegende Frage: Kann ich Charlotte besuchen?

Ich werde sie fragen. Heute nachmittag sehe ich sie, dann spreche ich mit ihr darüber. Wenn sie auf den Vorschlag eingeht, kümmere ich mich um die Organisation in Sunset Hill. Sind Sie uneingeschränkt abkömmlich?

Ja, sagte Schmidt. Ich kann an allen Tagen jederzeit dort sein.

Gut. Meine medizinische Assistentin oder ich werden Sie anrufen. Ich muß Sie aber warnen, der Besuch gestaltet sich womöglich nicht so erfreulich, wie Sie oder Charlotte – in normaler Verfassung – sich wünschen würden. Wenn Sie möchten, lassen Sie mich wissen, wie es war. Hier ist meine Telefonnummer für den Sommer. Ich bin im Aufbruch zu einem kurzen Urlaub.

Der Termin in Sunset Hill war am Samstag um ein Uhr. Schmidt sah voraus, daß der sommerliche Wochenendverkehr zu den Stränden in beiden Richtungen stark sein würde: Für eine Fahrt, die normalerweise zwei oder zweieinhalb Stunden dauerte, konnte er leicht vier brauchen. In der Nacht davor hatte er schlecht geschlafen; er frühstückte hastig, rasierte sich und bemerkte dabei ein unbeherrschbares Zucken in seiner linken Wange. War das etwa ein kleiner Schlaganfall? Er hatte einen dermaßen trockenen Mund, daß ihm die Zunge am Gaumen klebte. Nur um zu prüfen, ob er dazu in der Lage war, versuchte er *miserere mihi* zu sagen und mußte feststellen, daß die Wörter ihm als schwaches Krächzen von den Lippen gingen. Fürchte den Tod durchs Wasser, aber Fähren mußte er nehmen: die erste von Sag Harbor nach Shelter Island, die zweite von der anderen Seite der Insel nach Greenpoint an der North Fork und die dritte von Orient Point nach New London. New London! Sitz Hyman G. Rickovers, des Vaters der Atom-U-Boote. Ein antisemitischer Ästhet wird sich bei diesem Namen an die Judenfrage erinnern, darauf kann man sich verlassen! In der Kantine der Fähre waren Massen von Menschen, aber Schmidt drängte sich zur Theke durch. Zwei Würstchen mit Senf und Relish: eine Delikatesse, die er sich – darauf hätte er schwören können – nicht mehr gegönnt hatte, seit er im Frühlingssemester von Charlottes letztem Collegejahr mit ihr und einer Handvoll schlecht erzogener Klassenkameraden zum Red-Sox-Spiel gefahren war. Sie gewannen das Heimspiel tatsächlich! Bier tranken die Jungen und Mädchen damals auch, sie waren schon einundzwanzig, aber selbst wenn sie jünger gewesen wären, hätte sie niemand nach ihrem Ausweis gefragt. Schmidt hätte zu den Würstchen auf der Fähre auch gern ein Bier getrunken, aber die vorausschauende Klugheit riet ihm davon ab und auch von einem Kaffee mit Milch und Zucker, denn wo würde er pinkeln gehen können, wenn er wieder an Land war? Am Straßenrand? Sein letzter derartiger Versuch, auf Long Island, hätte ihm fast einen Strafzettel eingebracht. Ein Streifenwagen hatte hinter ihm gehalten, ein pickeliger irischer Polizist stieg aus und sagte, er werde ihn wegen Erregung öffentlichen Ärgernisses aufschreiben. Was soll das, Sie machen wohl Witze, wies Herr Anwalt Albert Schmidt ihn zurecht. Das kam schlecht an: Ich mache Witze, glauben Sie? Ich buchte Sie ein. Hier fahren Frauen und Kinder vorbei, und Sie stehen da und wedeln mit Ihrem Schwengel. Nichts konnte Mr. Schmidt so schnell zur Ruhe bringen wie die Aussicht auf Gefängnis, und hatte er sich erst einmal beruhigt, war er die Umgänglichkeit und Vernunft in Person, so daß kein Polizist umhinkonnte, ihn Sir zu nennen. Einen schönen Tag noch, Sir, kommen Sie gut nach Hause!

Er war um Viertel vor eins am Empfang von Sunset Hill, hatte wieder vollkommen Gewalt über sein Sprachvermögen, diese Stimme, die tausend Polizisten und tausend Versicherungsanwälte in ihren Bann geschlagen hatte, und hörte sich sagen: Mr. Schmidt für Mrs. Riker. Dr. Townsends Patientin, der Doktor hat die Verabredung getroffen.

Die Sprechstundenhilfe ließ auf ihrem Computerbildschirm eine Liste abrollen und begrüßte ihn: Hallo, Albert, setzen Sie sich ins Wartezimmer dort hinten. Die Türen zu den Toiletten sind beschriftet. Ich schicke jemanden, Sie zu holen und mit Ihnen in das Besuchszimmer zu gehen.

Er tat wie geheißen, sowohl was das Pinkeln als auch was das Setzen anging. Im Wartezimmer war er allein. Auf dem niedrigen Tisch vor seinem Platz lagen alte Exemplare des *New York Magazine*, des *U.S. News and World Report*, *Men's Health* und des *Golf Digest*. Er vertiefte sich in eine skandalöse Aufstellung der obszönen Honorare von Schönheitschirurgen in New York. Ein Uhr. Ein Uhr fünfzehn. Er wurde zur Rezeption gerufen. Eine stattliche, nicht mehr junge Dame in Weiß stellte sich als Mrs. Riley vor.

Mrs. Riker möchte heute keinen Besuch haben, sagte sie. Es tut mir leid, daß Sie den ganzen Weg von …

Long Island, soufflierte Schmidt.

Ja, von Long Island gekommen sind. Wie gesagt, es tut uns leid.

Schmidt schüttelte den Kopf. Wie kann das sein? fragte er. Dr. Townsend hat die Verabredung getroffen.

Richtig, aber die Patientin will keine Besucher empfangen.

Und weiß sie, daß ich hier bin? Was hat sie gesagt, als Sie oder eine Ihrer Kolleginnen ihr Bescheid gaben?

Miss Riley schüttelte den Kopf. Wir wissen, daß dies sehr schwierig ist. Sie sind ihr Vater, stimmt's?

Schmidt nickte.

Mr. Schmidt, Sie sehen aus wie ein netter Mensch. Ich erzähle Ihnen jetzt etwas, was ich nicht erzählen sollte. Als Ihre Tochter hörte, daß Sie da sind, ist sie in den Kleiderschrank in ihrem Zimmer gekrochen und hat sich geweigert, wieder herauszukommen. Nehmen Sie es nicht zu schwer. Ich habe auch eine schwierige Tochter. Diese schlimmen, schlimmen Kinder. Es liegt nicht immer an uns.

Er dankte ihr – offenbar konnte er sonst nichts tun. Als er wieder zu Hause war, rief er Dr. Townsend an und erzählte ihm, daß Charlotte sich geweigert hatte, ihn zu sehen, ließ aber die Geschichte mit dem Schrank aus. Er wollte der Krankenschwester keinen Ärger machen. Es war ein Test für Charlotte, erklärte der Arzt ihm, und ein Test für Sie. Sie haben offenbar besser abgeschnitten.

Anfang Oktober fuhr er wieder nach Sunset Hill. Man führte ihn zum Besprechungszimmer, und als er an der offenen Tür stand und sie sah, eine Frau, die sich in einem mit Chintz bezogenen Sessel flegelte, war sein erster absurder und gleich wieder verdrängter Eindruck, daß man ihn in das falsche Zimmer geführt habe, daß diese Frau mit dem starren Gesicht, das abgeflacht aussah wie die fahlen Gesichter bestimmter Schimpansen, das Problem eines anderen sei. Aber nein, es war Charlotte, die mit rotgeränderten, spöttischen Augen durch ihn hindurchsah. Die lang ausgestreckten Beine waren unrasiert. Sie trug einen Morgenrock von der Sorte, in die sich seine Mutter während ihrer letzten langen Krankheit fast ständig gehüllt hatte, ein dermaßen abscheuliches Kleidungsstück, daß er dachte, wenn es irgend jemandem gehöre, dann am ehesten einer der Frauen, die in Bürogebäuden Toiletten putzen; dazu braune Ledersandalen, die den Blick auf schmutzige Füße und bestimmt seit dem Unfall nicht mehr geschnittene Zehennägel freigaben. Der Morgenrock war so unförmig, daß man nicht einschätzen konnte, ob Charlotte nur dicklich aussah oder tatsächlich zugenommen hatte. Sie stand nicht auf, als er eintrat, und reagierte auch nicht auf seine Begrüßung. Hallo, Charlotte, Liebes, ich bin so froh, daß ich dich besuchen kann! Er merkte, daß er nicht wagte, sich zu ihr hinunterzubeugen und sie zu küssen.

Beinahe hätte er die Achseln gezuckt, aber er unterdrückte die Bewegung, setzte sich in den anderen Sessel, der ihr gegenüber an einem niedrigen Tisch stand, und sagte, ich habe dir ein paar Bücher mitgebracht, die dir gefallen könnten, ein Radio, einen CD-Spieler und ein paar CDs. Man hat mir gesagt, daß du in deinem Zimmer Musik hören darfst.

Sie nickte und sagte einen Moment danach: Die Bücher kannst du wieder mitnehmen. Ich lese nichts. Danke für die CDs. Wahrscheinlich nur Mozart.

Sie hob die Tragetasche hoch, machte sich aber nicht die Mühe, hineinzuschauen.

Nein, sagte Schmidt, nur zwei Mozartaufnahmen. Es ist

eine eklektische Auswahl. Sogar Michael Jackson und The Grateful Dead sind dabei. Für jeden Geschmack etwas.

Ach ja? Es ist dieses Mädchen. Die, mit der du ein Kind hast. Du hast sie zum Einkaufen für mich geschickt.

Du meinst wohl Carrie, erwiderte Schmidt.

Charlotte nickte.

Um das klarzustellen, sie hatte nichts mit diesen CDs zu tun. Ein junger Mensch aus der Stiftung, in der ich arbeite, hat einige davon vorgeschlagen. Die klassische Jazz- und Ragtimemusik habe ich selbst ausgesucht, auch ein paar Jelly-Roll-Morton-Aufnahmen, die dir gefallen werden, glaube ich. Und übrigens ist Jason der Vater von Carries Kind. Das Leben ist hart genug, eingebildete Probleme braucht man nicht auch noch.

Klar.

Die Leute hier, die im Empfang arbeiten, und die Krankenschwester, die mich hierhergebracht hat, machen einen sehr freundlichen Eindruck, und ich habe gesehen, daß es einen schönen großen Garten gibt.

In den Garten gehe ich nicht. Die anderen Irren will ich nicht sehen. Schlimm genug, daß ich mich sehe.

Es tut mir so schrecklich leid.

Er suchte nach Worten, und ihm fiel nichts ein. Es war alles zu dumm.

Siehst du, Dad, sagte sie nach einer Weile, ich bin krank. Nicht mehr so krank, wie ich war, aber immer noch reichlich krank. Du hast dich mit Alan Townsend getroffen, also weißt du Bescheid. Es hat keinen Sinn, dir oder mir was vorzumachen. Ich habe schwere Sorgen. Werde ich hier wieder herauskommen? Wann komme ich raus? Will Jon mich wiederhaben? Was wird ihm dieses Scheusal Renata vorschreiben? Werde ich wieder arbeiten können? Was soll aus mir werden?

Sie fing an zu weinen und stieß ihn ärgerlich weg, als er

zu ihr kam und ihr über den Kopf streichen und sie in die Arme nehmen wollte.

Nein, ich will dein Taschentuch nicht, nein, ich will nicht, daß du mich küßt. Ich habe schwere Probleme, und du kannst mir nicht helfen. Zuviel schlimmes Zeug steht zwischen uns. Ich müßte wohl dankbar sein, daß du für dieses Loch und für Alan bezahlst, aber ich bin es nicht. Also geh bitte. Ich hab dich kommen lassen, damit du verstehst. Und jetzt geh weg.

Schon gut, sagte er. Ich will dich nicht ermüden. Bitte laß mich wissen, wenn du beschließt, daß du mich gern sehen würdest. Oder wenn ich helfen kann. Für den Fall, daß ich irgend etwas tun kann.

XIX

Der Herr segnete Hiob hernach mehr denn je zuvor. Er gab ihm Schafe, Kamele, Rinder und Eselinnen zu Tausenden, sieben Söhne und drei Töchter, so schön, wie sie in allen Landen nicht gefunden wurden. Hiob lebte so lange, daß er sah Kinder und Kindeskinder bis in das vierte Glied. Widerwärtiger Sadismus, dachte Schmidt, und danach eine abscheulich rohe Abfindung. Der Herr konnte seine Rinder behalten. Kein Zuwachs an irdischen Gütern würde Charlottes Gebärmutter wieder herstellen. Kinder und Kindeskinder würde es nicht geben, keinen kleinen Myron, Albert, keine Renata oder Mary (der Name der Jungfrau wäre ohnehin ein Anathema für Charlotte und ihren Ehemann gewesen). Statt dessen litt sie unter Acedia, Angst und Verwirrung. Verweigerte sich der Schönheit und den Freuden im Leben! Verkroch sich in einem Kleiderschrank! Verwandelte sich in eine jämmerliche, bitterzüngige Vogelscheuche! Wenn er an die Katastrophe dachte, krampfte sich alles in seinem Inneren zusammen. Ja, er würde auf Heilung für sie hoffen oder wenigstens auf eine lange Remission. Dr. Townsend hatte ihm erklärt, daß beides möglich sei. Das war auch die Einschätzung eines Autors, dessen Abhandlung er auf Dr. Townsends Empfehlung zu Rate gezogen hatte. Er wollte auch hoffen, daß Jon Riker sie gut behandeln würde, daß ihre Ängste unbegründet waren. Ja, gut behandeln bis zu dem Tag, an dem sie ihn verließ, aber herbeiwünschen würde er dieses Ende nicht, das schwor sich Schmidt. Zu viele Wünsche hatte er im Lauf der Jahre ausgesprochen, sie waren zu Bumerangs geworden und ihm ins Gesicht geflogen. Falls Charlotte und Jon zusammenblieben, wollten sie vielleicht adoptieren. Aber selbst das konnte sich als unmöglich erweisen. Charlotte war durch Sunset Hill gebrandmarkt.

All die Verluste, die er früher selbst erlitten hatte – daß Mary an einer zerstörerischen Krankheit gestorben war; daß er wegen ihres Leidens entschieden hatte, vorzeitig in den Ruhestand zu gehen und seinen geliebten Beruf aufzugeben; daß Carrie ihn verlassen hatte, was zwar natürlich und notwendig, aber auch herzzerreißend gewesen war; daß er den kläglichen und in Demütigung endenden Versuch unternommen hatte, sein Leben mit dem einer Frau zu verbinden, in die er sich verliebt und in der er sich geirrt hatte – das waren, verglichen mit der neuen Katastrophe, nur Nadelstiche. Was blieb ihm jetzt noch? Er mußte sie lieben und bereit sein, ihr zu helfen, auch wenn sie ihn noch so oft und heftig zurückweisen sollte. Und außerdem gedämpfte Erwartungen und bescheidene Ziele: für die Stiftung arbeiten, den kleinen Albert beschützen, vermeiden, anderen Schaden zuzufügen, und sich möglichst vor Schlägen in Sicherheit bringen.

An einem Samstag, als der schwere Nordostwind sich ausgetobt hatte und Jason und Bryan nicht mehr beide in der Marina sein mußten, lud Schmidt Carrie, Jason und den kleinen Albert zum Mittagessen ein. Er fand es an der Zeit, das Versprechen, das er Carrie gegeben hatte, vor Jasons Ohren noch einmal zu wiederholen und damit amtlich zu machen. Das Baby in seinem tragbaren Laufställchen war so plaziert, daß er es gut sehen konnte. Die große Nase, die ihn zunächst, als Carrie mit dem Kind aus der Klinik gekommen war, beunruhigt und gerührt hatte, erschien ihm jetzt nicht mehr auffällig lang. Da sie nicht geschrumpft sein konnte, mußte Klein Alberts Gesicht runder und fülliger geworden sein, so daß sie ihre verräterischen Ausmaße verloren hatte. Er würde ein hübscher Junge werden, höchstwahrscheinlich mit einer Haut vom gleichen blassen Olivton wie die seiner Mutter und mit ihren dunklen Augen. Das Team von Puerto Rico hatte einen Vorsprung, und er spornte es an.

Beim Kaffee erzählte er Jason, daß Charlotte einen Unfall hatte und keine Kinder mehr bekommen könne. Das meiste, was er zu sagen hatte, wußte Carrie schon. Dann lächelte er das Baby an, weil er sich freute, wie zufrieden der Kleine strampelte und gluckste, und hielt seine Rede.

Eines Tages, wenn Charlotte sich wieder ganz erholt hat, werden sie und Jon vielleicht adoptieren wollen, erklärte er. Das ist möglich, aber ob es wahrscheinlich ist, kann ich nicht sagen. Sollten sie ein Kind adoptieren, möchten sie vielleicht auch noch ein zweites oder mehrere haben, um eine größere Familie zu sein. Diese Möglichkeiten erwähne ich nur, damit ihr wißt, daß ich darüber nachgedacht und sie durchaus mit berücksichtigt habe. Was immer Charlotte und Jon in dieser Hinsicht unternehmen, wird keine Auswirkungen auf das haben, was ich für den kleinen Albert hier tun möchte. Oder für andere Kinder, die aus dem einen oder anderen Grund in mein Leben treten und mir ans Herz wachsen. Wenn ihr es erlaubt, wenn ihr einverstanden seid, werde ich die Ausbildung Alberts und seiner Geschwister finanzieren – Gebühren, Tutoren, Unterhalt, wenn sie auswärts leben, und so weiter, von der Vorschule bis zum Graduiertenstudium. Sommerferienlager inbegriffen. Das ganze Programm. Ist euch das recht? Falls die Marina euch so reich macht, daß ihr diese Kosten selbst tragen wollt, müßt ihr natürlich mein Geld nicht annehmen. Dann werde ich es als Rücklage für die Kinder auf ein Konto legen.

Carrie schrie auf vor Freude und lief um den Tisch, um ihn zu umarmen. Was ist das für eine blöde Frage? Hey,

316

Albert, schick Schmidtie einen Kuß! Du hast gerade ein ganz schönes Schnäppchen gemacht. Schmidtie, das ist so großzügig, ich kann es gar nicht glauben.

Jason war aufgestanden und schüttelte Schmidt mit großer Ernsthaftigkeit die Hand.

Setzt euch wieder hin, setzt euch, sagte Schmidt und hob die Hand, zum Zeichen, daß es nun genug mit der Begeisterung sei.

So weit, so gut, sagte er. Aber ich möchte euch klarmachen, daß meine Frage nicht ganz blöd war. Was ich vorhabe, wird von Zeit zu Zeit – zum Beispiel, wenn ihr eine Schule oder ein Ferienlager aussucht oder wenn zwischen einem Internat und einer Schule am Ort zu entscheiden ist, oder ein College zur Debatte steht – dazu führen, daß ich meine große Nase in eure Angelegenheiten stecke.

Er konnte es nicht lassen, er mußte dem kleinen Albert zuzwinkern.

Wenn euch das wirklich recht ist, fuhr er fort, macht ihr mich damit sehr glücklich. Ich bin ein einsamer alter Mann. Ich brauche das Gefühl, daß ich mich nützlich machen kann.

Diese Worte waren so redlich und ehrlich, wie Schmidt es vermochte. Aber ein auf seiner linken Schulter hockendes Teufelchen mit grünem Hut und einem Gesichtserker, der Ähnlichkeit mit Schmidts eigenem hatte, sah die Sache zynisch. Glückwunsch, Freundchen, flüsterte er Schmidt ins Ohr. Schlauer Schachzug, daß du deine Freigebigkeit auf die Geschwister ausdehnst. Davon hattest du mir gar nichts gesagt. Das wird Klein Albert einigen Kummer ersparen. Aber paß trotzdem gut auf. Vergiß nicht: Unseren Wohltätern verzeihen wir nie, und keine gute Tat bleibt ungestraft. Laß viel Luft zwischen dir und dieser kleinen Familie. Tritt ihnen nicht zu nah.

Wenn Schmidt auf Reisen war, verwendete er viel Zeit auf den Einkauf hübscher und gut ausgedachter Holzspielzeuge für den kleinen Albert, und aus diesem Grund mußte er einen leeren Koffer mitnehmen, der sich auf seinen Inspektionstouren von Hauptstadt zu Hauptstadt allmählich füllte. Spielzeugmacher in Mittel- und Osteuropa schnitzten noch und fügten Karren und Wagen noch ohne Nägel und Klebstoff zusammen. Die Suche setzte sich fort, wenn er in Bridgehampton oder New York war. Er war ein eifriger Leser der Kataloge des Spielzeugkaufhauses FAO Schwarz geworden, die ihn mehr und mehr enttäuschten, und da er zunehmend Zeit an seinem Computerbildschirm verbrachte, wurde er zum Stammkunden von Onlineverkäufen wie auch von eBay, seiner Quelle für alte Spielzeuge in neuwertigem Zustand. Das Kind, wie er es bei sich nannte, schien ihn gern zu haben, so wie es vermutlich Mr. und Mrs. Gorchuk gern haben würde, Carries ungreifbare, in Canarsie wohnende Eltern – Schmidt hatte sie noch nie gesehen, und soweit er wußte, hatten sie noch keinen Fuß in Carries und Jasons Haus in East Hampton gesetzt, und falls das so war, besuchte Carrie sie vielleicht mit Albert in Canarsie. Schmidt fragte nicht nach, da er aus der Zeit, als er mit Carrie zusammenlebte, noch wußte, daß Carrie unterschiedliche Teile ihres Lebens gern streng voneinander getrennt hielt. Oder so wie Albert Jasons Eltern gern gehabt hätte, wenn sie nicht ausgerechnet in Nova Scotia, sondern irgendwo in der Nähe von Long Island gewohnt hätten. Daran zeige sich immer wieder, wie gut es ist, Geld zu haben, dachte er: Wenn deine Kinder dich sehen möchten, kannst du in dein Auto oder einen Zug oder ein Flugzeug springen und zu ihnen reisen. Oder umgekehrt. Du schickst ihnen Fahrkarten oder einen Scheck. Und wie beschissen es ist, kein oder zu wenig Geld zu haben. Nein, es paßte Schmidt sehr, wie ein

Großvater behandelt zu werden oder jedenfalls an diese Möglichkeit zu glauben. Hatte er nicht allein darauf gehofft, als er es noch für selbstverständlich halten konnte, daß Charlotte eines Tages Kinder haben würde? Er sorgte auch nicht nur als virtueller Großvater dafür, daß Albert immer mit Lastern, Puzzles und Spielen eingedeckt war. Schmidt hatte außerdem Verantwortung für die religiöse und geistige Erziehung des Kindes übernommen. Mit ihm am Taufbecken hatte Jasons ältere, wie die übrige Familie in Nova Scotia wohnende Schwester gestanden und nicht, wie er befürchtet hatte, eine Kellnerin und frühere Kollegin Carries im O'Henry's. Um Mißverständnissen vorzubeugen: Schmidts demokratische Prinzipien waren intakt. Er mochte diese ganz jungen Frauen, ihre einladenden Busen und den gelegentlich wahrnehmbaren Hauch von kaum übertöntem Körpergeruch, wußte ihre Vornamen und hinterließ großzügige, manchmal extravagant großzügige Trinkgelder. Aber seit seine Verbindung mit Carrie sich zu feinster bürgerlicher Achtbarkeit gemausert hatte, zog er es vor, den Kellnerinnen ausschließlich in ihrer beruflichen Umgebung zu begegnen.

Den Rat des kleinen Burschen mit der großen Nase und dem grünen Hut hatte Schmidt sich zu Herzen genommen: Er tat gerade so viel für Klein Albert – und folglich für Carrie –, daß ein winziger Teil der Zuneigung abfließen konnte, die sich in ihm bis zum Rand aufgestaut hatte. Er hoffte, daß er nicht zuviel des Guten tat, daß er nicht im Weg stand. Die Erfahrung lehrt, daß die Rolle des guten Großvaters – ob man sie *de facto* oder *de iure* übernimmt – keine Vollzeitbeschäftigung ist, es sei denn, man wohnt in der Abgeschiedenheit der Alpen und hat das Glück, der kleinen Enkeltochter Heidi Platz in der Almhütte und im eigenen spröden Herzen einräumen zu können. Oder sich in einer vergleichbaren Lage zu befinden. Deshalb dachte Schmidt zwar oft an den kleinen Albert und spürte dabei eine angenehme Wärme in der Herzgegend, besuchte ihn und seine Eltern, wenn er in Bridgehampton war, so oft, wie er es für angemessen hielt, aber Alberts Albo zu sein – Albo war der Spitzname, den Schmidt sich ausgedacht hatte, weil er fürchtete, daß der Kleine das Wort Schmidtie nicht ganz richtig aussprechen würde – war nicht einmal ein Teilzeitjob. Es trug wenig dazu bei, die Leere seiner Tage und Nächte zu füllen.

Die Arbeit für die Stiftung hatte mehr heilende Wirkung. Alte Gewohnheiten vergehen nicht. In seiner Zeit als Anwalt hatte Schmidt immer hart gearbeitet und über ein erstaunliches Konzentrationsvermögen verfügt, das ihn abgeschirmt hatte gegen Lärm, Unterbrechungen, Unbequemlichkeiten und, wie er genau wußte, auch gegen Gedanken, die nichts mit seiner Arbeit zu tun hatten. Womöglich war diese Abschirmung, diese absolute Fixierung auf unmittelbar anstehende Aufgaben, der tiefere Grund für Charlottes Vorwürfe in den ersten Streitereien mit ihm, die sie ihm nach der Verlobung mit Jon zumutete. Sie hatte ihn beschimpft, weil er seine bewährte alte Sekretärin beauftragt hatte, ihr Nachrichten zu übermitteln, Reisereservierungen zu machen und in seinem Terminkalender Zeit für ein Telefongespräch mit seiner Tochter einzutragen. Das gleiche Konzentrationsvermögen sorgte jetzt dafür, daß er bei Verstand blieb.

Zu seiner Überraschung und dann zu seiner Erheiterung merkte Schmidt, daß seine Arbeit für die Stiftung ihm das Tor zu einem gesellschaftlichen Milieu öffnete, in dem er zum Mittelpunkt wurde. Es bestand aus Kunst- oder Kulturbeauftragten oder Kulturdirektoren – der Erfindungsreichtum der Nomenklatur, die benutzt wurde, um die Tätigkeiten von Spendenbeschaffern und Werbeagenten aufzupolieren, war verblüffend –, die neuerdings seinem Club beigetreten waren. Geblendet von Mike Mansours Vermögen, sahen sie in Schmidt das Vademekum zu den Mansourmilliarden. Daß die Stiftung nur im europäischen Raum arbeitete und keine Spenden an amerikanische Institutionen vergab, schreckte sie nicht ab, da sie eine Sondervereinbarung oder eine neue Wohltätigkeitsinitiative immer für möglich hielten. Wahrscheinlich lief einigen von ihnen, die in bescheidenerem, personenbezogenem Maßstab dachten, das Wasser im Munde zusammen, wenn sie sich die Vorlesungen und Seminare vorstellten, die sie in Prag, Warschau oder Budapest oder auch an weniger romantischen Orten halten könnten, da Honorare winkten und alle Aufenthalts- und Reisekosten einschließlich Flügen erster Klasse erstattet würden. Schmidt hatte keine moralischen Vorbehalte gegen solche Kalkulationen, er begriff nur zu gut, daß all diese gepflegt gekleideten Damen und Herren Häuser und Wohnungen finanzieren und ihre eigenen und vielleicht auch andere Münder stopfen mußten. Aber, ewiger Ästhet, der er war, fand er die Nomenklatur und die Jagd nach Geschäften und persönlichen Vorteilen in einem Club so unattraktiv wie einen Flecken im Teppich. Das war ein Verstoß gegen die bewährte Ordnung und Sittlichkeit.

Seit es *The New York Review of Books* gab, war Schmidt ein treuer Leser der privaten Anzeigen gewesen, nicht weil er nach einem restaurierten Bauernhaus aus dem fünfzehnten Jahrhundert in Umbrien oder einem Studio mit unverkleideten Backsteinwänden und Deckenbalken auf der Ile Saint-Louis suchte, auch nicht, weil er eine steigerungsfähige intime Beziehung mit einer geschiedenen jüdischen Akademikerin aus Boston aufnehmen wollte, die zu Reisen bereit war, sondern weil ihn diese Anzeigen als stilistisch perfekte Mitteilungen reizten, ins Blaue geschossen wie Pfeile, die womöglich im Herzen einer verwandten Seele auf der Upper West Side landeten.

Seine Lebensumstände hatten sich geändert. Er fand sich bereit, knappe, aber, wie er hoffte, gut gelungene Antworten an geschiedene und alleinstehende weibliche Personen zu schicken – Witwen ließ er aus –, die Musik, Reisen, italienisches und französisches Essen liebten und sich für finanziell unabhängige Herren zwischen zweiundsechzig und zweiundsiebzig interessierten. Diese Altersspanne, stellte er fest, erfreute sich bei den oben erwähnten weiblichen Personen größter Beliebtheit. Er schickte ein Porträtfoto mit, das für das Jahrbuch der Stiftung aufgenommen worden war und ihn weniger bieder und abschreckend aussehen ließ als alle anderen, die er besaß. Nur drei Pfeile trafen ins Ziel. Die Bilder, die er mit den Antworten erhielt, regten ihn jedoch nicht zur Kontaktaufnahme an. Etwas entmutigt, las er weiter, und eines Tages stieß er auf eine Anzeige in einem Genre, das er schon vorher gesehen und wenig vertrauenswürdig gefunden hatte, dessen Aroma ihn aber diesmal anzog. Die Verfasserin behauptete, verheiratet und fünfzig Jahre alt zu sein, in Bedford Hills zu wohnen – dem Nonplusultra der Westchester-Achtbarkeit –, und wünschte Nachmittagsbegegnungen mit einem äquivalenten Herrn in Manhattan. Diskretion zugesichert. Wie sollte er »äquivalenter Herr« verstehen? Schmidt nutzte das Verfahren, das ihn Paul Freund gelehrt hatte, als die Harvard Law School noch ihres Namens würdig gewesen war (wir interpretieren eine Verfassung, meine Herren, wir müssen das Problem betrachten, das hier behandelt wird, und vernünftige Lösungen finden). Recht bald kam er zu einer nicht ungünstigen Lesart. Es war nicht anzunehmen, daß die Dame auf einem verheirateten Mann bestand, es sei denn, ihr lag an der Würze eines doppelten Ehebruchs, oder sie hatte beschlossen, sich nicht auf jemanden einzulassen, der eine Dauerbeziehung suchte. Selbst wenn sie diese Desiderata im Sinn hatte, ließen sich ihre Bedenken durch ein feinfühliges Plädoyer zerstreuen. Blieb das Problem des Alters, aber daß sie Kandidaten, die nicht behaupten konnten, sie seien im gleichen Alter wie sie oder jünger, von vornherein ablehnen würde, hielt er für unwahrscheinlich. Da die Biologie ist, was sie ist, würden fünfzigjährige abenteuerlustige Männer mit hoher Wahrscheinlichkeit deutlich jüngere Damen bevorzugen. Am Ende beschloß er, sein Glück nicht herauszufordern, indem er verriet, daß er Witwer war. Er schrieb der Dame, schickte das gleiche Foto wie in der vorausgegangenen Korrespondenz mit anderen *NYRB*-Leserinnen, bekannte sein Alter, aber auch seine ungebrochene Vitalität. Nebenbei ließ er sie wissen, daß er in Manhattan allein und ohne Anhang lebe.

Das Farbfoto, das er postwendend erhielt, zeigte die Dame in einer durchsichtigen Bluse, ihre Brüste so klein, daß sie in seine Hand paßten, die Spitzen mit Rouge betont. Sie hatte große, schwarze Augen, eine lange, leicht gekrümmte Nase, einen breiten Mund und schwarze Haare. Er schloß daraus, daß sie italienischer Herkunft sei. Sie vergeudete keine Zeit, sondern schlug eine Verabredung für die kommende Woche an einem Tag und einem Treffpunkt nach seiner Wahl in der Nähe seiner Wohnung vor, nur nicht zu spät am Nachmittag. Sie wolle den Zug um einundzwanzig Uhr zweiundzwanzig nach Katonah erreichen. Schmidt überlegte hin und her und schlug dann das Carlyle am Dienstag um fünf vor – warum sich vom Zugfahrplan unter Zeitdruck setzen lassen? Sie war besser als erwartet: nicht nur hübsche Brüste, sondern auch eine gute Figur und ansehnliche Beine, und, was ihm sofort auffiel, sie war reinlich. Das hatte ihm Sorgen gemacht. Er hatte geplant, sie zu einem gemeinsamen Bad oder einer Dusche aufzufordern, bevor sie zur Sache kamen – um so besser, daß sie bereits sauber war. Nach ihrer Handtasche zu urteilen, hatte sie eingepackt, was zum Auffrischen ihres Make-up nötig war, Mascara und alles. Vera hieß sie, und wieder verlor sie keine Zeit. Sie trank ihren Scotch mit Eis und sagte, wie Mr. Goodbar sehen Sie nicht aus, gehen wir.

Vom Waschen hielt sie auch viel, Zahnbürste und Zahnpasta hatte sie mitgebracht, ein Bad war ihr lieber als eine Dusche, und als sie in der Wanne saß, forderte sie ihn auf, zu ihr zu kommen, wusch ihm seine T & T (Taktstock und Testikel, erklärte sie ihm) und lud ihn ein, ihr den gleichen Dienst zu erweisen. Ein Vorspiel gab es nicht. Sie legte sich hin, hob die Knie an, sagte deutlich, aber freundlich, Leck mich, und kam schließlich mit ziemlichem Lärm. Er hatte gedacht, sie würde sich revanchieren, aber sie schüttelte den Kopf und sagte, erst vögeln wir. Wenn ich es dir mache, hältst du keine sechzig Sekunden durch. Später blase ich dir einen, daß du von den Toten auferstehst! Sie hatte recht. Als er danach ein Abendessen in einer Trattoria an der Third Avenue vorschlug, warf sie einen Blick auf den Wecker – es war nach acht – und fragte, ob er irgendwas Eßbares im Kühlschrank habe. Nur ein Stück Käse und einen Scotch. Gut, sie würde eine Kleinigkeit essen und dann in ihren Zug springen. Willst du dich noch mal mit mir treffen? fragte sie. Du bist O.K. Gerade verdreht genug. Wenn ich dich wiedersehe und du noch nett bist, machen wir's anal.

Im Lauf der Jahre – an ihrem sechzigsten Geburtstag verabschiedete sie sich von ihm, da sie und ihr Ehemann in der folgenden Woche nach Fort Lauderdale ziehen würden – erfuhr er sehr wenig über sie. Ihr Ehemann war Podologe mit einer Praxis in den wohlhabenden Vororten, verdiente genug, um das Haus in Bedford Hills und ein zweites an einem Kanal in Florida bezahlen zu können, finanzierte auch die Ausbildung an der Hotelschule von Cornell für seinen Sohn und das Studium seiner Tochter am Iona College – sie ist ein Trottel, erklärte Vera, sie schlägt ihm nach. Schmidt nahm an, daß mit »ihm« der Ehemann gemeint war. Sie sagte nie von sich aus, und er fragte nie nach, warum sie seine wöchentlichen Sexdienstleistungen wünschte und sich beschwerte, wenn er außer Landes war, ihm aber versicherte, daß sie ihn während seiner Abwesenheit nicht durch einen anderen ersetzt habe. Es war eine Abmachung, die er besser verstanden hätte, wenn sie Geld verlangt oder Geschenke erwartet hätte, aber nein, als er ihr seine Dankbarkeit in Form eines Hermès-Seidentuchs mit einem griechischen Motiv zeigen wollte, weil sie sich zweimal freiwillig auf »anal« eingelassen hatte, schob sie die Tragetasche von Hermès mit dem Seidentuch heiter beiseite und sagte, hör mal, das wird deiner Frau gefallen. Heb's für sie auf. Los, laß uns ficken! Wir verlieren nur Zeit.

Fleischlichkeit in dieser freundlichen, unverblümten und intensiven Form war ihm neu, aber er lernte, sich darauf zu freuen, so wie er sich in der Zeit, bevor Mary ihn gezwungen hatte, aus dem Bridgehampton Country Club auszutreten, weil dort keine jüdischen Mitglieder geduldet waren, jeden Samstag- und Sonntagmorgen auf die Einzelspiele mit dem ortsansässigen Chirurgen gefreut hatte, der ihn häufiger schlug als umgekehrt und ihn damit dazu trieb, besser zu spielen, als er es gegen einen schwächeren Partner vermocht hätte. Ein absurdes Detail: Er schätzte Veras Pünktlichkeit und die zuverlässige Sachlichkeit, mit der sie, hatte sie sich bereit erklärt, hinterher mit ihm Essen zu gehen, immer das gleiche Menü bestellte: Insalata

Caprese, Kalbskotelett Milanese und zwei Cappuccino. Mit dem Wein war es das gleiche: Unfehlbar trank sie ihre Hälfte der Flasche Wein und hielt an ihrer Vorliebe für Piemonteser Weine fest. Erlaubte er sich eine persönliche Frage, die nichts mit dem zu tun hatte, was gerade im Bett vor sich ging, wurde er zurückgewiesen. Als er zum Beispiel fragte, ob sie aus einer italienischen Familie komme, sagte sie: Das geht dich nichts an.

Wie recht sie hatte. Nachdem Vera in den Ruhestand gegangen war, las Schmidt wieder die persönlichen Anzeigen in der *NYRB*, aber auf das Abenteuer der Kontaktaufnahme mit einer Dame, die Gesellschaft suchte, ließ er sich nie wieder ein. Er hatte einmal ein so ausgeprägtes Glück gehabt; es war besser, aufzuhören, solange man noch etwas voraus hatte. Außerdem hatte der Hunger sich endlich gelegt, der ihn so ruhelos gemacht hatte, daß er bereit gewesen war, sein Repertoire abgenutzter, selten variierter, meist grotesker Bewegungen mit jeder Frau zu vollziehen, deren Körper ihn nicht anekelte. Hatte Vera ihn gesättigt, ein Zustand, der sich als vorübergehend erweisen würde? Oder war er gealtert? Schwierig einzuschätzen; während seiner Reisen zu den Life Centers erschien es unvermeidlich, daß die eine oder andere ausreichend attraktive Frau, die ein Forschungsprojekt hatte, an einer mehr oder weniger wichtigen Stelle im Center arbeitete oder Professorin mit Lehrauftrag von der Stiftung war, ihm unmißverständlich signalisierte, daß sie verfügbar sei. In solchen Fällen ging er auf die Einladung ein und tat, was erwartet wurde. Seit seiner Eskapade mit Danuta hatte Schmidt allerdings Fortschritte im *savoir vivre* gemacht, das muß man sagen. Er hatte nicht mehr das Gefühl, mit einer Wodka- oder Slibowitzorgie dafür zahlen zu müssen, daß er diese Damen besteigen oder sich von ihnen reiten lassen durfte, und er hatte gelernt, nach den Zusammenkünften mit ihnen den

Vorhang so rechtzeitig fallen zu lassen, daß sein Nachtschlaf nicht zu kurz kam. Er hatte den Eindruck, er sei
endlich erwachsen geworden.

XX

Beim Lunch zu zweit in Water Mill, ein paar Monate nach seinem katastrophalen Besuch in Sunset Hill, hörte Schmidt aus Mr. Mansours Mund die Worte, es sei wohl an der Zeit, ein ernsthaftes Gespräch zu führen.

Du hast dich für die Stiftung halb totgearbeitet, erklärte er Schmidt am Ende ihrer langen Auswertung der neuesten Initiativen. Holbein sagt das auch. Ob du es weißt oder nicht, er hielt es für einen Fehler, dir die Stiftung anzuvertrauen. Jetzt sagt er, er habe sich geirrt.

Das hört man gern, erwiderte Schmidt.

Interessant, zu erfahren, daß ihm die Stiftung anvertraut worden war; er hatte immer den Eindruck gehabt, daß Holbein ihn überwachte und Mike ihm über die Schulter sah.

Also habe ich Holbein gesagt, er soll dein Gehalt erhöhen und dir einen Bonus geben. Erzähl mir nicht, du brauchst das nicht. Du meinst nur, du hättest einen Haufen Geld. Aber laß dir sagen, du irrst dich. Du brauchst es ganz entschieden. *Pas question!* Ich setze dich auch in den Aufsichtsrat von Mansour Industries. Das ist eine große Sache und eine Ehre, die mit einem Ehrensold einhergeht. Ha, ha ha! Erzähl mir nicht, du würdest nicht annehmen. Du wirst, sag ich dir.

Natürlich nehme ich an, Mike. Es ist eine Ehre und ein erstaunlicher Vertrauensbeweis.

Ja, das kannst du laut sagen. Aber darüber will ich eigentlich nicht reden. Ich habe eine andere Neuigkeit.

Der Kaffee war serviert. Schmidt nickte, als Mr. Mansours Hausmann Manuel anbot, ihm die Tasse nachzufüllen, und da es kalt war an diesem Samstag nachmittag und Regenschleier den Blick auf die starke Brandung jenseits der Glasfenster verhüllten, nickte er wieder, als Manuel ihm das Etikett auf der Flasche Bas Armagnac zeigte. 1965. Charlottes Geburtsjahr, erklärte er Mr. Mansour.

Santé! Mazel tov!

Sie stießen an, Schmidt mühte sich, das Zittern in seinen Händen und Lippen unter Kontrolle zu bekommen.

Als wir beide in Paris waren und du zurückfahren mußtest, ich aber blieb, haben Caroline und ich Zeit zusammen verbracht. Das hab ich dir erzählt. Weißt du noch?

Schmidt nickte. Diese Woche würde er wohl nicht vergessen, auch wenn er dazu verdammt würde, so endlos viele Tage am Leben zu bleiben wie Hiob.

Aber eine Neuigkeit habe ich dir noch nicht erzählt. Ich habe ein kleines Haus in Sagaponack gekauft. Ich wollte dir näher sein!

Mr. Mansour mußte über seinen eigenen Witz so lachen, daß er sich verschluckte und hustete, bis Manuel, der unaufgefordert hinter ihm auftauchte wie aus einer Falltür, ihm zwei kräftige Schläge zwischen die Schulterblätter versetzte und ein Glas Wasser anbot.

Ja, sagte Mr. Mansour, als er sich wieder erholt hatte. Das gehörte nicht zum Programm, aber so ist es eben. Wir treffen uns weiter. Wenn ich hier bin, häufig, manchmal jeden Tag. Keiner weiß es, nicht mal Holbein, nur Freitag, der Anwalt für Treuhand- und Nachlaßfragen in der Firma, weil ich Caroline Geld hinterlasse, falls mir etwas zustößt. Und jetzt weißt du es auch. Dir erzähle ich es, du WASP-Schmock, weil ich dich gern habe. Sie sagte, es sei O.K., dir die Geschichte zu erzählen. Und was sagst du nun?

Meine Güte, Mike, erwiderte Schmidt, so vieles. Ich fühle mich geehrt, daß du mich ins Vertrauen ziehst, ich bin erstaunt, ich frage mich, wie in aller Welt sie damit durchkommen kann, daß sie hier mit dir zusammen ist. Sie hat Joe bei sich im Haus!

Pas de problème. Er sitzt den ganzen Tag hinter verschlossener Tür in seinem Büro. Sie meint, er weiß nicht und es interessiert ihn nicht, ob sie im oder außer Haus ist, wenn sie ihm nur sein Mittagessen in den Kühlschrank in seinem Zimmer stellt. Immer das gleiche: Thunfischsalat auf Weißbrot, drei Selleriestangen, einen Apfel und Mineralwasser. Das ist alles. Am Vormittag arbeitet sie an ihren eigenen Sachen, aber nachmittags kann sie vorbeikommen, und das tut sie. Sie tut es, sie tut es, sie tut es!

Bei den letzten Worten sprang Mr. Mansour auf und vollführte einen kleinen Stepptanz.

Aber sie möchte nicht, daß meine Leute sie kommen und gehen sehen. Sowieso verlieren wir mit den Fahrten zwischen diesem Ort und ihrem Haus in Sagaponack manchmal fast eine Stunde! Deshalb habe ich das Häuschen gekauft. Sie überquert die Straße 27, fährt einen knappen Kilometer, und ich bin schon da und warte auf sie. *Et voilà!* Die Haushälterin kommt morgens und sieht sie also nie. Niemand sieht sie. *Pas de problème!* Außer wem? Rate mal.

Mr. Mansour tippte sich mehrmals mit dem Zeigefinger auf die Brust.

Und wenn ich in der Stadt bin, erzählte er weiter, sagt sie manchmal, sie geht in die Oper oder sieht sich ein Ballett an. Ihm ist es egal, ob sie allein geht.

Mr. Mansour lachte noch etwas mehr und fuhr dann fort: Er ist so ein Schlemihl, daß er nicht ein einziges Mal gesagt hat, ich komme mit, nicht ein Mal, seit sie zusammen sind. Also, was meinst du dazu?

Liebe am Nachmittag hoch zwei! Du hast viel Glück, meine ich.

Danke!

Und wie geht's weiter?

Schmidt brauchte nicht zu fragen, warum Caroline ihren Ehemann mit dem Finanzmagnaten betrog. Mikes Prahlerei mit seinem einzigartigen Gerät und seiner Potenz hatte er noch lebhaft in Erinnerung, und vielleicht prahlte er gar nicht, sondern sagte die reine Wahrheit. Zwei zusätzliche Gründe fielen ihm noch ein: Canning war eine Schlaftablette. Mike konnte auf bizarre Weise amüsant sein und besaß die Omnipotenz, die vor dem Zeitalter der Milliardäre nur Monarchen von Gottes Gnaden oder gar Zeus allein zu eigen gewesen war. Goldregen waren für Könige Pflicht und von einem Gott einfallsreich zu nutzen, aber es gab noch so viele andere Tricks. War er als Schwan zu ihr gekommen? Sperrte er sie in eine Kuh ein, die er als Stier bestieg? Zuzutrauen war's ihm. Aber langweilig und vertrottelt war Canning schon gewesen, als sie ihn heiratete, eine neue Entwicklung war das nicht. Irgend etwas mußte sie anziehend gefunden haben – Gott weiß was, wahrscheinlich sein Talent, das noch nicht erkannt war. Dieses Talent war unvermindert vorhanden, wenn man – anders als Schmidt – den Kritikern der NYT glauben wollte. Aber, *pas de problème*, wie der Mann mit dem goldenen Schwanz sagen würde. Er schläft am Nachmittag mit ihr, und nachts macht sie ihre Beine für Canning breit oder wie immer sie es treiben. Hübsch!

Und wie es weitergeht? wiederholte Mr. Mansour und ließ die Betperlen klappern. Was soll passieren?

Ich meine, du bist ohne Anhang – geschieden –, sie ist eine sehr ernsthafte Frau, sehr begabt, hochgeachtet. Wollt ihr euch weiter nachmittags in deinem neuen Häuschen treffen und so fort, oder irgendwo in der Stadt?

Wenn sie bloß den Schlemihl verließe, würde ich sie gleich morgen heiraten, antwortete Mr. Mansour. Ich habe ihr gesagt, ich gebe ihm Geld, haufenweise, damit er weiterzieht. Aus unserem Leben verschwindet! Sie läßt mich nicht. Er braucht sie! Sagt sie. Er könne sonst nicht schreiben! Und wenn schon. *Entre nous*, groß wäre der Verlust nicht, wenn er kein Wort mehr schriebe. Weißt du, warum ich seinen dämlichen Roman finanziere? Erstens gefällt mir Gil und das, was er macht. Zweitens habe ich damit Kontrolle über den Schlemihl. Klappt immer! Joe, du wirst am Set in Brooklyn gebraucht oder irgendwo draußen im Mittleren Westen, wo das dämliche Buch am Anfang spielt. Joe, du mußt den Verleihern das Projekt vorstellen. *Pas de problème*. Caroline und ich tun, was wir können. Noch was, aber das muß unbedingt unter uns bleiben: Bei ihm ist alles mögliche im Argen, der Blutdruck, der Cholesterinspiegel himmelhoch, und so weiter und so weiter. Er könnte sich und mir einen großen Gefallen tun und einfach sterben. Das sage ich nur dir, behalte es für dich. In Ordnung?

Damit bat Mr. Mansour ihn zum ersten Mal, etwas für sich zu behalten. So etwas wird er ab und zu verlangen, wenn er dabei ist, eine Aktiengesellschaft zu kaufen oder fallenzulassen, dachte er. Aber in einem privaten Gespräch war dies auf jeden Fall etwas Neues.

Dann wollt ihr einfach munter so weitermachen und hoffen, daß Joe nichts merkt.

Schmidtie, sagte Mr. Mansour, ich möchte sie immer um mich haben. Ich lade die beiden jedesmal ein, wenn ich Gäste zum Lunch oder Dinner habe, nur nicht, wenn du kommst oder Gil und ich nicht will, daß er alles vermiest, oder wenn Holbein da ist und wir über Geld reden. Weißt du, warum? Damit ich sie anschauen kann und ihr Lachen höre. Dinner zu dritt mit ihnen ohne einen anderen Gast, das halte ich nicht aus. Also warte ich. Also warte ich.

Noch etwas ganz Neues: Zwei dicke Tränen quollen

Mr. Mansour aus den Augen und rannen ihm über die Wangen, bevor er sein gelbes Seidentaschentuch aus der Tasche seiner schwarzen Strickjacke ziehen und sie abwischen konnte.

Genug von mir, fuhr er fort, ich wollte, daß du es weißt. Das ist alles. Die Frage ist: Hast du jetzt ein Leben? Du hast mir nicht erzählt, was letzten Sommer mit der liebenswürdigen Dame in Paris vorgefallen ist, aber das brauchst du auch nicht. Ich habe es herausgefunden, ein paar Andeutungen des großen Filmemachers haben genügt. Reg dich nicht auf: nur ein oder zwei Andeutungen. Er hat mir nichts erzählt, was er für sich behalten sollte. Die Frage ist, kannst du heute abend in mein Flugzeug steigen – mit mir oder allein, aber für dich wäre es besser, wenn ich mitkomme. Wir fliegen nach Paris, du besorgst zwei Dutzend rote Rosen, und was noch? Eine hübsche Brosche bei Buccellatti, was Einfaches mit einem netten Diamanten und vielleicht ein paar Saphiren, und dann bittest du sie um Verzeihung. Sie wird dir verzeihen. Garantiert.

Das wird nichts, Mike. Sie will mich nicht mehr haben, nachdem ich alles so vermasselt habe, und jetzt will ich sie auch nicht mehr. Nicht zu ihren Bedingungen. Es kann nicht sein. Es war ein schöner Traum, sonst nichts. Es ist vorbei.

Du gibst zu leicht auf. Ich nicht, aber mein Leben war und ist auch anders. Ich hatte zu kämpfen. Um jeden Zentimeter, den ich weiterkam. Jetzt nicht mehr. Ich hebe nur den kleinen Finger. Also ist die Frage, *hast* du ein Leben? Was machst du, wenn du nicht im Büro bist oder Carrie und den kleinen Albert besuchst? Daß du für alle ihre Kinder sorgen wirst, ist übrigens ein geschickter Schachzug, ich hätte dir genau das geraten.

Wieso weißt du das schon wieder?

Klick, klick.

333

Pas de problème. Das habe ich dir schon erklärt. Meine Leute und Jason reden miteinander.

Ach so, sagte Schmidt. Sag mal, kann man dich und deine Leute irgendwie loswerden?

Nein, kann man nicht. Bist du mein Freund, lasse ich dich nie fallen. Erst recht nicht, wenn du in der Patsche sitzt.

Na gut. Kann ich noch etwas von diesem Armagnac haben?

Bedien dich nur! Aber erst gib mir eine Antwort auf meine Frage.

Schmidt brauchte eine kleine Weile, bis er sich überwand, etwas zu sagen.

Also gut, Mike, sagte er. Ich habe kein Leben. Es ist wahr, in der Stiftung arbeite ich hart. Ich bin froh, daß Holbein es gemerkt hat. Da du alles weißt, ist dir sicher nicht entgangen, daß ich nächste Woche wieder eine Rundreise zu deinen Life Centers mache. Dann komme ich zurück, und mein Nicht-Leben geht weiter. Irgendwann wird irgendwas zu Bruch gehen. Das Perpetuum mobile wird stehenbleiben. Bist du jetzt zufrieden?

Nein, überhaupt nicht, denn ich bin der beste Freund, den du je haben wirst.

Komm, gehen wir rüber, sagte Mr. Mansour, und zeigte auf eine Sesselgruppe. Offenbar hatte er auf einen Knopf gedrückt, denn Manuel kam, rückte ihm den Stuhl zur Seite und entzündete ein Streichholz, um das Feuer im Kamin in Gang zu bringen.

Mr. Mansour dachte länger nach als gewöhnlich, bevor er wieder etwas sagte. Charlotte geht es noch schlecht? fragte er. Die Frage ist: wie schlecht?

Immer hatte Schmidt den Mund gehalten, solange er zurückdenken konnte, schon als kleiner Junge im Schatten seines erdrückend kompetenten Vaters und der Mutter, die seinem Leben die Farbe und den Geschmack geraubt hatte. Gil Blackman wußte vieles von ihm, das er niemandem sonst erzählte, nicht einmal Mary. Ihr gegenüber hatte er seine Reserve niemals ganz aufgegeben. Er sah keinen Grund, das zu tun. Er erzählte ihr alles, was sie über seinen Status in der Kanzlei, sein Geld – was er verdiente und was er ausgab und das wenige, was er ganz am Anfang noch schuldete –, seine Vorstellungen von Charlottes Erziehung wissen mußte. Aber darüber hinaus? Redete er über seine sogenannten Gefühle? Hätte jemand gefragt – hätte sie gefragt – , dann hätte er vielleicht gesagt, da gibt es nichts zu erzählen, das sieht man doch gleich, ich trage mein Herz auf der Zunge. Und jetzt erkundigte sich dieser merkwürdige Mensch mit den Betperlen und den Privatjets nach Charlotte. Daß Mike nicht zufrieden sein würde, bis er alles erfahren hatte, wußte Schmidt genau. Und daß er merken würde, wenn etwas verschwiegen wurde, war ebenso klar. Mansour hatte ihm die Freundschaft aufgezwungen, aber nach dem einen üblen Zusammenstoß, aus dem vielleicht beide gelernt hatten, war er ein guter Freund geworden. Einer, der Schmidt über einen Ozean von trennenden Unterschieden hinweg verstand. Schmidt leerte sein Glas und wurde sehr müde. Er hatte Gil nichts von Charlotte erzählt, hatte es nicht über sich gebracht, ihn mit diesem schweren Kummer zu belasten, eines Tages, sehr bald, würde er es nachholen müssen.

Manuel wartete in einer entfernten Ecke des riesigen Wohnzimmers, in dem Mr. Mansour mittags und abends aß, wenn er allein war oder nur ein bis zwei Gäste hatte. Schmidt hielt das leere Glas hoch, wartete, daß Manuel es wieder füllen würde, und bat um einen Schluck Wasser. Seine Lippen waren ausgetrocknet.

Klick, klick.

Er betrachtete Mr. Mansour genau. Zum zweiten Mal an diesem Nachmittag schmunzelte der Freund nicht. Also gut, Mike, sagte er. Folgendes ist passiert.

Im April des folgenden Jahres, ein paar Monate nach diesem Gespräch, rief Charlotte Schmidt in seinem Büro an. Mrs. Riker auf Leitung eins, sagte seine Sekretärin. Aha! Mrs. Riker, also seine Tochter, nicht Renata, nicht Dr. Riker.

Meine liebe Charlotte, fing er an.

Dad, fiel sie ihm ins Wort, ich muß mit dir reden. Nicht am Telefon. Kannst du hierherkommen?

Sicher, antwortete er, wann möchtest du mich sehen?

Wie wäre es morgen? Kannst du am Vormittag hier sein?

Gegen elf bin ich da, antwortete er. Klick. Sie hatte aufgelegt.

Er hatte mehrfach mit Dr. Townsend telefoniert, vor der Reise nach Europa, dann als er wieder zurück war, kurz vor Weihnachten, und noch zweimal, Anfang Januar und im Februar. Jedesmal lautete die Auskunft: Sie macht langsam Fortschritte. Nein, zu diesem Zeitpunkt sei nicht vorherzusagen, wann sie Sunset Hill verlassen werde; das müsse sie entscheiden. Wann er seine Tochter besuchen könne, fragte er immer wieder. Regelmäßig hörte er die Antwort: Wir wollen ihr die Initiative überlassen. Bei seinem letzten Anruf hatte er insistiert. Mr. Schmidt, hatte der Arzt gesagt, Ihr letzter Besuch war kein Erfolg. Wollen Sie das gleiche noch einmal erleben? Sie macht Fortschritte, und ich glaube, wenn die Zeit gekommen ist, wird es ein Miteinander geben. Sie wird Ihnen die Hand reichen!

Ein Miteinander! Die Hand reichen! Wo hatte dieser nette, ins Kraut geschossene Preppy solche Ausdrücke aufgegabelt? Ruhig, Schmidtie, ermahnte er sich, die hat er von seiner Frau, seinen Kindern, seinen Patienten, dem Prediger in irgendeiner verblasenen Sekte, der er vielleicht angehört.

Dr. Townsend, sagte er, nein, einen mißglückten Besuch will ich natürlich nicht, und nein, ich will niemanden bedrängen. Selbst wenn ich wollte, ich kann es gar nicht, glaube ich. Würden Sie mir wenigstens etwas mehr über ihren Zustand verraten? Braucht sie noch so viele Medikamente wie zuvor? Wie sieht sie aus? Liest sie Zeitung? Bücher?

Falls Dr. Townsend gereizt war, ließ er es sich nicht anmerken.

Ich sehe nach, sagte er. Medikation: Die Mengen sind geringer, deutlich geringer. Sie ist blaß, das ist normal für diese Jahreszeit, da sie sich meistens im Haus aufhält. Sie achtet nicht sehr auf ihr Äußeres. Sie hätte in Sunset Hill zum Friseur gehen können. Sie hat das Angebot nicht genutzt, obwohl es ihr nahegelegt wurde. Bücher liest sie nach meinem Eindruck nicht, aber auf jeden Fall liest sie Zeitung oder verfolgt die Fernsehnachrichten im Gemeinschaftsraum. Über Newt Gingrich regt sie sich wirklich auf, das kann ich sagen. Ach ja, sie arbeitet gern in der Werkstatt für Malen und Basteln. Das scheint ein neues Interesse zu sein.

Aha, sagte Schmidt, das klingt nach Fortschritt, vermute ich. Meinen Sie, das heißt, ich könnte sie bald besuchen?

Mr. Schmidt – jetzt klang er leicht gereizt –, überlassen wir das Ihrer Tochter. Wenn sie bis zum Sommer kein Zeichen gegeben hat, rufen Sie mich bitte an. Dann besprechen wir, was zu tun wäre.

Sowie das Telefonat mit Charlotte beendet war, rief er Dr. Townsend an. Er arbeitete mit einem Patienten. Schmidt hinterließ eine Nachricht: Am nächsten Morgen werde er Charlotte besuchen. Sie habe angerufen und darum gebeten!

Mrs. Riley, die mitfühlende Krankenschwester, mit der er bei seinem ersten, fehlgeschlagenen Besuch in Sunset Hill gesprochen hatte, begrüßte ihn am Empfangsschalter. Sie erwartet Sie, sagte sie, viel Glück!, und brachte ihn zum Sprechzimmer. Charlotte, in Bluejeans und einem Männerhemd, das nicht von Schmidt stammte, vielleicht von Jon, vielleicht von niemandem, das Haar zu lang, aber frisch gewaschen, das Gesicht weniger verquollen als beim letzten Mal, vielleicht gar nicht verquollen, Charlotte machte Anstalten, vom Sofa aufzustehen, setzte sich dann schnell wieder, um diese offenbar unwillkürliche Bewegung zu unterdrücken.

Hallo, Süße, sagte er, ich bin so froh, dich zu sehen.

Eindeutig hatte Charlotte keine Verwendung für Vorgeplänkel oder unverbindliche Unterhaltung. Sie kam gleich zur Sache: Dad, ich gehe hier weg. Townsend hat mir nur noch zwei Medikamente verordnet, beide in niedriger Dosis. Ich kann es schaffen, wenn er mich in der Stadt weiterbehandelt. Er sagt, er hat dienstags und freitags freie Termine und kann mich donnerstags vielleicht einschieben.

Das ist großartig, erwiderte Schmidt. Ich könnte gar nicht glücklicher sein.

Hast du für alles bezahlt, ich meine, für dieses Loch hier – sie machte eine vage Kreisbewegung mit der rechten Hand – plus Townsend, oder zahlt Jon?

Ich war das.

Paßt. Na ja, du wirst erleichtert sein, daß du keine Schecks mehr für Sunset Hill ausstellen mußt. Sonnenuntergang, was für ein Name!

Daß ich zahlen muß, ist meine geringste Sorge.

Kaum waren ihm die Worte herausgerutscht, bereute Schmidt sie. Vielleicht war es ein Fehler, Charlotte zu unterbrechen. Aber wie sich zeigte, machte es ihr nichts aus.

Keine Sorge, du wirst noch viel zu bezahlen haben. Ich gehe nicht wieder zu Jon zurück, fuhr sie fort. Ich weiß nicht, ob ich fertig mit ihm bin oder nicht, aber daß ich nicht wieder in die Wohnung einziehen will, weiß ich. Ich brauche eine Chance, über alles nachzudenken und mit Townsend zu arbeiten, ohne daß Jon und dieses Scheusal Renata mir im Nacken sitzen.

Schmidt nickte.

Du verstehst, daß ich kein Geld habe? Ich habe meine Konten bei der Chase Bank geprüft, Giro- und Sparkonten. Er hat sie abgeräumt. Was mit meinen Wertpapieren ist, weiß ich nicht. Sie liegen auch auf einem gemeinsamen Konto. Ich wette, das ist genauso leer. Ich habe keinen Cent.

Ich verstehe, sagte Schmidt.

Dad, ich frage nicht, ob du verstehst oder nicht verstehst. Ich möchte wissen, ob du für eine Wohnung zahlst und mir genug Geld zum Leben und für den Psychiater gibst. Hast du eine klare Antwort für mich? Dies wird nicht ewig so weitergehen. Ich will wieder arbeiten, sobald ich kann. Das heißt, falls mich irgend jemand nimmt.

Liebes, sagte Schmidt, natürlich gebe ich dir Geld zum Leben, Miete, Arztkosten und alles andere eingeschlossen. Das ist doch keine Frage. Möchtest du, daß ich dir bei der Wohnungssuche helfe? Das will ich gern versuchen. Gib mir nur einen Anhaltspunkt zur Gegend – Uptown? Downtown? Ost oder West? Und natürlich helfe ich dir, hier herauszukommen. Damit meine ich die Abmeldung und die Fahrt in die Stadt und zu deiner neuen Wohnung, falls wir rechtzeitig eine hübsche Bleibe für dich gefunden haben, oder zu einem Hotel, und ich gebe dir

Geld und alles, was du sonst noch brauchst. Du könntest auch in meinem Appartement in der Stadt wohnen, während du auf Wohnungssuche bist. Ich würde solange in ein Hotel ziehen oder eine andere Lösung finden. Oh, und ich möchte, daß du ein Konto nur auf deinen Namen eröffnest.

O.K.

Erst nach einer Pause fuhr sie fort.

In dein Appartement zu ziehen, wäre mir zu viel. Mach dir eines klar, Dad: Ich brauche deine Hilfe, aber ich will nicht, daß du dich einmischst.

Und ob ich das verstehe, erwiderte Schmidt. Darf ich dich etwas fragen? Du hast Renata Riker zweimal als Scheusal bezeichnet. Letztes Mal, als ich dich besuchte, und heute wieder. Das sind ganz neue Töne. Kannst du mir erzählen, was passiert ist?

Charlotte sah aus, als drücke ein Bleimantel sie nieder. Sie krümmte sich zusammen und umklammerte ihre Knie. Ja, ich war dumm. Ich hab's nicht kapiert. Sie ist ein übles, manipulatives Luder. Weißt du, was sie Jon erzählt? Keine Enkelkinder zu haben würde ihr das Herz brechen. Ihr Scheißherz. Was das heißt, ist klar. Weg mit der Schickse, weg mit der beschädigten Ware, wenn du deiner Mama nicht das Scheißherz brechen willst!

Sie begann zu schluchzen, redete aber weiter.

Ich weiß einfach, daß sie ihm eingeredet hat, das Geld zu nehmen. Ich kann es hören: Wenn du es nicht nimmst, findet Schmidt einen Weg, die Konten zu sperren. Sie haßt dich!

Das habe ich gemerkt. Gibt es einen besonderen Grund dafür? Mir fällt keiner ein. Ich kann mir nicht vorstellen, daß ich ihr irgendwas angetan habe, ich habe nur ein paarmal zu unverschämten Forderungen nein gesagt. Zum Beispiel sollte ich W & K dazu überreden, daß sie Jon

340

wieder zum Partner machen! Wie lange ist das her? Zwei, drei Jahre? Es war die Zeit, als ihr, du und Jon, euch getrennt hattet.

Du weißt es wirklich nicht?

Er schüttelte den Kopf.

Denk mal scharf nach. Immer noch nicht? Ich helfe dir. Damals nach dem Thanksgiving-Essen hast du sie angebaggert und keine Taten folgen lassen. Dann, als wir alle nach Bridgehampton kamen und du krank geworden bist, blieb sie bei dir, damit du nicht allein bist, während wir, Jon und das Arschloch Myron und ich spazierengingen. So ein Schwachsinn! Also, du lagst im Bett, und sie gab dir Zungenküsse und faßte deinen Schwanz an. Und du? Wieder nichts. Damals nicht und danach auch nicht. Das hat sie wahnsinnig gemacht! Sie hat dir sogar erzählt, daß sie einen Kerl zum Ficken hatte und daß Myron Bescheid wußte, damit du begreifen würdest, daß die Bahn frei war. Wie begriffsstutzig kannst du eigentlich sein?

Ach du Schreck! Sie ist gestört. Was für ein Blödsinn. Und warum erzählt sie dir davon? Warum haßt sie mich deshalb? Steckt dahinter so was wie *Die Hölle lodert nicht so heiß wie die Rache einer verschmähten Frau*?

So kann man es wohl ausdrücken. Sie hat es mir nicht gleich erzählt, nicht sofort, nachdem es passiert war. Sie hat es aufgespart, bis sie wollte, daß ich wieder zu Jon ziehe, und bis du in die Luft gegangen bist und Jon zwingen wolltest, die Wohnung zu räumen und Appartement plus Haus in Claverack auf meinen Namen zu überschreiben. Das hat wirklich beide zur Weißglut gebracht, Mutter und Sohn. Ihre Idee war, mir zu erklären, daß du immer versucht hast, Jon hinterrücks zu erdolchen, weil er Jude ist, und daß dich außerdem Schuldgefühle plagen, weil du sie angebaggert hattest, und daß diese Schuldgefühle in Aggression umgeschlagen seien. Daß umgekehrt sie die

Schuldgefühle hatte und aggressiv war, hab ich erst sehr viel später begriffen, als sie mit dem Scheißdreck wegen der Enkelkinder anfing.

XXI

Daß Charlottes Heilungsprozeß stetig war und sich gegen Ende des Jahres sogar beschleunigte, konnte Schmidt weniger nach Augenschein beurteilen – er sah Charlotte nur selten, da sie weiter darauf bestand, daß er sich »aus ihrem Fall heraushalten« solle – als anhand der Telefonate, in denen sie ihre Wünsche oder besser ihre Forderungen äußerte, nämlich Geld und Beistand im Krieg gegen Jon Riker. Es dauerte nicht lange – vielleicht zwei oder drei Wochen nachdem er sie in einem sonnigen Zweizimmer-Appartement in einem schicken Block im West Village untergebracht hatte –, bis sie sich entschied, nicht zu Jon zurückzukehren. Ein paar Tage danach rief sie an und erklärte, sie wolle sich scheiden lassen. Nein, sie würde nicht stillhalten und mit diesem Mistkerl oder seiner widerlichen Mutter irgendwelche Phrasen über Versöhnung dreschen, mit dem Schwachsinn sei Schluß. Das alte Lied kenne sie. Scheidung und Rückgabe ihres Eigentums waren ihre bedingungslosen Forderungen: Ein Satz, den Schmidt ihr in der Vergangenheit vergeblich nahegelegt hatte, daß nämlich ein Grundbesitz, den sie mit dem Geld ihres Vater erworben habe, von Rechts wegen ihr Eigentum sei, dieser Satz hatte plötzlich die blendende Kraft einer Offenbarung. Ja, sie sei bereit, die Hypothek auf das Grundstück in Claverack, für die sie und Jon gemeinsam verantwortlich waren, allein zu bedienen und das Darlehen zurückzuzahlen, das sie zusammen aufgenommen hatten, um das fehlende Geld für den Kauf des Appartements aufbringen zu können – besonders wenn Schmidt ihr das Geld für die Ablösung der Hypothek

343

und die Rückzahlung des Kredits gebe –, aber abgesehen davon werde sie keinen Heller zahlen. Schmidt riet ihr, sich wieder an Joe Black zu wenden, den Scheidungsanwalt, den er empfohlen hatte, als sie und Jon sich zum erstenmal trennten. Black kannte sie, und er kannte die Rikers. Ihn auf Trab zu bringen kostete nicht viel Zeit. Wie Black und Schmidt ihr unabhängig voneinander erklärten, war das Problem, daß es im Scheidungsrecht des Staates New York keine verschuldensunabhängige Scheidung gab; dieser Staat sei der einzige in den USA, der immer noch Beweise für Ehebruch, böswilliges Verlassen oder grausame und unmenschliche Behandlung verlange. Beim letzten Streit sei klar gewesen, daß Jon Ehebruch begangen und daß sie dieses Fehlverhalten nicht geduldet habe. Diesmal habe sie keinen Beweis für einen Ehebruch. Man könne sich vielleicht einen verschaffen; es gab diskrete, auf solche Aufgaben spezialisierte Detektive. Ansonsten sei das übliche Vorgehen, daß Jon und sie eine Trennungsvereinbarung träfen und bei Gericht anmeldeten. Ein Jahr danach werde die Scheidung ausgesprochen, wenn eine der beiden Parteien sie verlange. Leider werde Jon wahrscheinlich keine Trennungsvereinbarung akzeptieren, wenn nicht Geld für ihn dabei heraussprang. Das heiße, daß man verschiedene Möglichkeiten, ihm das Leben schwerzumachen, in Betracht ziehen müsse. Zum Beispiel könne Charlotte wieder in das Appartement einziehen und anfangen, das Haus in Claverack zu nutzen, in der Hoffnung, Jon damit zu einem Verhalten zu provozieren, das Black eine Handhabe bot, eine Gerichtsverfügung zu erwirken, die ihn dann de facto zur Räumung zwingen würde. Ausgeschlossen, war Charlottes Antwort. Black hatte die Zinszahlungen für die Hypothek und den Kredit auf das Appartement in der Eigentümergemeinschaft überprüft. Jon hatte beide Darlehen bedient, aber nicht fristgerecht. Ob er jetzt, da Charlotte nicht mehr in Sunset Hill war, weiterzahlen würde, war eine interessante Frage. Die Antwort ließ nicht lange auf sich warten. Jons Gegenzug erfolgte prompt, in Gestalt eines Briefes an Charlotte mit der Forderung, ihm die Hälfte der Zahlungen, die er während ihres Krankenhausaufenthalts vollständig aus seinen Mitteln beglichen habe, zu erstatten und ab sofort zu allen Zahlungen beizutragen, die in Zukunft fällig würden. Der Brief enthielt auch eine Behauptung, die laut Black ernst zu nehmen war, daß Charlotte nämlich, da sie ursprünglich sich und Jon als gemeinsame Eigentümer des Appartements und des Hauses in Claverack eingetragen habe, Jon nach New Yorker Gesetzgebung die *Moiety* eines Ehepartners, das heißt die Hälfte dieser Immobilien, geschenkt habe. Im Gesetz stehe nichts, das die Rückgabe solcher Geschenke erzwinge. Ein Anruf Blacks bei Jon mit der Frage, ob er von einem Anwalt vertreten werde, brachte die Antwort, die Black erwartet hatte. Jons Anwalt war wieder Cacciatore, beim Scheidungsgericht als Taktiker der verbrannten Erde bekannt. Standfestigkeit und Geduld, Standfestigkeit und Geduld, die beiden sind Ihre besten Freunde, erklärte Black Charlotte.

Joe Black kommt mit Jons Anwalt keinen Schritt weiter. Glaubst du, er ist diesem Ganoven gewachsen? fragte Charlotte Schmidt im Oktober des gleichen Jahres. Sie hatte ihn sehen wollen, und sie aßen in der Nähe ihrer Wohnung zusammen zu Mittag. Kannst du einen anderen finden, einen, der mit allen Wassern gewaschen ist? Jon sagt, sie verhandeln nicht, wenn ich ihm nicht einen Teil des Geldes gebe, das mir der Verkauf des Appartements und Claveracks einbringt. Er hat herausgefunden, daß ich sie zum Verkauf anbieten will. Schwierig wird das nicht gewesen sein.

Man sagt, Joe Black sei ziemlich hart, erwiderte Schmidt, aber ich kann mich natürlich nach einem anderen Anwalt umsehen. Ich frage Mike Mansour, wer seine letzte Scheidung durchgefochten hat.

O.K., mach das, Dad, ich bin es leid, von deinem Geld zu leben. Mein Boß will mich wieder einstellen, sagt er, aber nicht, bevor sie eine neue Werbekampagne starten, das heißt in sechs oder sieben Monaten. Ich muß mein Leben vorher wieder in den Griff bekommen. Das Geld zu haben wäre sicher hilfreich.

Schmidt nickte. Er lernte allmählich, daß er sie am besten nicht unterbrach. Man mußte sie einfach reden lassen, also wies er sie nicht eigens darauf hin, daß es mit Sicherheit länger als sechs oder sieben Monate bis zum Verkauf des Grundbesitzes dauerte, selbst wenn Jon plötzlich vernünftig würde und sich auf eine Trennungsvereinbarung einließ, die ihr Eigentumsrecht anerkannte.

Ich habe in Sunset Hill jemanden kennengelernt, fuhr sie fort. Meine Scheidung würde helfen.

Schmidt nickte wieder.

Keine Sorge, er ist keiner von den Spinnern, die da behandelt wurden; er hat Kunst unterrichtet. Er ist ein guter Maler. Er macht auch Skulpturen. Er ist verwitwet. Seine Frau ist vor eineinhalb Jahren gestorben. Wie auch immer, ich mag ihn.

Das ist ja wunderbar! sagte Schmidt, er konnte sich nicht beherrschen.

Na ja, wie auch immer. Er hat ein Kind, ein Mädchen, zwölf Jahre alt. Ihre Schule ist das Friends Seminary. Er wohnt in der Perry Street.

Eine gute Schule, warf Schmidt ein.

Sie ist ein gutes Kind.

Kannst du mir etwas über den jungen Mann erzählen? Wie er heißt, wie seine Kunst ist, du weißt schon.

Sie kicherte. Josh White, und, nein, Dad, er ist kein Jude. Da fällt dir ein Stein vom Herzen, ich weiß.

Schmidt paßte auf, er ließ sich nicht provozieren. Ob dieser Mann vielleicht einer der Box-Hill-Whites war, fragte er sich. In der Familie gab es so viele Künstler.

Er ist ein abstrakter Maler. Seine Galerie ist in Chelsea. Sie ist sehr bekannt. Er auch. Na ja, und er unterrichtet an der Cooper Union, nicht nur in Sunset Hill.

Ich freue mich sehr für dich, sagte Schmidt. Ich hoffe, ich lerne Josh bald kennen.

Dad, du sollst mich nicht drängen. Besorg mir einfach einen Scheidungsanwalt, der weiß, wie er mir mein Eigentum verschafft und mich von dieser Ehe befreit.

Schon am nächsten Tag aß Schmidt mit Mr. Mansour zu Mittag, nicht in Schmidts Club, dem er vorschlagen wollte, den Freund als Mitglied aufzunehmen, sondern im Four Seasons Grill, Mr. Mansours wie Mr. Blackmans Ersatz für all die noch exklusiveren Institutionen, deren Mitglieder sie bislang nicht waren. Schmidt kam ohne Umschweife zum Punkt und fragte, wer Mike in seinen beiden Scheidungen vertreten habe. Ich brauche einen Scheidungsanwalt, der Knie und Ellbogen und alles brechen kann.

Pas de problème, sagte Mr. Mansour. Ich hatte zwei, den einen für Scheidung Nummer eins, den anderen für Nummer zwei. Beide sind Killer, aber Nummer eins ist im Ruhestand, glaube ich. Wer ist das glückliche Paar? Laß mich raten. Charlotte will diesen Riker verlassen. L'chaim!

Er hob sein Glas, trank Schmidt zu und fuhr fort: Erzähl deinem jüdischen Onkel die Details. Die Details! *Pas de blagues!*

Mr. Mansour hörte sich an, was Schmidt zu sagen hatte – der hatte sich damit abgefunden, einen unzensierten Bericht über seine Mühen mit Charlotte zu geben –, wurde nachdenklich und sagte, das wird nichts. Kein Scheidungsanwalt auf der Welt kann ihn aus diesem Appartement oder dem Haus da oben im Norden fegen. Jedenfalls nicht in absehbarer Zeit. Sie will diesen Maler heiraten?

Schmidt nickte. Gesagt hat sie es nicht, aber das ist wohl die Idee.

Dann soll sie sich die Scheidungspapiere und die Heiratslizenz schnell besorgen, ehe der Kerl sich's anders überlegt.

Er griff in seine Rocktasche und zog die Betperlen heraus. Klick, klick. Klick.

Mir fällt was ein, sagte er. Ich weiß über Rikers Kanzlei Bescheid. Ich habe sie prüfen lassen, als du mir erzählt hast, daß er dort eintreten würde. Sie machen gute Arbeit. Der Boß ist Irv Grausam. Ein Prozeßanwalt, hat viel mit Umweltschutzprozessen zu tun. Fälle für Superfund und so weiter. Wir haben eine Fabrik in Mississippi, die in einem Riesenschlamassel steckt. Sie hat eine Klage am Hals, weil sie allen möglichen Dreck in einen Bach verklappt haben soll. Alles Blödsinn, und wir könnten uns vergleichen, aber ich habe eine eiserne Regel: keine Vergleiche. Ich sage, laß diese Kläger und ihre Anwälte kämpfen: Sollen sie Geld ausgeben und sich Zentimeter um Zentimeter weiterkämpfen. Fängst du an, dich zu vergleichen, bist du ein Verkehrstoter. Ich werde Irv als Berater holen und sagen, wir geben ihm den Auftrag, in dieser Riesensache – und wenn ich Riesensache sage, meine ich das auch – für uns den Prozeß zu führen, unter einer Bedingung: Er muß dafür sorgen, daß dieser Typ Jon der Tochter meines besten Freundes ihr Eigentum zurückgibt. Wir leben in einem freien Land! Wenn er das Mandat nicht will, das Honorar nicht will, ist es mir auch recht. Es gibt eine Menge andere Anwälte, die morden würden, um für mich zu arbeiten. Aber wenn er den Auftrag will, muß er diesem Kerl

Riker sagen, wo's langgeht. Ich möchte, daß er seiner Frau ihr Eigentum zurückgibt und eine Trennungsvereinbarung unterschreibt. *Pas de problème!* Und jetzt sag mir, bin ich ein guter Freund?

Der beste, Mike. Aber laß mich einen Moment nachdenken. Ich möchte nicht, daß du in Schwierigkeiten kommst.

Du meinst, ich drohe Irv? Tu ich nicht. Schlag mir nicht vor, daß ich dies mit Holbein kläre. Das werde ich nicht. Laß mich nur machen!

Zuerst hörte Schmidt von Renata. Sie rief ihn in der New Yorker Wohnung an. Du bist ein Schwein, Schmidtie. Erst läßt du zu, daß diese gräßlichen Menschen bei W & K Jons Karriere ruinieren, und jetzt hast du bei Grausam & Trafficante deine Kampfhunde auf ihn gehetzt. Gott wird dich strafen. Um einen Rückruf bat sie nicht.

Also hat es funktioniert, sagte sich Schmidt.

Der Anruf Jon Rikers kam ein paar Tage später, an einem Samstag. Schmidt war zu Hause in Bridgehampton.

Al, sagte sein Schwiegersohn, wie tief kannst du eigentlich noch sinken? Du bringst deinen Ägypter dazu, Irv Grausam anzurufen, damit er mir Druck macht? In einer Angelegenheit, die weder mit dem Ägypter noch mit meiner Kanzlei zu tun hat? Nur um mich in die Scheiße zu reiten. Du bist und bleibst ein Mistkerl, also laß dir sagen, wo für mich Schluß ist. Ich werde deiner schönen Tochter weder das Appartement noch das Haus überlassen, wenn und solange mir nicht alles, was ich in die Instandsetzung investiert und für die Hypothek und das Darlehen auf das Appartement bezahlt habe, bis zum letzten Cent mit Zinsen zurückerstattet wird. Daß sie kein Geld hat, weiß ich, also mußt du blechen. Hast du das verstanden?

Ja. Und du kannst deinem Anwalt sagen, daß dir das Geld sicher ist, sobald du die Immobilien auf Charlotte

überschreibst und eine Trennungsvereinbarung unter-
zeichnest, die Joe Black in Ordnung findet.

Charlotte rief ungefähr zwei Wochen danach an.
Schmidt war in seinem Büro.

Dad, Joe Black sagt, die Papiere sind fertig, die mir das
Appartement und Claverack zurückgeben, und die Trennungsvereinbarung liegt auch bereit, aber Jon will nicht
unterschreiben, bis ihm erstattet wird, was er bezahlt hat.
Warum soll der Scheißkerl irgendwas bekommen? Er hat
doch in dem Appartement und in Claverack gewohnt,
oder?

Jon wird bezahlt, damit dies erledigt ist, damit er verschwindet. Ist es nicht das, was du und Mr. White wollen?
fragte Schmidt.

Ja, aber er sollte bezahlen, was er mir schuldet. Gibst du
mir das Geld für ihn?

Ja.

Sie sagte, dann ist es wohl O.K., dann muß ich dir wohl
dankbar sein, und legte auf.

Weil Charlotte ihn im Lauf eines Telefongesprächs nach
dem Namen eines Maklers fragte, dem sie den Verkauf
ihres Appartements anvertrauen könne, zog Schmidt den
Schluß, daß die Trennungsvereinbarung unterzeichnet
war. Er nannte ihr den Namen einer jungen Frau, die in
seinem Auftrag einen Käufer für seine Wohnung an der
Fifth Avenue gesucht hatte, als er in den Ruhestand gegangen war. Sie hatte einen für damalige Verhältnisse spekta-
kulären Preis erzielt. Als er fragte, ob Charlotte auch einen
Makler für Claverack brauche, sagte sie, sie kenne schon
jemanden in Hudson. Schmidt hatte Josh White noch nicht
gesehen, Charlotte hatte jedesmal, wenn er um ein Treffen
zu dritt bat, mit einer extra langgedehnten Aussprache
des Wortes Dad reagiert. Übersetzung laut Schmidt: Laß

mich in Ruhe. Unterdessen bezahlte er pflichtschuldig Dr. Townsends Rechnungen, die jetzt direkt an ihn geschickt wurden, dazu Charlottes Unterhalt, die Miete für ihr Appartement und die unverschämt hohen Prämien für ihre individuelle Krankenversicherung. Daß sie sich nicht die Mühe gemacht hatte, ihrem Vater ausdrücklich zu danken, statt sich nur ein widerwilliges »ich muß dir wohl dankbar sein« abzuringen, war eine Ruppigkeit, auf die er sich eingestellt hatte. Sie hatte aber auch versäumt, Mr. Mansour zu danken, ohne dessen Hilfe die Pattsituation im Krieg der Rikers zweifellos bestehengeblieben wäre, und das kränkte ihn. Jedesmal, wenn er daran dachte, schämte er sich.

Die Briefe, die er Charlotte seit Marys Tod immer dann geschrieben hatte, wenn sein Ärger den Siedepunkt erreichte, hatten nicht bewirkt, daß sie sich besser benahm, so gesehen, waren sie kein Erfolg gewesen. Aber ihm ging es danach besser. Er wußte, was er tat, als er schrieb:

Liebe Charlotte,
ich bin sehr froh, daß Du Dir Dein Eigentum wieder verschaffen konntest und auf dem Weg bist, eine alleinstehende Frau zu werden. Ohne Mike Mansour hättest Du das nicht erreicht. Ich habe Dir erzählt, was er getan hat. Es war allein seine Idee. Er verdient Deine Dankbarkeit und einen Brief von Dir, in dem Du sie deutlich machst. Zufällig bin ich sicher, daß Du ihm nicht geschrieben hast, weil ihm Dein Wohlergehen so wichtig ist, daß er es mir erzählt hätte, wenn ein Brief von Dir gekommen wäre.
Wie Du Dir vorstellen kannst, wünsche ich mir auch weiterhin, Josh White kennenzulernen. Bitte denk darüber nach, wie sich das einrichten ließe. Mir wäre alles recht, angefangen mit einer Tasse Kaffee im Village,

Dinner in einem Restaurant, in dem Ihr beide gern seid, bis hin zu einem kurzen oder langen Wochenende in Bridgehampton.

In Liebe,
Dein Vater.

Dies war keine seiner feineren Arbeiten. Trotzdem schickte er den Brief ab. Etwa sechs Monate später rief ihn die Maklerin an, die er Charlotte empfohlen hatte, und meldete, sie habe einen vollkommen vertrauenswürdigen Käufer gefunden, der die Zustimmung des Eigentümerbeirats problemlos erhalten werde und den von Charlotte geforderten Preis zahlen wolle. Sie habe Charlotte auch an einen Anwalt verwiesen, der sich um die Übereignung kümmern werde. Der unverbesserliche Schmidt, der wohl wußte, daß sein Rat nicht erwünscht war, fragte trotzdem, ob seine Tochter wisse, daß sie vielleicht vermeiden könne, Kapitalgewinnsteuern auf den Verkaufserlös zu zahlen, wenn sie innerhalb eines Jahres ein anderes Appartement kaufen würde. Die Maklerin erzählte ihm, daß sie und auch der Anwalt darüber mit Charlotte gesprochen hätten, daß diese aber offenbar das Geld lieber behalten wolle. Als Grund dafür habe sie angegeben, daß sie entweder in ihrer jetzigen Wohnung bleiben oder zu einem Mann ziehen wolle, mit dem sie befreundet sei. Das war interessant. Schmidt fragte sich, ob eine Hochzeit bevorstand, und wenn ja, ob er eingeladen oder erst durch eine Heiratsanzeige in der *Times* davon erfahren würde oder nach getaner Tat durch eine vorgedruckte Karte in Kenntnis gesetzt werde. Ein paar Wochen danach, an einem Wochenende, klingelte das Telefon in seiner Küche, und nach einem Daad von mittlerer Länge begann eine Unterhaltung.

Ich wette, Glen hat dir erzählt, daß ich das Appartement verkauft habe.

Schmidt bestätigte es.

Da habe ich jetzt dieses ganze Bargeld, das ich investieren muß. Ob mich der Mann, der sich um dein Geld kümmert, als Kundin annimmt? Es ist natürlich nur Hühnerdreck, verglichen mit dem, was du hast.

Er wird dich mit Freuden annehmen, und ich glaube, er wird dir einen Rabatt auf sein Honorar geben. Er wird es auf der Grundlage berechnen, daß wir, du und ich, zu einer Familiengruppe gehören.

Das ist gut.

Hast du seine Telefonnummer?

Irgendwo. Kannst du sie mir vielleicht schicken?

Sicher.

Ich fange wieder in meiner alten Firma an. Drei Tage pro Woche.

Schmidt blieb länger als üblich stumm, um abzuwarten, ob noch mehr zu diesem Thema gesagt würde. Es kam nichts.

Das ist großartig, sagte er, damit hast du die Chance, wieder seefest zu werden, bevor du Vollzeit arbeitest.

Ach ja? Ich glaube, sie halten mich hin. Eine Vollzeitstelle geben sie mir nie wieder. Wie auch immer, wenn mein Geld investiert ist, brauche ich die Unterhaltszahlung von dir nicht mehr. Aber kannst du den Arzt und die Miete weiter zahlen? Die Miete nur noch vorübergehend.

Sie konnte ihn nicht sehen, also zuckte Schmidt die Achsen und schnitt eine Grimasse.

Aber sicher, erwiderte er. Gib mir Bescheid, wann ich mit der Unterhaltszahlung aufhören soll.

Ja, mache ich. Oh, und kannst du die Krankenversicherung weiter bezahlen?

Das habe ich schon. Ich habe die Prämie für das erste Jahr im voraus bezahlt.

O.K. Das ist gut. Bis bald!

Bevor sie auflegen konnte, sagte er – schrie er auf, würde der Wahrheit näherkommen –, Charlotte, findest du nicht, ich sollte deinen Freund Josh kennenlernen?

Daad, erwiderte sie, hörst du jetzt auf damit? Ich will nichts verderben. Er soll nicht denken, ich mache ihm Druck oder so.

Und damit war das Telefonat zu Ende.

Der dritte Geburtstag von Klein Albert kam und ging, ohne daß Schmidt Josh White gesehen hatte. Zum Glück wartete eine andere Freude auf ihn: Dem Kleinen sollten zum erstenmal die Haare geschnitten werden, und Carrie bat Schmidt, sich darum zu kümmern. Sie gingen zu dem Friseur in Sag Harbor, den Schmidt aufsuchte, wenn es zu schwierig war, sich in der Stadt die Haare schneiden zu lassen. Der Meister wartete schon auf seinen neuen Kunden und machte sich genau nach Schmidts Anweisungen ans Werk: Nur so viel kürzen, daß es ganz natürlich fällt. Wir wollen sein Haar in Form bringen, aber wir wollen nicht, daß er aussieht, als käme er gerade vom Friseur. Die ganze Zeit hielt Albert still und lutschte an einem der großen grünen Lollipops, die es nur für brave kleine Jungen gab. Als die Locken fielen – Albert hatte schon jetzt genauso schwarzes Haar wie Carrie, und bald würde es auch so voll und glänzend wie ihres sein –, tat es Schmidt plötzlich leid um die Pracht. Er nahm eine Locke von dem weißen Schurz, der dem Kind umgehängt war, bat um ein Papiertuch, wickelte das Haar hinein und steckte es in die Uhrentasche seiner Hose. Hätte er die große goldene Taschenuhr seines Vaters aufbewahrt, die der Alte an einer Kette getragen hatte, dann hätte ihm ein geschickter Juwelier vielleicht den Uhrdeckel so ändern können, daß daraus ein Medaillon für die Locke wurde, die Schmidt jedesmal, wenn er den Deckel aufklappte, um das Ziffer-

354

blatt zu sehen, hätte betrachten können. Oder man könnte das Haar in einem Kästchen unter Glas aufbewahren, so wie es für aufgespießte Schmetterlinge benutzt wird. Er würde Carrie um Rat fragen.

Einen feinen Enkel haben Sie da, Mr. Schmidt, sagte der Friseur, als Schmidt ihm am Ende das Trinkgeld in die Hand drückte. Ich hoffe, er wird Stammkunde bei uns.

Danke! Er ist wirklich ein guter Junge, antwortete Schmidt.

Er brachte den Kleinen wieder nach East Hampton, beobachtete, wie er drei Kerzen auf seinem Kuchen ausblies, und sah noch ungefähr eine Stunde lang den Spielen zu, die Albert und seine Freunde aus der Kinderkrippe spielten; manche davon erinnerten ihn an Charlottes Geburtstage.

Dann ging er nach Hause, legte die Haarlocke in eine Schreibtischschublade und vergaß sie, bis er ein paar Wochen später wieder einmal mit Gil Blackman bei O'Henry's zu Mittag aß. Für ihn sei *Die Schlange* fertig, sagte Gil zu Schmidt. Die Dreharbeiten hätten lange gedauert, viel zu lange, Cannings Mitwirkung sei alles andere als ein Vergnügen gewesen, sie hätten warten müssen, bis Sigourney frei war, aber jetzt, da alles im Kasten sei, freue er sich über das Ergebnis. Es werde eine Aufführung des Director's Cut für ausgewählte Gäste geben: für Mike, Joe und Caroline Canning, den unvermeidlichen Holbein, Topmanager der Filmgesellschaft und, zu Schmidts Freude, auch für ihn. DT lade ich auch ein, sagte Gil, obwohl ich noch nicht weiß, wo ich sie beim anschließenden Essen plazieren soll. Wenn sie nicht an meinem Tisch sitzt, wird sie unglücklich. Aber wenn ich ihr einen Platz an meinem Tisch gebe, muß ich mir eine gute Geschichte für Elaine ausdenken. Daran muß ich noch arbeiten. Die gute Nachricht: Der Film ist großartig, das wirst du sehen. Die bessere: Ich bin

Canning wieder los! Das ist wirklich die beste Flasche in dieser Kneipe wert. Du bist eingeladen. Wir trinken auf meine Befreiung.

Willst du im Ernst DT beim Essen mit Elaine dabeihaben?

Ich kann nicht anders. Mache ich es nicht, kratzt sie mir die Augen aus. Sie hat ein fürchterliches Temperament. Ich werde erzählen, daß sie von Anfang an bei dem Projekt dabei war, aber sozusagen hinter den Kulissen – ziemlich witzig, das mußt du zugeben –, und deshalb einfach nicht ausgeschlossen werden konnte. Außerdem hast du mich gerade auf eine fabelhafte Idee gebracht. Ich muß sie an meinem Tisch haben, weil ihr, du und Mike, ohne Damen kommt. So haben wir nur einen überzähligen Mann am Tisch, und das ist besser als zwei.

Gil, du spielst mit dem Feuer.

Das ist ja nichts Neues, sagte Mr. Blackman, und sein Gesicht wurde düster.

Aber laß uns über etwas anderes reden, sagte er. Über dich zum Beispiel, Schmidtie. Wie geht's dir, alter Freund?

Gil und Schmidt hatten sich so regelmäßig zum Lunch getroffen oder zusammen mit Elaine zu Abend gegessen, daß ihm nichts, buchstäblich nichts Erreichtes oder Unterlassenes einfiel, womit er Gil unterhalten könnte. Es war wieder wie in den guten oder – je nach Blickwinkel – schlechten alten Zeiten, als Schmidt sich bei W & K mit Finanzierungsverträgen herumschlug. Was hatte er seinem berühmten Freund damals zu erzählen? Daß der Darlehensvertrag für die Podunk Cement Company abgeschlossen war und er einen anderen, mit der Dumboville Power Company als Kreditnehmer, in Arbeit hatte? Daß er sich beim Festessen zur Verleihung des National Book Award von den Unterhaltungen ausgeschlossen gefühlt hatte und von der Gesellschaft überwältigt gewesen war, während

Mary am liebsten auf dem für sie reservierten Tisch getanzt hätte, weil ihr Autor den Preis gewonnen hatte? Doch, ja, eine vielleicht etwas sentimentale, aber hübsche Anekdote hatte er zu erzählen.

Du wirst mich auslachen, sagte er. Vor zehn Tagen, an seinem dritten Geburtstag, war ich mit dem kleinen Albert beim Friseur, um ihm zum erstenmal die Haare schneiden zu lassen. Norman Rockwell hätte dabeisein und uns malen müssen. Ich war so gerührt, daß ich eine Haarlocke eingesammelt, in ein Stück Kleenex gewickelt und nach Hause mitgenommen habe.

Hast du sie noch? fragte Mr. Blackman.

Natürlich.

Schmidtie, das ist deine Chance. Die Chance zur Antwort auf die große Frage. Eine Antwort brauchst du, weil dein Leben sonst immer schwieriger wird. Bist du der Vater dieses Jungen oder nicht? Das mußt du erfahren, meine ich. Nicht daß du es Carrie erzählen solltest oder – Gott behüte – Jason oder auch nur mir. Aber für deine innere Ruhe ist es wichtig. Ich kenne ein Labor, das DNA-Tests macht. Die Leute sind zuverlässig. Mach's, alter Freund! Du darfst nicht bis zu deinem Lebensende im unklaren bleiben.

Ich weiß nicht, sagte Schmidt. Ich bin mir gar nicht sicher, ob ich es wissen will. Angenommen, ich bin nicht sein Vater, soll ich ihn dann weniger lieben? Das will ich nicht. Angenommen, ich bin sein Vater, tue ich dann mehr für ihn als jetzt? Aber was? Carrie ist schwanger. Wenn das neue Baby kommt, ist es mir dann mehr oder weniger wichtig, je nachdem, was der DNA-Test ergibt? Ich glaube, ich weiß die Antwort. Ganz gleich, was ich erfahre, Albert werde ich immer am meisten lieben. Aus einem verrückten Grund: Er kam so bald, nachdem Carrie mich verlassen hatte. Er ist eingehüllt in meine Liebe zu ihr. Und das würde sich nicht ändern, wenn sich herausstellt, daß ich nicht sein Vater bin. Wozu also?

Um dein Haus zu bestellen.

Das war etwas, was Schmidt instinktiv begriff – vielleicht sogar ersehnte, auch wenn es dem Rat widersprach, den er Carrie kurz nach der Geburt des Kindes gegeben hatte.

Ich mache es, sagte er. Ich hoffe, ich werde es nicht bereuen.

XXII

Y-Chromosomen lügen nicht, Mr. Schmidt, erklärte ihm der Assistent im SureDNA-Labor. Normalerweise befasse ich mich nicht mit abgeschnittenem Haar, meist findet sich nicht genügend DNA, aber diese Probe war ergiebig. Hier, schauen Sie sich die Aufnahmen an. Sie können es selbst sehen. Diese Person und Sie können unmöglich verwandt sein.

Schmidt dankte dem Mann, stieg ins Auto, nahm die Auffahrt zum Long Island Expressway und fuhr nach Westen Richtung Stadt. Gut, nun wußte er Bescheid. Das Orakel hatte gesprochen. War dies die Antwort, die er gewollt hatte? Nicht ganz: In einem Winkel seines von Verliebtheit umnebelten Hirns hatte sich der nur halb eingestandene, schüchterne, schuldbewußte Wunsch gehalten, man möge ihm sagen, daß der hübsche kleine Junge sein Kind sei. Zugleich war ihm immer klar gewesen, daß er, wenn es sich wirklich so verhielt, sein Wissen mit ins Grab nehmen und alles tun müsse, um Jasons Vaterschaft zu bestätigen, da er andernfalls womöglich Carries Ehe zerrütten und dem kleinen Albert unsäglichen Kummer bereiten würde. Carries bezaubernde Vorstellung aus dem Wassermannzeitalter, daß es keine Rolle spiele, wer der Vater des Kindes sei, ihr Glaube, daß Jason, auch wenn er wüßte, daß er nicht der Vater war, ein guter Stiefvater sein und das Kind lieben würde, weil Carrie die Mutter war, klang soweit ganz wunderbar. Jason mochte damit einverstanden sein, und sicherlich wäre es das denkbar beste Ergebnis, wenn der wirkliche Vater tot wäre. Und die Folgen für den sehr lebendigen Herrn Albert Schmidt, der in der Nachbarschaft, nur ein paar Kilometer entfernt, wohnt? Unsäglichen Qualen: Er müßte daneben stehen und stoisch zusehen, wie Jason die Liebe des Jungen zum größten Teil für sich erntet, wie Jason – oder Jason und Carrie – Entscheidungen über die Zukunft des Kindes treffen, mit denen er, Schmidt, nicht einverstanden ist, er müßte hinnehmen, von vielen plötzlichen Krisen oder freudigen Höhepunkten ausgeschlossen zu bleiben, weil dies aufgrund der Umstände gar nicht zu vermeiden wäre. Keine dieser Visionen schürte einen Verdacht auf zukünftige Arglist oder Böswilligkeit. Keineswegs. Sie nahmen nur vorweg, was sich wie von selbst ergeben würde, und anders als geschiedene Väter, die nicht das Sorgerecht für ihre Kinder haben, würde er sich kein Recht auf Anhörung verschaffen können. Seine Rolle als Onkel oder Großvater ehrenhalber würde er natürlich weiter spielen, immer mit offener Geldbörse, und jedesmal, wenn der Kleine ihn anlachte, vor Glück dahinschmelzen. Aber wenn der kleine Junge irgendwann einmal merkt, daß Albos oder Onkel Schmidts Großzügigkeit seinen Vater in den Schatten stellt, wird er sich dann nicht von Onkel Scheckbuch abwenden?

Orakel befragt man immer auf eigene Gefahr und fast immer zum eigenen Schaden, denn das Wissen, das sie verlauten lassen, ist mit Gift durchsetzt. Er war gerade noch einmal davongekommen, und er hatte sein Haus bestellt. Er würde den kleinen Albert lieben, weil er Carries Sohn war, ein Kind, das seins hätte sein können, aber nicht war, und er würde Jason in die Augen sehen können. Er hatte ihm kein Kuckucksei ins Nest geschmuggelt. Der blonde Riese zog seinen eigenen Sohn auf und arbeitete für die Zukunft dieses Sohnes. Schmidt sollte sich ein Beispiel an ihm nehmen, sollte seine Anstrengungen auf das Wohlergehen seines einzigen Sprößlings, seiner Charlotte, konzentrieren.

Gelegenheiten dazu hatten sich nach und nach, anfangs nur zögernd, ergeben. Fast genau ein Jahr zuvor, am Tag nachdem Timothy McVeigh für den Bombenanschlag auf Oklahoma City zum Tod verurteilt worden war, hatte Charlotte angerufen. Es war Mitte August, deshalb machte Schmidt in Bridgehampton Ferien; er las gerade den Bericht in der *Times* und dachte zurück an den Tag, als die Nachricht von dem Massaker im Federal Building die Aufsichtsratssitzung überschattete, die er, aus Alices Armen kommend, in letzter Minute erreicht hatte. Dad, sagte Charlotte, das Wort zum erstenmal normal aussprechend, ich habe das Haus in Claverack endlich verkauft, ich dachte, das würdest du gern erfahren. Du kannst mit den Zahlungen für die Hypothek aufhören.

Gratuliere, erwiderte Schmidt, hast du einen guten Preis aushandeln können?

Einen ziemlich guten. Ich suche jetzt ein Haus irgendwo in der Nähe von Sunset Hill in Connecticut. Das wäre für Josh bequem. Montags, dienstags und donnerstags unterrichtet er dort. Ich hoffe, das Geld, das ich für Claverack bekommen habe, reicht für den Kauf.

Das sind nun wirklich gute Nachrichten, dachte Schmidt. Sie redet mit mir, als wäre ich ein Mensch, sie ist noch mit diesem White zusammen, und sie hat tatsächlich einen Plan, sogar einen vernünftigen.

Er antwortete: Was für eine gute Idee.

Hm, ja, und von September an arbeite ich ganztags in der Agentur.

Das ist einfach wunderbar. Glückwunsch!

Und noch etwas: Alan Townsend und ich sind uns einig, daß es genug ist, wenn ich zweimal im Monat zu ihm komme, sobald er aus den Ferien zurück ist. Er wird auch meine Medikamente absetzen, möchte aber dasein, wenn es soweit ist.

Ich bin begeistert.

Muß los, sagte Charlotte. Bis bald!

Schmidt spürte, wie ihm die Kinnlade heruntersackte. War dies Charlotte oder eine Doppelgängerin, die sie besonders gut imitieren konnte? In der Vermutung, daß er tatsächlich mit seiner Tochter gesprochen hatte, rief er das Blumengeschäft in der Stadt an und ließ ihr eine große weiße Orchidee schicken samt einer Karte mit den Worten: Glückwünsche und alles Liebe von Deinem Vater. Als er den Auftrag gab, fiel ihm sein Versuch, Alice um Verzeihung zu bitten, wieder ein, eine Erinnerung, die immer noch schmerzte wie ein glühender Draht und ihm die Lust, etwas mit Blumen zu sagen, für alle Zeiten hätte austreiben können. Beinahe hätte er die Bestellung rückgängig gemacht, ließ es dann aber, da er sich sagte – vernünftig, fand er –, daß damals nicht die Orchideen schuld gewesen waren, sondern sein eigenes Benehmen. Sein Erstaunen wuchs, als Charlotte ihm dankte. Sie schickte ihm eine Hallmark-Karte mit einer Katze im Körbchen auf dem Deckblatt und den in Rot gedruckten Worten Vielen Dank auf der Innenseite. Das war eine Premiere, und er wünschte sich, er hätte sich mit ihrer Mutter darüber amüsieren können. Immerhin hatte sie eigenhändig unterschrieben. Vorgedruckte Dankeskarten hatten ihm bis dahin nur Liftboys, Automechaniker, Laufburschen in verschiedenen Institutionen und Postboten geschickt, denen er zu Weihnachten Bargeld schenkte, sowie die pensionierten Putzfrauen, denen er jährliche Schecks ausstellte. Aber dann fiel ihm ein, daß Charlotte von seiner Liebesaffäre mit Sy wissen mußte – aber woher? Hatte er es ihr erzählt? – und sich freundlich über ihn lustig machte. Das schien ihm ein deutliches Zeichen ihrer Rekonvaleszenz zu sein.

Der nächste Anruf kam am Freitag nach dem Labor-Day-Wochenende, dem Tag, an dem Mutter Teresa gestorben war, und nachdem Charlotte Schmidt daran erinnert hatte, daß sie wieder arbeiten werde »wie eine richtige Person« – ein Ausspruch, der ihn tief rührte –, erklärte sie ihre Bewunderung für die heiligmäßige Nonne. Das verschlug Schmidt erst einmal die Sprache, er erinnerte sich dunkel, daß sie vor langen Jahren den Nobelpreis erhalten hatte, aber den hatte man auch Ehrenmännern wie De Klerk und Arafat zugesprochen (die sich die Auszeichnung jeweils mit einem überzeugenderen Kandidaten teilen mußten). Daß Charlotte Anteil an Indiens Ärmsten nahm, hatte er nicht geahnt.

Er fing sich so rechtzeitig, daß er sagen konnte: Ja, das ist traurig. Sie hatte ein sehr langes Leben, und sie war wohl sehr müde.

Siebenundachtzig ist nicht so alt, erwiderte Charlotte. Sie hätte ihr Werk noch weiterführen können. Und die arme Diana! Es ist so traurig, so tragisch!

Schmidt meinte sie ganz leise weinen zu hören. Der tödliche Unfall der Prinzessin von Wales war vor knapp einer Woche passiert, und Schmidt wußte zwar von der nationalen Trauer, die ganz England erfaßt hatte, aber daß Charlotte so tief betroffen war, überraschte ihn wiederum. Ihre Anglophilie war ihm ganz neu, und er hatte mit Sicherheit nie erlebt, daß sie irgendein Interesse an den Geschmacksverirrungen der britischen Königsfamilie gezeigt hatte. Aber er spürte, daß er wieder am Rand eines Minenfeldes stand, und verhielt sich vollkommen ruhig.

Ja, das war auch sehr traurig, sagte er. Wie alt war sie? Einundvierzig, zweiundvierzig? Hatte sie nicht zwei Söhne?

Dad – das Wort klang schon fast wie Daad –, sie war sechsunddreißig! Nur vier Jahre älter als ich. Es ist so gemein, so schrecklich gemein, so unglücklich zu sein und keine Chance auf ein glücklicheres Leben zu haben!

Jetzt weinte sie wirklich und versuchte auch nicht, es zu verbergen.

Mein Schatz, sagte Schmidt, es tut mir so leid um sie, es tut mir so schrecklich leid, daß du so traurig bist.

Sie putzte sich die Nase und fuhr fort: Stell dir vor, gestern im Büro hat Olson, dieser Widerling – Schmidt erinnerte sich vage, daß einer der Geschäftsführer der Firma so hieß –, sie doch tatsächlich eine kleine Schlampe genannt. Er könne nicht verstehen, was das ganze Theater soll, hat er gesagt. Wenn ich nicht so unbedingt wieder arbeiten wollte, hätte ich ihm irgendwas an den Kopf geworfen – ich weiß nicht, was, vielleicht den Mülleimer. Der war voll mit halb ausgetrunkenen Kaffeebechern. Wäre ihm recht geschehen.

O je, sagte Schmidt, Menschen können so herzlos sein.

Ihm war klar, daß er durchaus fähig gewesen wäre, eine ähnliche, wenn auch wahrscheinlich nicht ganz so grobe Bemerkung zu machen. Immerhin, er hatte es nicht getan. Und als sie ihm erzählte, daß die Werbekampagne, an der sie mitarbeiten würde, ein Auftrag des Unternehmensverbandes der Kohleindustrie war, sagte er nur: O ja, das ist eine Industrie mit vielen einflußreichen Freunden, statt sich auf Charlottes Kosten eine der mokanten Bemerkungen über die Arbeit für die üblen Mächte des Bösen zu gönnen, die ihm sonst immer so leicht von den Lippen gegangen waren.

Jenny hat ein Foto von Lady Di auf ihrem Schreibtisch und davor eine brennende Kerze. Ungefähr so wie die Leute vor dem Buckingham Palace, die sie im Fernsehen gesehen hat.

Schmidt erinnerte sich, daß Jenny Josh Whites Tochter war, und hoffte, daß sie nicht die Wohnung in Brand stecken würde.

Wie alt ist sie, fragte er, ist sie noch im Friends Seminary?

Zwölf. Sie ist ein tolles Kind. Ja, sie ist noch im Friends. Dad, fuhr sie fort, ich rufe dich an, weil wir dieses unglaubliche Haus in Kent gefunden haben. Es wäre einfach perfekt, hat ein Atelier, das jetzt als eine Art Supergästezimmer benutzt wird, und einen künstlichen Teich. Morgen sehen wir es uns noch mal an. Das Geld, das ich für Claverack eingenommen habe, reicht nicht ganz. Hilfst du mir beim Kauf? Ich möchte keine Hypothek aufnehmen, wenn sich's vermeiden läßt, weil ich sie nicht bedienen kann, soviel Einkommen hab ich nicht. Wenn ich kann, würde ich es lieber frei und ohne Lasten kaufen.

Sicher, ich helfe dir, erwiderte Schmidt. Mußt du viel reparieren lassen? Oder umbauen?

Nichts. Nur eine Schicht Farbe. Josh sagt, die klatscht er selber drauf. Das macht man wohl, wenn man Maler ist!

Sie lachte tatsächlich.

Schmidt überlegte sich, wieviel Kapital zum »Helfen« nötig würde, und beschloß, nicht zu fragen. Wieviel es auch sein mochte, er würde es flüssig machen. Zum Henker mit den Sorgen um die Schenkungssteuer und Steuervergünstigungen. Er hatte genug Geld, um die Ausbildung der Kinder zu finanzieren, wie er Carrie und Jason versprochen hatte, und er würde immer noch genug zum Leben haben, wenn er den Gürtel enger schnallte. Er würde Charlotte diesen Augenblick nicht verderben.

Das klingt gut, sagte er. Laß mich wissen, wie es weitergeht und wieviel dir fehlt, und such dir einen kompetenten Anwalt. Wenn du eine Empfehlung brauchst, kann ich mich umhören.

Das geht in Ordnung, Josh hat jemanden. Der ist ein Sunset-Hill-Absolvent wie ich und hat dort oben seine Kanzlei. Wir Ex-Sunsets müssen wohl zusammenhalten.

Sie lachte wieder und sagte dann erst: Muß los – zur

Zeit ihre übliche Abschiedsfloskel, eine, die Schmidt nicht auf die Nerven ging – und weg war sie.

Sy war ihm während des Telefonats auf den Schoß geklettert und schnurrte energisch. Das hieß, er wollte gefüttert werden und fand es diplomatisch, sich beliebt zu machen, ein Verfahren, das Schmidt allen, die sein Geld wollten, nur empfehlen konnte. Geschnurrt hatte Charlotte nicht gerade, aber wenn man bedachte, wie groß ihre Begabung für widerwärtiges Benehmen war, hatte sie sich recht erfolgreich um sein Wohlwollen bemüht. Der Hauptvorteil des Hauses war anscheinend, daß es dem noch unbekannten Mr. White sehr gelegen kam! Schon wollte er die Achseln zucken, beherrschte sich aber: Sy, dem unbedachte Gesten, Niesen und andere laute Geräusche zuwider waren, hätte sich erschrocken. Sy hatte ihm eine Lektion erteilt, die im Umgang mit Charlotte nützlich sein konnte, dachte Schmidt: Geduld haben und ihr die Initiative überlassen. Sie würde auch ihren Josh und seine Jenny vorzeigen, wenn sie meinte, es sei an der Zeit.

Eine Welt im Wahnsinn. In beklemmender Beständigkeit verbanden sich Charlottes Anrufe mit Nachrichten von Katastrophen und Schande. Vor Jahresende verurteilte eine Jury in einem Bundesgericht in Manhattan die Terroristen, die 1993 in der öffentlichen Garage unter dem World Trade Center eine Bombe gezündet hatten, während andere Terroristen in Ägypten über sechzig Touristen bei der Besichtigung des Tempels von Luxor erschossen. Das Weiße Haus roch nach Sexskandalen der miesesten Sorte, das Tempo widerwärtiger Enthüllungen nahm zu, bis nach einem Jahr niemand mehr im Land – vielleicht niemand auf der Welt mit Zugang zu einem Fernseher – sagen konnte, er wisse nichts von der netten, pummeligen jüdischen Praktikantin im Weißen Haus, die Präsidentensperma auf ihr blaues Kleid ausgespuckt hatte, eine

Flüssigkeit, die Pornoköniginnen und -prinzessinnen zu Dutzenden und Aberdutzenden bis auf den letzten Tropfen aufgeleckt hätten; die das Kleid dann in ihren Schrank warf, statt es in die Reinigung zu bringen. In den letzten Tagen des Jahres wurde der Präsident zwecks Amtsenthebung verklagt, aber nicht bevor er Luftangriffe gegen den Irak angeordnet hatte, um Flugverbotszonen durchzusetzen. Vor diesem Warnschuß waren andere unheilschwangere und lange nachhallende Ereignisse eingetreten: Indien und Pakistan hatten Tests durchgeführt, um sich gegenseitig zu beweisen, daß sie die Bombe hätten; auf die US-amerikanischen Botschaften in Daressalam und Nairobi wurden Sprengstoffanschläge verübt, bei denen Hunderte ums Leben kamen und Tausende verletzt wurden; terroristische Basislager im Sudan und in Afghanistan wurden von US-Raketen überschüttet. In der Umgebung von Laramie, Wyoming, wurde ein stiller, schmächtiger schwuler Student gefoltert und totgeprügelt. Häufig rief Charlotte an, um gemeinsam mit Schmidt über diese und andere Katastrophen zu trauern. Ihm kam es geradezu wie ein Wunder vor, daß sie solche Gespräche mit ihm führte, daß sie aktuelle Ereignisse verfolgte und das Bedürfnis hatte, mit ihm darüber zu reden. Josh hatte er immer noch nicht kennengelernt – und sie hatte nicht angedeutet, daß sie eine Begegnung angebracht fände. Aber sie hatte Schmidt Fotos vom Haus in Kent geschickt und ihm tatsächlich für seinen ansehnlichen Beitrag zum Kauf gedankt. Er hoffte, daß sie die Umsicht besessen hatte, sich als Alleineigentümerin eintragen zu lassen, wagte aber nicht, danach zu fragen. In den alten Zeiten wäre das selbstverständlich gewesen, da Charlotte und Josh, soweit Schmidt wußte, nicht verheiratet waren, aber die Zeiten hatten sich geändert. Daß er Josh nicht kannte, war seltsam genug, aber noch seltsamer war es, daß er Charlotte seit seinem zweiten Besuch in Sunset Hill erst drei- oder viermal wiedergesehen hatte, nur kurz, bei einer Tasse Kaffee oder einem Sandwich. Er riskierte ihren Zorn mit einem Witz: Bilder vom Haus habe er ja nun, vielleicht wäre es ganz gut, wenn sie ihm auch ein Foto schicke, auf dem er sie sehen könne?

Bleib ruhig, Dad, sagte sie, ich sehe ganz ordentlich aus. Besser als bei deinem letzten Besuch. Ich habe sogar einen ordentlichen Haarschnitt.

Das klingt doch gut, dachte Schmidt, ich drücke ihr die Daumen. Sind ihre Worte und ihre allgemeine Lebhaftigkeit nicht Bestätigung genug? Wenn auf ihrer Wunschliste stünde, daß sie ihren Vater sehen und sich von ihm umsorgen, vielleicht sogar von dem Alten umarmen lassen möchte, dann würde sie sich mit ihm in der Stadt treffen oder in Bridgehampton und das Haus und den Strand wiedersehen wollen, die das Ferienuniversum ihrer Kindheit waren. Daß sie verstand, sich zu verschaffen, was sie haben wollte, wußte er ohnehin, eine Liste der jüngsten Beispiele dafür brauchte er nicht. Er sagte sich: Sei bescheiden und dankbar, daß deine Tochter wieder eine funktionierende junge Frau ist, daß sie einen Mann gefunden hat, den sie mag und bei dem sie immerhin schon zwei Jahre geblieben ist. Und du, Schmidtie, mach weiter mit deinem Leben – soweit davon die Rede sein kann.

Dies versuchte er, so gut er konnte. Er reiste nach Europa zu Stippvisiten in den mittlerweile neun Life Centers. Danach machte er eine vom Fogg Museum organisierte Gruppenreise zu archäologischen Ausgrabungsstätten in Anatolien und kam rechtzeitig nach Hause, um mit anzusehen, wie der Präsident der Nation im Fernsehen bekannte, daß er über seine Beziehung mit der bereitwilligen Praktikantin im Weißen Haus gelogen hatte. Schmidt hatte versucht, Charlotte in der Stadt und in Kent anzurufen, um ihr zu sagen, daß er wieder da war, und als er auf seiner Veranda saß und in der Zeitung vom unmittelbar bevorstehenden wirtschaftlichen Zusammenbruch Rußlands las, klingelte sein Telefon. Charlotte rief zurück.

Dad, du bist wohl wieder zu Hause, sagte sie. Josh hat davon geredet, wie gern er dich kennenlernen würde. Mir scheint, er ist wie du. Wohnt jemand im Poolhaus?

Nein, niemand, erwiderte Schmidt und ermahnte sich, ihr die Initiative zu überlassen.

Wenn das so ist, könnten Josh und Jenny und ich vielleicht übers Labor-Day-Wochenende zu dir kommen, was meinst du? Das ist in zwei Wochen. Jenny ist jetzt dreizehn. Sie wird dich nicht stören.

Nichts könnte mich mehr freuen, das weißt du doch. Ich wünschte nur, es wäre eher. Kommt ihr mit dem Zug oder dem Bus oder mit dem Auto?

Mit dem Auto, aus Kent. Wir machen dort Ferien.

Das ist großartig, sagte Schmidt, das ist das schönste Geschenk zur Heimkehr, das ich mir erhoffen könnte. Sag mir nur Bescheid, ob ich zum Mittag- oder Abendessen mit euch rechnen soll.

Mittags. Damit wir nicht im Verkehr am Freitag nachmittag vor dem Labor Day stecken bleiben.

Sehr vernünftig. O ja, fügte er hinzu, ich sehe gerade im Kalender, daß Mike Mansour am Sonntag zu seinem alljährlichen Labor-Day-Lunch einlädt. Ich weiß, daß er dich und Josh und Jenny natürlich auch sehr gern kennenlernen würde. Es wäre schön, wenn ihr kämt. Du weißt vielleicht noch, daß er sehr hilfreich war.

Daaad, bitte fang nicht an, mich so weit im voraus zu verplanen. Ich rede mit Josh und schicke dir eine E-Mail. Muß los. Wiedersehen.

Sie legte den Hörer auf, bevor er Gelegenheit hatte, noch ein Wort zu sagen, aber Schmidt fand, es sei ein Durchbruch, daß sie außer der Muß-los-Abschiedsfloskel

369

tatsächlich noch auf Wiedersehen gesagt hatte. Das genügte, dem gedehnten Daaad fast ganz den Stachel zu nehmen. Er konnte sich wirklich keine Äußerung Charlottes vorstellen, die seine Freude um ein Jota vermindert hätte. Sie würde ein langes Wochenende bei ihm sein, es war ihre Idee, und sie würde den Mann mitbringen, der in seiner Vorstellung allmählich ihr Ehemann wurde, und das Mädchen, das ihre zukünftige Stieftochter war. Er war noch nicht dazu gekommen, Gil anzurufen. Jetzt, den Hörer noch in der Hand, wählte er seine Nummer, erreichte ihn, und Gil sah keinen Grund gegen eines ihrer Mittagessen plus Herzensergießungen im O'Henry's. Als er vom Essen zurückkam, wartete eine E-Mail von Charlotte auf ihn:

Danke, Dad! Josh sagt, wir drei kommen gern zu Mr. Mansours Lunch. C.

Jenny war, wie sich zeigte, ein verkleinertes Abbild ihres Vaters: schlaksig, leicht gebeugt, große Hände und Füße, Gesicht unauffällig, aber sympathisch und heiter, eingerahmt von blondem Haar, das Vater wie Tochter zum Pferdeschwanz gebunden hatten. Runde Brillengläser, hinter denen blaue Augen die Welt und ihre Bewohner mit ständigem Staunen zu betrachten schienen. Sie hatte einen kurzen Jeansrock an, ein weißes T-Shirt mit dem Aufdruck Mostly Mozart und Laufschuhe. Joshs Kleidung bestand aus gutgebügelten Khakihosen, einem blauen Arbeitshemd, das Schmidt aus dem L.L.-Bean-Katalog kannte, und einer bequemen weißen Baumwolljacke. Vater und Tochter hatten je einen kleinen L.L.-Bean-Matchbeutel umgehängt. Außerdem trug Josh ein Gepäckstück, das Schmidt für Charlottes Handkoffer hielt. Und seine Tochter? Schmidt fand, sie sehe wieder so gut aus wie vor der Ehe mit Jon Riker: aufrecht, schlank, strahlend. Und ihre Kleider, Leinen und Khaki, wirkten, als hätte Mary beim

Einkauf die Hand im Spiel gehabt. Im Wissen, daß er ihr den ersten Zug überlassen mußte, ging er ihr entgegen. Wundersamerweise küßte sie ihn! Ganz benommen vor Glück und Dankbarkeit schüttelte er Josh die Hand, küßte Jenny auf beide Wangen, sagte sich, wie vollkommen diese beiden Whites seien, es ist, als hätte ich sie schon immer gekannt, als wären sie immer schon hierhergekommen. Ich muß mir überhaupt keine Sorgen machen.

Charlotte, bring doch bitte Josh und Jenny ins Poolhaus. Eine kleine Runde im Schwimmbecken kann ich nur empfehlen. Wenn euch danach ist, kommt zum Lunch herüber. In der Küche habe ich ein paar Hummer, die unbedingt eure Bekanntschaft machen wollen.

Als er sich die Ereignisse dieses Wochenendes später ins Gedächtnis rief und jede einzelne Szene wieder und wieder gleichsam in Zeitlupe abrollen ließ, freute er sich an den Bildern von Charlotte – er war so stolz auf sie gewesen – und von ihrem Montag morgen am Strand. Unter einem wolkenlosen Himmel ein fast leerer Strand, denn die meisten Sommergäste hatten zuviel zu tun – sie mußten die gemieteten Häuser räumen und ihre Habseligkeiten vor der langen Heimreise in die Kombis laden und konnten weder den Sand, den das Wasser bei beginnender Ebbe frei von Fußspuren, strahlend weiß und hart und glatt zurückgelassen hatte, zu einem Spaziergang nutzen noch die langen, gleichmäßigen Septemberwellen zu einem Bad. Es war warm, fast dreißig Grad, aber vom Meer wehte eine schwache Brise, so daß die Luft sich frisch und leicht anfühlte. Sie waren alle ins Wasser gesprungen, aber während Charlotte, Jenny und Josh dicht am Ufer blieben und in der Brandung auf und nieder schaukelten, schwamm Schmidt parallel zum Strand, ließ sich mit der Strömung nach Osten treiben und sagte sich immer wieder einen Zauberspruch vor, der ihn trug und ihm, glaubte er, so viel Kraft gab, daß er bis nach Montauk hätte schwimmen können: Ich bin glücklich, ich bin dankbar, alles ist, wie es sein sollte. Aber bis nach Montauk wollte er nicht, seine kleine Familie – warum sollte er sie nicht so nennen – war vermutlich schon aus dem Wasser gestiegen und fragte sich, was sie wegen des alten Knackers auf Irrwegen unternehmen müßte. Um seine neue Kraft zu testen, schwamm er gegen die Strömung, kämpfte sich mit gewaltigen Zügen durch, erwischte eine Welle, die ihn wie ein Förderband ans Ufer trug. Hier bin ich, rief er.

Dann kam heraus, daß die Mädels – inzwischen bezeichnete er Charlotte und Jenny so – auf ihren Handtüchern vor der Düne liegen und lesen wollten. Er warf einen Blick auf die Umschläge ihrer Bücher. Charlotte las *Die Stunden* und Jenny *Ethan Frome*, eine Hausaufgabe für die Sommerferien, erzählte sie ihm, auch einen Aufsatz müsse sie darüber schreiben. Das erfüllte Schmidt ebenfalls mit Stolz. Seine Tochter, die Eins-A-Literaturstudentin, las ein erstklassiges Buch, und dieses Kind, das er liebend gern offiziell in seine Familie und sein Heim aufnehmen wollte, tat das gleiche. Er war nach dem Schwimmen wieder warm geworden und schlug Josh einen gemeinsamen Spaziergang vor. Wie sich zeigte, hielt Schmidts zukünftiger Schwiegersohn ein zügiges Tempo, sie liefen beide gleich schnell und freuten sich gemeinsam über die hervorragende Qualität des Sandes. Josh erzählte Schmidt erst von seinen Eltern – der Vater war Professor für amerikanische Geschichte an der University of Virginia und die Mutter Kinderärztin –, danach von seinem jüngeren und einzigen Bruder, der auch Arzt war und noch unverheiratet, hielt dann mitten im Satz inne und blieb stehen.

Schmidtie, sagte er, ich rede um den heißen Brei herum. Ich möchte dir etwas viel Persönlicheres erzählen. Aber wir können weiter laufen. Zuerst von meiner verstorbenen Frau. Es war ein langer Todeskampf. Sie hatte einen Eierstocktumor, der zusammen mit dem Uterus entfernt wurde, aber schon metastasiert hatte, und nach sechs Jahren starb sie schließlich. Jenny war damals neun. Sie hätte einen kleinen Bruder bekommen sollen. Der Krebs wurde erkannt, als Pam – meine Frau – Blutungen hatte. Sie war im sechsten Monat, aber das Baby konnte nicht gerettet werden. Bedenkt man, was dann kam, die jahrelangen Chemo- und Radiotherapien und die Operationen, war es vielleicht ganz gut so. Du kannst dir denken, daß ich wegen dieser Erfahrung sofort Verständnis und Mitgefühl für Charlottes Situation hatte.

Ja, natürlich, sagte Schmidt. Er hätte auch mehr gesagt, aber es war deutlich, daß Josh weiter erzählen wollte.

Hätte ich Jenny nicht gehabt, wäre alles viel schlimmer gewesen. Du hattest Gelegenheit, sie zu beobachten. Sie ist ein gutes Kind: wirklich intelligent und mutig. Ich kann mit ihr reden wie mit einer Erwachsenen. Besser als mit den meisten Erwachsenen.

Schmidt nickte in der kurzen Pause. Allmählich fragte er sich besorgt, welche Richtung Josh mit seiner Geschichte ansteuerte.

Ich muß dir sagen, daß ich mich schon sehr bald, nachdem wir uns begegnet sind, in Charlotte verliebt habe. Vielleicht nach zwei Wochen. Sie war die Begabteste in ihrer Gruppe. Ich bin gern nach dem Unterricht noch geblieben, um mich mit ihr zu unterhalten. Sie hat natürlich viel mehr Zeit gebraucht, denn ihr ging es nicht gut. Aber als sie anfing, sich zu erholen, fing sie auch an, mich gern zu haben. Schmidtie, sie hat mich unglaublich glücklich gemacht.

Ach Josh, ich freue mich so, das zu hören!

Aber du wirst dich fragen, warum wir nicht verheiratet sind, warum wir immer noch getrennt wohnen – in der

Stadt, meine ich damit. Natürlich wohnen wir alle zusammen in Charlottes Haus in Kent. Ich glaube, Charlotte hat dich nicht so auf dem laufenden gehalten, wie es dir wahrscheinlich lieb wäre.

Das ist eine Untertreibung, hätte er beinahe gesagt, aber er beherrschte sich und nickte nur.

Das ist mir klar, und mir ist auch klar, daß es bitter für dich war, aber irgendwie gehört es zu ihrem Heilungsprozeß. Laß mich erklären. Jenny bedeutet mir alles. Sie ist ein großer Schatz für mich. Ganz ehrlich gesagt, hatte ich Angst, Charlotte die Ehe vorzuschlagen oder sie auch nur zu bitten, zu uns zu ziehen, bevor ich ganz sichergehen konnte, daß ihr Zustand wirklich stabil ist. Du verstehst, was ich meine. Ich konnte die Gefahr nicht in Kauf nehmen, daß Charlotte einen Rückfall bekam – daß sie wieder schwer depressiv wurde –, nachdem Jenny von ihr abhängig geworden war. Und abhängig geworden wäre sie, denn Charlotte ist unwiderstehlich. Aber jetzt ist alles in Ordnung.

Du meinst also, Charlotte ist stabil? Ich muß dir nicht erklären, wie wichtig das für mich ist.

Ja, das meine ich, erwiderte Josh. Ich glaube auch, daß Jenny erwachsen genug ist, um mit jedem Problem umgehen zu können, das sich womöglich stellt. Aber so weit kommt es nicht. Das lasse ich nicht zu. Der langen Rede kurzer Sinn, Schmidtie: Ich bin hier, weil ich dich um die Hand deiner Tochter bitten möchte.

Schmidt spürte, daß ihm die Knie weich wurden. Und wenn schon, in seinem Alter, nach dem Schwimmen und der Strandwanderung, warum eigentlich nicht? Er setzte sich auf den Sandboden und lud Josh an, sich neben ihm niederzulassen. Damals hatte Charlotte ihm mitgeteilt, daß sie und Jon Riker beschlossen hatten zu heiraten. Seine Abneigung gegen Riker war so stark gewesen, daß er gedacht hatte, diese Mitteilung bedeute das Ende einer Existenz, die er sich, nachdem er Mary verloren hatte, allmählich wieder aufgebaut und erträglich gefunden hatte. Dann hatte Riker auch noch die Frechheit besessen, Schmidt in seiner eigenen Küche – sie waren bei ihm in Bridgehampton – zu erklären, er hoffe, Schmidt wisse es zu schätzen, daß er Charlotte zu einer ehrbaren Frau mache! Wie anders, wie unerwartet und wie passend erschien ihm dagegen Josh Whites Antrag.

Ich bin so bewegt, Josh, mir fehlen die Worte. Hat Charlotte ja gesagt? Denn wenn es so ist, gebe ich dir meine Einwilligung mit der größten Freude.

Sie hat, sie hat ja gesagt! Sie standen auf und umarmten einander.

Als sie auf dem Rückweg zu den Mädels waren und Schmidt auf einmal wieder wußte, wie es ist, auf Wolken zu gehen, erklärte Josh, daß er mit seinen Lehraufträgen und dem Verkauf von Werken genug zum Leben verdiene. Jenny habe im Friends ein Stipendium, sein Atelier und die Wohnung gehörten ihm, er hatte sie von seiner Frau geerbt, und im Testament seiner Frau war ein Fonds für Jenny bestimmt, aus dem ihr Studium und ein kleines Einkommen finanziert werden konnten. Eine gute neue Entwicklung habe sich ergeben, da sein Galerist ihm einen Vertrag über eine Vorauszahlung auf künftige Verkäufe angeboten habe.

Wie du siehst, hat Charlotte kein üppiges Leben zu erwarten, aber unsere Lage könnte sehr viel schlechter sein.

Die Kinder – so nannte er sie jetzt – wollten gleich nach dem Mittagessen zum Haus in Kent aufbrechen, da Josh am nächsten Tag in Sunset Hill unterrichten mußte. Schmidt hielt es für weise Voraussicht, daß er bereits am Morgen ein Essen zusammengestellt hatte, das als Festmahl geplant war. Später hatte er Charlotte noch einen

Moment für sich allein, während Josh das Gepäck ins Auto lud.

Du machst etwas sehr Gutes, sagte er ihr, ihr werdet eine glückliche Familie sein.

Ich weiß, antwortete sie, ich habe mir vorgenommen, mein Bestes zu tun.

Die Nachricht kam dreieinhalb Stunden später. Schmidt war genau dreißig Minuten lang Bahnen geschwommen, das tägliche Pensum, das er sich zum Ziel gesetzt hatte, war unter der Dusche gewesen und wieder angezogen und hatte sich, noch einmal zur Feier des Tages, einen Gin-Martini zubereitet. Die Blackmans hatten ihn zum Abendessen um acht Uhr eingeladen, zusammen mit den üblichen Verdächtigen, wie Gil sagte: Mike Mansour und Joe und Caroline Canning. Als das Telefon klingelte, hob Schmidt eilends den Hörer ab, in der sicheren Überzeugung, daß Charlotte oder Josh ihn anriefen, um zu sagen, daß sie angekommen waren, und um ihm zu danken. Aber es war die Polizei. Es habe einen Unfall gegeben. Ob Schmidt nach Patchogue kommen könne? Ja, nach Patchogue, in das Brookhaven Memorial Hospital? Ob der Beamte Schmidt sagen könne, was passiert war? Das werde man ihm erklären, wenn er angekommen sei. Ob er eine Wegbeschreibung brauche? Schmidt schrieb sie auf, mit zitternden Händen, mußte sich die Angaben zweimal wiederholen lassen, bevor er sicher war, alles richtig verstanden zu haben. Dann rief er die Blackmans an, sagte, wohin er fahre, und stieg ins Auto.

Der Unfall war auf dem Long Island Expressway geschehen, und er war sehr schwer. In einem Verkehrsstrom, der sich mit mindestens hundert Stundenkilometern bewegte, hatte ein achträdriger Laster, der eine Ladung stählerner T-Träger transportierte, unmittelbar vor Joshs

Kombi plötzlich gebremst. Einer der Träger löste sich, krachte durch die Windschutzscheibe vor dem Beifahrersitz, schlug Charlotte den Kopf ab, schoß weiter und zertrümmerte Jenny, die hinter Charlotte saß, den Schädel. Unter dem Aufprall steuerte Josh scharf nach links – oder hatte die Kontrolle über den Wagen verloren –, und ein SUV auf der linken Außenspur raste mit voller Wucht seitlich in den Kombi und gegen die Fahrertür. Josh starb auf dem Weg ins Krankenhaus. Wie sie Schmidt gefunden hätten? Die Wegbeschreibung zu seinem Haus mit seinem Namen und seiner Telefonnummer habe zusammen mit den Autopapieren im Handschuhfach des Wagens gelegen.

Ja, Schmidt konnte die Leichen identifizieren und dem Polizeioffizier dank der Unterhaltung mit Josh am Strand auch sagen, daß die nächsten Verwandten des Mannes und des jungen Mädchens in Charlottesville zu finden seien. Papiere waren zu unterzeichnen.

Dann ging er, gestützt von dem Polizeioffizier, der sah, daß Schmidt wankte, eine Tasse schwarzen Kaffee trinken, anschließend zum Urinieren auf die Toilette, und als er sich danach beim Händewaschen im Spiegel sah, fragte er sich laut: Warum sollte dieser Mann am Leben bleiben?

XXIII

Die Antwort auf diese weitreichende Frage war für Schmidt ganz einfach. Er hatte keinen Grund, weiterzuleben, nur eine unerschütterlich gute Gesundheit – eher als an einer Krankheit würde er bei einem Unfall sterben, und für diesen Fall hoffte er, sein Tod würde genauso plötzlich eintreten wie Charlottes – und kein Bedürfnis, sich selbst umzubringen. Nach Marys Tod hatte er an Selbstmord gedacht und sich die Möglichkeiten dazu durch den Kopf gehen lassen: vollbekleidet in eine schwere Brandung waten und so weit hinausschwimmen, wie er konnte, ein Gambit, das garantiert zum Ertrinken auch eines guten Schwimmers führte; Reste der Pillen schlucken, die für Mary verschrieben worden waren, einschließlich solcher, die ihr das Ende hätten erleichtern sollen, aber nicht nötig gewesen waren. Was hatte ihn damals aufgehalten? Er hatte die Courage verloren und dies als Mitleid mit dem eigenen Körper bemäntelt, der nicht darauf vorbereitet war, vom Wasser überrollt und gegen den Meeresboden geschleudert zu werden; und genötigt durch die Verfügbarkeit der Pillen, die weder Gewalt noch übermenschliche Anstrengungen erforderten, hatte er die nach Edelmut klingende Ausrede vorgeschoben, daß er es nicht Charlotte überlassen dürfe, die Nachlässe von Mutter und Vater in Ordnung zu bringen, daß es seine Aufgabe sei, Marys Angelegenheiten zu regeln. Sich zu ertränken kam für ihn immer noch nicht in Frage. Das konnte er nicht, und er wußte es. Genauso gut glaubte er etwas anderes zu wissen: Wenn die Alternative qualvolle Schmerzen waren, die allenfalls gelindert werden konnten mit Hilfe von Prozeduren, die seinen Leib

in einen Fleischsack an Schläuchen für Nahrungszufuhr
und Entleerung verwandelten, oder wenn ihm Schwachsinn drohte, dann konnte er die kleinen Dinger schlucken
und mit dem Alkohol herunterspülen, der ihm zu dem
Zeitpunkt am meisten zusagen würde – Wodka, Bourbon,
Gin oder auch Kognak, auf den er seit kurzem verzichtete, weil er ihn offenbar wach hielt. Aber wenigstens wäre
die Schlaflosigkeit dann kein Problem mehr. Und es war
ihm ganz egal, wer hinter ihm aufräumte, ob derjenige
nun seine Leiche wegschaffen und neben Marys zersetz-
ten Knochen auf dem Friedhof von Sag Harbor begraben
lassen oder seine Schränke leer räumen und den Inhalt in
die Brockensammlung nach East Hampton bringen mußte
oder seine Nachlaßgegenstände veräußern, ein paar kleine
Legate auszahlen und die Fonds für Carries Kinder und
für sie selbst finanzieren würde – denn Carrie würde er
bestimmt Geld vererben –, um anschließend den Rest der
Staatskammer der Vereinigten Staaten, dem Finanzamt
des Staates New York und der Universität Harvard zu
überweisen. Himmel, er wußte, wer das erledigen würde:
dieser Clown Murphy, sein ehemaliger Partner in der Ab-
teilung Treuhand- und Nachlaßverwaltung, der sein Testament und letzten Willen in einem Safe aufbewahrte und
damit zu Schmidts Testamentsvollstrecker designiert war.
Nein, weder Angst noch eine scheeläugige Vorstellung
von *noblesse oblige* hielten ihn von diesen winzigkleinen
Pillen fern. Am Ende war es nur dies: Er entschied sich
nicht für Selbstmord, weil er, gut behaust, gut genährt und
gut gekleidet, nichts dagegen hatte, am Leben zu sein. Ja,
am Leben auf dieser kahlen Granitplatte, auf der einzig
Charlotte geblüht hatte. Mit anderen Worten, er war ein
Schweinehund.

Ein Schweinehund, der manchmal Zeitung las und gelegentlich fernsah und an Mr. Mansours Tisch ohne die

üblichen Schmidtschen Hemmungen über neue Ereignisse herzog und damit sowohl sich selbst überraschte wie diejenigen, die ihn am besten kannten, das heißt Gil und Mike. Schmidt hatte beobachtet, wie eng allgemeine Katastrophen und Charlottes Leben oder, wie er jetzt meinte, die Stationen von Charlottes Kreuzweg miteinander verquickt waren. Er führte seine Liste weiter und bemerkte, wie jeder neue Greuel an seinem Panzer schweinischer Gleichgültigkeit abprallte. Die mörderische Befriedung Tschetscheniens und die Greueltaten im Kosovo: Wie weit entfernt erschienen sie dem Chef von Mike Mansours Life Centers! Er schloß Wetten ab gegen den Erfolg von Friedensverhandlungen im Nahen Osten und in Irland, denn er war nicht willens, darauf zu setzen, daß Vernunft über Blutdurst und Haß siegen könne. Das Blutbad in Timor, das paßte schon besser. Die Stabilisierung der Wirtschaft in Asien enttäuschte ihn: Wurde es nicht langsam Zeit, all diesen Wichten eine Lektion zu erteilen, so daß sie begriffen, besser fünfzig Jahre Europa als ein Zyklus Cathay? Würden womöglich nicht nur sie, sondern alle aus den Y2K-Katastrophen das rechte Maß lernen? Er las Coetzees *Schande*. Wie Luries Tochter geschändet wurde, wie sie ihr Schicksal hinnahm, das preßte ihm Tränen ab, als sei er noch zu Bedauern und Mitgefühl fähig. Im Jahr danach rieb er sich vor Schadenfreude die Hände, als er zusah, wie die Dotcom-Blase platzte. Er hatte sich Mike Mansours Rat zu Herzen genommen und nicht in Internettechnologien investiert. Schadenfreude ließ ihn auch wissend nicken, als er über die Intifada las. Der letzte israelische Staatschef, den er bewunderte, war Jizchak Rabin gewesen, den die Juden umbrachten. Geschah ihnen recht, daß sie jetzt statt seiner Ariel Sharon hatten. Aber selbst der Schweinehund, der er geworden war, weigerte sich, über den Bombenanschlag auf die USS Cole zu höhnen; Schmidt trauerte um die siebzehn Seeleute, die im Golf von Aden den Tod fanden. Er fragte sich, ob man ihre Leichen in Segeltuch gehüllt und im Meer versenkt hatte, ob der alte Brauch noch galt. Was war am letzten Jahr des Millenniums bewundernswert, fragte er sich, als er am letzten Tag, auf dem Höhepunkt der Democratic National Convention, zusah, wie der noch amtierende Präsident in einem dunklen Anzug italienischer Machart selbstbewußt und fit, die fleischige Nase hoch, aus einem endlos langen weißen Tunnel auftauchte und den Fernsehkameras entgegenschritt. Dieses Szenario suggerierte mit Überzeugungskraft eine noch nicht gedrehte Sequenz voller Siegesgewissheit aus *Star Wars*, das unbeschwerte Schlendern des scheidenden Präsidenten in die Zukunft, nachdem er den langen, mit Betrug gepflasterten Weg vom Wohncontainer seiner Mutter bis zum Oval Office bewältigt hatte. Ein trügerisch glitzernder Schlußstein, passend für acht Jahre Schund und Flitterkram, die prompt zum Aufstieg von W. und Dick und zu acht Jahren der finstersten Regierungskatastrophe in der amerikanischen Geschichte geführt hatten, dachte Schmidt. Tja, die Affären eines narzißtischen Mannes mit Vorliebe für liederliche Frauenzimmer und Fast Food hatten genausoviel Schaden angerichtet wie die Machenschaften Karl Roves oder wie Anthony Kennedys üble Komplizenschaft mit den vier Neandertalern im Obersten Gerichtshof bei der Mehrheitsentscheidung – keiner von ihnen unterzeichnete sie –, die dem Duo erlaubte, sich ins Amt zu drängeln.

Dienstag, 11. September 2001. Ein makelloser blauer Himmel, ein vollkommener warmer Spätsommertag. Schmidt wäre in Bridgehampton geblieben, hätte er nicht zur Vorstandssitzung der Stiftung fahren müssen. Da es nicht zu ändern war, hatte er sich schon am Abend vorher in der Stadt eingefunden, war früh ins Büro gegangen und bereitete sich auf die Sitzung vor, die um zehn Uhr anfangen sollte. Seine Sekretärin Shirley kam um kurz nach neun in sein Zimmer, um guten Morgen zu sagen und ihm einen Kaffee anzubieten.

Übrigens, sagte sie noch, eins von diesen nervtötenden kleinen Privatflugzeugen ist in einen Turm des World Trade Center gerasselt. Da, wo es aufgeprallt ist, kommt Rauch aus dem Gebäude. Wenn Sie zur Rezeption gehen, können Sie es gut sehen.

Schmidt warf einen Blick auf seine Papiere. Mit der Arbeit war er praktisch fertig. Er ging den Korridor im 48. Stock entlang, dorthin, wo schon viele Angestellte von Mansour Industries versammelt waren, zur Südspitze Manhattans blickten und auf den qualmenden Turm starrten; und dann raste das zweite Flugzeug in den zweiten Turm. Niemand glaubte mehr, daß ein Anfänger in seiner Piper oder Cessna schuld sei. Die Trader, die zwei Drittel des 48. Stocks besetzten und auf ihren Computern die Meldungen der Madrider Zeitung *El Mundo* verfolgt hatten, da andere Webseiten unzugänglich waren, stürzten mit den Neuigkeiten herein; jemand brachte einen Fernsehapparat und fand einen deutschen Sender. Auf dem Bildschirm sah man winzig klein wirkende Personen in großer Höhe aus den beschädigten Gebäuden herausspringen, manche Hand in Hand. Jemand schrie: Schaut! Schaut! Schmidt wandte sich vom Bildschirm ab, um nach Süden zu blicken, und vor seinen Augen stürzte der eine und kaum eine halbe Stunde später der zweite Turm in sich zusammen. Dann kam die Nachricht, daß ein Flugzeug ins Pentagon geflogen und ein anderes in Pennsylvania in ein Feld gestürzt sei. Und die Passagiere in diesen Flugzeugen, Männer, Frauen, Kinder – fest angeschnallt –, die auf den Moment des Aufpralls warteten, im Wissen, daß sie in den Flammen des brennenden Kerosins sterben mußten. Schmidt merkte, daß er seine Gedanken nicht von ihnen lösen konnte, als sei er in einem Alptraum gefangen, aus dem er nicht aufwachen konnte. Beteten sie? Umarmten Fremde über Armlehnen hinweg andere Fremde auf den Nachbarsitzen? Tauchte alles, was ihnen in ihrem Leben lieb und wert gewesen war, für einen Moment aus ihrem Gedächtnis auf? Manche der Kinder hatten sicher begriffen, aber die anderen? Die Kleinkinder? Weinten sie so sehr, daß ihr Jammern in den Kabinen der Flugzeuge widerhallte? Besänftigte es die Mörder, oder war es für sie ein Vorgeschmack auf das Paradies?

Die Macht der Gewohnheit? Eine automatische Reaktion anderer Art? Schmidt ging hinunter zum Sitzungsraum. Dort war Mr. Mansour, zusammen mit Holbein, der in dem Gebäude arbeitete, und drei andere Direktoren, die sagten, sie seien gestrandet. Sie seien um die Zeit, als es passierte – das Pronomen *es* war bereits zum Schibboleth geworden –, im Gebäude angekommen, und jetzt? Unklar, was man jetzt machen sollte. Mike ging kurz hinaus und kam mit einem Angestellten aus dem Speisesaal wieder, der ein Tablett mit Whiskeyflaschen, Gläsern und Eiswürfeln trug. Drinks wurden ausgeschenkt, und dann ging Mike im Zimmer herum und umarmte die Direktoren einen nach dem anderen. Plötzlich und widersinnig fielen alle einander in die Arme, klopften sich gegenseitig auf die Schultern. Die Frage ist, sagte Mr. Mansour, die Frage ist, was wir als nächstes machen. Sollen wir hier Mittag essen? Wohl nicht. Ich stelle es allen im Haus frei, heimzugehen, wenn sie können. Wenn nicht, sollen sie sich auf Kosten der Firma ein Hotelzimmer nehmen oder hier schlafen. Mahlzeiten gehen auch auf Rechnung der Firma. Der Chef der Sicherheit hat nachgefragt. Man kann sich in Manhattan frei bewegen, nur nicht downtown, aber die Stadt kann man nicht verlassen. Die Brücken sind gesperrt, und die U-Bahnen fahren nicht. Man kann telefonieren, aber nicht alle Fernmeldeämter erreichen. Mobiltelefone funktionieren offenbar nicht. Schmidtie, sagte er, ohne daß es die anderen hören konnten, laß uns so bald wie möglich auf die Insel fahren. Wahrscheinlich geht es morgen. Sieh zu, daß ich dich finden kann.

Das hat Mike gut gemacht, dachte Schmidt. Wenn sie meinten, sie müßten aus einem Fenster springen, konnten auch sie einander an der Hand halten.

Sein Büro war leer, als er zurückkam. Shirley war gegangen. Er prüfte sein Telefon. Es funktionierte. Aber er hatte keinen Menschen, den er jetzt anrufen konnte. Carrie? Sie machte sich nicht so leicht Sorgen; beruhigen mußte er sie nicht. Mit ihr über »es« reden? Das überstieg zur Zeit seine Sprachfähigkeit. Als er Papiere zusammensuchte, um sie in seine Aktentasche zu packen – zu welchem Zweck eigentlich? –, schoß ihm ein Gedanke durch den Kopf. War Jon Rikers Kanzlei nicht in einem der Türme? Er erinnerte sich an den Namen der Kanzlei und blätterte mit zitternden Händen im Telefonbuch. Offenbar waren sie umgezogen, als Adresse war ein Gebäude unten am Broadway angegeben, eines dieser riesigen alten Bauwerke; früher hatte er dort an Sitzungen teilgenommen. Nein, da war niemand, den er anrufen, niemand, zu dem er gehen konnte. Sein Club hatte vielleicht geöffnet, aber wer würde dort sein? Andere Wracks wie er? Ein Elend dieser Art scheut Gesellschaft. Er beschloß, nach Hause zu gehen. Nach Hause in die Firmenwohnung. Inzwischen war es ein sonniger Nachmittag geworden. Abgesehen von der Rauch- und Rußwolke über dem Scheiterhaufen im Süden war der Tag so schön und warm, daß man sich hätte glücklich schätzen und die überall herrschende Ruhe wie einen Ferientag genießen müssen, so leer waren die Straßen, so viele Väter, deren Büros geschlossen hatten, gingen

Hand in Hand mit ihren Sprößlingen oder schoben Kinderwagen. Warum an seinem Mietshaus anhalten, sich ins Wohnzimmer setzen und bis zur Bewußtlosigkeit trinken? Er lief weiter nach Norden, bis er eine lange, zwei oder drei Querstraßen weit reichende Schlange von Menschen erreichte, die darauf warteten, im Lenox Hill Hospital Blut zu spenden.

Alle Altersgruppen und Schichten waren vertreten, alle möglichen Arten von Kleidung und Verhalten, alle warteten mit unendlicher Gutwilligkeit, um ihre Pflicht als Bürger, als Menschen zu tun. Vollkommen unerschütterlich: Einige besonders Vorsorgliche hatten Klappstühle und -tische mitgebracht, aber die Schlange bewegte sich so langsam vorwärts, daß sie ihr improvisiertes Quartier nur selten verrücken mußten. Sie spielten gesellig Karten. Gin Rommé war anscheinend besonders beliebt, aber Schmidt sah auch Gruppen, die Bridge und Poker spielten. Eine oder zwei Yuppie-Gruppen in der bequemen Freitagskleidung, die jetzt die ganze Woche über im Büro getragen wurde, saßen im Schneidersitz auf dem Gehweg und hatten die Karten vor sich ausgebreitet. Er stellte sich in die Schlange. Vielleicht eine Stunde später wurde an einem der Tische ein Stuhl frei; jemand hatte das Warten aufgegeben. Vielleicht wegen seines Alters, das vermuten ließ, er könne Bridge spielen, oder aus einem anderen Grund stand eine junge Frau auf, fragte Schmidt, ob er mitspielen und die Strohmannkarten übernehmen wolle. Er dankte ihr und setzte sich. Ein großer schwarzer Mann in Portiersuniform versicherte ihm, er brauche sich keine Sorge zu machen, den Platz in der Schlange werde er ihm freihalten. Wie freundlich von ihm! Schmidt umarmte ihn. Eine Zeitlang hatten Mary und er regelmäßig gespielt, und in seinem Kopf ratterten noch Erinnerungen an Culbertsons Regeln. Er hörte sich Trumpf ansagen und sein Gebot abgeben. Dann sprach sich herum, daß die Blutspendestelle schließe: Spenden würden nicht mehr angenommen. Der Grund dafür wurde in den folgenden Tagen klar. Fast niemand von den Verletzten hatte Transfusionen gebraucht, und für die wenigen überlebenden Brandopfer stand mehr als genug Plasma zur Verfügung.

Abends aß er in Mike Mansours Triplex-Appartement mit dem Finanzmagnaten und Caroline Canning. Als Mike anrief und erfuhr, daß Schmidt frei war, sagte er: Beim Essen werden wir beide nicht allein sein; Caroline kommt auch. Sie fuhr gestern abend hierher, um mit mir *The Producers* zu sehen – das Musical ist übrigens fabelhaft, und es ist fast unmöglich, an Karten zu kommen, aber wenn du willst, kann ich dir welche besorgen, *pas de problème*. Sehr zu empfehlen. Heute morgen wollte sie wieder nach Hause fahren, aber sie sitzt fest! Genau wie du und ich! Ich sage ihr Bescheid. Sie freut sich, wenn du kommst.

Allerdings: Ohne Anspielung auf das, was Schmidt wußte, machte sie deutlich, daß sie sich auf seine Diskretion verlasse. Sie gaben sich behaglich wie ein altes Ehepaar, sie und Mike. Das also waren die Freuden des Ehebruchs, die er, starrsinnig und vernagelt wie er war, überheblich von sich gewiesen hatte. Eine Woche zuvor war er aus Europa zurückgekommen, mit einem Direktflug aus Warschau. Wäre er gescheiter gewesen, hätte er einen Zwischenhalt in Paris einlegen können, mit Übernachtung in dem kleinen Appartement an der Rue de Bourgogne, das nach Mike Mansours Geschmack ein besserer Nistplatz für Schmidt war als das Hotel an der Place de la Concorde, und er hätte Alice das wunderbar gepflegte Empiremobiliar samt *lit bateau*, das wirklich breit genug für zwei war, vorführen können.

Davon wird sich das Land nicht so bald wieder erholen, sagte Caroline. Muslimische Terroristen, ein ausländischer Anschlag! Das ist ein gefundenes Fressen für Xenophobie und Rassenvorurteile. Und für den Verfolgungswahn amerikanischer Irrer: Leute wie Tim McVeigh, die Branch Davidianer, die Birch Society und die Bürgerwehr im Nordwesten. Ihr werdet sehen.

Pas de problème, die Frage ist, fügte Mike Mansour nickend hinzu, was Bush machen wird. Seine Regierung ist schwach. Er wird machen, was schwache Regierungen immer machen. Einen Krieg anfangen!

Sie warteten auf den nächsten Gang, und Mr. Mansours Faust ruhte auf dem Tisch. Caroline legte ihre Hand darüber und streichelte sie, zustimmend.

Was soll man tun, was meint ihr? fragte Schmidt.

Pas de problème. Die CIA und wen man sonst noch braucht, losschicken, ein paar Mossad-Agenten ausleihen, die Hintermänner finden, ihnen die Eier abschneiden, in den Mund stopfen und ihnen dann die Kehlen aufschlitzen. Die Fotos der Leichen ins Web stellen wäre auch ganz hübsch. Ha, ha, ha! Aber dafür ist diese Regierung zu dämlich und zu schwach. *Pas de problème*. Die sind auf einen zweiten Golfkrieg aus! Suchen sich einen leichten Sieg, den sie billig haben können!

Bist du auch dieser Meinung, Caroline, fragte Schmidt, du als Historikerin, die über die Rote Gefahr, die Angst vor den Roten in den zwanziger Jahren, geschrieben hat?

Sie holte tief Luft und streichelte weiter Mikes Hand.

Mike hat recht mit dem, was er über schwache Regierungen im allgemeinen sagt, und dies ist eine schwache Regierung. Wilson konnte nicht mehr klar denken, er war nicht mehr bei sich, als sein Generalbundesanwalt Mitchell Palmer die Razzien lostrat. Hätte Wilson das zugelassen, wenn sein Verstand nicht getrübt gewesen wäre? Ich bezweifle es. Bush und seine Leute, die stehen jetzt unter Schock. Wenn die Menschen in seiner Umgebung erkennen, daß dies eine goldene Gelegenheit ist, jemanden in den Hintern zu treten, werden sie ihm die Idee mühelos verkaufen.

Du bist so klug, Caroline, brach es aus Schmidt heraus, ich bin so froh, daß ich heute abend mit euch zusammensein darf, ich bin dir und Mike so dankbar.

Sei ruhig, Schmidtie, sagte sie, die letzten Jahre waren schlimm für dich, und jetzt auch noch das! Wir müssen es aushalten, du mußt es aushalten, wir wollten dich heute nicht allein lassen. Wer weiß, was deiner Tochter erspart geblieben ist.

Seit Schmidt sich so unerwartete und seltsame Sorgen um den widerwärtigen Jon Riker gemacht hatte, fand er, daß er sich allmählich nicht mehr wie ein Schweinehund vorkommen müsse. Nein, eine vorübergehende Schwäche waren die Sorgen nicht gewesen. Hätte er sich gewünscht, daß Riker in dem Turm, in dem früher sein Büro gewesen war, erstickt oder verbrannt wäre, hätte er um seinen Verstand fürchten müssen. Eins kommt zum anderen. Myron Riker war wie aus dem Nichts auf Charlottes Beerdigung aufgetaucht, hatte sich zu den wenigen anderen Trauernden gestellt: den Blackmans, Mike Mansour, Caroline Canning (ohne Joe), Jason und Carrie und Bryan. Er habe von dem Unfall gelesen, sagte Myron, murmelte ein paar Worte des Beileids und verschwand dann, statt den anderen zu Schmidts Wohnung zu folgen und mit ihnen beim Leichenschmaus zu sitzen. Ein paar Tage nachdem er, Mike und Caroline wieder auf die Insel zurückgekommen waren, erinnerte sich Schmidt an Myrons Geste. Die Nummer seines Mobiltelefons hatte er noch. Er rief Myron an und erzählte ihm, daß er Jons Adresse im Telefonbuch nachgesehen habe. Ja, sagte Myron, danke, sie sind erst vor einem Jahr umgezogen. Sonst, wenn man bedenkt, daß Jon gewöhnlich vor acht Uhr schon im Büro ist ... er brachte den Satz nicht zu Ende.

Sein Kummer um Charlotte, die verzweifelte Wut, die wie ein einziger Schrei gewesen war, verwandelte sich allmählich in ein Erinnerungsritual. Wenn er zu Hause war, sah er sich die Alben an, in denen Mary Fotos aus Charlottes Kinderzeit und früher Jugend zusammengestellt hatte, und dachte immer wieder über die Ereignisse nach, die sie festhielten. Von der Zeit danach gab es keine Bilder, und dieser Umstand erinnerte ihn an etwas anderes, daran, daß Charlotte ihnen schon früh, bereits zu Marys Lebzeiten, entwachsen war, lange vor der offenen Feindseligkeit, die zum Ausbruch kam, als Jon und sie beschlossen hatten zu heiraten. Wenn er auf Reisen ging, nahm er einen Rahmen mit vier Fotos mit, die sie in unterschiedlichem Alter zeigten, stellte ihn immer auf seinen Nachttisch und rief sich die Vergangenheit – ohne die schlechten Zeiten – ein Jahr nach dem anderen ins Gedächtnis, bis er den Eindruck hatte, ihr Geist habe Frieden gefunden. Ja, Charlotte war viel erspart geblieben. Unvermeidliche Enttäuschungen in einer neuen Ehe, die Verfallsspuren, die die vergehende Zeit ihr aufgeprägt hätte, die ständig drohende Gefahr, daß Depression, Krankheit und Schmerzen wiederkämen. Die Ärzte, die er gefragt hatte, hatten ihm übereinstimmend erklärt: Sie habe im Augenblick der Enthauptung mit Sicherheit keine Angstzustände und keine bewußte Wahrnehmung gehabt. Noch etwas war ihr erspart geblieben: die finsteren Zeiten, die über das Land gekommen waren, und die Scham, die Schmidt wie viele Amerikaner empfand, wenn er im Ausland war, im Dienst der Stiftung in Europa oder auf den Museumsreisen durch Südamerika und Asien, für die er sich wieder angemeldet hatte.

Nach der Schande von Abu Ghraib und der immer noch offenen Kloake Guantánamo schöpfte Schmidt wieder neue Hoffnung für sein Land, als die ersten Anzeichen für die Stärke von Obamas Kandidatur sichtbar wurden. Er las in aller Eile Obamas Autobiographie, fragte sich, ob jemand mit solchem Zorn auf den amerikanischen Rassismus Präsident der weißen wie der schwarzen Amerikaner sein könne, und beschloß, diesem hageren und brillanten jungen Mann zu trauen, einem Mann, dessen Frau zu einer anderen, unbeschwerteren Zeit Amerikas Liebling geworden wäre, sie hätte nur weiß und unverheiratet sein müssen.

Mitte September, als Obama sich die Nominierung zum Präsidentschaftskandidaten der Demokraten gesichert hatte, trafen sich Schmidt und Gil Blackman zum erstenmal in jenem Herbst zum Lunch in Schmidts Club. An den Themen ihrer Unterhaltung hatte sich in all den Jahren kaum etwas geändert, nur vermied Mr. Blackman es jetzt, seine Töchter oder Charlotte zu erwähnen, eine taktvolle Unterlassung, für die Schmidt dankbar war. Außerdem sprach Gil jetzt nicht mehr von DT. Die Aphrodite aus dem Filmgeschäft hatte das Weite gesucht, nachdem sie eine Million Dollar eingesackt hatte, den von Mr. Blackman erpreßten Preis dafür, daß sie Elaine nicht von ihrer Abtreibung erzählte. Dieses Geld sei wohlverdient und vernünftig verwendet, erklärte Mr. Blackman ausdrücklich, und Schmidt stimmte ihm zu, obwohl er genau wußte, daß die olympische Gelassenheit seines Freundes eine Fassade war, hinter der Wut und Groll brodelten. Das Leben mußte weitergehen, und Mr. Blackman, der seit *Die Schlange* keinen Hit mehr gelandet hatte, spielte mit dem Gedanken an eine zweite Zusammenarbeit mit dem unerträglichen Joe Canning. Eine Kooperation, die wahrhaftig schwierig werden würde: Er denke an einen Film auf der

Grundlage von Joes erstem Buch, dem Roman, der ihn sofort berühmt gemacht hatte.

Das wird die Hölle, sagte Mr. Blackman. Das Buch handelt von einer Frau namens Magda, die mit ihren Eltern aus Weißrußland emigriert, genau wie Joes Großmutter. Deren Familie ließ sich in Minnesota nieder, die Familie Magdas geht nach South Dakota. Von da an sind die Geschichten der beiden Frauen sehr ähnlich, mit dem einen interessanten Unterschied, daß die Großmutter Jüdin war und Magda eine Schickse ist! Joe sagt immer, daß er Magdas Geschichte erfunden hat, daß sie nicht die Geschichte seiner Großmutter ist. Nur die Grundzüge seien gleich. Du kannst dir vorstellen, wie diese Haarspalterei bei Journalisten und anderen Interviewpartnern ankommt, die überzeugt sind, daß er eine kaum verfremdete wahre Geschichte der Großmutter geschrieben hat. Wahr oder nicht, klar ist, daß Magda Dinge tut, die Joe seiner geliebten Großmutter kaum zugestehen kann. Aber wenn sie erfunden sind, wäre der Mistkerl noch gestörter, als wir uns vorstellen können. Wenn sie wahr sind, ist seine Indiskretion monströs. Das Verhältnis von Fakten und Fiktionen ist schon kompliziert genug, und dazu kommt noch die Sache mit dem Namen Canning. Er hat nicht viel mit dem Namen seiner weißrussischen Schtetl-Vorfahren väterlicherseits gemein und wurde von keinem seiner Vettern angenommen. Wie es seine Geschwister damit gehalten hätten, weiß man nicht, denn er hat keine. Eins muß ich ihm allerdings lassen: Nachdem er viel häufiger und viel länger, als ihm lieb war, mit den Fragen belästigt worden war, ob das Buch eine romanhafte Biographie seiner Großmutter sei und was es mit seinem angelsächsischen Namen auf sich habe, hat er sich endlich auf eine Antwort besonnen, die ehrlich klingt: Er sagte, er möchte nicht ausschließlich als jüdischer Romancier angesehen werden. Meiner Meinung nach ist das nur recht und billig. Wer möchte schon im Schatten von Bellow und Roth stehen?

Abschließend sagte Mr. Blackman: Die Würfel sind gefallen. Ich habe mit Mike gesprochen, und er ist heiß auf das Projekt. Jetzt gibt's kein Zurück mehr.

Das ist wunderbar, sagte Schmidt. Ich hoffe, es kommt so gut an wie *Die Schlange* und *Chocolate Kisses*.

Das hoffen wir beide. Jetzt habe ich noch eine andere Neuigkeit für dich. Schnall dich an und mach die Ohren auf. Das *Harvard Magazine* liest du wohl nicht. Oder?

Schmidt schüttelte den Kopf. Kann es nicht mehr leiden. Seit sie das Format geändert haben.

Das war vor hundert Jahren. Also, ich lese es, hauptsächlich wegen der Jahrgangsnachrichten. Rätst du, was ich über unseren Jahrgang gelesen habe?

Wieder schüttelte Schmidt den Kopf.

Serge Popov ist tot. Letzten Juni gestorben. In Paris. Vom Fahrrad gefallen. Hatte keinen Helm auf. Bumm, bumm: Tot ist er.

Meine Güte, sagte Schmidt.

Schmidtie, dieses meine Güte und lieber Himmel und oje, oje, das steck dir bitte sonstwohin. Es ist deine letzte Chance, du alter Trottel. Finde heraus, ob Alice frei ist, ob du sie noch magst und ob sie dich ertragen kann, das bist du dir schuldig.

Gil, danke für diese Nachricht. Aber such nicht nach einem Hollywood-Ende, laß das. Du weißt doch noch, daß Alice und ich uns nicht im Guten getrennt haben. Du verlangst von mir, daß ich mich noch mehr zum Narren mache. Schickst mich los, ihr einen alten Trottel anzubieten samt dem Vergnügen, die letzten zehn Jahre seines Lebens mit ihm auszuhalten. Dem Angebot wird sie widerstehen können, jede Wette.

Wieso zehn? Was hält dich ab, am Leben zu bleiben, bis du fünfundneunzig bist?

Das würde alles nur noch schlimmer machen.

XXIV

Bist du ein Aasgeier oder einer von diesen *pauvres types*, so ein Loser, der keine Beerdigung auslassen kann? fragte Alice Schmidt, als er sie endlich zu Hause erreichte. Ihre Stimme klang so harsch wie ihre Worte. Er hatte ihre Nummer tagelang vergeblich gewählt und nie eine Nachricht hinterlassen. Du hattest gehört, daß Tim tot ist, und schon warst du da. Jetzt ist der arme Serge tot, und prompt meldest du dich wieder. Was bist du für ein Mann?

Ein todtrauriger. Ein Mann, der sich vor vielen Jahren in dich verliebt hat und nun eine zweite Chance braucht. Bitte, gib sie mir. Bitte sag, daß ich dich besuchen darf.

Ich sehe nicht ein, warum.

Ich möchte nach Paris kommen und dir erklären, warum. Bitte, erlaub es. Das kann doch unmöglich Schaden anrichten?

Es würde mich aus der Fassung bringen. Ich bin schon traurig genug. Ich sehe nicht ein, warum ich dir die Chance geben soll, alles noch schlimmer zu machen.

Er hörte, daß sie ein Schluchzen unterdrückte.

Alice, trau mir doch, bitte! Ich würde dich nicht aus der Fassung bringen. Wenn du dich weigerst, mich zu sehen, tust du dir und mir unrecht. Bitte, überschlaf es oder nimm dir mehr Zeit zum Nachdenken – aber nicht zu lange, bitte! Wann darf ich dich wieder anrufen?

Also gut, sagte sie. Morgen, etwas früher als heute. Ruf mich um acht an. Wiedersehen.

Das wäre zwei Uhr nachmittags für Schmidt. Um diese Zeit war er in New York; das traf sich gut, weil die Arbeit ihn ablenken würde, so daß er nicht ständig an den Anruf denken mußte, der ihm bevorstand. Er aß in der Cafeteria ein Sandwich, wünschte, er würde noch rauchen, und saß um Viertel vor zwei mit einem dreifachen Espresso macchiato wieder am Schreibtisch. Sie nahm den Hörer beim ersten Klingeln ab.

Liebe Alice, bitte gib mir eine positive Antwort, sagte er.

Eine positive Antwort gibt es nicht. Jedenfalls weiß ich nicht, wie sie aussehen sollte. Wenn du wirklich nach Paris kommst, kann ich wohl am Abend mit dir essen gehen. Wann kommst du?

Übermorgen, sagte er, am Donnerstag. Das ist der 14. Oktober.

Sehr gut. Ruf mich im Büro an.

Fast zwölf Uhr mittags, als das Flugzeug landete. Während es ausrollte, wartete er ungeduldig – er konnte sich kaum beherrschen – auf die Ansage, daß Mobiltelefone benutzt werden dürften. Wenn es noch viel länger dauerte, würde sie zum Essen gehen, und wer weiß, wann sie wiederkam. Er war ein Idiot gewesen, daß er nicht mit ihr verabredet hatte, wo und wann sie sich zum Dinner treffen würden. Endlich! Sie nahm sofort ab; er mußte nicht erst mit der Sekretärin sprechen. Alice, wir sind gerade gelandet. Ich sitze noch im Flugzeug. Ich kann es kaum erwarten, dich zu sehen, ich bin so froh, daß es in ein paar Stunden so weit ist!

Wohnst du in diesem Hotel? fragte sie.

Nein, in einem Appartement an der Place du Palais Bourbon, das die Stiftung gemietet hat.

Welche Telefonnummer hast du dort?

Er diktierte sie ihr langsam und dann auch seine Handynummer und bat sie, ihm beide vorzulesen, und wenn sie anriefe, zuerst die Festnetznummer zu wählen.

Weißt du, Schmidtie, du hast mich unter Druck gesetzt.

Ich bin überhaupt nicht sicher, ob es eine gute Idee war, daß ich dir nachgegeben habe. Ich gehe mit einer Freundin, deren Rat ich traue, zum Lunch. Wenn ich nach dem Gespräch mit ihr beschließe, dich wiederzusehen, rufe ich dich an. Sonst nicht. Bitte keine Einwände. Im schlimmsten Fall wirst du irgendwo allein ein sehr gutes Dinner essen. Ich hatte lange Zeit nicht mehr an dich gedacht, und jetzt, da du mich daran erinnert hast, daß es dich noch gibt, bin ich wütend.

Sie legte den Hörer auf.

Irgendwie kam er aus dem Flugzeug heraus, sammelte seinen Koffer ein und nahm ein Taxi zu seinem Appartement. Würde sie anrufen? Die Chancen dafür standen etwas besser als 50:50, meinte er. Aber die Vorstellung, daß irgendeine alte Schachtel, die in Alices Verlag arbeitete, über sein Schicksal entschied! Wahrscheinlich nicht Claude, die Frau des *pénaliste*, in deren Haus in St. Cloud sie zu Schmidts großem Kummer die Party mit Übernachtung gefeiert hatte. Wenn sie die vertrauenswürdige, ratspendende Freundin wäre, hätte Alice ihren Namen doch wohl genannt? Es mußte eine andere Vertraute sein, und auch wenn sie Französin war, kannte er die Sorte in- und auswendig. Als Mary noch lebte, hatte er etliche von diesen Damen gesehen, sie waren mittags oder abends zum Essen gekommen oder auf einen Drink oder Gott weiß warum. Verwitwet, geschieden oder lesbisch und allesamt aus dem einen oder anderen Grund ewig sauer auf die Männer. Brrr. Er mußte an die Luft, damit ihm der Kopf nicht platzte. Da die Chancen, daß sie nachmittags in sein Appartement kam, gleich null waren, hatte das Auspacken Zeit.

Hinter ein paar sehr hohen Wolken war die Sonne hervorgekommen. Mit schnellen Schritten überquerte er den Platz und dann den Pont de la Concorde über die Seine. Er wußte, wohin er ging. Zu der Stelle in den Tuilerien, wo das, wie er jetzt wußte, letzte Kapitel seines Lebens begonnen hatte, seine unter Alices Zeichen stehende Wiedergeburt. Am *bassin* fand er einen grünen Klappstuhl aus Eisen. Mittwochs war immer schulfrei, deshalb hätten an einem Mittwoch nachmittag Scharen von Kindern dieses herrliche Oktoberwetter ausgenutzt. Unter der Aufsicht von Müttern, Kindermädchen oder pensionierten Großvätern, die alle dicht hinter ihren Schutzbefohlenen stünden, auf dem Sprung, ein Kind, das sich zu weit aufs Wasser hinauslehnte, zurückzuholen, würden sie ihre Modellsegel- und Motorboote starten lassen. Vor langer Zeit hatte er davon geträumt, mit einem Enkelkind und dem schicken Segelboot, das ein Geschenk von Opa Schmidtie wäre, an einen See im Central Park zu gehen. Jetzt konnte er bestenfalls hoffen, die Enkelkinder anderer Leute zu beobachten. Falls er am Sonntag noch da war und das Wetter gut blieb, würde er viele Kinder an *bassins* sehen können, hier oder im Jardin du Luxembourg, Kinder beim Pony- oder Eselreiten, am Rundlauf, wo sie am Messingring schaukelten, oder auf dem bemerkenswert gut bestückten Spielplatz, für den Eintrittsgelder verlangt wurden. Diese Praxis fand Schmidt immer noch schockierend. Daß man bezahlen mußte, um in einem öffentlichen Park spielen zu dürfen! Wenn die Kinder Großeltern hatten, die sich mitten in einer Finanzkrise, die sich zu einer zweiten Weltwirtschaftskrise ausweiten konnte, noch reich fühlten, dann gingen sie vielleicht auch zu dem unverschämt teuren Aquarium am Trocadéro. Am Vortag hatte der Dow Jones mit rund 8500 Punkten geschlossen, ein bedrückender Stand, wenn man bedachte, daß er früher im Jahr über 14000 Punkte erreicht hatte. Nicht, daß Schmidt besorgt gewesen wäre. Er hatte noch mehr als genug Geld. Nein, die Frage, wie Mr. Mansour gern gesagt hatte, bevor Schmidts Elend so unübersehbar geworden war, daß eine derartige Erkundigung grausam gewesen wäre, die Frage war: Wofür oder mit wem konnte Schmidt sein Geld ausgeben? Hatte er ein Leben oder nur einen Nachlaßplan? Die Antworten auf diese offenen Fragen hingen von Alice ab. Alice, die mit dem feministischen Fossil, sicher einer Verbündeten von Serge, ratsuchend beim Mittagessen saß; Alice in ihrem Büro, wo bestimmt alles an Serge erinnerte, wahrscheinlich hatte sie sogar sein Foto auf dem Schreibtisch stehen; Alice, die daran dachte, wie Schmidt sie in London gedemütigt hatte.

Die Modellboote im Wasser, etwa ein Dutzend, wurden alle von bejahrten Typen gelenkt, die sich über ihre Schaltpulte beugten – nach Schmidts Einschätzung waren sie pensionierte Postbeamte, Händler und Cafébesitzer, falls es Cafébesitzer gab, die ihren Ruhestand nicht in ihren Heimatdörfern in der Auvergne verbrachten. Eine Regatta fand statt, der eine böige Brise zusätzliche Spannung verlieh. Das führende Boot rauschte vor dem Wind und mit Segeln in Schmetterlingsstellung einer fiktiven Boje entgegen, deren Position die Teilnehmer in mysteriöser Übereinkunft festgelegt hatten, umrundete die unsichtbare Markierung, wendete geräuschvoll und segelte dicht am Wind auf Backbordkurs weiter. Augenblicke danach erreichten auch die anderen Boote das Markierungszeichen, und die ganze Armada steuerte auf das ferne Ufer zu. Sie hatten noch eine lange Strecke vor sich, und Schmidts Interesse an dem Rennen ließ nach. Der Nachmittag war mild, aber er fröstelte. Den Grund dafür kannte er: Nerven und Müdigkeit. Er hätte einen Pullover unter seinem schweren Tweedjackett anziehen sollen.

Geschehenes kann man nicht ungeschehen machen; niemand kann das. Zum Beispiel: In diesem Augenblick passierte das führende Boot die nächste Boje und segelte zu hart am Wind. Das Boot stand, das Großsegel flat-

terte hilflos, kostbare Sekunden gingen verloren, die nach
Schmidts Meinung nicht wieder aufzuholen waren. Sein
restliches Interesse an dem Bootsrennen schwand. Plötzlich schloß er aus dem Fehler des Seglers, daß der Schaden,
den er in London angerichtet hatte, ebensowenig wieder-
gutzumachen sei. Daß er nach Paris gekommen war, um
seine Sache zu verfechten, war Wahnsinn. Ein Fiasko und
der Beginn eines neuen Kreislaufs von Kummer und Reue
würden der Lohn dafür sein.

Sein Handy steckte in seiner Jackentasche. Er prüfte
es und zuckte die Achseln: Es war angeschaltet und die
Batterie aufgeladen. Alice saß noch im Beichtstuhl beim
Lunch mit der feministischen Gewissensdirektorin. Auf
dem vertrauten Weg zu Alices Wohnung verließ er die Tuilerien durch einen Seiteneingang und lief auf der Rue de
Rivoli bis zur grauen Öde der Place de la Concorde. Im
Schaufenster von Hilditch & Key, vor dem er wegen der
ausgestellten Oberhemden und Krawatten zu Sonderprei-
sen stehenblieb, sah er sein Spiegelbild und war entsetzt.
Rote Nase, blutunterlaufene Augen, die Lippen fest zu-
sammengepreßt, um die Schande der fleckigen, unregel-
mäßigen Zähne zu verdecken, ein derart düsterer, kum-
mervoller Gesichtsausdruck, daß seine Bemühung um ein
Lächeln vergeblich war. Die Gesichtszüge ließen sich nicht
ändern; die Mundwinkel blieben nach unten gezogen.
Sein Haarschopf, einst rot und jetzt ausgeblichen und mit
Grau durchzogen, stand vom Kopf ab und bauschte sich
über den Ohren. Er wußte, wie er aussah: wie der Mann,
der nach Aas stinkende Stadtstreicher, der verkommene
Chemielehrer Mr. Wilson, der die vierzehnjährige Carrie
entjungfert hatte und verdorben hätte, wäre sie weniger
charakterstark gewesen! Er hatte Mr. Wilson im Nebel
auf einer Straße in Bridgehampton überfahren und getötet. Und jetzt war er zum Ebenbild des Mannes geworden!

Er war Mr. Wilsons Zwilling. Dem Mann in Elend und Schande gleich!

Sollte er davonlaufen, Paris verlassen, ohne Alice wiederzusehen? Das Handy ausschalten, das Telefon im Appartement klingeln lassen, ohne sich zu melden, weglaufen, bevor sie ihm eine Anhörung gewähren oder verweigern konnte? Er konnte seinen Kram zusammenpacken, nach Roissy fahren, und sich von einem beliebigen Flugzeug an fast jeden beliebigen Ort auf der Welt bringen lassen. Wofür waren ein amerikanischer Paß und eine Menge Geld gut, wenn nicht für genau diesen Ausweg? Sobald er dann an dem beliebigen Ort angekommen war, würde er sich hinsetzen und nachdenken und ihr eine Postkarte schikken, falls er eine fand, die ihm gefiel. Schließlich ändern Leute ihre Pläne immerfort und von einem Augenblick zum anderen. Hatte Alice das nicht gerade getan? Er hatte noch nie jemanden versetzt, aber war das ein Hinderungsgrund? Alice würde nicht schockiert oder enttäuscht sein. Erleichtert wäre sie, ihr Verdacht, daß er ein Schuft war, hätte sich voll und ganz bestätigt. Ein kindischer Gedanke ging ihm durch den Kopf: Carrie anrufen und sie fragen, was er machen solle. Aber selbst er, begriffsstutzig vor lauter Panik wie er war, wußte, daß das eine Dummheit wäre.

Überhaupt war es ein absurder Einfall wegzulaufen. Nachdenken mußte er, aber denken konnte er auch auf der Stelle, hier in Paris, und schnell mußte es gehen, bevor es zu spät war. Der erste Punkt auf der Tagesordnung: Haare bürsten und dann Gesicht und Hände mit richtig heißem Wasser waschen. Etwas Warmes zu trinken würde auch helfen, ein Grog oder vielleicht sogar eine Tasse heiße Schokolade. Logisch wäre es gewesen, in ein Taxi zu springen – wenn er ein Stück zurückging, konnte er am Stand in der Rue de Castiglione eines finden – und nach Hause zu fahren. Aber was hatte Logik mit seiner

Stimmung zu tun? Hier war er in Alices Wohngegend, diesen Umstand fand er tröstlich und angemessen, passend zu seinem Status als ein um Vergebung bittender Pilger. Außerdem wußte er nicht, ob er den Anblick seines unausgepackten Koffers, der erbarmungslosen Eleganz seines Appartements, der guten Möbelstücke, der prunkvollen Samtvorhänge an den Fenstern, des schimmernden Parketts ertragen konnte. Die Bedürfnisse, die er jetzt hatte, ließen sich genausogut im Hotel Meurice befriedigen, das nur drei Querstraßen entfernt war, wenn er die Rue de Rivoli in umgekehrter Richtung ging. Er hatte niemals dort gewohnt, aber da es im Krieg als Hauptquartier für die Wehrmacht gut genug gewesen war, würde es ihm wahrscheinlich als Bedürfnisanstalt auch genügen. Das alte Continental war näher, aber in seiner Einschätzung *déclassé*, da von einer Hotelkette aus dem mittleren Westen aufgekauft und umgetauft; wahrscheinlich müßte er sich dort im Waschraum mit Papierhandtüchern begnügen. Er stand schon vor dem Meurice, als ihm etwas einfiel. Augentropfen! Halfen Murine- oder Visinetropfen gegen Rötungen? Er ging wieder zurück. Die englische Apotheke zwischen den beiden ersten Querstraßen der Rue de Castiglione hatte beide Medikamente, und er kaufte je ein Fläschchen. Seine Stimmung hob sich.

Die Toiletten im Meurice enttäuschten ihn ebenfalls nicht: riesige Spiegel und gedämpfte, schmeichelhafte Deckenbeleuchtung. Er erledigte das dringendste Geschäft und sah sich dann sein Gesicht genauer an. Die Runzeln, die sein gewohnheitsmäßig mürrischer Ausdruck eingezeichnet hatte, waren, was sie waren, er würde kein Geld ausgeben, um sie glätten zu lassen. Und würde ihn ohne sie überhaupt noch jemand erkennen? Das gleiche galt für die Tränensäcke unter seinen Augen, obwohl er wußte, daß sie leicht zu entfernen wären. Gil Blackman hatte sich die Augenpartie vor kurzem von einem Polo spielenden, für seine gute Arbeit bekannten Arzt auf der Upper East Side verschönern lassen, aber Schmidt drehte keine kostspieligen Filme und mußte auch nicht, wie Gil zu der Zeit, für irgendeine DT jünger aussehen. Schmidt konnte ohne Selbstverschönerung im Hollywoodstil auskommen. Mit seinen Zähnen war es etwas anderes. Gil hatte sich auch die Schneidezähne überkronen lassen, ein Verfahren, das möglich war, wenn sie trotz ihres scheußlichen Aussehens noch fest verwurzelt waren. Das traf für Gils Zähne zu, deshalb wurden sie abgefeilt und dann mit individuellen Kronen versehen, die so geschickt aus gefärbtem Porzellan geformt waren, daß sie natürlich wirkten und nicht das Werk eines Dentaltechnikers verrieten. Dafür war zweifellos eine größere finanzielle Transaktion erforderlich, zumal der Zahnarzt Gil gestanden hatte, daß er von dem Betrüger Madoff ausgeraubt worden sei. Es lag nahe, daß der Arzt versuchen würde, sich bei seinen Patienten mit einem Aufschlag auf die Rechnungen schadlos zu halten. Und wenn schon! Warum sollte Schmidt an der Mundpflege sparen, wenn er es doch für selbstverständlich hielt, daß die Außenwände seines Hauses in Bridgehampton gebeizt und die Fenster- und Türrahmen neu gestrichen wurden, wann immer Bryan, der sich selbst zu Schmidts Katzenhüter, Faktotum und Majordomus ernannt hatte, ihm erklärte, es sei wieder an der Zeit? Er würde sich die Zähne von Gils Zahnarzt überkronen lassen und trotzdem noch genug Geld für Reisen über den Ozean haben, sooft ihm Alice ein Zeichen gab, und er konnte in Paris sein, so lange und sooft sie wollte, wenn sie ihn nur wieder nehmen würde. Nicht daß Schmidt erwartete, noch viel Zeit für diese Reisen und das Durchbringen seines Geldes zu haben. Als er Gil gesagt hatte, er rechne mit zehn Jahren, war er vollkommen ehrlich gewesen. Das Legat, das er Carrie und Jason für Albert und dessen Schwester und die Geschwister, die vielleicht noch kamen, versprochen hatte, bliebe ihnen, und für Alice wäre noch genug übrig, wenn sie nur …

Der Toilettenwärter, ein lächelnder braunhäutiger Herr – an den Zähnen dieses Mannes war nichts auszusetzen! –, füllte das Waschbecken mit warmem Wasser. Schmidt bat ihn um heißeres, wusch sich langsam Hände und Gesicht, trocknete sie mit einem guten Leinenhandtuch ab, das ihm auf einem Tablett gereicht wurde, und tropfte sich in jedes Auge einen Tropfen Visine. Es brannte, aber die Wirkung war zufriedenstellend. Eine auf demselben, diskret noch einmal präsentierten Tablett abgelegte Zwei-Euro-Münze lockte ein breiteres Lächeln mit einer Menge weißer Zähne hervor. Schmidt versuchte noch zweimal, sich im Spiegel anzulächeln, dann war er zum Aufbruch bereit. Alice anrufen? Nein, auf keinen Fall. Er würde abwarten, daß sie den ersten Zug machte. In der Hotellobby wurden Tee und Drinks serviert. Er fand einen Sessel in der Ecke, schwankte zwischen einem Bourbon und heißer Schokolade und entschied sich für das heiße Getränk. Die Sandwiches sahen gut aus. Wie sich zeigte, waren sie auch gut. Heißhungrig – im Flugzeug hatte er nur einen Joghurt gegessen und das übrige Frühstück zurückgewiesen – bestellte er immer mehr, bis sich in seinem Körper eine angenehme Wärme ausbreitete. Endlich wurde er ruhig.

Über eine Stunde später rief sie dann an. Er war inzwischen wieder im Appartement, hatte den Koffer ausgepackt und die Fotos auf dem Schreibtisch im Wohnzimmer und der Kommode im Schlafzimmer aufgereiht: Bilder von Mary, von Charlotte in ihrem letzten Jahr in der Brearly-Schule, von Carrie in ihrem ersten gemeinsamen Jahr, Carrie und dem kleinen Albert, und Alice. Ein Foto von Alice, um dessen Rückgabe sie nicht gebeten hatte, wahrscheinlich hatte sie es vergessen. Auf dem Bild war sie zehn Jahre alt und stand ohne Hemd und in kurzen Jungenhosen am Strand von Deauville; hinter ihr die flache See.

Also, du Aasgeier, sagte sie, bist du zu müde zu einem Essen mit mir heute abend?

Nein, das heißt ja, ich möchte heute abend mit dir essen gehen. Wo? Wann?

Um acht Uhr? Dein Appartement ist am Place du Palais-Bourbon, hast du gesagt? Auf der rechten Seite der Rue de Bourgogne zwischen den beiden letzten Querstraßen, der Rue de Grenelle und der Rue de Varennes, ist ein gutes Restaurant. Nr. 50 oder so. Ich lasse einen Tisch reservieren und treffe dich dort.

Es war eines der Restaurants ohne Vorraum: Man ging direkt von der Straße durch eine schwere rote Samtportiere in den ersten von zwei Räumen, in denen man essen konnte. Ein junger Mann, den Schmidt für den Geschäftsführer oder den Eigentümer hielt, schob die Portiere beiseite und begrüßte ihn, nahm ihm auch den Regenmantel ab und gab ihn einer jungen Frau, die er aus dem Hintergrund herbeigerufen hatte. Als Schmidt sagte, er sei mit Mrs. Verplanck verabredet, schmunzelte der junge Mann übers ganze Gesicht und führte ihn an einen Tisch im ersten Raum, von wo aus er die Gäste eintreten sehen konnte. Das Restaurant war angenehm gefüllt; angenehm war auch der gedämpfte Ton französischer Plaudereien. Zehn vor acht. Auch das war gut. Er hatte als erster dasein wollen. Da der junge Mann ihm versicherte, er könne einen trockenen Gin-Martini zubereiten, bestellte Schmidt einen und wurde nicht enttäuscht. Dann sah er sie hereinkommen. Sie trug einen hellbraunen Mantel, der ihre Figur betonte. Die Zeit und neuer Kummer – Popov! – hatten feine Linien in ihre Mundwinkel gezeichnet, und ihre Augen hatten sich tiefer in die Höhlen gesenkt. In ihrem Haar zeigte sich mehr Grau, mehr als er bei dunkelblondem Haar für wahrscheinlich gehalten hatte. Er fand, daß sie Michèle Morgan ähnlich sehe, noch schöner als vor dreizehn Jahren sei, daß sie einfach die schönste Frau war, die er je gesehen hatte. Er stand auf und war bei ihr, noch bevor der junge Mann ihr aus dem Mantel helfen konnte. Ihr Duft hüllte sie ein, eine Mischung aus einem Parfüm, das er nicht kannte, der Wärme ihres Körpers nach einem langen Spaziergang – er war sicher, daß sie zu Fuß gekommen war, ein Taxi hätte er gesehen – und der frischen Abendluft. Er war überwältigt. Kein Irrtum: Er liebte sie. Sie streifte ihre langen dunkelroten Velourslederhandschuhe ab und hielt ihm die Hand mit der Handfläche nach unten und leicht gebeugtem Gelenk entgegen. Er wußte, damit zeigte sie, daß sie einen Handkuß erwartete, aber er fürchtete, diese Geste unbeholfen, wie ein Amerikaner, auszuführen. Deshalb ergriff er ihre Hand – eine wunderbar große warme Hand mit langen Fingern, die über jeden Zentimeter seines Körpers gewandert waren – und schüttelte sie.

Er wartete, bis ihr ein Glas Champagner serviert worden war und sie einen Schluck getrunken hatte, erst dann erzählte er ihr von Charlotte. Irgendwann, vielleicht als er von seinen Besuchen in Sunset Hill berichtete, legte sie ihre Hand auf seine und ließ sie dort, bis er zu Ende erzählt hatte.

So, jetzt weißt du es, sagte er. Du mußtest es erfahren. Heilen kann die Wunde nicht, aber ich habe gelernt, damit zu leben. Das steht fest. Es ist seltsam, und ich hätte es auch selbst nicht geglaubt, aber jetzt, da ich mit dir hier bin, weiß ich sicherer als je zuvor, so sicher wie nicht einmal in unseren Umarmungen, daß ich dich liebe. Wenn man unter Liebe das große Glück über die bloße Anwesenheit der anderen Person versteht, und das unbedingte Bedürfnis, diese Person glücklich zu machen, sie zu beschützen, sie mit einer ganzen Bergkette aus Güte zu umgeben, so unbedingt, wie man Atem holen muß. Das steht auch fest. Aber noch etwas anderes steht fest: mein Alter. Nächsten Monat werde ich achtundsiebzig. Meine Gesundheit ist ausgezeichnet, das ist nichts Neues, ich habe keinen einzigen Tag mit der Arbeit ausgesetzt. Trotzdem, irgend etwas sagt mir, daß ich nur noch zehn Jahre leben werde. Das ist sogar die günstigste Prognose für den Fall, daß mir in diesen zehn Jahren meine körperliche Verfassung, meine Vitalität und meine Energie unvermindert erhalten bleiben. Ich habe das Gefühl, daß es so sein wird. Darüber hinaus kann man nur spekulieren. Ich neige dazu, das Schlimmstmögliche für das Wahrscheinlichste zu halten. Wie auch immer, wäre ich dein Vater oder dein Bruder ...

Mein Vater ist tot, unterbrach sie ihn, seine Freundin auch, und einen Bruder habe ich nicht.

Das tut mir von Herzen leid, fuhr Schmidt fort, aber wenn dein Vater noch lebte und wenn du ihn um Rat fragen könntest, würde er sicher sagen, daß man auf mich nicht setzen sollte. Also hör dir bitte ein paar Details zu meinem Vorschlag an und laß mich sagen, warum ich mir das Recht nehme, meinen Fall wenigstens zu verteidigen.

O Schmidtie, seufzte sie, du redest so viel.

Ja, ich schäme mich auch wegen meines andauernden Wortschwalls, aber bitte laß mich ausreden. Es ist so lange her, seit wir das letzte Mal zusammen waren, es gibt so viel zu sagen, und hier geht es um die wichtigste Sache meines ganzen Lebens.

Schmidtie, sagte sie, wenn es sein muß, höre ich weiter zu, aber bestell mir noch ein Glas Champagner.

Wird gemacht, sagte er.

Sie schwiegen, solange sie auf ihre Getränke warteten, und Schmidt erlaubte sich, ohne nachzudenken, eine außerordentliche Freiheit. Er nahm ihre Hand, streichelte sie und zog sie dann an seine Lippen.

Kaum hatte sie einen Schluck getrunken, redete er weiter. Er mußte eilends alles loswerden, er konnte nicht anders.

Du erinnerst dich, daß ich dir einen Heiratsantrag gemacht habe. Das Angebot steht. Am glücklichsten würdest du mich machen, wenn du es annimmst. Unser gemeinsames Leben hätte eine einfache, klare Struktur. Aber eine Ehe muß nicht sein. Leb mit mir, solange du möchtest und zu deinen Bedingungen. In Sünde! Wo immer du willst. Bridgehampton und New York sind mein Zuhause, dort weiß ich zu leben. Das Haus in Bridgehampton würde dir gefallen, da bin ich mir sicher. Aber ich kann den größten Teil des Jahres hier in Paris leben. Oder irgendwo anders.

Ich habe das schöne Haus meines Vaters in Antibes geerbt, sagte sie ganz leise.

Gut, in Antibes bin ich nie gewesen, aber die Côte d'Azur wollte ich immer schon kennenlernen. Nur noch ein paar Worte, schöne Alice, ein paar Worte über dich und mich. Unseren Sex habe ich geliebt. Ich bin noch dazu imstande. Daß ich mich steigern werde, kann ich mir nicht vorstellen, aber wer weiß? Father's little helpers, die kleinen Wunderpillen, gab es damals noch nicht. Ich habe sie noch nicht ausprobiert, aber sie sollen gut sein, und ich bin bereit, sie zu schlucken. Warum ich es wage, so mit dir zu reden? Erstens, weil ich dich liebe. Zweitens, weil es so aussah, als würdest du mich mögen. Drittens, weil ich sehr einsam bin und weil ich weiß, wenn ich mit dir lebte, würde mein Leben sich ändern, würde es mir Freude machen. Viertens, weil du, falls du nicht jemand anderen hast – und wenn es so ist, sag es mir bitte, und ich höre sofort auf –, vielleicht auch einsam bist. Vielleicht wäre das Leben mit mir auch für dich besser.

Sie sagte, wieder sehr leise: Ich habe niemanden. Und ich bin einsam. Mein Sohn Tommy ist meine ganze Familie. Er lehrt Mathematik an der Universität Melbourne und lebt mit einer Psychologin zusammen, die fast einen Meter achtzig lang ist und ihm Surfunterricht gibt. Letztes Jahr im August habe ich sie besucht. Es ging nicht gut.

Das ist bitter, sagte er. Alice, ich weiß, daß wir gut zusammensein könnten, wir würden uns lieben, einander Gesellschaft leisten, würden aufpassen, daß keiner von uns sich allein gelassen, aus dem Leben ausgeschlossen fühlt. Willst du es wagen? Gibst du mir eine zweite Chance?

Ich habe dir eine erste Chance gegeben, sagte sie, und sieh doch, was passiert ist.

Aber Alice, die Chance hast du mir gegeben, ohne mir die Spielregeln zu nennen, ohne alle Bedingungen offenzulegen. Ich dachte damals auch, es gebe keinen anderen. Ich habe mich zum Narren gemacht, von Heirat geschwafelt und so weiter. Hätte ich von Serge gewußt, hätte ich mich nicht so benommen. Da bin ich mir sicher.

Diese Antwort war nicht aufrichtig, das wußte er. Er konnte nicht sicher sein, daß er bereit gewesen wäre, Alice mit einem anderen Mann zu teilen. In Wahrheit meinte er etwas anderes, nämlich, daß ihr erster gemeinsamer Nachmittag wahrscheinlich gleich nach dem Mittagessen zu Ende gewesen wäre, hätte er von Serge gewußt. Auf einen Kampf mit Serge um Alice hätte er sich wohl nicht eingelassen.

Ich weiß, sagte sie. Es war dumm von mir. Vielleicht gemein. Ich wollte, daß du mich für besser hieltest, als ich war. Ich nahm mir immer wieder vor, es dir zu erklären, und dann konnte ich es nicht. Also war ich im Unrecht. Es war mein Fehler. Aber Schmidtie, du hast mir gezeigt, wie wütend und gemein du sein kannst. Wie soll ich wissen, daß du diese Eigenschaften unter Kontrolle hast? Daß du mich ansehen, anfassen, lieben kannst, ohne zu denken, sie gehört Serge. Oder etwas anderes Schreckliches in der Art.

Ich kann es dir nur versichern. Ich verstehe, daß dir das vielleicht nicht reicht. Fest steht, daß ich seit damals allerhand durchgemacht habe. Vielleicht klingt es albern, aber es ist wahr: Ich bin erwachsen geworden. Ich bin jetzt anders. Ich kann Abstand von den Dingen nehmen, statt gleich aufzubrausen und meinen Gefühlen freien Lauf zu lassen – rachsüchtige Gefühle waren es, ich weiß.

Ach so, sagte sie.

Ich habe dich wohl nicht überzeugt. Hier ist eine Idee: Willst du mich nicht einfach testen? Mit Geld-zurück-Garantie. Alice, gib mir diese Chance. Fahr mit mir weg – nach Venedig, Wien, Barcelona. Bitte, Alice!

Was bist du für ein Baby, Schmidtie! Ich bin berufstätig, habe Verantwortung in meinem Job. Selbst wenn ich bereit wäre zu sagen, ja, ich möchte, könnte ich nicht einfach so mit dir in Flitterwochen auf Probe fahren.

Dann komm nach Bridgehampton! Auf einen schönen langen Besuch. Oder teile die Zeit zwischen New York und Bridgehampton. Komm Weihnachten!

Sie wurde sehr ernst. Ich glaube, ich gebe dir diese Chance, über Weihnachten nicht, aber zu Silvester könnte ich nach Bridgehampton kommen. Und vielleicht eine Woche bleiben.

Sie lachte. Wenn du zufriedenstellend bist. Aber unter zwei Bedingungen: Du läßt mich in Ruhe, läßt mich bis dahin nachdenken, ohne mir lange Reden zu halten, und du bist einverstanden, daß ich meine Meinung vielleicht ändere.

Meinst du damit, daß du vielleicht nicht kommst?

Ja, das meine ich damit. Aber ich lasse es dich wissen, so oder so. Versetzen werde ich dich nicht.

Sie aßen fast wortlos. Als sie fertig waren, sagte sie: Ich bestelle mir ein Taxi. Es ist schon spät, sonst hätte ich gesagt, laß uns zu Fuß gehen. Er nahm ihre Hand, das ließ sie zu. Als sie in der Rue St. Honoré vor ihrem Haus standen, bot sie ihm erst die eine, dann die andere Wange zum Kuß. Da sie keine Anstalten machte, den Code einzutippen, der ihre Haustür öffnen würde, nahm er sie in die Arme und küßte ihre Lippen, drängend, bis sie den Mund öffnete und ihre Zunge die seine umspielte. Es war ein langer, hingebungsvoller Kuß in enger Umarmung.

Ich wollte es so sehr, stöhnte sie, nur aus dem Grund gebe ich dir vielleicht diese zweite Chance. Aber es ist ein schlechter Grund.

Alice, antwortete er, es ist der beste Grund. Darf ich mit hinaufkommen, bitte?

Nein, erwiderte sie, heute nacht nicht. Warte, bis ich dich zu *Saint-Sylvestre* besuche. Wenn ich mich dazu entschließe. O Schmidtie, bitte geh jetzt!

XXV

Donnerstag, 1. Januar 2009, neun Uhr morgens. Das Außenthermometer an Schmidts Haustür zeigte neun Grad minus. Im Lauf des Tages würde es etwas wärmer werden, aber nicht viel. Die Vorhersage, daß die Temperatur höchstens auf vier Grad unter Null steigen würde, erschien immer noch plausibel. Er hob die Zeitung auf, die am Anfang seiner Einfahrt lag, und nahm sie mit in die Küche. Sy und Pi saßen neben ihren Freßnäpfen und sahen aufmerksam und erwartungsvoll aus, Pi wie immer stumm, Sy mit gutturalen Bemerkungen, die Schmidt sich übersetzen konnte: Beeil dich, Dummkopf, wir sind hungrig – und anderen Gefühlsäußerungen, die das gleiche bedeuteten.

Guten Morgen, Katzen, antwortete Schmidt, und ein gutes neues Jahr! Immer mit der Ruhe. Es kommt schon.

Damit meinte er die tägliche Portion Katzenfutter, eine halbe Dose für jede der beiden, und zusätzlich, aus Achtung für den Handel, den *die Katze, die für sich blieb*, mit der Frau geschlossen hatte, noch zwei Schälchen Milch, je mit einem kleinen Löffel von dem Schweizer Joghurt, den er selbst am liebsten aß.

Weil Feiertag war, kam Sonja nicht. Das war gut so, denn er hatte sich darauf gefreut, Frühstück für Alice und sich zu machen, und hatte am Vortag bei Sesame eigens Croissants als *plat de résistance* besorgt. Er stellte fest, daß sie nicht aufgebacken werden mußten, legte sie auf einen Teller, holte Butter aus dem Kühlschrank, stellte Honig auf den Tisch, ein regionales Produkt, das er von einem Bauern in Water Mill gekauft hatte, und als besonderen Leckerbissen bittere Orangenmarmelade, eindeutig kein Produkt aus der Region. Der nächste Schritt war, Kaffee in der Cafetière zu machen und Milch zu erhitzen. Er trank seinen Kaffee schwarz, aber Alice nahm vielleicht lieber *café au lait*, also hielt er am besten beides bereit. Soweit er sich erinnerte, hatte er tatsächlich nie mit ihr gefrühstückt. Alle seine Vorbereitungen waren ein Schuß ins Blaue. Es konnte sein, daß sie Spiegeleier mit Schinken haben wollte, auch dann würde er sie nicht enttäuschen. Er würde bereitwillig seine Talente als Schnellkoch vorführen. Am liebsten hätte er ihr ein Tablett ins Schlafzimmer hinaufgebracht, aber beim Aufwachen hatte sie ihm ausdrücklich erklärt, sie wolle in der Küche frühstücken, so wie er jeden Morgen.

Obwohl sie spät zu Bett gegangen waren – nach der Party bei Mike Mansour hatten sie zu Hause noch heftig geschmust und ein Glas auf das Neue Jahr getrunken –, war sie wegen der Zeitverschiebung früh aufgewacht, und als sie anfing, sich zu regen, wurde auch er wach. Dann erinnerte er sich: Trotz Alices Verfügung, sie werde bei ihm schlafen, aber nur zum Kuscheln – eine Einschränkung, die er dankbar gehört hatte, weil er fürchtete, andernfalls den Test nicht zu bestehen –, hatten sie sich am Ende doch geliebt. Sie hatte ihm deutlich gezeigt, daß sie es wollte. Sie waren nackt zu Bett gegangen: Er lag auf dem Rücken und trieb allmählich in den unbestimmten Raum, der den Schlaf vom Wachsein trennt, da spürte er ihr Hinterteil an seinen Schenkeln. Warm und feucht rieb sie sich an ihm. Wie sollte er darauf reagieren, ohne sie zu erschrecken? In der sie glauben ließ, er habe vergessen, daß nur Kuscheln erlaubt war? War dies vielleicht nur Kuscheln in fortgeschrittenem Stadium? Aus dem Speicher der sechzig Jahre zurückliegenden Erinnerungen in seinem Kopf, oder woher auch immer, tauchte der Refrain eines Songs von Frank Sinatra auf: *easy does, yes easy does it every time.* Er begann, den Rhythmus ihres Drängens aufzunehmen, sehr sanft, und glaubte, sich noch im weiten Feld des Kuschelns zu bewegen, glücklich, daß ihre Bewegungen und ihr Atem schneller wurden und daß Feuchtigkeit ihm anzeigte, wie bereit sie war. Aber war er es auch? Er hoffte es. Eine verstohlene Bewegung seiner rechten Hand brachte Bestätigung. Und dann spürte, hörte er sie kommen! Meine Süße, fragte er, willst du? Die Frage war fair; er hatte gelernt, daß ihre erste schnelle Klimax meistens nur ein Vorspiel war. Sie drehte sich zu ihm um und zog ihn an sich, bis er zwischen ihren Beinen lag. Sofort hob sie die Knie an. Ein Glück, das man kaum aushalten kann, dachte er, intensive, tiefe Lust, Heimkehr.

Die Katzen hatten wie ein Duo im Varieté ihre Freßnäpfe und Trinkschalen säuberlich ausgeleckt und saßen nun vor der Tür zum Garten. Sofort, sagte Schmidt, zu Diensten, aber denkt daran, es ist kalt. Wenn es euch nicht gefällt, kommt gleich zurück. Die Katzenklappe ist offen. Er hielt ihnen die Fliegengittertür auf, während sie schnupperten und die Lage prüften. Laßt euch Zeit, erklärte Schmidt, ich friere gern. Dann waren sie draußen. Schmidt beobachtete sie, Sy hinkte etwas, Pi war weit voraus. Arthritis, hatte der Tierarzt ihm gesagt. Er ist ein Katzensenior. Das stimmte: Er hatte womöglich noch fünf glückliche Jahre zu leben, die Hälfte der Zeit, die Schmidt noch für sich erwartete. Pi würde untröstlich sein. Wenn sich zeigte, daß Alice Katzen mochte – nein, du Idiot, rief Schmidt sich zur Ordnung, die Frage ist, ob sich zeigt, daß sie dich mag –, also gut, wenn Alice ihn mag und Katzen mag, könnte man Pi ein abessinisches oder siamesisches Katzenjunges geben, das er so fürsorglich aufziehen mochte, wie Sy ihn aufgezogen hatte. Alles hing von Alice ab.

Das Wasser im elektrischen Kessel kochte, die Milch

war heiß, er war bereit, seinen Fall zu verteidigen, in der Hoffnung, sich in der wichtigsten Angelegenheit seines Lebens durchzusetzen. Er hörte ihre Schritte auf der teppichlosen Hintertreppe, die direkt in die Küche führte. Daß sie diese Stufen herabstieg, als sei sie hier zu Hause, daß sie barfuß kam, verzauberte ihn. War er zum Fuß-Fetischisten geworden? Wieder sah er ganz gerührt, daß sie sich die Fußnägel wie immer leuchtend rot lackiert hatte. Sein Blick wanderte weiter, nach oben, registrierte einen seladongrünen Morgenrock, ein weißes, mit winzigen roten und grünen Blumen besticktes Nachthemd, ihr offenes Haar, ihre Lippen, ihren Körper, der sich noch vor kurzem an ihn geschmiegt hatte.

Bonne anneé, mon Schmidtie.

Sie legte ihm die Arme um den Hals und küßte ihn auf Augen und Lippen. Ein langer, sanfter Kuß, nicht so wie die Küsse, die über seinen Mund verfügt hatten und etwas tief in ihm ertasten wollten.

Was für ein köstliches Frühstück!

Ja, sie aß gern Honig und Marmelade und nahm Milch.

Als sie ihren Kaffee getrunken hatte, sagte sie: Ich muß eine Erklärung abgeben. Definitiv behalte ich dich. Aber bist du bereit, zu meinen Bedingungen behalten zu werden? Ich werde dich nicht heiraten, jetzt nicht, vielleicht nie, aber vielleicht doch, nach einer Weile. Ich bleibe in Paris, bis ich in den Ruhestand gehen muß. Das wird nicht vor dem nächsten Jahr sein. Wenn ich danach noch als eine Art Beraterin weiterarbeiten darf, werde ich das wahrscheinlich wollen. Lange werden sie mich nicht behalten. Es ist besser für uns, wenn ich weiter arbeite. Dann habe ich mehr zu erzählen. Aber ich will soviel Zeit mit dir verbringen, wie du möchtest und wie es meine Arbeit erlaubt. Hier, wenn es dir lieber ist. Aber ich freue mich sehr, wenn du oft und lange mit mir in Paris bist. Und noch eins: Ich werde dir treu sein, Schmidtie, weil ich dich liebe. Was meinst du? Ist das ein Deal? Willst du mich haben, zu diesen Bedingungen?

War dies ein Ehegelübde in moderner Form?

Ja, das will ich, sagte Schmidt, ja, ich will.